ASESINO DE BRUJAS

Shelby Mahurin

LA BRUJA BLANCA

Traducción de Daniela Rocío Taboada

Argentina – Chile – Colombia – España
Estados Unidos – México – Perú – Uruguay

Título original: *Serpent & Dove*
Editor original: HarperTeen, un sello de HarperCollins*Publishers*
Traductora: Daniela Rocío Taboada

1.ª edición: junio 2024

ISBN: 978-84-19252-88-3
E-ISBN: 978-84-17780-70-8
Depósito legal: M-9.958-2024

Fotocomposición: Urano World Spain, S.A.U.

Impreso por: Rodesa, S.A. – Polígono Industrial San Miguel
Parcelas E7-E8 – 31132 Villatuerta (Navarra)

Impreso en España – *Printed in Spain*

Para mi madre, *que ama los libros,*
para mi padre, *que me dio la confianza para escribirlos,*
y para RJ, *que todavía no ha leído este.*

Primera Parte

Un malheur ne vient jamais seul.

La desgracia nunca llega sola.

—PROVERBIO FRANCÉS

CAPÍTULO 1

EL BELLEROSE

Lou

Había algo inquietante en un cuerpo tocado por la magia. La mayoría de las personas notaban primero el olor: no el hedor a putrefacción, sino una dulzura asfixiante en sus narices, un sabor intenso en sus lenguas. Pocos percibían también un escalofrío en el aire. Un aura flotante sobre la piel del cadáver. Como si la magia misma aún estuviera presente de algún modo, observando y esperando.

Viva.

Claro que aquellos que eran lo bastante estúpidos como para hablar al respecto terminaban en la hoguera.

En el último año, habían encontrado trece cuerpos en Belterra: más que el doble de la cantidad encontrada en años anteriores. La Iglesia había hecho un gran esfuerzo por ocultar las circunstancias misteriosas de cada muerte. Pero todos los cuerpos habían sido enterrados en ataúdes cerrados.

—Allí está. —Coco señaló a un hombre en una esquina. Aunque la luz de las velas sumía la mitad de su rostro en las sombras, era imposible confundir el brocado dorado en su abrigo o el emblema pesado que colgaba de su cuello. Estaba sentado con rigidez en su silla, sin duda incómodo, mientras una mujer con poca ropa permanecía sentada sobre sus muslos rechonchos.

Solo madame Labelle podía dejar esperando a un aristócrata como Pierre Tremblay en el interior de un burdel.

—Vamos. —Coco gesticuló hacia una mesa en la esquina opuesta—. Babette llegará pronto.

—¿Qué clase de imbécil pretencioso viste *brocado* mientras está de duelo? —pregunté.

Coco miró a Tremblay por encima del hombro y se rio con sorna.

—Un imbécil pretencioso con dinero.

El cuerpo de la hija de Tremblay, Filippa, era el séptimo que había sido encontrado.

Después de su desaparición en medio de la noche, la aristocracia había estado conmocionada. Hasta que apareció con la garganta cortada al borde de L'Eau Mélancolique. Pero eso no fue lo peor. Se habían expandido por todo el reino rumores sobre su cabello plateado y su piel arrugada, sobre sus ojos nublados y sus dedos retorcidos. A los veinticuatro años, la habían transformado en una bruja vieja. Los pares de Tremblay simplemente no lo comprendían. Ella no había tenido enemigos, no había venganzas en su contra que justificaran semejante violencia.

Pero aunque Filippa no hubiera tenido enemigos, el imbécil pretencioso de su padre los había acumulado traficando objetos mágicos. La muerte de su hija era una advertencia: nadie explotaba a las brujas sin consecuencias.

—*Bonjour, messieurs.* —Una cortesana con cabello de color miel se aproximó a nosotras, pestañando con esperanza. Me reí al ver que miraba a Coco de modo descarado. Incluso disfrazada de hombre, Coco era preciosa. Aunque las cicatrices destrozaban la hermosa piel morena de unas manos que cubría con guantes, su rostro permanecía suave y sus ojos oscuros brillaban aun en la penumbra—. ¿Puedo tentarlos a acompañarme?

—Lo siento, cariño. —Con mi voz más aduladora, di una palmadita en la mano de la cortesana del modo que había visto a otros hombres hacer—. Pero ya estamos reservados esta mañana. Mademoiselle Babette nos acompañará pronto.

La chica hizo un mohín un segundo antes de avanzar hacia nuestro vecino, quien aceptó su invitación con entusiasmo.

—¿Crees que lo ha traído? —Coco observó a Tremblay desde el extremo de su calva hasta la punta de sus zapatos pulidos y se detuvo en sus dedos sin adornos—. Babette podría haber mentido. Esto podría ser una trampa.

—Quizás Babette sea una mentirosa, pero no es estúpida. No nos delatará antes de recibir su pago. —Observé a las otras cortesanas con fascinación mórbida. Con las cinturas encinchadas y el busto prominente, bailaban con agilidad entre los clientes como si sus corsés no estuvieran asfixiándolas lentamente.

Sin embargo, para ser justa, muchas no vestían corsés. O prenda alguna.

—Tienes razón. —Coco extrajo una moneda de su abrigo y la lanzó sobre la mesa—. Será después.

—Ah, *mon amour*, me hieres. —Babette apareció a nuestro lado, sonriendo y tocando el borde de mi sombrero. A diferencia de sus iguales, la mayor parte de su piel estaba envuelta en seda roja. Una capa gruesa de maquillaje blanco cubría el resto... y sus cicatrices. Subían por sus brazos y su pecho en un patrón similar a las de Coco—. Y por diez *couronnes* doradas más, nunca soñaría con traicionarte.

—Buenos días, Babette. —Riendo, apoyé un pie sobre la mesa y recliné el cuerpo sobre las patas traseras de mi silla—. ¿Sabes?, es sorprendente el modo en que siempre apareces segundos después que el dinero. ¿Puedes olerlo? —Miré a Coco, cuyos labios estaban fruncidos en su esfuerzo por no sonreír—. Es como si pudiera olerlo.

—*Bonjour*, Louise. —Babette besó mi mejilla antes de inclinarse hacia Coco y bajar la voz—. Cosette, estás encantadora, como siempre.

Coco puso los ojos en blanco.

—Llegas tarde.

—Disculpadme. —Babette inclinó la cabeza con una sonrisa edulcorada—. Pero no os había reconocido. Nunca comprenderé por qué las mujeres hermosas insisten en disfrazarse de hombres...

—Las mujeres sin compañía llaman demasiado la atención. Lo sabes. —Tamborileé los dedos en la mesa con una calma obtenida a base de práctica y me obligué a sonreír—. Cualquiera de nosotras podría ser una bruja.

—¡Bah! —Guiñó un ojo con complicidad—. Solo un tonto confundiría a dos muchachas encantadoras como vosotras con criaturas despreciables y violentas.

—Por supuesto. —Asentí y tiré de mi sombrero para cubrir más mi rostro. Las *dames blanches* podían moverse por la sociedad prácticamente sin ser detectadas. La mujer de piel rosada que estaba sobre Tremblay podía ser una de ellas. O la cortesana de pelo de color miel que acababa de desaparecer por la escalera—. Pero con la Iglesia el fuego viene primero. Las preguntas después. Es una época peligrosa para ser mujer.

—Aquí no. —Babette extendió los brazos y curvó sus labios en una sonrisa—. Aquí estamos a salvo. Aquí, nos idolatran. La oferta de mi ama sigue en pie...

—Tu ama nos quemaría a ti y a nosotras si supiera la verdad. —Centré mi atención de nuevo en Tremblay, cuya riqueza evidente había atraído a dos cortesanas más. Él rechazaba con cortesía sus intentos de quitarle los pantalones—. Hemos venido aquí por él.

Coco colocó nuestra bolsa con monedas sobre la mesa.

—Diez *couronnes* doradas, como prometimos.

Babette olisqueó y alzó la nariz en el aire.

—Mmm... Creo recordar que eran veinte.

—¿Qué? —Mi silla cayó al suelo con estruendo. Los clientes cercanos parpadearon en nuestra dirección, pero los ignoré—. Habíamos acordado *diez*.

—Eso fue antes de que hirierais mis sentimientos.

—Maldita sea, Babette. —Coco apartó el dinero antes de que Babette pudiera tocarlo—. ¿Sabes cuánto tiempo nos lleva ahorrar esa cantidad de dinero?

Hice un esfuerzo por mantener la voz calmada.

—Ni siquiera sabemos si Tremblay *tiene* el anillo.

Babette solo se encogió de hombros y extendió la palma de la mano.

—No es mi culpa que insistáis en cortar bolsos en la calle como criminales comunes. Ganaríais tres veces más por noche aquí en el Bellerose, pero sois demasiado orgullosas.

Coco respiró hondo y apretó los puños sobre la mesa.

—Escucha, lamentamos haber herido tu sensibilidad frágil, pero acordamos pagar diez. No podemos permitirnos...

—Oigo las monedas en tu bolsillo, Cosette.

Miré a Babette con incredulidad.

—Vaya, *eres* un maldito sabueso.

—Vamos —sus ojos brillaron un instante—, os invito aquí con un alto riesgo personal para escuchar a escondidas los negocios de mi ama con monsieur Tremblay y, sin embargo, me insultáis como si fuera una...

Pero en aquel preciso instante, una mujer alta de mediana edad bajó con elegancia la escalera. Su atuendo de color esmeralda oscuro acentuaba su cabello en llamas y su silueta de reloj de arena. Tremblay se puso de pie inmediatamente ante su aparición y las cortesanas de alrededor, incluso Babette, hicieron reverencias.

SHELBY MAHURIN • 15

Era bastante extraño ver a mujeres desnudas hacer reverencias.

Sujetando los brazos de Tremblay con una sonrisa amplia, madame Labelle besó sus mejillas y susurró algo que no pude oír. El pánico se disparó en mí cuando entrelazó su brazo con el de él y lo guio por la sala hacia la escalera.

Babette nos observó por el rabillo del ojo.

—Decidid rápido, *mes amours*. Mi ama es una mujer ocupada. Sus negocios con monsieur Tremblay no tardarán mucho.

La fulminé con la mirada, resistiendo la urgencia de rodear su cuello bonito con mis manos y ejercer presión.

—¿Podrías al menos decirnos qué comprará tu ama? Debe de haberte dicho *algo*. ¿Es el anillo? ¿Tremblay lo tiene?

Ella sonrió con satisfacción.

—Quizás... por otras diez *couronnes*.

Coco y yo compartimos una mirada sombría. Si Babette no tenía cuidado, pronto descubriría lo *despreciables* y *violentas* que podíamos ser.

El Bellerose tenía doce salones de lujo para que sus cortesanas entretuvieran a los clientes, pero Babette no nos llevó a ninguno de ellos. En vez de eso, abrió la decimotercera puerta sin marcar que estaba al final del pasillo y nos instó a entrar.

—Bienvenidas, *mes amours*, a los ojos y oídos del Bellerose.

Parpadeando, esperé a que mis ojos se habituaran a la oscuridad de aquel pasillo nuevo y más angosto. Doce ventanas rectangulares, grandes y espaciadas en intervalos regulares sobre una pared, permitían la entrada de un resplandor de luz sutil. Sin embargo, al inspeccionarlo mejor, noté que no eran ventanas sino retratos.

Deslicé un dedo por la nariz del retrato más cercano a mí: una mujer hermosa con curvas voluptuosas y una sonrisa atrayente.

—¿Quiénes son?

—Cortesanas famosas del pasado. —Babette hizo una pausa para contemplar a la mujer con una expresión de anhelo—. Mi retrato algún día reemplazará al suyo.

Frunciendo el ceño, me acerqué para inspeccionar a la mujer en cuestión. Su imagen estaba espejada de algún modo, los colores eran tenues, como si ese fuera el dorso de la pintura. Y... santo cielo.

Dos pestillos dorados cubrían sus ojos.

—¿Son *mirillas*? —preguntó Coco con incredulidad, acercándose más—. ¿Qué clase de circo macabro es este, Babette?

—¡Shhh! —Babette alzó rápido un dedo hacia sus labios—. Los ojos y los *oídos*, ¿recordáis? *Oídos.* Debéis susurrar en este lugar.

No quería imaginarme el propósito de aquella característica arquitectónica. Sin embargo, *sí quería* imaginar el baño largo que me daría cuando regresara a casa en el teatro. Habría fricción. Fricción enérgica. Solo rogaba que mis ojos sobrevivieran.

Antes de que pudiera expresar en voz alta mi disgusto, dos sombras se movieron en mi periferia. Me giré, colocando la mano con rapidez sobre el cuchillo en mi bota, antes de que las sombras cobraran forma. Me paralicé cuando dos hombres horriblemente familiares y desagradables me miraron de modo lascivo.

Andre y Grue.

Fulminé a Babette con la mirada, aún con el cuchillo apretado en mi puño.

—¿Qué hacen *ellos* aquí?

Ante el sonido de mi voz, Andre inclinó el cuerpo hacia adelante, parpadeando despacio en la oscuridad.

—¿Esa es...?

Grue observó mi rostro, ignoró mi bigote y detuvo la mirada en mis cejas oscuras, mis ojos de color turquesa, mi nariz con pecas y mi piel bronceada. Una sonrisa maliciosa apareció en su rostro. Tenía un diente roto. Y amarillento.

—Hola, Lou Lou.

Lo ignoré y le dirigí a Babette una mirada fulminante.

—Esto no era parte del trato.

—Oh, relájate, Louise. Están trabajando. —Se acomodó en una de las sillas de madera que ellos acababan de abandonar—. Mi ama los ha contratado como seguridad.

—¿Seguridad? —Coco se mofó y hurgó en su abrigo en busca de su propio cuchillo. Andre enseñó los dientes—. ¿Desde cuándo el voyerismo es considerado seguridad?

—Si alguna vez nos sentimos incómodas con un cliente, lo único que hacemos es golpear dos veces y estos encantadores caballeros intervienen. —Babette señaló los retratos perezosamente con el pie y dejó expuesto un tobillo pálido y con cicatrices—. Son puertas, *mon amour*. Acceso inmediato.

Madame Labelle era una idiota. Esa era la única explicación para semejante…, bueno, idiotez.

Andre y Grue, dos de los ladrones más estúpidos que conocía, trasgredían constantemente nuestro territorio en el East End. Donde fuéramos, ellos nos seguían. En general iban dos pasos por detrás. Y donde fuera que ellos iban, la policía inevitablemente también lo hacía. Los dos eran grandes, feos y ruidosos, y carecían de la sutileza y la habilidad necesaria para prosperar en el East End. Y de inteligencia.

Me aterraba pensar en lo que harían ellos con *acceso inmediato* a cualquier cosa. En especial al sexo y a la violencia. Y aquellos quizás eran los vicios *menos graves* que tenían lugar entre las paredes de ese burdel, si es que esa transacción de negocios servía como ejemplo.

—No te preocupes. —Como si leyera mi mente, Babette les sonrió a los dos—. Mi ama os matará si filtráis información. ¿No es así, *messieurs*?

La sonrisa de los hombres desapareció y por fin noté la decoloración alrededor de sus ojos. Moretones. Seguí sin bajar mi cuchillo.

—¿Y qué evita que le entregue información *a* tu ama?

—Bueno… —Babette se puso de pie y pasó a nuestro lado hasta llegar a un retrato que estaba en un extremo del pasillo. Alzó la mano hacia el pequeño botón dorado junto a la pintura—. Supongo que eso depende de qué estéis dispuestas a darle.

—Qué tal si os doy a *todos* vosotros una cuchillada en el…

—¡Ah, ah, ah! —Babette presionó el botón mientras yo avanzaba con el cuchillo en alto y los pestillos sobre los ojos de la cortesana se abrieron. Las voces lejanas de madame Labelle y Tremblay llenaron el pasillo.

—Piénsalo bien, *mon amour* —susurró Babette—. Tu valioso anillo podría estar en la habitación contigua. Ven, míralo tú misma. —Se hizo a un lado, con el dedo aún sobre el botón, y permitió que yo me detuviera frente al retrato.

Susurrando un insulto, me puse de puntillas para ver a través de los ojos de la cortesana.

Tremblay dibujaba un sendero sobre la alfombra de felpa floreada del salón. Parecía más pálido en esa habitación pastel, donde el sol matutino lo bañaba todo con una suave luz dorada, y el sudor cubría su frente. Se lamía los labios con nerviosismo y miraba a madame Labelle, quien lo observaba desde un diván junto a la puerta. Incluso sentada, exudaba una elegancia digna de la realeza, con su cuello recto y las manos juntas.

—Tranquilo, monsieur Tremblay. Le garantizo que obtendré los fondos necesarios en una semana. A lo sumo en dos.

Él sacudió la cabeza con brusquedad.

—Es demasiado tiempo.

—Uno podría decir que no es ni por asomo tiempo suficiente para el precio que pide. Solo el rey podría costear esa suma astronómica, y a él no le sirven de nada los anillos mágicos.

Con el corazón atascado en la garganta, me aparté para mirar a Coco. Ella frunció el ceño y buscó más *couronnes* en su abrigo. Andre y Grue las aceptaron con sonrisas alegres.

Me prometí que los despellejaría vivos después de robar el anillo y centré mi atención de nuevo en el salón.

—¿Y...? ¿Y si le dijera que tengo otro comprador interesado? —preguntó Tremblay.

—Lo llamaría mentiroso, monsieur Tremblay. A duras penas podría continuar alardeando de que posee sus mercancías después de lo ocurrido con su hija.

Tremblay se giró para enfrentarse a ella.

—No hable de mi hija.

Alisando su falda, madame Labelle lo ignoró por completo.

—De hecho, me sorprende bastante que aún esté en el mercado negro de la magia. No tiene otra hija, ¿verdad?

Cuando no respondió, la sonrisa de la mujer se volvió pequeña y cruel. Triunfante.

—Las brujas son despiadadas. Si se enteran de que usted posee el anillo, la ira que desatarán sobre el resto de su familia será... desagradable.

Con el rostro púrpura, él dio un paso hacia ella.

—No aprecio su insinuación.

—Entonces aprecie mi amenaza, *monsieur*. No me enfurezca, o será lo último que haga.

Reprimiendo un bufido, miré de nuevo a Coco, quien ahora temblaba con una risa silenciosa. Babette nos fulminó con la mirada. Dejando de lado los anillos mágicos, esa conversación bien podría haber valido cuarenta *couronnes*. Hasta el teatro se ruborizaba ante aquel melodrama.

—Ahora, dígame —ronroneó madame Labelle—: ¿Tiene otro comprador?

—*Putain*. —Él la fulminó con la mirada varios segundos antes de sacudir la cabeza a regañadientes—. No, no tengo otro comprador. He pasado *meses* renunciando a todos los vínculos con mis antiguos contactos, purgando todo mi inventario, y aun así este anillo… —Tragó con dificultad y el calor en su expresión desapareció—. Temo hablar sobre él con cualquiera, por miedo a que los demonios descubran que lo tengo.

—No ha sido sabio por su parte ofrecer cualquiera de sus objetos.

Tremblay no respondió. Su mirada permaneció distante, atormentada, como si viera algo que nosotros no podíamos ver. Sentí una obstrucción inexplicable en la garganta. Ajena al sufrimiento del hombre, madame Labelle continuó con crueldad.

—Si no lo hubiera hecho, quizás la adorable Filippa aún estaría con nosotros…

Él alzó la cabeza bruscamente al oír el nombre de su hija y sus ojos, que ya no estaban atormentados, brillaron con determinación feroz.

—Me aseguraré de que los demonios ardan por lo que le hicieron.

—Qué tonto por su parte.

—¿Disculpe?

—Me ocupo de estar al tanto de los asuntos de mis enemigos, *monsieur*. —Se puso de pie con elegancia y él retrocedió medio paso con torpeza—. Dado que ellos ahora también son sus enemigos, debo darle un consejo: es peligroso involucrarse en los asuntos de las brujas. Olvide su venganza. Olvide todo lo que ha aprendido sobre este mundo de sombras y magia. Esas mujeres lo aventajan mucho y usted es tristemente inadecuado para enfrentarse a ellas. La muerte es el tormento más amable que ellas imparten: un regalo entregado solo a aquellos que se lo han ganado. Usted debería haberlo aprendido con lo de la adorable Filippa.

Él retorció la boca y enderezó la columna cuan largo era, mientras balbuceaba furioso. Madame Labelle aún lo superaba en altura por varios centímetros.

—Ha... ha cruzado la línea.

Madame Labelle no se apartó de él. En cambio, deslizó una mano por su atuendo, sin inmutarse, y extrajo un abanico de entre los pliegues de su falda. Un cuchillo asomaba la punta por el mango.

—Veo que la cortesía ha terminado. Muy bien. Hablemos de negocios. —Extendió el objeto con un solo movimiento y lo agitó entre ellos. Tremblay miró la punta del cuchillo con cautela y cedió un paso—. Si desea que le quite el peso del anillo, lo haré aquí y ahora... por cinco mil *couronnes* doradas de las que pidió.

Un sonido ahogado extraño surgió de su garganta.

—Está loca...

—Si no —prosiguió ella, con la voz más severa—, se irá de este lugar con una soga alrededor del cuello de su hija. Se llama Célie, ¿verdad? *La Dame des Sorcières* disfrutará al drenarle su juventud, beber el resplandor de su piel, el brillo de su cabello. Quedará irreconocible cuando las brujas terminen con ella. Vacía. Rota. Igual que Filippa.

—Usted... usted... —Tremblay abrió los ojos de par en par y una vena apareció en su frente sudorosa—. *Fille de pute!* No puede hacerme esto. No *puede*...

—Vamos, *monsieur*, no tengo todo el día. El príncipe ha regresado de Amandine y no quiero perderme la celebración.

La mandíbula del hombre sobresalía hacia adelante, obstinada.

—No... No lo tengo encima.

Maldije. La decepción me aplastó, amarga y afilada. Coco susurró un insulto.

—No le creo. —Madame Labelle caminó hacia la ventana del otro lado del cuarto y miró hacia abajo—. Ah, monsieur Tremblay, ¿cómo es posible que un caballero como usted deje a su hija esperando fuera de un burdel? Es una presa muy fácil.

Sudando ahora sin parar, Tremblay se apresuró a dar la vuelta a sus bolsillos.

—¡Le juro que no lo tengo! ¡Mire, mire! —Acerqué más el rostro mientras él vaciaba el contenido de los bolsillos frente a ella: un pañuelo bordado, un reloj de bolsillo de plata y un puñado de *couronnes* de cobre. Pero ningún anillo—. Por favor, ¡deje en paz a mi hija! ¡Ella no tiene nada que ver en esto!

Era un espectáculo tan penoso que podría haber sentido lástima por él... si no hubiera arruinado mis planes. Sin embargo, ver sus extremidades temblorosas y su rostro pálido me llenó de un placer vengativo.

Madame Labelle parecía compartir mi sentimiento. Suspiró de modo teatral, dejó caer la mano de la ventana y, curiosamente, se giró para mirar directamente al retrato detrás del cual estaba yo de pie. Tropecé hacia atrás, aterricé de lleno sobre mi trasero y reprimí un insulto.

—¿Qué pasa? —susurró Coco mientras se agazapaba a mi lado. Babette soltó el botón con el ceño fruncido.

—¡Shhhh! —Sacudí las manos con energía, señalando el salón. Pronuncié las palabras sin emitir sonido, no me atrevía a hablar: *Creo que me ha visto.*

Coco abrió los ojos de par en par, alarmada.

Todos nos quedamos paralizados cuando su voz sonó más cercana, amortiguada, pero audible a través del muro delgado.

—Por favor, se lo ruego, *monsieur*... ¿Dónde está entonces?

Mierda. Coco y yo intercambiamos miradas incrédulas. Aunque no me atrevía a regresar al retrato, me acerqué más a la pared, mi respiración era cálida e incómoda sobre mi rostro. *Respóndele,* supliqué en silencio. *Dínoslo.*

Milagrosamente, Tremblay cumplió, y su respuesta vehemente fue más armoniosa que la mejor de las músicas.

—Está guardado bajo llave en mi casa, *salope ignorante*...

—Eso bastará, monsieur Tremblay. —Cuando abrieron la puerta de su salón, prácticamente podía ver la sonrisa de la mujer. Era igual que la mía—. Espero por el bien de su hija que no esté mintiendo. Iré a su casa al alba con su dinero. No me haga esperar.

CAPÍTULO 2

LE CHASSEUR

Lou

—Te escucho.

Sentado en la *patisserie* atestada de clientes, Bas se llevó a los labios una cucharada de *chocolat chaud*, con cuidado de no verter ni una gota sobre el pañuelo de encaje que llevaba en el cuello. Reprimí la necesidad de salpicarlo con el mío. Para lo que habíamos planeado, necesitábamos que estuviera de buen humor.

Nadie podía estafar a un aristócrata mejor que Bas.

—Es así —dije, apuntando mi cuchara hacia él—: Puedes robar todo lo demás que esté en la bóveda de Tremblay como pago, pero el anillo es nuestro.

Él inclinó el cuerpo hacia delante y posó sus ojos oscuros en mis labios. Cuando limpié, molesta, el *chocolat* de mi bigote, él sonrió.

—Ah, sí. Un anillo mágico. Debo admitir que me sorprende tu interés en un objeto semejante. Creí que habías renunciado a toda clase de magia, ¿no?

—El anillo es diferente.

Sus ojos encontraron de nuevo mis labios.

—Por supuesto que lo es.

—Bas. —Chasqueé los dedos con energía—. Concéntrate, por favor. Esto es importante.

Cuando llegué a Cesarine, creía que Bas era bastante apuesto. Lo suficiente como para cortejarlo. Sin duda, lo suficiente como para besarlo. Desde el otro lado de la mesa, miré la línea oscura de su mandíbula. Aún tenía una pequeña cicatriz allí, justo debajo de la oreja, oculta en la sombra de su vello facial, donde lo había mordido durante una de nuestras noches más apasionadas.

Suspiré con arrepentimiento ante el recuerdo. Él tenía una piel de color ámbar preciosa. Y un trasero pequeño muy firme.

Se rio como si leyera mi mente.

—De acuerdo, Louey, intentaré poner en orden mis pensamientos… siempre y cuando tú hagas lo mismo. —Revolviendo su *chocolat*, reclinó la espalda con una sonrisa—. Así que… deseas robarle a un aristócrata y, por supuesto, has acudido al experto en busca de consejo.

Resoplé, pero me mordí la lengua. Como primo tercero de un barón, Bas tenía la particularidad de pertenecer a la aristocracia y *no* ser parte de ella al mismo tiempo. La fortuna de su pariente le permitía vestir las modas más elegantes y asistir a las mejores fiestas; sin embargo, los aristócratas no se molestaban en recordar su nombre. Un desliz útil, dado que él solía asistir a esas fiestas para quitarles sus objetos de valor.

—Una decisión sabia —prosiguió él—, dado que los idiotas como Tremblay utilizan capas y capas de seguridad: puertas, cerrojos, guardias y perros, por nombrar algunos ejemplos. Probablemente más después de lo que ocurrió con su hija. Las brujas la secuestraron en medio de la noche, ¿verdad? Debe de haber aumentado la seguridad.

Filippa comenzaba a convertirse en un verdadero dolor de cabeza.

Frunciendo el ceño, miré hacia la ventana de la *patisserie*. Toda clase de masas dulces yacían allí en una exhibición gloriosa: pasteles glaseados, panes dulces y tartaletas de *chocolat*, al igual que *macarons* y bollos frutales de todos los colores. Los *éclairs* de frambuesa y la *tarte tatin* de manzana completaban la vitrina.

Sin embargo, entre toda aquella decadencia, los inmensos bollos pegajosos llenos de canela y crema dulce lograron que se me hiciera agua la boca.

En ese instante, Coco ocupó el asiento vacío entre nosotros. Lanzó un plato con bollos pegajosos hacia mí.

—Toma.

Podría haberla besado.

—Eres una diosa. Lo sabes, ¿cierto?

—Por supuesto. Pero no esperes que sostenga tu cabello mientras vomitas luego. Ah, y me debes una *couronne* de plata.

—Claro que no. También es mi dinero…

—Sí, pero puedes quitarle un bollo pegajoso a Pan en cualquier momento. La *couronne* es la tarifa por el servicio.

Miré por encima del hombro hacia el muchacho bajo y regordete que estaba detrás del mostrador: Johannes Pan, pastelero extraordinario y un imbécil. Sin embargo, lo más importante era que era amigo cercano de mademoiselle Lucida Bretton y su confidente.

Yo era mademoiselle Lucida Bretton. Con una peluca rubia.

A veces, no quería ponerme el traje… y descubrí rápido que Pan tenía debilidad por el sexo más débil. La mayor parte de los días solo tenía que ponerle ojitos. Otros, tenía que ser un poco más… creativa. Le lancé a Bas una mirada encubierta. Él no sabía que había cometido toda clase de actos atroces contra la pobre mademoiselle Bretton durante los últimos dos años.

Pan no podía soportar las lágrimas de una mujer.

—Hoy voy vestida de hombre. —Tomé el primer bollo y coloqué la mitad del dulce en mi boca sin decoro—. *Ademash, él preshiere…* —Tragué con dificultad, con los ojos húmedos— a las rubias.

El calor brotó de la mirada oscura de Bas mientras me observaba.

—Entonces el caballero tiene mal gusto.

—*Puaj.* —Coco hizo una arcada, poniendo los ojos en blanco—. Cálmate, ¿quieres? El coqueteo no te sienta bien.

—Ese *traje* no te sienta bien.

Dejé que discutieran mientras centraba mi atención de nuevo en los bollos. Aunque Coco había procurado traer lo suficiente como para alimentar a cinco personas, acepté el desafío. Sin embargo, después de tres bollos, los dos restantes vencieron mi apetito. Aparté el plato con brusquedad.

—No podemos darnos el lujo del tiempo, Bas. —Los interrumpí justo cuando Coco parecía a punto de saltar sobre él desde el extremo opuesto de la mesa—. El anillo desaparecerá por la mañana, así que debemos hacerlo hoy. ¿Nos ayudas o no?

Él frunció el ceño ante mi tono.

—Personalmente, no entiendo por qué tanto alboroto. No necesitas un anillo de invisibilidad para tu seguridad. Sabes que puedo protegerte.

Pff. Promesas vacías. Quizás por eso había dejado de quererlo.

Bas era muchas cosas, encantador, astuto, implacable, pero no era protector. Le preocupaban cosas más importantes, como salvar su propio pellejo ante el menor indicio de problemas. No estaba resentida con él por ello. Después de todo, *era* un hombre y lo había más que compensado con sus besos.

Coco lo fulminó con la mirada.

—Como hemos dicho, *varias* veces, el anillo otorga más que invisibilidad al portador.

—Ah, *mon amie*, debo confesar que no estaba escuchando.

Cuando sonrió y le lanzó un beso desde el extremo opuesto de la mesa, Coco apretó los puños.

—*Bordel!* Lo juro, uno de estos días, te...

Intervine antes de que ella pudiera cortarle una arteria.

—Hace que el portador sea inmune a los encantamientos. Parecido a los cuchillos Balisarda de los *chasseurs*. —Miré a Bas a los ojos—. Sin duda comprendes lo útil que podría ser para mí.

Su sonrisa desapareció. Despacio, extendió la mano para tocar el pañuelo en mi cuello, deslizó los dedos hacia mi cicatriz oculta. Un escalofrío recorrió mi columna.

—Pero ella no te ha encontrado. Aún estás a salvo.

—Por ahora.

Me miró un instante largo, con la mano en alto hacia mi garganta. Finalmente, suspiró.

—¿Y estás dispuesta a hacer lo que sea para obtener ese anillo?

—Sí.

—¿Incluso... magia?

Tragué con dificultad, entrelacé mis dedos con los de él y asentí. Él dejó caer nuestras manos unidas sobre la mesa.

—De acuerdo, entonces. Te ayudaré. —Miró por la ventana y seguí sus ojos. Más y más personas se habían reunido para el desfile del príncipe. Aunque la mayoría reía y conversaba con entusiasmo tangible, la incomodidad supuraba bajo la superficie: en la tensión de sus bocas y los movimientos breves y veloces de sus ojos—. Esta noche —prosiguió—, el rey ha organizado un baile de bienvenida para su hijo, que regresa de Amandine. Toda la aristocracia ha sido invitada... incluso monsieur Tremblay.

—Qué conveniente —susurró Coco.

Todos nos pusimos tensos por la conmoción en la calle y clavamos los ojos en los hombres que aparecieron entre la multitud. Cubiertos con chaquetas azul brillante, marchaban en filas de tres (cada *pum, pum, pum* de sus botas estaba en sincronía perfecta) con dagas plateadas sobre sus corazones. Los guardias los flanqueaban a cada lado, gritando e indicándoles a los transeúntes que fueran a la acera.

Chasseurs.

Habiendo jurado lealtad a la Iglesia como cazadores, los *chasseurs* protegían al reino de Belterra de lo oculto: específicamente, de las *Dames blanches* o brujas letales, que atentaban contra los prejuicios mezquinos de Belterra. La furia contenida latía por mis venas mientras observaba a los *chasseurs* avanzar. Como si *nosotras* fuéramos las intrusas. Como si antes esta tierra no *nos* hubiera pertenecido.

No es tu lucha. Alcé el mentón y aparté la idea de mi mente. La pelea milenaria entre la Iglesia y las brujas ya no me afectaba: no desde que había dejado atrás el mundo de la brujería.

—No deberías estar aquí fuera, Lou. —Los ojos de Coco siguieron a los *chasseurs* mientras ellos formaban en la calle y evitaban que cualquiera se aproximara a la familia real. El desfile comenzaría pronto—. Deberíamos reunirnos de nuevo en el teatro. Una multitud de este tamaño es peligrosa. Sin duda atraerá problemas.

—Estoy disfrazada. —Era difícil hablar con el bollo pegajoso en la boca, así que me lo tragué con esfuerzo—. Nadie me reconocerá.

—Andre y Grue te han reconocido.

—Solo por mi voz...

—No me reuniré en ninguna parte hasta que el desfile termine. —Bas soltó mi mano, se puso de pie y le dio una palmadita a su chaleco con una sonrisa lasciva—. Una multitud de este tamaño es un pozo glorioso de dinero y planeo ahogarme en él. Con vuestro permiso.

Inclinó el sombrero y caminó entre las mesas de la *patisserie* hasta alejarse de nosotras. Coco se puso de pie de un salto.

—Ese bastardo romperá su promesa en cuanto desaparezca. Probablemente nos entregará a los guardias... o peor, a los *chasseurs*. No sé por qué confías en él.

Aún era motivo de discusión en nuestra amistad que yo le hubiera revelado a Bas mi verdadera identidad. Mi verdadero nombre. No importaba que hubiera ocurrido después de una noche con demasiado *whisky* y besos. Consumí el último bollo esforzándome por evitar la mirada de Coco, intentando no arrepentirme de mi decisión.

El arrepentimiento no cambiaba nada. Ahora no tenía más opción que confiar en él. Estábamos inevitablemente conectados.

Ella suspiró, resignada.

—Lo seguiré. Tú sal de aquí. ¿Nos encontramos en el teatro en una hora?

—Es una cita.

Salí de la *patisserie* pocos minutos después de que lo hicieran Coco y Bas. En el exterior, cientos de chicas estaban apiñadas al borde de la histeria ante la posibilidad de ver al príncipe. Pero un hombre bloqueaba la entrada.

Era realmente inmenso, me superaba en altura y complexión, tenía una espalda amplia y brazos poderosos tensados sobre la lana oscura de su abrigo. Él también miraba hacia la calle, pero no parecía observar el desfile. Tenía los hombros rígidos, los pies plantados como si se preparara para una pelea.

Tosí y le toqué la espalda. No se movió. Lo toqué de nuevo. Movió el cuerpo levemente, pero no lo suficiente como para que yo pasara.

Bien. Poniendo los ojos en blanco, clavé mi hombro en el lateral de su cuerpo e intenté avanzar entre su cintura y el marco de la puerta. Él pareció notar *ese* contacto, porque por fin se giró... y me golpeó de lleno la nariz con el codo.

—¡Mierda! —Me sujeté la nariz, tropecé hacia atrás y aterricé sobre mi trasero por segunda vez esa mañana. Las lágrimas traicioneras brotaron en mis ojos—. ¿Qué problema tienes?

Extendió una mano ágil.

—Discúlpeme, *monsieur*. No lo he visto.

—Está claro. —Ignoré su mano y me puse de pie sola. Me limpié los pantalones e intenté pasar a su lado, pero él bloqueó el paso una vez más. Su abrigo se abrió con el movimiento y dejó expuesta una bandolera atada a su pecho. Cuchillos de todas formas y tamaños brillaron ante mí, pero el cuchillo enfundado sobre su corazón fue el que hizo que el mío se quedara duro como una piedra. Resplandeciente y plateado, estaba adornado con un zafiro grande que centelleaba amenazante en la empuñadura.

Chasseur.

Incliné la cabeza. Mierda.

Respiré hondo, me obligué a mantener la calma. Él no era un peligro con mi disfraz actual. No había hecho nada mal. Olía a canela, no a magia. Además, ¿acaso los hombres no compartían cierta clase de camaradería implícita? ¿Una comprensión mutua de su propia importancia colectiva?

—¿Está herido, *monsieur*?

Cierto. En ese momento yo era un *hombre*. Podía hacer aquello.

Me obligué a alzar la vista.

Más allá de su altura obscena, lo primero que noté fueron los botones de latón de su abrigo: combinaban con su cabello cobre, que brillaba bajo el sol como un faro. En conjunto, con su nariz recta y su boca carnosa, era inesperadamente apuesto para ser *chasseur*. *Irritantemente* apuesto. No pude evitar observarlo. Las pestañas gruesas enmarcaban sus ojos del color exacto del mar.

Ojos que en ese instante me observaban con perplejidad desvergonzada.

Mierda. Me llevé la mano al bigote, que colgaba de mi rostro debido a la caída.

Bueno, había sido un esfuerzo valiente. Y si bien los hombres podían ser orgullosos, las mujeres sabían cuándo huir a toda velocidad de una situación mala.

—Estoy bien. —Incliné la cabeza con rapidez e intenté pasar a su lado, ahora ansiosa por poner la mayor distancia posible entre los dos. Aunque aún no había hecho nada malo, no tenía sentido tentar a la suerte. A veces, respondía con un golpe—. Solo mira por dónde vas la próxima vez.

Él no hizo movimiento alguno.

—Sois una mujer.

—Qué perspicaz. —De nuevo, intenté pasar por su lado, esta vez con un poco más de fuerza de la necesaria, pero él me sujetó del codo.

—¿Por qué vestís como un hombre?

—¿Habéis usado alguna vez un corsé? —Me giré para mirarlo y pegué el bigote en su lugar con la mayor dignidad que pude reunir—. No me haríais esa pregunta si lo hubierais hecho. Los pantalones son muchísimo más liberadores.

Me miraba como si un brazo hubiera crecido de mi frente. Lo fulminé con la vista y él sacudió levemente la cabeza como si intentara aclarar sus pensamientos.

—Lo… lo siento, *mademoiselle*.

Ahora las personas nos miraban. Tiré en vano de mi brazo, el comienzo del pánico revoloteaba en mi estómago.

—*Suélteme…*

Él aferró con más fuerza mi codo.

—¿La he ofendido de alguna manera?

Perdí por completo la paciencia e intenté apartarme de él con todas mis fuerzas.

—¡Me has roto el trasero!

Quizás mi vulgaridad fue lo que le impactó, pero él me soltó como si lo hubiera mordido, mirándome con un desprecio que lindaba con la repulsión.

—Nunca en la vida he oído a una dama hablar de ese modo.

Ah. Los *chasseurs* eran hombres santos. Probablemente creía que yo era el diablo.

No habría estado equivocado.

Le ofrecí una sonrisa felina mientras me alejaba poco a poco, pestañando y haciendo mi mejor imitación de Babette. Al ver que no hacía movimiento alguno para detenerme, la tensión en mi pecho desapareció un poco.

—Pasas tiempo con las damas equivocadas, Chass.

—Entonces, ¿eres una cortesana?

Me hubiera enfurecido de no haber conocido a varias cortesanas perfectamente respetables… Babette no estaba entre ellas. Maldita extorsionadora. Suspiré con dramatismo.

—Cielos, no, y hay corazones rotos por toda Cesarine por ello.

Él tensó la mandíbula.

—¿Cómo te llamas?

Un estallido de vítores estridentes evitó que respondiera. La familia real por fin había doblado en la esquina de nuestra calle. El *chasseur* se giró un segundo, pero eso fue todo lo que necesité. Me deslicé detrás de un grupo particularmente entusiasta de muchachas que gritaban el nombre del príncipe en un tono que solo los perros deberían haber oído, y desaparecí antes de que él se girara de nuevo.

Sin embargo, los codos me empujaban de todos los ángulos y pronto comprendí que era demasiado pequeña, demasiado baja, demasiado delgada, para abrirme paso entre la multitud. Al menos era imposible hacerlo sin empujar a nadie con mi cuchillo. Devolví algunos codazos y busqué un terreno más alto para esperar a que la procesión terminara. Algún lugar fuera de vista.

Allí.

Con un salto, me aferré al alféizar de un viejo edificio de arenisca, escalé por el tubo del desagüe y subí al techo. Apoyé los codos en la balaustrada y observé la calle de debajo. Las banderas doradas con el emblema de la familia real flotaban en cada puerta y los vendedores ofrecían comida en cada esquina. A pesar de los olores tentadores de sus *frites*, salchichas y *croissants* de queso, la ciudad aún apestaba a pescado. Pescado y humo. Arrugué la nariz. Uno de los placeres de vivir en una península sombría y gris.

Cesarine era la personificación del gris. Las casas grises deslucidas se apilaban como sardinas en una lata y las calles destrozadas serpenteaban entre mercados sucios y grises y puertos aún más sucios y grises. Una nube omnipresente de humo de las chimeneas lo cubría todo.

El gris era asfixiante. Sin vida. Monótono.

Sin embargo, había cosas peores en la vida que algo monótono. Y había humos peores que el de las chimeneas.

Los vítores alcanzaron su punto máximo cuando la familia Lyon pasó debajo de mi edificio.

El rey Auguste saludaba desde su carruaje dorado, sus rizos rubios ondeaban con el viento del final del otoño. Su hijo, Beauregard, estaba sentado a su lado. No podían ser más distintos. Mientras el primero tenía complexión y ojos claros, el segundo tenía ojos hundidos, piel olivácea y cabello negro heredado de su madre. Pero sus sonrisas encantadoras eran prácticamente idénticas.

Demasiado encantadoras en mi opinión. La arrogancia brotaba de sus poros.

La esposa de Auguste fruncía el ceño detrás. No la culpaba. Yo habría hecho lo mismo si mi marido hubiera tenido más amantes que dedos en las manos y los pies… pero no planeaba tener marido. Prefería morir antes que encadenarme a alguien en matrimonio.

Acababa de apartar la vista, ya estaba aburrida, cuando algo cambió en las calles. Fue sutil, casi como si el viento hubiera cambiado de dirección a mitad de curso. Un zumbido prácticamente imperceptible surgió entre los adoquines y cada sonido en la multitud, cada olor, cada sabor y cada tacto, se disolvió en el éter. El mundo se detuvo. Retrocedí con torpeza lejos del borde del techo mientras el vello en mi nuca se erizaba. Sabía lo que venía a continuación. Reconocí el roce débil de energía en mi piel, el latido familiar en mis oídos.

Magia.

Luego, llegaron los gritos.

CAPÍTULO 3

LAS MUJERES SON PERVERSAS

Reid

El aroma siempre seguía a las brujas. Dulce y herbáceo, pero intenso... demasiado intenso. Como el incienso que el arzobispo quemaba durante la misa, pero más punzante. Aunque habían pasado años desde que había hecho mis votos sagrados, nunca me había acostumbrado al olor. Aun ahora, con solo un dejo de él en la brisa, quemaba mi garganta. Me asfixiaba. Provocándome.

Detestaba el olor a magia.

Tomé el cuchillo Balisarda de su funda junto a mi corazón y observé a las personas de alrededor. Jean Luc me miró con cautela.

—¿Problemas?

—¿No lo hueles? —susurré—. Es suave, pero está ahí. Ya han comenzado.

Él sacó su propio Balisarda de su bandolera. Abrió y cerró las fosas nasales.

—Avisaré a los otros.

Avanzó entre la multitud sin decir una palabra más. Aunque él tampoco vestía el uniforme, el gentío le abrió paso como el mar Rojo ante Moisés. Probablemente por el zafiro en su cuchillo. Los susurros lo siguieron mientras avanzaba y los más astutos me miraron. Abrieron los ojos de par en par. Con la chispa de la comprensión.

Chasseurs.

Habíamos esperado ese ataque. Con cada día que pasaba, las brujas estaban cada vez más inquietas, motivo por el cual la mitad de mis hermanos plagaban las calles con su uniforme y la otra mitad, vestida como yo, estaba oculta a plena vista entre la multitud. Esperando. Observando.

Cazando.

Un hombre de mediana edad avanzó hacia mí. Sostenía la mano de una niña. Tenían el mismo color de ojos. La misma estructura ósea. Su hija.

—Señor, ¿estamos en peligro? —Más personas se giraron ante su pregunta. Fruncieron las cejas. Movían los ojos de un lado a otro. La hija del hombre hizo una mueca de dolor, arrugó la nariz y soltó su bandera. La tela flotó en el aire un segundo demasiado largo antes de caer al suelo.

—Me duele la cabeza, papá —susurró la niña.

—Tranquila, hija. —Miró el cuchillo en mi mano y los músculos tensos de sus ojos se relajaron—. Este hombre es un *chasseur*. Nos mantendrá a salvo. ¿Verdad?

A diferencia de su hija, él aún no había olido la magia. Pero lo haría. Pronto.

—Deben despejar el área de inmediato. —Mi voz salió más brusca de lo que había querido. La niña hizo otra mueca de dolor y su padre rodeó sus hombros con el brazo. Las palabras del arzobispo resonaron en mi cabeza. *Tranquilízalos, Reid. Debes inspirar calma y confianza además de dar protección.* Sacudí la cabeza y lo intenté de nuevo—. Por favor, *monsieur*, regrese a casa. Coloque sal en las puertas y ventanas. No salga de nuevo hasta que…

Un grito ensordecedor interrumpió el resto de mis palabras.

Todos se quedaron paralizados.

—¡Idos! —Empujé al hombre y a su hija dentro de la *patisserie* detrás de nosotros. Él logró atravesar la puerta con torpeza antes de que otros corrieran detrás, ignorando a cualquiera que estuviera en su camino. Los cuerpos colisionaban en todas direcciones. Los gritos se multiplicaron alrededor y una risa antinatural resonó en todas partes a la vez. Coloqué el cuchillo cerca de mi cuerpo, avancé entre los transeúntes asustados y tropecé con una mujer mayor.

—Cuidado. —Apreté los dientes y sujeté sus hombros frágiles antes de que se cayera y se matara. Sus ojos lechosos me miraron y una sonrisa lenta y peculiar tocó sus labios marchitos.

—Dios te bendiga, joven —croó. Luego, se giró con una elegancia antinatural y desapareció en la horda de personas que corrían para pasar. Tardé varios segundos en registrar el hedor empalagoso y chamuscado que había dejado a su paso. Mi corazón se detuvo, como una roca.

—¡Reid! —Jean Luc estaba de pie en el carruaje de la familia real. Docenas de mis hermanos rodeaban el vehículo, los zafiros resplandecían mientras hacían retroceder a los ciudadanos frenéticos. Comencé a avanzar, pero la multitud ante mí se movió y por fin las vi.

Brujas.

Avanzaban por la calle con sonrisas serenas, sus cabellos flotaban en el viento inexistente. Eran tres. Reían mientras los cuerpos caían a su alrededor solo con el simple chasquido de sus dedos.

Aunque rogaba que las víctimas no estuvieran muertas, solía preguntarme si la muerte era un destino más amable. Los menos afortunados despertaban sin recuerdos de su segundo hijo o quizás con un apetito insaciable de carne humana. El mes anterior, habían encontrado a un niño sin sus ojos. Otro hombre había perdido la capacidad de dormir. Y otro había pasado el resto de sus días persiguiendo a una mujer que nadie más podía ver.

Cada caso era distinto. Cada uno era más perturbador que el anterior.

—¡Reid! —Jean Luc sacudía los brazos, pero lo ignoré. La incomodidad apareció más allá del pensamiento consciente mientras observaba a las brujas avanzar hacia la familia real. Despacio, relajadas a pesar del batallón de *chasseurs* que corría hacia ellas. Los cuerpos se alzaron como marionetas y formaron un escudo humano alrededor de las brujas. Observé horrorizado cómo un hombre avanzaba corriendo y se empalaba a sí mismo en el Balisarda de uno de mis hermanos. Las brujas rieron y continuaron contorsionando los dedos de modo antinatural. Con cada movimiento, un cuerpo indefenso se alzaba. Titiriteras.

No tenía sentido. Las brujas trabajaban en secreto. Atacaban desde las sombras. Semejante notoriedad por su parte, semejante *espectáculo*, era sin duda una tontería. A menos que…

A menos que hubiéramos perdido de vista el panorama completo.

Corrí hacia los edificios de arenisca a mi derecha en busca de una elevación para ver por encima de la multitud. Me aferré al muro con dedos temblorosos y obligué a mis extremidades a escalar. Cada hoyo en la piedra estaba más alto que el anterior… y ahora estaban borrosos. Daban vueltas. Sentí el pecho tenso. La sangre latió en mis oídos. *No mires abajo. Mantén la vista arriba…*

Un rostro con bigote familiar apareció sobre el borde del techo. Ojos azules verdosos. Nariz pecosa. La chica de la *patisserie*.

—Mierda —dijo. Luego, se escabulló fuera de la vista.

Centré la atención en el punto en el que ella había desaparecido. Moví el cuerpo con determinación renovada. En cuestión de segundos, subí por encima del borde, pero ella ya saltaba hacia el techo siguiente. Sujetó su sombrero con una mano y alzó su dedo del medio con la otra. Fruncí el ceño. La pagana no me preocupaba a pesar de su falta de respeto descarada.

Mé giré para mirar hacia abajo y me aferré al saliente para no perder el equilibrio cuando el mundo se inclinó y giró.

Las personas entraban a las tiendas que recorrían las calles. Demasiadas. Sin duda demasiadas. Los dueños de las tiendas luchaban por mantener el orden mientras atropellaban a los que estaban más cerca de las puertas. El dueño de la *patisserie* había logrado obstruir su propia puerta. Aquellos que se habían quedado fuera gritaban y golpeaban las ventanas mientras las brujas avanzaban.

Observé la multitud buscando qué habíamos pasado por alto. Ahora más de veinte cuerpos daban vueltas en el aire alrededor de las brujas: algunos inconscientes, con las cabezas colgando, y otros dolorosamente despiertos. Un hombre colgaba con los brazos extendidos, como atado a una cruz imaginaria. El humo salía de su boca, que se abría y cerraba en gritos silenciosos. Las prendas y el cabello de otra mujer flotaban a su alrededor como si estuviera bajo el agua mientras daba manotazos desesperados en el aire. Su rostro se volvía azul. Se ahogaba.

Con cada nuevo horror, más *chasseurs* corrían hacia ellas.

Veía en sus rostros la urgencia feroz de proteger a todos, incluso en la distancia. Pero en su prisa por ayudar a los desamparados, habían olvidado nuestra verdadera misión: la familia real. Ahora había solo cuatro hombres rodeando el carruaje. Dos *chasseurs*. Dos guardias reales. Jean Luc sostenía la mano de la reina mientras el rey daba órdenes, para nosotros, para su guardia, para cualquiera que lo oyera, pero el ruido tumultuoso se tragaba cada palabra.

A sus espaldas, insignificante en todos los aspectos, reptaba la bruja anciana.

La realidad de la situación me golpeó y me arrebató el aliento. Las brujas, los maleficios… todo era una actuación. Una *distracción*.

Sin detenerme a pensar, a contemplar la distancia aterradora hasta el suelo, sujeté el tubo del desagüe y salté por encima del borde del techo.

La cañería chilló y cedió bajo mi peso. A mitad de camino hacia abajo, el metal se separó por completo de la arenisca. Salté, con el corazón alojado con firmeza en mi garganta, y me preparé para el impacto. Un dolor intenso subió por mis piernas cuando golpeé el suelo, pero no me detuve.

—¡Jean Luc! ¡Detrás de ti!

Se giró para mirarme, posó los ojos en la bruja anciana en el mismo segundo que yo. La comprensión apareció.

—¡Abajo! —Empujó al rey contra el suelo del carruaje. El resto de los *chasseurs* corrieron alrededor del carruaje al oír su grito.

La anciana me miró por encima de su hombro jorobado, con la misma sonrisa peculiar expandiéndose en su rostro. Movió la muñeca y el olor empalagoso se volvió más intenso alrededor. Un estallido de aire salió disparado de la punta de sus dedos, pero la magia no podía tocarnos. No con nuestros Balisardas. Cada cuchillo había sido forjado con una gota derretida de la reliquia santa original de san Constantino, lo cual nos hacía inmunes a la magia de las brujas. Sentí el aire asquerosamente dulce pasar sobre mí, pero no me disuadió. No disuadió a mis hermanos.

Los guardias y los ciudadanos más cercanos a nosotros no fueron tan afortunados. Volaron hacia atrás y chocaron contra el carruaje y las tiendas que delimitaban la calle. Los ojos de la anciana brillaron triunfantes cuando uno de mis hermanos abandonó su puesto para ayudar a los heridos. Ella se movió de un modo demasiado veloz para ser natural, hacia la puerta del carruaje. El rostro incrédulo del príncipe Beauregard apareció sobre ella ante la conmoción. La anciana le gruñó retorciendo la boca. La derribé contra el suelo antes de que pudiera alzar las manos.

Ella luchaba con la fuerza de una mujer y de un *hombre* de la mitad de su edad, pateaba, mordía y golpeaba cada centímetro de mí que podía alcanzar. Pero yo era demasiado pesado. La aplasté con mi cuerpo, retorcí sus manos sobre su cabeza lo suficiente como para dislocar sus hombros. Presioné el cuchillo contra su garganta.

Permaneció quieta mientras inclinaba la boca hacia su oído. La daga cortó más profundo.

—Que Dios se apiade de tu alma.

Entonces ella se rio, una carcajada ruidosa que sacudió todo su cuerpo. Fruncí el ceño, retrocedí un poco… y me quedé paralizado. La mujer debajo de mí ya no era una anciana. Contemplé horrorizado cómo su rostro viejo se derretía y se convertía en una piel suave de porcelana. Cómo su cabello frágil fluía grueso y negro sobre sus hombros.

Ella me miró a través de sus ojos hundidos, separó los labios mientras alzaba su rostro hacia el mío. No podía pensar, no podía moverme, no sabía siquiera si *quería* hacerlo, pero de algún modo logré apartarme antes de que sus labios rozaran los míos.

Y allí fue cuando lo sentí.

La forma firme y redondeada de su estómago presionando el mío.

Oh, Dios.

Todos los pensamientos abandonaron mi cabeza. Retrocedí de un salto, lejos de ella, lejos de la *cosa*, y me puse de pie con torpeza. Los gritos vacilaron en la distancia. Los cuerpos en el suelo se sacudieron. La mujer se puso de pie despacio.

Ahora vestida con prendas rojo sangre, colocó una mano sobre su vientre hinchado y sonrió. Sus ojos color esmeralda se posaron en los miembros de la familia real, que estaban agazapados en su carruaje, pálidos y con los ojos abiertos de par en par. Observando.

—*Recuperaremos* nuestra tierra natal, majestades —canturreó—. Os lo hemos advertido, una y otra vez. No habéis acatado nuestras palabras. Pronto, bailaremos sobre vuestras cenizas al igual que lo hicisteis con nuestros ancestros.

Me miró a los ojos. Su piel de porcelana se derritió de nuevo y el cabello negro se marchitó y se convirtió en rizos delgados canosos. Ya no era la hermosa mujer embarazada. Era de nuevo la anciana. Me guiñó un ojo. El gesto era espeluznante en aquel rostro decrépito.

—Debemos repetir esto pronto, guapo.

No podía hablar. Nunca había visto semejante magia negra, semejante profanación del cuerpo humano. Pero las brujas no eran humanas. Eran víboras. Demonios encarnados. Y había estado a punto de…

Expandió su sonrisa sin dientes como si pudiera leerme la mente. Antes de que pudiera moverme, antes de que pudiera desenvainar mi daga y enviarla de vuelta al infierno al que pertenecía, desapareció en una nube de humo.

No sin antes lanzarme un beso.

Horas después, una gruesa alfombra verde amortiguó mis pasos en la oficina del arzobispo. Unos paneles ornamentales de madera cubrían los muros sin ventanas de la habitación. La chimenea proyectaba una luz centelleante sobre los papeles extendidos sobre su escritorio. Ya sentado allí, el arzobispo hizo una señal para que tomara asiento en una de las mesas de madera frente a él.

Lo hice. Me obligué a mirarlo a los ojos. Ignoré el ardor de la humillación en mis entrañas.

Aunque el rey y su familia habían escapado ilesos del desfile, muchos no lo habían hecho. Dos habían muerto: una chica de la mano de su hermano y la otra sola. Decenas más no tenían heridas visibles, pero estaban actualmente atados a las camas dos plantas más arriba. Gritando. Hablando en distintos idiomas. Mirando el cielo sin parpadear. Vacíos. Los sacerdotes habían hecho por ellos lo que habían podido, pero la mayoría serían transportados al asilo en dos semanas. Había un límite para lo que la medicina humana podía hacer por los que eran afectados por la brujería.

El arzobispo me observó por encima de la unión de sus dedos. Ojos de acero. Boca severa. Pinceladas plateadas en la sien.

—Has hecho un buen trabajo hoy, Reid.

Fruncí el ceño, moviéndome en el asiento.

—¿Señor?

Él sonrió de modo sombrío e inclinó el torso hacia adelante.

—De no ser por ti, las bajas habrían sido muchas más. El rey Auguste está en deuda contigo. Ha manifestado su admiración. —Señaló un sobre rígido sobre su escritorio—. De hecho, planea dar un baile en tu honor.

Mi vergüenza ardió más. Por pura fuerza de voluntad, logré abrir los puños. No merecía la admiración de nadie: no la del rey y, especialmente, no la de mi patriarca. Les había fallado. Había quebrantado la primera regla de mis hermanos: *No permitirás que una bruja viva.*

Había permitido que cuatro vivieran.

Peor… de hecho… había querido…

Me estremecí en mi silla, incapaz de terminar el pensamiento.

—No puedo aceptarlo, señor.

—Y ¿por qué no? —Alzó una ceja oscura y reclinó de nuevo el cuerpo hacia atrás. Me encogí bajo su escrutinio—. Solo tú has recordado tu misión. Solo tú has reconocido a la bruja vieja por lo que era.

—Jean Luc...

Sacudió una mano con impaciencia.

—Tu humildad es evidente, Reid, pero no debes tener falsa modestia. Has salvado vidas hoy.

—Yo... Señor, yo... —Ahogándome en las palabras, miré con decisión mis manos. Cerré de nuevo los puños sobre mi regazo.

Como siempre, el arzobispo comprendió sin necesidad de una explicación.

—Ah... sí. —Suavizó la voz. Alcé la vista y descubrí que me observaba con expresión inescrutable—. Jean Luc me ha hablado acerca de tu desafortunado encuentro.

Aunque las palabras eran neutras, oí la decepción. La vergüenza aumentó y golpeó mi interior de nuevo. Incliné la cabeza.

—Lo siento, señor. No sé qué me ha sucedido.

Él suspiró apesadumbrado.

—No temas, hijo. Las mujeres son perversas... en especial las brujas. Sus artimañas no tienen límites.

—Discúlpeme, señor, pero nunca he visto magia semejante. La bruja... era una anciana, pero... cambió. —Me miré los puños de nuevo. Decidido a pronunciar las palabras—. Se convirtió en una mujer hermosa. —Respiré hondo y alcé la vista, apretando la mandíbula—. En una mujer hermosa embarazada.

Él curvó los labios.

—La Madre.

—¿Señor?

Se puso de pie apretando las manos a su espalda y comenzó a caminar por la sala.

—¿Has olvidado las enseñanzas sacrílegas de las brujas, Reid?

Sacudí la cabeza con brusquedad, con las orejas ardiendo, y recordé a los diáconos severos de mi infancia. El aula escasa junto al santuario. La Biblia desgastada en mis manos.

Las brujas no alaban a nuestro Señor y Salvador, tampoco reconocen la existencia de la sagrada trinidad de Padre, Hijo y Espíritu Santo. Glorifican a otra trinidad... una trinidad idolatrada. La triple Diosa.

Aunque no hubiera crecido en la Iglesia, cada *chasseur* aprendía la ideología malvada de las brujas antes de hacer su juramento.

—Virgen, Madre y Anciana —susurré.

Él asintió con aprobación y una satisfacción cálida se expandió en mí.

—La personificación de la femineidad en el ciclo del nacimiento, la vida y la muerte... entre otras cosas. Es una blasfemia, por supuesto. —Resopló y sacudió la cabeza—. Como si Dios pudiera ser mujer.

Fruncí el ceño, evitando sus ojos.

—Claro, señor.

—Las brujas creen que su reina, la *Dame des Sorcières*, ha sido bendecida por la diosa. Creen que ella, esa cosa, puede adoptar las formas de la trinidad a voluntad. —Hizo una pausa, tensó la boca al mirarme—. Hoy, creo que te has enfrentado a la *Dame des Sorcières* en persona.

Lo miré boquiabierto.

—¿Morgane le Blanc?

Él asintió con brusquedad.

—La misma.

—Pero, señor...

—Explica la tentación. Tu incapacidad de controlar tu naturaleza más básica. La *Dame des Sorcières* es increíblemente poderosa, Reid, en particular en esa forma. Las brujas afirman que la Madre representa la fertilidad, la realización y... la sexualidad. —Contorsionó el rostro con desagrado, como si la palabra hubiera dejado un sabor amargo en su boca—. Un hombre inferior a ti habría sucumbido.

Pero quise hacerlo. Mi rostro ardió lo suficiente como para causar dolor físico mientras el silencio descendía entre los dos. Oí los pasos y el arzobispo posó su mano en mi hombro.

—Expulsa esa idea de tu mente, para que la criatura no envenene tus pensamientos y corrompa tu espíritu.

Tragué con dificultad y me obligué a mirarlo.

—No le fallaré de nuevo, señor.

—Lo sé. —Sin vacilación. Sin incertidumbre. El alivio infló mi pecho—. Esta vida que hemos escogido, la vida del autocontrol, de la templanza, no carece de dificultades. —Presionó mi hombro—. Somos humanos. Desde el albor de los tiempos, el suplicio de los hombres ha sido la tentación de las mujeres. Incluso dentro de la perfección del Jardín del Edén, Eva sedujo a Adán y lo hizo pecar.

Cuando no dije nada, me soltó el hombro y suspiró. Ahora, cansado.

—Presenta este asunto ante el Señor, Reid. Confiesa y él te perdonará. Y si… con el paso del tiempo… no puedes superar esta aflicción, quizás debamos conseguirte una esposa.

Sus palabras golpearon mi orgullo, mi honor, como un puñetazo. La furia me recorrió el cuerpo. Fuerte. Rápida. Repugnante. Solo pocos de mis hermanos habían tenido esposas desde que el rey había creado nuestra orden sagrada, y después de un tiempo la mayoría habían olvidado sus puestos y abandonado la Iglesia.

Sin embargo… había habido un tiempo en el que había considerado la idea. En el que incluso la había anhelado. Pero ya no.

—No será necesario, señor.

Como si percibiera mis pensamientos, el arzobispo continuó con cautela.

—No es necesario que te recuerde tus transgresiones previas, Reid. Sabes muy bien que la Iglesia no puede obligar a ningún hombre a prometer celibato… ni siquiera a un *chasseur*. Como ha dicho Pedro: «Si no pueden controlarse, permitidles contraer matrimonio: dado que es mejor hacerlo que arder de pasión». Si tu deseo es casarte, ni tus hermanos ni yo podemos detenerte. —Hizo una pausa, observándome con atención—. Quizás la joven mademoiselle Tremblay aún te acepte.

El rostro de Célie apareció brevemente en mi cabeza con sus palabras. Delicado. Hermoso. Sus ojos verdes llenos de lágrimas. Habían empapado la tela negra de su atuendo de duelo.

No puedes entregarme tu corazón, Reid. No puedo cargar con eso en mi conciencia.

Célie, por favor…

Esos monstruos que han asesinado a Pip aún andan sueltos. Deben recibir un castigo. No te distraeré de tu objetivo. Si debes entregar tu corazón, dáselo a tu hermandad. Por favor, por favor, olvídame.

Nunca podría olvidarte.

Debes hacerlo.

Aparté el recuerdo antes de que me consumiera.

No. Nunca contraería matrimonio. Después de la muerte de su hermana, Célie lo había dejado muy claro.

—Pero les digo lo mismo a quienes no están casados y a las viudas —concluí, mi voz era baja y constante—: Es bueno para ellos si se contienen como yo. —Miré con atención los puños en mi regazo, llorando un futuro, una familia, que nunca tendría—. Por favor, señor... No piense que pondría en riesgo mi futuro con los *chasseurs* contrayendo matrimonio. Lo único que deseo es complacer a Dios... y a usted.

En ese instante, alcé la vista y él me ofreció una sonrisa sombría.

—Tu devoción hacia el Señor me complace. Ahora, busca mi carruaje. Debo ir al castillo para el baile del príncipe. En mi opinión, es una tontería, pero Auguste malcría a su hijo...

Un golpe vacilante en la puerta detuvo sus palabras. Su sonrisa desapareció ante el sonido y él asintió una vez para indicar que me retirara. Me puse de pie y rodeé su escritorio.

—Adelante.

Un novato joven y desgarbado entró. Ansel. Dieciséis años. Había quedado huérfano cuando era un bebé, como yo. Lo había conocido solo brevemente durante la infancia, aunque a ambos nos habían criado en la Iglesia. Él había sido demasiado joven para pasar el rato con Jean Luc y conmigo.

Hizo una reverencia y cubrió su corazón con el puño derecho.

—Lamento interrumpirlo, Su Eminencia. —Su garganta se movió mientras entregaba una carta—. Pero ha recibido correo. Una mujer ha venido a la puerta. Cree que una bruja estará en el West End esta noche, señor, cerca del parque Brindelle.

Me quedé paralizado. Allí vivía Célie.

—¿Una mujer? —El arzobispo frunció el ceño, inclinó el torso hacia adelante y tomó la carta. El sello había adoptado la forma de una rosa. Buscó en su atuendo un cuchillo delgado para abrirlo—. ¿Quién?

—No lo sé, Su Eminencia. —Las mejillas de Ansel se volvieron rosadas—. Tenía cabello rojo intenso y era muy... —Tosió y miró sus botas—... muy hermosa.

El arzobispo frunció más el ceño mientras abría el sobre.

—No sirve de nada obsesionarse con la belleza terrenal, Ansel —lo reprendió, dirigiendo su atención a la carta—. Espero verte en el confesionario maña... —Abrió los ojos de par en par ante lo que leyó.

Me acerqué.

—¿Señor?

Él me ignoró, con los ojos aún clavados en la página. Di otro paso hacia él y alzó la cabeza bruscamente. Parpadeó con rapidez.

—Estoy... —Sacudió la cabeza y tosió, volviendo a posar la mirada en la carta.

—¿Señor? —repetí.

Ante el sonido de mi voz, avanzó a toda prisa hacia la chimenea y lanzó la carta a las llamas.

—Estoy bien —replicó, juntando las manos detrás de su espalda. Temblaban—. No te preocupes.

Pero me preocupé. Sabía que el arzobispo era mejor que nadie... y él no temblaba. Miré la chimenea, donde la carta se desintegraba y se convertía en ceniza negra. Cerré los puños. Si una bruja había convertido a Célie en su objetivo al igual que había ocurrido con Filippa, la destrozaría extremidad por extremidad. Suplicaría por las llamas antes de que terminara con ella.

Como si percibiera mi mirada, el arzobispo se giró para mirarme.

—Reúna un equipo, capitán Diggory. —Ahora su voz era más firme. Más fría. Posó de nuevo la mirada en la chimenea y endureció su expresión—. Aunque sinceramente dudo de la validez de la afirmación de esta mujer, debemos cumplir con nuestros votos. Registrad el área. Informad de inmediato.

Coloqué el puño sobre mi corazón, hice una reverencia y avancé hacia la puerta, pero él extendió la mano como una serpiente y me sujetó el brazo. Ya no temblaba.

—Si efectivamente hay una bruja en West End, tráela *con vida*.

Asentí y realicé otra reverencia. Decidido. Una bruja no necesitaba todas las extremidades para continuar con vida. Ni siquiera necesitaba la cabeza. Hasta que no ardían, las brujas podían revivir. No quebrantaría ninguna de las reglas del arzobispo. Y si el hecho de que yo trajera una bruja *con vida* aliviaba su inquietud repentina, entonces traería tres. Por él. Por Célie. Por *mí*.

—Considérelo hecho.

CAPÍTULO 4

EL ROBO

Lou

Nos vestimos con nuestros disfraces en *Soleil et Lune* esa noche. El ático del teatro, nuestro refugio y lugar favorito, nos otorgaba un almacén infinito de disfraces: vestidos, capas, pelucas, zapatos e incluso ropa interior de cualquier tamaño, forma y color. Esa noche, Bas y yo pasearíamos bajo la luz de la luna como una joven pareja enamorada, vestidos con las telas caras y lujosas de los aristócratas, mientras Coco nos seguía como acompañante.

Me acurruqué contra su brazo fornido y lo miré con adoración.

—Gracias por ayudarnos.

—Ah, Louey, sabes cuánto detesto esa palabra. *Ayudar* implica que estoy haciéndote un favor.

Sonreí con burla y puse los ojos en blanco.

—Dios prohíba que hagas algo por la bondad de tu corazón.

—No hay bondad en mi corazón. —Bas guiñó un ojo con picardía, me acercó más a él e inclinó el cuerpo para susurrar en mi oído. Su aliento era demasiado cálido sobre mi cuello—. Solo oro.

Cierto. Lo golpeé con el codo en un gesto aparentemente inocente y me aparté. Después de la pesadilla del desfile, habíamos pasado la mayor parte de la tarde planeando cómo burlar las defensas de Tremblay, que habíamos confirmado después de un paseo rápido junto a su mansión. El primo de Bas vivía cerca de Tremblay, así que con suerte nuestra presencia no había levantado sospechas.

Era como Bas lo había descrito: un jardín cerrado con rotaciones de guardias cada cinco minutos. Él aseguraba que habría guardias adicionales dentro, al igual que perros entrenados para matar. Aunque el personal de Tremblay probablemente estaría dormido cuando entráramos a la fuerza, eran una variable adicional sobre la que no teníamos control. Y luego estaba la cuestión de localizar la bóveda: una hazaña que podía llevar días, y solo teníamos las horas previas a que Tremblay regresara a casa.

Tragué con dificultad y jugueteé con mi peluca rubia y apilada en alto con gomina, y reacomodé la cinta de terciopelo en mi garganta. Percibiendo mi ansiedad, Coco me tocó la espalda con la mano.

—No estés nerviosa, Lou. Estarás bien. Los árboles de Brindelle ocultarán la magia.

Asentí y me obligué a sonreír.

—Sí. Lo sé.

Avanzamos en silencio mientras tomábamos la calle de Tremblay y los árboles etéreos y delgados del parque Brindelle resplandecieron suavemente a nuestro lado. Cientos de años atrás, los árboles habían funcionado como un bosque sagrado para mis ancestros. Sin embargo, cuando la Iglesia había tomado control de Belterra, los oficiales habían intentado quemarlo hasta los cimientos… y habían fracasado. Los árboles habían crecido de nuevo con sed de venganza. En cuestión de días, habían extendido de nuevo su altura colosal sobre la tierra y los colonizadores se habían visto obligados a construir alrededor de ellos. Su magia aún resonaba a través del suelo debajo de mis pies, antigua e inmutable.

Después de un momento, Coco suspiró y tocó otra vez mi espalda. Prácticamente a regañadientes.

—Pero, *de todos modos*, necesitas ser cuidadosa.

Bas giró la cabeza para mirarla, frunciendo el ceño.

—¿Disculpa?

Ella lo ignoró.

—Hay algo… esperándote en la casa de Tremblay. Tal vez es el anillo, pero también puede ser otra cosa. No puedo verlo con claridad.

—¿Qué? —Me detuve abruptamente y me giré para verla—. ¿A qué te refieres?

Ella me observó con una expresión dolorosa.

—Lo dicho. No puedo *verlo*. Está borroso y desdibujado, pero sin duda hay algo allí. —Hizo una pausa, inclinando la cabeza mientras me observaba o, mejor dicho, mientras observaba algo que yo no podía ver.

Algo cálido, húmedo y fluido debajo de mi piel—. *Podría* ser maligno. Creo que sea lo que sea no te hará daño. Pero sin duda es... es poderoso.

—¿Por qué no me lo habías dicho antes?

—Porque no podía verlo antes.

—Coco, hemos planeado esto *todo el día*...

—Yo no hago las reglas, Lou —replicó—. Solo veo lo que tu sangre me muestra.

A pesar de las quejas de Bas, Coco había insistido en pincharnos los dedos antes de partir. A mí no me había importado. Como *Dame rouge*, Coco no canalizaba su magia a través de la tierra como yo y las demás *Dames blanches*. Su magia provenía del interior.

Provenía de la sangre.

Bas deslizó una mano nerviosa por su cabello.

—Quizás deberíamos haber reclutado otra bruja de sangre para nuestra causa. Quizás Babette habría sido mejor para...

—Sí, cómo no —gruñó Coco.

—No podemos confiar para nada en Babette —añadí.

Él nos miró con curiosidad.

—Sin embargo, le habéis confiado el conocimiento de esta misión crucial...

—Solo porque le hemos pagado —resoplé.

—Además, está en deuda conmigo. —Con expresión repulsiva, Coco acomodó su capa para protegerse de la brisa otoñal fría—. La ayudé a aclimatarse a Cesarine cuando abandonó el aquelarre de sangre, pero eso fue hace aproximadamente un año. No estoy dispuesta a seguir poniendo a prueba su lealtad.

Bas asintió con cortesía, dibujando una sonrisa, y habló apretando los dientes.

—Sugiero que pospongamos esta conversación. No quisiera que me asaran en una hoguera esta noche.

—*A ti no te asarían* —susurré mientras caminábamos de nuevo—. No eres una bruja.

—No —coincidió, asintiendo pensativo—, aunque sería útil. Siempre he creído que es injusto que vosotras las mujeres os llevéis toda la diversión.

Coco pateó un guijarro suelto hacia la espalda de Bas.

—Porque la persecución es un regalo maravilloso.

Se giró para fulminarla con la mirada, mientras succionaba la punta de su dedo índice, en el que el pinchazo que Coco había hecho aún era visible.

—Siempre eres la víctima, ¿verdad, cariño?

Lo golpeé con el codo de nuevo. Esta vez, más fuerte.

—Cállate, Bas.

Cuando abrió la boca para discutir, Coco le dedicó una sonrisa felina.

—Cuidado. Aún tengo tu sangre en mi sistema.

Él la miró con indignación.

—¡Solo porque me has obligado a dártela!

Ella se encogió de hombros, completamente desvergonzada.

—Necesitaba ver si te sucedería algo interesante esta noche.

—¿Y bien? —Bas la fulminó con la mirada, expectante—. ¿Ocurrirá algo?

—Ya quisieras saberlo, ¿verdad?

—¡Increíble! Por favor, dime cuál ha sido el *objetivo* de permitir que succionaras mi sangre si no planeabas compartir lo que…

—Ya te lo he dicho. —Coco puso los ojos en blanco, fingiendo aburrimiento y observando una cicatriz en su muñeca—. Solo veo fragmentos y el futuro siempre cambia. La adivinación no es mi fuerte. Pero mi tía, vaya, ella puede ver miles de posibilidades solo con saborear una gota…

—Fascinante. No imaginas cuánto disfruto estas cálidas conversaciones, pero preferiría *no* saber los detalles de la adivinación del futuro por sangre. Sin duda lo comprendes.

—Tú mismo has dicho que sería útil ser una bruja —recalqué.

—¡Estaba siendo caballeroso!

—Ah, por favor. —Coco resopló y le lanzó otro guijarro con una patada, sonriendo cuando este lo golpeó de lleno en el pecho—. Eres la persona menos caballerosa que conozco.

Él nos fulminó con la mirada, intentando en vano detener nuestras risas.

—Entonces esta es mi recompensa por ayudaros. Después de todo, quizás debería regresar a casa de mi primo.

—Ah, cállate, Bas. —Le pellizqué el brazo y él dirigió su mirada siniestra hacia mí. Le mostré la lengua—. Has accedido a ayudarnos y no es que no vayas a recibir nada a cambio. Además, ella ha bebido solo una gota. Saldrá pronto de su sistema.

—Más le vale.

Como respuesta, Coco movió un dedo. Bas maldijo y saltó como si sus pantalones estuvieran en llamas.

—Eso *no es gracioso*.

De todos modos, me reí.

Demasiado pronto, la mansión de Tremblay apareció ante nosotros. Construida con una piedra pálida bonita, se cernía incluso sobre las construcciones adineradas de sus vecinos, aunque daba la impresión clara de opulencia venida a menos. La vegetación subía con firmeza desde la base y el viento sacudía las hojas secas por el jardín enrejado. Las hortensias mustias y las rosas llenaban los parterres junto a un naranjo excesivamente exótico. Las ventajas de su comercio en el mercado negro.

Me pregunté si a Filippa le gustaban las naranjas.

—¿Tienes el sedante? —le susurró Bas a Coco. Ella avanzó a nuestro lado y asintió mientras extraía un paquete de su abrigo—. Bien. ¿Estás lista, Lou?

Lo ignoré y sujeté el brazo de Coco.

—¿Estás *segura* de que no matará a los perros?

Bas gruñó con impaciencia, pero Coco lo hizo callar con otro movimiento de su dedo. Ella asintió una vez más antes de hundir una uña afilada en su antebrazo.

—Una gota de mi sangre en el polvo por cada perro. Es solo lavanda seca —añadió, alzando el paquete—. Los hará dormir.

Solté su brazo, asintiendo.

—Bien. Vamos.

Me coloqué la capucha sobre la cabeza y caminé en silencio hacia la reja de hierro que rodeaba la propiedad. Aunque no oía sus pasos, sabía que los dos estaban detrás de mí, manteniéndose cerca en las sombras de la vegetación.

La cerradura de la puerta era simple y fuerte y estaba hecha del mismo hierro que la reja. Respiré hondo. Podía hacerlo. Habían pasado dos años, pero sin duda, *absolutamente*, podía romper un cerrojo sencillo.

Mientras inspeccionaba, una cuerda dorada resplandeciente surgió del suelo y rodeó la cerradura. La cuerda latió un segundo antes de serpentear sobre mi dedo índice y unirnos. Suspiré aliviada. Luego respiré hondo para apaciguar mis nervios. Como si percibiera mi vacilación, dos cuerdas más aparecieron y flotaron hacia donde Coco y Bas esperaban y desaparecieron dentro de sus pechos. Fruncí el ceño ante esas cosas endemoniadas.

No puedes conseguir algo a cambio de nada, lo sabes, susurró una voz despreciable en lo profundo de mi mente. *Una rotura por una rotura. Tu hueso por la cerradura... o quizás tu relación. La naturaleza exige equilibrio.*

La naturaleza podía irse a la mierda.

—¿Algo va mal? —Bas avanzó con cautela, moviendo los ojos entre la puerta y yo, pero él no veía las cuerdas doradas como yo. Los patrones existían solo dentro de mi mente. Me giré para mirarlo, con un insulto listo en mi lengua.

Cobarde inservible. Por supuesto que no podía quererte.

Ya te has enamorado de ti mismo.

Y eres horrible en la cama.

Con cada palabra, la cuerda entre él y la cerradura latía más brillante. Pero... no. Me moví antes de poder cambiar de opinión y retorcí mi dedo índice con brusquedad. El dolor recorrió mi mano. Apretando los dientes, vi las cuerdas desaparecer y volver a la tierra en un torbellino de polvo dorado. La satisfacción salvaje recorrió mi cuerpo cuando la cerradura se abrió como respuesta.

Lo había logrado.

La primera fase de mi trabajo estaba completa.

No me detuve a celebrarlo. En cambio, abrí la puerta con rapidez, con cuidado de no tocar mi dedo índice, que ahora sobresalía en un ángulo extraño, y entré. Coco entró conmigo por la puerta frontal, Bas la seguía de cerca.

Antes, habíamos determinado que Tremblay había contratado a seis guardias para patrullar la casa. Tres estarían en el exterior, pero Bas se ocuparía de ellos. Era bastante habilidoso con los cuchillos. Me estremecí y me escabullí por el jardín. Mis objetivos del exterior tendrían un destino más amable. Con suerte.

Ni siquiera había pasado un segundo cuando el primer guardia apareció rodeando la mansión. No me molesté en ocultarme; en cambio, retiré mi capucha y le di la bienvenida a su mirada. Él vio la puerta abierta primero e inmediatamente tomó su espada. La desconfianza y el pánico recorrieron su rostro mientras buscaba en el jardín algo fuera de lugar... y entonces me vio. Recé una plegaria silenciosa y sonreí.

—Hola. —Una docena de voces hablaron dentro de la mía y la palabra surgió de modo extraño y amoroso, amplificada por la presencia subyacente de mis ancestros. Sus cenizas, absorbidas hacía tiempo por la tierra hasta *convertirse* en la tierra, y el aire, los árboles y el agua, resonaron debajo de mí. A través de mí. Mis ojos brillaban más de lo habitual. Mi piel resplandecía lustrosa bajo la luz de la luna.

Una expresión soñadora atravesó el rostro del hombre mientras me observaba y relajó la mano sobre su espada. Le hice señas para que se aproximara. Él obedeció y caminó hacia mí como en trance. A pocos pasos de mí se detuvo, todavía mirándome.

—¿Esperarías conmigo? —pregunté con la misma voz extraña. Él asintió. Separó levemente los labios y sentí que su pulso se aceleraba. Cantándome. Alimentándome. Continuamos mirándonos hasta que apareció el segundo guardia. Lo miré y repetí el proceso. Cuando el tercer guardia llegó, mi piel resplandecía más que la luna.

—Han sido tan amables. —Extendí las manos hacia ellos a modo de súplica. Me observaban con voracidad—. Lamento mucho lo que estoy a punto de hacer.

Cerré los ojos, concentrándome, y el dorado explotó detrás de mis párpados como una telaraña infinita e intrincada. Sujeté uno de los hilos y lo seguí hasta un recuerdo del rostro de Bas, hasta su cicatriz, hasta la noche apasionada que habíamos compartido. Un intercambio. Cerré los puños y el recuerdo desapareció mientras el mundo giraba detrás de mis párpados. Los guardias cayeron al suelo, inconscientes.

Desorientada, abrí los ojos despacio. La telaraña desapareció. Mi estómago dio un vuelco y vomité sobre los rosales.

Probablemente habría permanecido allí toda la noche, sudando y vomitando por la arremetida de mi magia reprimida, de no haber oído el gemido suave de los perros de Tremblay. Coco debía de haberlos encontrado. Me limpié la boca en una manga, me sacudí mentalmente y avancé hacia la puerta principal. Esa noche no era una noche para la aprensión.

El silencio invadía el interior de la mansión. No podía oír a Bas y a Coco. Avancé por el vestíbulo y asimilé mi entorno: los muros oscuros, los muebles elegantes, las baratijas. Las alfombras grandes con diseños de mal gusto cubrían el suelo de caoba y los cuencos de cristal, los cojines con borlas y los asientos de terciopelo cubrían cada superficie. Muy aburrido, en mi opinión. Atestado. Anhelaba arrancar las cortinas pesadas de los barrotes y permitir la entrada de la luz plateada de la luna.

—*Lou.* —El siseo de Bas surgió de la escalera y estuve a punto de morir del susto. La advertencia de Coco cobró vida con una claridad aterradora. *Hay algo esperándote en la mansión de Tremblay*—. Deja de soñar despierta y sube.

—Técnicamente no estoy soñando porque *no estoy dormida.* —Ignoré el escalofrío que bajó por mi columna y aceleré el paso para unirme a él.

Para mi sorpresa y satisfacción, Bas había encontrado una palanca en el marco de un gran retrato dentro del estudio de Tremblay: una joven de penetrantes ojos verdes y cabello como el carbón. Toqué el rostro de la muchacha con arrepentimiento.

—Filippa. Qué predecible.

—Sí. —Bas movió la palanca, el retrato se abrió y expuso la bóveda oculta detrás de la pintura—. Con frecuencia, confunden idiotez con sentimentalismo. Este es el primer lugar en el que he buscado. —Señaló la cerradura—. ¿Puedes abrirla?

Suspiré, mirando mi dedo roto.

—¿No puedes abrirla tú?

—Solo hazlo —dijo él con impaciencia— y rápido. Los guardias podrían despertar en cualquier momento.

Cierto. Miré con desprecio la cuerda dorada que yacía entre la cerradura y yo antes de empezar a trabajar. Esta vez apareció más rápido, como si me hubiera estado esperando. Aunque me mordí el labio con la fuerza suficiente como para hacerlo sangrar, un gemido leve escapó de mí cuando me rompí un segundo dedo. La cerradura cedió y Bas abrió la bóveda.

Tremblay había guardado muchos artículos tediosos allí. Mientras apartábamos su sello, documentos legales, cartas y acciones, Bas vio con avaricia una pila de joyas detrás de los objetos. Eran más que nada rubíes y granates, aunque vi un collar de diamantes particularmente atractivo. La caja entera resplandecía con las *couronnes* doradas que cubrían sus paredes.

Lo aparté todo con impaciencia, ignorando las quejas de Bas. Si Tremblay había mentido, si *no* tenía el anillo…

En el fondo de la bóveda, yacía un cuaderno de cuero pequeño. Lo abrí con brusquedad; a duras penas reconocí los bocetos de las niñas que debían de ser Filippa y su hermana antes de que un anillo de oro cayera de entre las páginas. Aterrizó sobre la alfombra sin hacer ruido; era en todos los sentidos ordinario, excepto por el pulso titilante y prácticamente imperceptible que tiraba de mi pecho.

Conteniendo la respiración, me agaché para sujetarlo. Era cálido sobre mi palma. Real. Las lágrimas ardieron en mis ojos y amenazaban con caer. En mi dedo, el anillo dispersaría los encantamientos. En mi boca, me haría invisible. No sabía por qué, una peculiaridad de la magia, tal vez, o de Angélica, pero no me importaba. Me rompería los dientes contra el metal si me mantenía oculta.

—¿Lo has encontrado? —Bas guardó el resto de las joyas y las *couronnes* en su bolso y miró el anillo con expectación—. No parece gran cosa, ¿verdad?

Tres golpes precisos resonaron desde el piso inferior. Una advertencia. Bas entrecerró los ojos y avanzó hacia la ventana para mirar el jardín. Me coloqué el anillo en el dedo mientras él estaba de espaldas a mí. La joya pareció emitir un suspiro suave ante el contacto.

—¡Mierda! —Bas se giró con los ojos descontrolados y todos los pensamientos sobre el anillo abandonaron mi mente—. Tenemos compañía.

Corrí hacia la ventana. Los guardias invadían el jardín camino a la mansión, pero eso no hizo que el miedo apuñalara mi estómago. No, el causante fue ver los abrigos azules que los acompañaban.

Chasseurs.

Mierda. Mierda, mierda, *mierda*.

¿Por qué estaban *ellos* allí?

Tremblay, su esposa y su hija estaban reunidos junto a los guardias que yo había dejado inconscientes. Me maldije por no haberlos escondido en alguna parte. Un error torpe, pero la magia me había desorientado. Falta de práctica.

Para mi horror, uno de los guardias ya había comenzado a despertar. No dudaba qué les diría a los *chasseurs* cuando recobrara por completo la consciencia.

Bas ya estaba en movimiento; cerró la bóveda y colocó el retrato en su lugar.

—¿Puedes sacarnos de aquí? —Sus ojos estaban abiertos de par en par llenos de pánico... desesperados. Ambos podíamos oír a los guardias y a los *chasseurs* que rodeaban la mansión. Pronto, todas las salidas estarían bloqueadas.

Me miré las manos. No solo temblaban por los dedos rotos. Estaba débil, *demasiado* débil, por el esfuerzo de la noche. ¿Cómo me había permitido volverme tan inepta? El riesgo del descubrimiento. El riesgo había sido demasiado grande...

—¡Lou! —Bas me sujetó por los hombros y me sacudió despacio—. ¿Puedes sacarnos de aquí?

Las lágrimas invadieron mis ojos.

—No —susurré—. No puedo.

Él parpadeó, su pecho subía y bajaba con rapidez. Los *chasseurs* gritaban algo abajo, pero no tenía importancia. Lo único que importaba era la decisión tomada en los ojos de Bas mientras nos mirábamos.

—De acuerdo. —Apretó mis hombros una vez—. Buena suerte.

Luego, se giró y salió corriendo de la habitación.

CAPÍTULO 5

EL NOMBRE DE UN HOMBRE

Reid

La mansión de Tremblay apestaba a magia. Cubría el jardín, se aferraba a los guardias desmayados que Tremblay intentaba revivir. Una mujer alta de mediana edad se puso de rodillas a su lado. Pelirroja. Despampanante. Aunque no la reconocí, los susurros de mis hermanos confirmaron mis sospechas.

Madame Labelle. Cortesana famosa y dueña del Bellerose.

Sin duda, ella no tenía nada que hacer allí.

—Capitán Diggory.

Me giré hacia la voz tensa detrás de mí. Una rubia esbelta estaba de pie con las manos firmemente unidas, un anillo de boda caro resplandecía en su dedo. Las arrugas de su ceño arruinaban las esquinas de unos ojos que clavaban dagas en la nuca de madame Labelle.

La esposa de Tremblay.

—Hola, capitán Diggory. —La voz suave de Célie la precedió mientras rodeaba a su madre. Tragué con dificultad. Aún vestía de negro por el duelo, sus ojos verdes sobresalían bajo la luz de las antorchas. Hinchados. Enrojecidos. Las lágrimas brillaban en sus mejillas. Anhelaba acortar la distancia entre nosotros y secarlas. Hacer desaparecer esa escena digna de una pesadilla, como la noche en que habíamos hallado a Filippa.

—Mademoiselle Tremblay. —En cambio, incliné la cabeza, profundamente consciente de las miradas de mis hermanos. De la de Jean Luc—. Tenéis… buen aspecto.

Mentira. Tenía un aspecto miserable. Asustada. Había perdido peso desde la última vez que la había visto. Tenía el rostro demacrado, ojeroso, como si no hubiera dormido en meses. Yo tampoco lo había hecho.

—Gracias. —Una sonrisa leve ante la mentira—. Usted también.

—Me disculpo por las circunstancias, *mademoiselle*, pero le garantizo que, si una bruja es responsable, arderá.

Miré a Tremblay. Él y madame Labelle estaban agazapados cerca, juntos, y parecían hablar preocupados con los guardias. Fruncí el ceño y me acerqué. Madame Tremblay carraspeó y posó sus ojos indignados en mí.

—Le aseguro, señor, que usted y su estimada orden no son necesarios aquí. Mi esposo y yo somos ciudadanos que tememos a Dios y no abalamos la brujería...

A mi lado, Jean Luc inclinó la cabeza.

—Claro que no, madame Tremblay. Estamos aquí solo por precaución.

—Aunque sus guardias estaban inconscientes, *madame* —señalé—. Y su casa apesta a magia.

Jean Luc suspiró y me lanzó una mirada irritada.

—*Siempre* huele así aquí. —Madame Tremblay entrecerró los ojos y presionó los labios en una línea delgada. Disconforme—. Es ese parque bestial. Envenena toda la calle. Si no fuera por la vista del *Doleur*, nos mudaríamos mañana.

—Discúlpeme, *madame*. De todos modos...

—Lo comprendemos. —Jean Luc avanzó con una sonrisa aplacadora—. Y nos disculpamos por la alarma. En general, los robos entran en la jurisdicción de los guardias, pero... —Vaciló con sonrisa titubeante—. Hemos recibido una información anónima que decía que una bruja estaría aquí esta noche. Haremos un recorrido rápido por la propiedad, y usted y su familia podrán regresar a salvo a su hogar...

—Capitán Diggory, *chasseur* Toussaint. —La voz que interrumpió era cálida. Suave. Íntima. Nos giramos al unísono para ver a madame Labelle caminando hacia nosotros. Tremblay se apresuró a seguirla y dejó atrás a los guardias desorientados—. Acabamos de hablar con los guardias. —Sonrió exhibiendo sus dientes blancos, que resplandecían en contraste con sus labios escarlatas—. Los pobrecitos no recuerdan nada, por desgracia.

—Si no le importa que se lo pregunte, Helene —dijo madame Tremblay apretando los dientes—, ¿por qué motivo está aquí?

Madame Labelle la miró con desinterés cortés.

—Pasaba por aquí y he visto el alboroto, claro.

—¿Pasaba? ¿Qué hacía en *esta* parte de la ciudad, querida? Hubiera imaginado que tenía *negocios* que atender en su propia calle a estas horas de la noche.

Madame Labelle alzó una ceja.

—Tiene razón. —Amplió su sonrisa y miró a Tremblay antes de devolverle la mirada gélida a su esposa—. *Tengo* negocios que atender.

Célie se puso tensa, inclinando la cabeza, y Tremblay se apresuró a intervenir antes de que su esposa pudiera responder.

—Por supuesto que son bienvenidos a interrogar a mi personal, señores.

—No se preocupe, monsieur Tremblay. Lo haremos. —Lo fulminé con la mirada por el bien de Célie y alcé la voz hacia los guardias y los *chasseurs*—. Separaos y formad un perímetro. Bloquead todas las salidas. Guardias, formad pareja con un *chasseur*. Si se trata de una bruja, no permitáis que os atrape sin defensas.

—No es una bruja —insistió madame Tremblay, mirando a su alrededor con ansiedad. Las luces de las casas vecinas comenzaron a encenderse. Ya había un grupo de personas frente a la puerta rota. Algunas vestían camisones. Otras vestían prendas elegantes similares a las de los Tremblay. Todos tenían expresiones familiares y cautelosas—. Es solo un ladrón. Eso es todo lo que…

Se detuvo abruptamente y alzó la vista hacia la mansión. Seguí su mirada hasta una ventana en el piso superior. Una cortina se movió y dos rostros se asomaron.

Uno de ellos era familiar, pese a la peluca. Ojos azules verdosos, vívidos incluso en la distancia, abiertos de par en par llenos de pánico. Cerraron la cortina con rapidez.

La satisfacción se expandió por mi pecho y me permití sonreír. *Que la justicia fluya como un río y la rectitud como una corriente constante.*

—¿Qué pasa? —Jean Luc también miró hacia la ventana.

Justicia.

—Aún están allí: un hombre y una mujer.

Extrajo su Balisarda con una floritura.

—Me encargaré rápido de la mujer.

Fruncí el ceño al recordar el bigote de la chica. Sus pantalones holgados, su camisa arremangada y sus pecas. El modo en que había olido cuando se había topado conmigo en el desfile: vainilla y canela. No magia. Sacudí abruptamente la cabeza. Pero las brujas no siempre *olían* al mal. Solo cuando habían estado practicando magia. El arzobispo había sido claro durante nuestro entrenamiento: cada mujer era una amenaza en potencia. Sin embargo…

—No creo que sea una bruja.

Jean Luc alzó una ceja oscura, moviendo las aletas de su nariz.

—¿No? Sin duda no es coincidencia que recibiéramos una pista en esta noche en particular… antes de que esos ladrones en concreto robaran esta casa concreta.

Frunciendo el ceño, miré de nuevo la ventana.

—La he conocido esta mañana. Ella… —Carraspeé, el calor subió por mis mejillas—. No parecía una bruja.

La excusa parecía tonta, incluso para mis propios oídos. La mirada de Célie ardía sobre mi cuello.

—Ah. No puede ser bruja porque no parecía serlo. Error mío, claro.

—Llevaba puesto un bigote —susurré. Cuando Jean Luc resopló, resistí el deseo de golpearlo. Él sabía que Célie observaba—. No podemos descartar el parque Brindelle, que está aquí al lado. Es posible que el hombre y la mujer sean simples ladrones, a pesar de las circunstancias. Tal vez merecen ir a la cárcel. Pero no a la hoguera.

—De acuerdo. —Jean Luc puso los ojos en blanco y marchó hacia la puerta sin esperar mi orden—. Entonces, démonos prisa, ¿no? Los interrogaremos a los dos y decidiremos: prisión u hoguera.

Apretando los dientes ante su insolencia, les hice una seña con la cabeza a los guardias y ellos lo siguieron. Yo no. Mantuve mis ojos entrenados en la ventana… y en el techo. Como no apareció de nuevo, me escabullí por el lateral de la casa y esperé. Aunque la presencia de Célie era una llama ardiente en mi espalda, hice un esfuerzo por ignorarla. Ella habría querido que me centrara en los *chasseurs*. Eso haría.

Pasó otro minuto. Y otro.

La pequeña puerta de un sótano cubierta por hortensias se abrió a mi derecha y Jean Luc y un hombre de piel olivácea salieron por ella, los cuchillos brillaban bajo la luna. Rodaron antes de que Jean Luc aterrizara sobre el otro hombre con el cuchillo presionado contra su garganta. Tres guardias salieron por la puerta del sótano detrás de ellos, con grilletes y cuerdas. En cuestión de segundos, ataron sus muñecas y tobillos. Él gruñía y se retorcía, gritando una diatriba de insultos. Y una sola palabra.

—¡Lou! —Luchó en vano contra sus ataduras, tenía el rostro púrpura de furia. Uno de los guardias avanzó para amordazarlo—. ¡Lou!

Lou. Nombre de hombre. Eso parecía.

Continué avanzando, inspeccionando las ventanas y el techo. Vi una leve sombra moviéndose en la pared. Despacio. Miré con más atención. Esta vez, ella vestía una capa. La tela se abrió mientras trepaba y dejó expuesto un vestido tan elegante como el de madame Tremblay. Probablemente robado. Pero no era el vestido lo que parecía causarle problemas.

Era su mano.

Cada vez que tocaba la pared, retrocedía, como si le doliera. Forcé la vista, intentando localizar el origen del problema, pero ella estaba muy alto. *Demasiado* alto. Como si respondiera a mi miedo, su pie tropezó y cayó varios metros antes de sujetarse del alféizar de una ventana. Mi estómago dio un vuelco al verla caer.

—¡Oye! —Corrí hacia adelante. Los pasos sonaron mientras los *chasseurs* y los guardias venían detrás. Jean Luc empujó al hombre atado al suelo a mis pies—. ¡Estás rodeada! ¡Ya hemos capturado a tu novio! ¡Baja ahora mismo antes de que te mates!

Ella se resbaló y se aferró de nuevo. Esta vez, su peluca cayó y dejó expuesto su cabello castaño y largo. Inexplicablemente furioso, avancé a toda velocidad.

—Baja de ahí ahora mismo…

El hombre logró quitarse la mordaza de la boca.

—Lou, ayúdame…

Un guardia lo amordazó otra vez con dificultad. La mujer hizo una pausa al oír la voz del hombre, apoyada en una ventana, y nos miró desde arriba. El reconocimiento iluminó su rostro cuando me vio y alzó su mano sana hacia la frente a modo de saludo militar burlón.

La miré, perplejo.

Realmente había hecho un *saludo.*

Cerré los puños.

—Subid y traedla.

Jean Luc puso mala cara ante la orden, pero de todos modos asintió.

—*Chasseurs*: conmigo. —Mis hermanos avanzaron con sus Balisardas en mano—. Guardias: cubrid el terreno. No permitáis que escape.

Si los otros *chasseurs* se preguntaban por qué yo permanecía en el terreno, no dijeron nada. Sabio por su parte. Pero eso no evitó que recibiera miradas curiosas por parte de los guardias.

—¿Qué? —repliqué, fulminándolos con la mirada. A toda prisa, miraron de nuevo hacia el techo—. ¿Había alguien más dentro?

Tras varios segundos, uno de los guardias avanzó. Apenas lo reconocí. Dennis. No..., Davide.

—Sí, capitán. Geoffrey y yo encontramos a alguien en la cocina.

—¿Y?

Otro guardia, el supuesto Geoffrey, carraspeó. Los dos intercambiaron una mirada ansiosa y Geoffrey tragó con dificultad.

—Ha escapado.

Emití un suspiro brusco.

—Creemos que era la bruja que buscaba —añadió Davide, esperanzado—. Olía a magia, más o menos, y... y ha envenenado a los perros. Tenían sangre en las fauces y olían... raro.

—Por si ayuda, ella tenía, bueno... *cicatrices* —dijo Geoffrey. Davide asintió con seriedad.

Miré hacia el techo sin decir otra palabra, obligándome a soltar los puños. A respirar. No era culpa de Davide o de Geoffrey. Ellos no estaban entrenados para lidiar con las brujas. Pero podrían explicar su incompetencia frente al arzobispo. Y aceptar el castigo. La vergüenza. Otra bruja libre. Otra bruja suelta para aterrorizar a los inocentes en Belterra. Para aterrorizar a Célie.

Con furia, posé los ojos en la ladrona.

Lou.

Ella me diría dónde había ido la bruja. Extraería la información de ella, sin importar lo que hiciera falta. *Arreglaría* aquello.

Pese a su mano herida, logró continuar escalando delante de los *chasseurs*. Llegó al techo antes de que los otros hubieran despejado siquiera el primer piso.

—¡Separaos! —ordené con un rugido a los guardias. Obedecieron mi orden—. ¡Tiene que bajar por algún lado! Ese árbol. ¡Cubridlo! ¡Y las tuberías! ¡Encontrad cualquier cosa que pueda usar para huir!

Esperé, caminando de un lado a otro hecho una furia mientras mis hermanos escalaban a ritmo constante, cada vez más alto. Sus voces llegaron hasta mí. La amenazaban. Bien. Ella andaba con brujas. Merecía temernos.

—¿Algún rastro? —pregunté a los guardias.

—¡Aquí no, capitán!

—¡Aquí tampoco!

—¡Nada, señor!

Reprimí un gruñido impaciente. Por fin, después de lo que pareció una eternidad, Jean Luc subió al techo detrás de ella. Tres de mis hermanos lo siguieron. Esperé. Y esperé.

Y esperé.

Davide gritó a mis espaldas y me giré para ver al ladrón atado en mitad de la calle. De algún modo, había logrado quitarse las cuerdas de los pies. A pesar de que los guardias corrían hacia él, estaban demasiado dispersos en el jardín debido a mi orden. Reprimí un insulto y corrí hacia él, pero el grito de Jean Luc me hizo vacilar.

—¡No está aquí! —Apareció de nuevo en el techo, con el pecho agitado. Incluso desde lejos, veía la furia en sus ojos. Igualaba la mía—. ¡Ha desaparecido!

Con un gruñido de frustración, observé la calle en busca del hombre. Pero él también había desaparecido.

CAPÍTULO 6

EL ANILLO DE ANGÉLICA

Lou

Aún oía a los *chasseurs* mientras corría por la calle mirando el lugar en el que deberían haber estado mis pies, mis piernas y mi *cuerpo*. No comprendían dónde había ido.

Ni yo. Estaba atrapada en el techo y en un segundo, el anillo de Angélica había ardido en mi dedo. *Por supuesto*. En mi pánico, había olvidado lo que el anillo podía *hacer*. Sin detenerme a pensar, me lo quité y me lo metí en la boca.

Mi cuerpo había desaparecido.

Escalar por la mansión con una audiencia y dos dedos rotos había sido difícil. Bajar con una audiencia, dos dedos rotos y un anillo apretado entre los dientes, invisible, había sido prácticamente imposible. Dos veces había estado a punto de tragarme el anillo y una vez había estado segura de que un *chasseur* me había oído al torcerme los dedos rotos.

Sin embargo, lo había logrado.

Si los *chasseurs* no habían pensado que era una bruja, si por algún milagro los guardias no habían hablado, ahora sin duda lo sospechaban. Debía ser cuidadosa. El *chass* de pelo cobrizo conocía mi rostro y, gracias a la estupidez de Bas, también sabía mi nombre. Me buscaría.

Otros mucho más peligrosos podían oír hablar sobre mí y comenzar a buscarme también.

Cuando estaba lo suficientemente alejada como para sentirme a salvo, escupí el anillo. De inmediato, mi cuerpo reapareció mientras me lo colocaba de nuevo en el dedo.

—Buen truco —comentó Coco.

Me giré al oír el sonido de su voz. Estaba apoyada contra los ladrillos sucios del callejón, alzando las cejas, y señaló el anillo con la cabeza.

—Veo que habéis encontrado la bóveda de Tremblay. —Cuando miré hacia la calle, dubitativa, ella se rio—. No te preocupes. Nuestros musculosos amigos azules están dando la vuelta a la mansión de Tremblay, ladrillo por ladrillo, demasiado ocupados buscándote como para hallarte.

Me reí, pero me detuve enseguida y miré el anillo maravillada.

—No puedo creer que realmente lo hayamos encontrado. Las brujas montarían un escándalo si supieran que lo tengo.

Coco siguió mi mirada, frunciendo levemente el ceño.

—Sé lo que el anillo puede hacer, pero nunca me has contado por qué las de tu clase lo veneran. Sin duda hay otros objetos más, no sé, ¿poderosos?

—Es el anillo de Angélica.

Ella me miró inexpresiva.

—Eres una bruja. —Le devolví su mirada confundida—. ¿No has oído la historia de Angélica?

Puso los ojos en blanco antes de responder.

—Soy una roja, en caso de que lo hayas olvidado. Discúlpame por no aprender las supersticiones de tu culto. ¿Era pariente tuya o algo así?

—Bueno, sí —dije con impaciencia—. Pero ese no es el asunto. En realidad, ella era solo una bruja solitaria que se enamoró de un caballero.

—Suena encantador.

—Lo era. Él le dio este anillo como promesa de matrimonio… pero luego, murió. Angélica estaba tan devastada que sus lágrimas inundaron la tierra y crearon un nuevo mar. Lo llaman *L'Eau Mélancolique*.

—Las Aguas Melancólicas. —Coco alzó mi mano; su desprecio desapareció y se convirtió en admiración reticente mientras inspeccionaba el anillo. Me lo quité del dedo, lo coloqué sobre mi palma y la extendí hacia ella. No lo tomó—. Qué nombre tan hermoso y terrible.

Asentí, sombría.

—Es un lugar hermoso y terrible. Cuando Angélica terminó de llorar todas sus lágrimas, lanzó el anillo al agua y luego, se ahogó. Cuando el anillo salió a la superficie, estaba embebido de toda clase de magia…

Las voces estridentes resonaban en la calle y dejé de hablar abruptamente. Un grupo de hombres pasó a nuestro lado, cantando una canción fuerte y desafinada. Nos hundimos más en las sombras.

Cuando sus voces desaparecieron, me relajé.

—¿Cómo has escapado?

—Por una ventana. —Ante mi mirada expectante, sonrió con picardía—. El capitán y sus secuaces estaban demasiado ocupados contigo para notar mi presencia.

—Pues, de nada, supongo. —Fruncí los labios y apoyé el cuerpo en el muro, junto a ella—. ¿Cómo me has encontrado?

Ella alzó la manga. Una telaraña de cicatrices cubría sus brazos y muñecas y un corte fresco en su antebrazo aún supuraba. Una marca por cada vez que había usado magia. Por lo poco que Coco me había enseñado sobre las *Dames rouges*, sabía que su sangre era un ingrediente poderoso en la mayoría de los encantamientos, pero no lo comprendía. A diferencia de las *Dames blanches*, no obedecían a ninguna ley o regla. Su magia no exigía equilibrio. Podía ser salvaje, impredecible… y algunas de las de mi clase incluso la llamaban peligrosa.

Pero había visto lo que eran capaces de hacer. Malditas hipócritas.

Coco alzó una ceja ante mi pregunta y frotó un poco de sangre entre sus dedos.

—¿De verdad quieres saberlo?

—Creo que puedo suponerlo. —Suspiré, deslicé el cuerpo contra la pared hasta sentarme en la calle y cerré los ojos.

Ella hizo lo mismo y apoyó la pierna contra la mía amistosamente. Después de unos segundos de silencio, me empujó con la rodilla y abrí un ojo a la fuerza. Los suyos estaban extrañamente serios.

—Los guardias me han visto, Lou.

—¿Qué? —Moví el torso con brusquedad hacia adelante, ahora con los ojos abiertos de par en par—. ¿Cómo?

Se encogió de hombros.

—He esperado cerca para asegurarme de que escaparas. En realidad, he tenido suerte de que fueran guardias. Han estado a punto de mearse cuando han comprendido que era una bruja. Ha hecho que fuera más fácil bajar por la ventana.

Mierda. Mi corazón se hundió en la tristeza.

—Entonces, los *chasseurs* también lo saben. Es probable que ya estén buscándote. Tienes que salir de la ciudad lo antes posible: esta noche. Ahora. Avisa a tu tía. Ella te encontrará.

—Ahora también estarán *buscándote*. Aunque no hubieras desaparecido sin dejar rastro, saben que has conspirado con una bruja. —Inclinó el cuerpo hacia delante y rodeó sus rodillas con los brazos, haciendo caso omiso de la sangre en su brazo. Se manchó de rojo la falda—. ¿Cuál es tu plan?

—No lo sé —admití—. Tengo el anillo de Angélica. Tendrá que bastar.

—Necesitas protección. —Suspirando, tomó mi mano sana con la suya—. Ven conmigo. Mi tía...

—Me matará.

—No lo permitiré. —Sacudió la cabeza con vigor y los rizos que rodeaban su rostro rebotaron—. Sabes lo que ella piensa de la *Dame des Sorcières*. Nunca ayudaría a las *Dames blanches*.

Sabía que era mejor no discutir, así que, en cambio, suspiré intensamente.

—Otros lo harían. Sería solo cuestión de tiempo que alguien de tu aquelarre me apuñalara mientras duermo... o me entregara *a ella*.

Los ojos de Coco brillaron.

—Le cortaría la garganta.

Sonreí con renuencia.

—Mi propia garganta es la que me preocupa.

—Entonces, ¿qué? —Me soltó y se puso de pie—. ¿Volverás al *Soleil et Lune*?

—Por ahora. —Me encogí de hombros como si estuviera relajada, pero el movimiento fue demasiado rígido como para ser convincente—. Nadie más que Bas sabe que vivo allí y él ha logrado escapar.

—Me quedaré contigo.

—No. No permitiré que te quemen por mí.

—Lou...

—No.

Resopló con impaciencia.

—De acuerdo. Es tu pellejo. Solo... Al menos deja que te cure los dedos.

—No más magia. No esta noche.

—Pero...

—Coco. —Me puse de pie y le tomé las manos con dulzura, las lágrimas me ardían los ojos. Ambas sabíamos que ella estaba haciendo tiempo—. Estaré bien. Son solo un par de dedos rotos. *Vete*. Ten cuidado.

Se sorbió la nariz, inclinando el rostro hacia atrás en un esfuerzo débil por contener las lágrimas.

—Solo si tú lo haces.

Nos abrazamos brevemente. Ninguna estaba dispuesta a decir adiós. Las despedidas eran definitivas y nosotras nos veríamos de nuevo algún día. Aunque no sabía cuándo o dónde, me aseguraría de que así fuera.

Sin decir otra palabra, ella me soltó y se fundió con las sombras.

Ni siquiera había salido del callejón cuando dos siluetas grandes se interpusieron en mi camino. Maldije mientras me empujaban con brusquedad contra la pared del callejón. Andre y Grue. Por supuesto. Aunque intenté resistirme, fue en vano. Ellos superaban mi peso por muchos kilos.

—¿Cómo has estado, preciosa? —Andre me miró de modo lascivo. Era más bajo que Grue, tenía la nariz larga y angosta y demasiados dientes atestaban su boca, amarillos, rotos e irregulares. Sentí náuseas por su aliento y me aparté, pero Grue hundió la nariz en mi cabello.

—Mmm. Hueles bien, Lou Lou. —Le golpeé el rostro con la cabeza como respuesta. Su nariz crujió y trastrabilló hacia atrás mientras maldecía violentamente antes de sujetarme la garganta—. Zorra…

Le pateé la rodilla y golpeé el estómago de Andre con el codo al mismo tiempo. Cuando me soltó, corrí hacia la calle, pero él sujetó mi capa en el último segundo. Perdí el equilibrio y aterricé sobre los adoquines con un golpe doloroso. Él me dio una patada en el estómago y me mantuvo allí con la bota sobre mi columna.

—Danos el anillo, Lou.

Me retorcí debajo de él para hacerlo caer, pero él empujaba su pie contra mí con más fuerza. Un dolor intenso me recorrió la espalda.

—No tengo… —Se agazapó antes de que pudiera terminar la frase y me golpeó el rostro contra el suelo. Me crujió la nariz y la sangre me llenó asquerosamente la boca. Me ahogué con ella, veía destellos e hice un esfuerzo por mantenerme consciente—. ¡Los guardias nos han descubierto, imbécil! —La desagradable comprensión cobró forma—. ¿Habéis sido vosotros? ¿Nos habéis delatado, bastardos?

Grue rugió y se puso de pie, aún sujetándose la rodilla. Su nariz bulbosa sangraba sobre su mentón. A pesar del dolor cegador, el placer vengativo me recorrió el cuerpo. Sabía que no era buena idea sonreír con suficiencia, pero era *muy difícil* contenerse.

—No soy un soplón. Regístrala, Andre.

—Si me tocas de nuevo, te juro que te arrancaré los malditos ojos…

—Creo que no estás en posición de amenazar a nadie, Lou Lou. —Andre me tiró del pelo, lo que expuso mi garganta, y me acarició la mandíbula con su cuchillo—. Y creo que me tomaré mi tiempo para registrarte. Cada hueco y hendidura. Podrías estar ocultándolo en cualquier parte.

Un recuerdo salió a la superficie con claridad cristalina.

Mi garganta contra un lavabo. Todo blanco.

Luego rojo.

Exploté debajo de él en una vorágine de extremidades, uñas y dientes, arañé, mordí y pateé cada parte de él que pude alcanzar. Él retrocedió con un grito, su daga me hizo daño en el mentón, pero no sentí el corte mientras me apartaba a un lado. No sentía nada: el aire en mis pulmones, el temblor en mis manos, las lágrimas en mi rostro. No me detuve hasta que mis dedos hallaron sus ojos.

—¡Espera! ¡Por favor! —Él los cerró a la fuerza, pero continué ejerciendo presión, colocando mis nudillos debajo de los párpados y dentro de la cuenca de sus ojos—. ¡Lo siento! Te… ¡Te creo!

—¡Para! —Los pasos de Grue resonaron a mis espaldas—. Para o te…

—Si me tocas, lo dejaré ciego.

Sus pasos frenaron abruptamente y lo oí tragar.

—Solo… danos algo a cambio de nuestro silencio, Lou. Algo por las molestias que nos hemos tomado. Sé que le has robado más que un anillo a ese idiota.

—No tengo que daros nada. —Retrocedí despacio hacia la calle, mantuve una mano firme presionada en el cuello de Andre. La otra continuaba incrustada en sus ojos. Con cada paso, la sensibilidad regresaba a mis extremidades. A mi mente. Mis dedos rotos gritaron. Parpadeé rápido, tragué bilis—. No me sigáis o terminaré lo que he empezado.

Grue no hizo movimiento alguno. Andre gimoteó.

Cuando llegué a la calle, no vacilé. Lancé a Andre hacia los brazos extendidos de Grue, giré y hui hacia el *Soleil et Lune*.

No me detuve a contener la hemorragia o a arreglarme los dedos hasta estar a salvo bajo las vigas del teatro. Aunque no tenía agua para limpiarme la cara, desparramé la sangre hasta que la mayoría quedó impregnada en mi vestido en vez de en mi piel. Ya tenía los dedos tiesos, pero mordí mi capa y, de todos modos, coloqué los huesos en su lugar, usando un fragmento de varilla de un corsé descartado como férula.

Aunque estaba cansada, no podía dormir. Cada ruido me asustaba y el ático estaba demasiado oscuro. La ventana rota por la que había entrado permitía la llegada de la luz de la luna. Me acurruqué debajo e intenté ignorar el latido en mi rostro y mi mano. Por un instante pensé en subir al techo. Había pasado muchas noches allí, por encima de la ciudad, ansiando sentir las estrellas en las mejillas y el viento en el cabello.

Pero no esa noche. Los *chasseurs* y los guardias aún estaban buscándome. Coco se había ido y Bas me había abandonado ante la primera señal de problemas. Cerré los ojos, *miserable*. Qué podrido desastre.

Al menos, había conseguido el anillo… y *ella* aún no me había encontrado. Ese pensamiento me dio el consuelo suficiente para conciliar un sueño incómodo después de un rato.

CAPÍTULO 7

DOS LLAMADOS IRA Y ENVIDIA

Reid

El ruido del choque de espadas invadía el patio de entrenamiento. El sol de última hora de la mañana se alzaba sobre nosotros, apartando el frío otoñal, y el sudor brotaba de mi frente. A diferencia de los otros *chasseurs*, no me había quitado la camisa. Se me aferraba al pecho, la tela húmeda me irritaba la piel. Castigándome.

Había permitido que otra bruja escapara, había estado demasiado distraído con la ladrona pecosa para notar que un demonio había estado esperando en el interior. Célie estaba devastada. No había sido capaz de mirarme cuando su padre por fin la había llevado dentro. El calor recorrió mi ser ante el recuerdo. Otro fracaso.

Jean Luc había sido el primero en quitarse la camisa. Habíamos estado entrenando durante horas y su piel de color café resplandecía de sudor. Las marcas le cubrían el pecho y los brazos: una por cada vez que había abierto la boca.

—¿Aún piensas en tus brujas, capitán? ¿O tal vez en mademoiselle Tremblay?

Hundí mi espada de madera en su brazo como respuesta. Bloqueé su contraataque y golpeé su estómago con el codo. Con fuerza. Dos ronchas más se unieron a las otras. Esperaba que se convirtieran en moratones.

—Tomaré eso como un sí. —Doblando el torso hacia delante sobre el estómago, logró sonreírme con burla. No lo había golpeado con la fuerza suficiente—. Yo que tú, no me preocuparía. Todos olvidarán el fiasco de la mansión pronto.

Apreté mi espada hasta que los nudillos se me pusieron blancos. Un cosquilleo apareció en mi mandíbula. No serviría de nada atacar a quien era mi amigo desde hacía más tiempo que nadie. Incluso si ese amigo era un maldito hijo de...

—Después de todo, has salvado a la familia real. —Enderezó la espalda, aún sujetándose el lateral del cuerpo, y amplió su sonrisa—. Para ser justos, también te has humillado ante esa bruja. No puedo decir que lo comprenda. La paternidad no es particularmente de mi agrado... pero ¿la ladrona de anoche? *Ella* sí que era bonita...

Ataqué hacia delante, pero él bloqueó mi avance, se rio y golpeó mi hombro.

—Tranquilo, Reid. Sabes que bromeo.

Sus bromas habían comenzado a ser menos graciosas desde mi ascenso.

Jean Luc había llegado a la puerta de la Iglesia cuando teníamos tres años. Cada recuerdo que tenía lo incluía a él de un modo u otro. Habíamos compartido la infancia. Habíamos compartido la habitación. Los conocidos. La furia.

El respeto alguna vez había sido mutuo.

Retrocedí y él exageró mientras se limpiaba mi sudor en sus pantalones. Algunos de nuestros hermanos se rieron. Dejaron de hacerlo al ver mi expresión.

—Toda broma tiene algo de verdad.

Inclinó la cabeza, aún sonriendo. Sus ojos verdes no pasaban nada por alto.

—Tal vez... pero ¿acaso nuestro Señor no nos ordena apartarnos de la falsedad? —No hizo una pausa para que yo respondiera. Nunca lo hacía—. Él dice: «Hable cada uno a su prójimo con la verdad, porque todos somos miembros de un mismo cuerpo».

—Conozco la Biblia.

—Entonces, ¿por qué silencias mi verdad?

—Hablas demasiado.

Él se rio más fuerte y abrió la boca para deslumbrarnos de nuevo con su ingenio, pero Ansel lo interrumpió, jadeando. El sudor enmarañaba su cabello alborotado y la sangre sonrojaba sus mejillas.

—El mero hecho de *poder* decir algo no significa que *debas* decirlo. Además —añadió, arriesgándose a mirarme—, Reid no era el único presente en el desfile. O en la mansión.

Miré al suelo con determinación. Ansel debería haber sabido que lo mejor era no intervenir. Jean Luc nos observó con interés descarado mientras clavaba su espada en el suelo y se apoyaba en ella. Deslizó los dedos por su barba.

—Sí, pero parece que él se lo toma particularmente mal, ¿verdad?

—Alguien debe hacerlo. —Las palabras salieron de mi boca sin que pudiera evitarlo. Apreté los dientes y me giré antes de hacer o decir algo de lo que me arrepentiría.

—Ah. —Los ojos de Jean Luc brillaron y enderezó la espalda con vigor, olvidando su espada y su barba—. Eso es lo que te molesta, ¿no? Que has decepcionado al arzobispo. ¿O a Célie?

Uno.

Dos.

Tres.

Ansel nos miró con nerviosismo.

—Todos lo hemos decepcionado.

—Tal vez. —La sonrisa de Jean Luc desapareció y sus ojos astutos brillaron con una emoción que no podía nombrar—. Sin embargo, solo Reid es nuestro capitán. Solo Reid disfruta de los privilegios que acompañan el puesto. Quizás es justo que solo Reid afronte las consecuencias.

Lancé mi espada sobre el estante.

Cuatro.

Cinco.

Seis.

Me obligué a respirar hondo, a disipar la furia en mi pecho. El músculo en mi mandíbula aún latía.

Siete.

Tienes el control. La voz del arzobispo llegó hasta mí desde la infancia. *Esa ira no puede dominarte, Reid. Respira hondo. Cuenta hasta diez. Contrólate.*

Obedecí. Despacio, con firmeza, la tensión en mis hombros cesó. El calor en mi rostro desapareció. Fue más fácil respirar. Sujeté el hombro de Jean Luc y su sonrisa vaciló.

—Tienes razón, Jean. Ha sido mi culpa. Asumo la responsabilidad.

Antes de que pudiera responder, el arzobispo entró al patio de entrenamiento. Sus ojos de acero hallaron los míos y, de inmediato, cerré el puño sobre el corazón y realicé una reverencia. Los demás hicieron lo mismo.

El arzobispo inclinó la cabeza a modo de respuesta.

—Descansad. —Nos incorporamos como si fuéramos uno. Cuando él me indicó con una seña que me acercara, Jean Luc frunció más el ceño—. Los rumores de tu mal humor de esta mañana se han propagado por toda la Torre, capitán Diggory.

—Lo siento, señor.

Sacudió la mano.

—No te disculpes. No te esfuerzas en vano. Atraparemos a las brujas y quemaremos su pestilencia para erradicarla. —Frunció el ceño—. Lo ocurrido anoche no fue tu culpa. —Los ojos de Jean Luc brillaron, pero el arzobispo no lo notó—. Han requerido mi presencia en una función esta mañana junto a uno de los dignatarios extranjeros del rey. Si bien no apruebo el teatro, porque es una práctica vil propia de vagabundos y bribones, me acompañarás.

Limpié el sudor de mi frente.

—Señor...

—No ha sido una pregunta. Límpiate. Prepárate para partir en una hora.

—Sí, señor.

La emoción innombrable en los ojos de Jean Luc se clavó en mi espalda mientras yo seguía al arzobispo dentro. Solo después, sentado en el carruaje en el exterior del *Soleil et Lune*, me permití sentir una punzada amarga de arrepentimiento.

El respeto alguna vez había sido mutuo. Pero eso había sido antes de la envidia.

CAPÍTULO 8

UN ACUERDO BENEFICIOSO PARA AMBOS

Lou

Cuando me desperté por la mañana, los rayos de luz polvorientos brillaban a través de la ventana del ático. Parpadeé despacio, perdida en el instante placentero entre el sueño y la vigilia, en el que no hay memoria. Pero mi subconsciente me perseguía. Los ruidos brotaron del teatro mientras los actores se llamaban a gritos y las voces entusiastas entraban por la ventana. Fruncí el ceño, aferrada a los remanentes del sueño.

El teatro estaba ruidoso esa mañana.

Me incorporé de un salto. El *Soleil et Lune* hacía una función matutina cada sábado. ¿Cómo podía haberlo olvidado?

Mi rostro latió de un modo particularmente doloroso mientras me desplomaba sobre la cama. Ah, claro... por eso. Me habían hecho añicos la nariz y me habían obligado a correr por mi vida.

El ruido de abajo aumentó cuando comenzó el primer acto.

Gruñí. Ahora, estaría atascada allí hasta que la obra terminara y necesitaba orinar con desesperación. En general, no era problema escabullirme hasta el baño en el piso inferior antes de la llegada de los actores, pero me había quedado dormida. Me puse de pie, hice una mueca ante el dolor en mi espalda y evalué con rapidez el daño. Sin duda tenía la nariz rota y se me habían hinchado los dedos hasta el doble de su tamaño durante la noche. Pero llevaba puesto un vestido lo suficientemente elegante como para pasar desapercibida entre los asistentes..., salvo por las manchas de sangre. Me lamí los dedos sanos y froté las manchas con energía, pero la tela permaneció roja.

Con un suspiro impaciente, miré los percheros llenos de disfraces polvorientos y el baúl junto a la cama que compartía con Coco. Pantalones de lana, bufandas, guantes y chales salían de él, junto a mantas mohosas que habíamos encontrado en la basura la semana anterior. Toqué despacio el lateral de la cama perteneciente a Coco.

Esperaba que hubiera llegado a salvo a casa de su tía.

Sacudí la cabeza, me giré hacia el perchero de los disfraces y escogí uno al azar. Coco podía cuidarse sola. En cambio, yo...

Me rendí después de los tres intentos vergonzosos que hice para desvestirme. Mis dedos rotos se negaban a funcionar y mi cuerpo simplemente no podía alcanzar los botones entre mis hombros. Así que, en cambio, tomé un sombrero *bergère* y gafas de alambre de un cuenco cercano y me los puse. La cinta de terciopelo aún ocultaba mi cicatriz y mi capa estaba cubierta de las peores manchas de sangre. Tendría que bastar.

Mi vejiga insistía en vaciarse y me negaba a orinar en una esquina como un perro. Además, podía colocar el anillo de Angélica en mi boca en caso de necesitar un escape rápido. Sospechaba que el vestíbulo estaría demasiado atestado de personas como para maniobrar siendo invisible, si no hubiera dejado a un lado el disfraz. Nada llamaría más la atención que un espectro pisando los dedos de los pies.

Incliné el sombrero sobre mi rostro y bajé la escalera que llevaba tras los bastidores. La mayoría de los actores me ignoraron, excepto...

—Se supone que no deberías estar aquí —dijo una chica con nariz ganchuda. Tenía el rostro redondo y el cabello del color y la textura de la seda amarilla. Cuando me giré hacia ella, dio un grito ahogado—. Dios santo, ¿qué le ha pasado a tu cara?

—Nada. —Incliné la cabeza rápido, pero el daño estaba hecho.

Su altanería se transformó en preocupación mientras se acercaba.

—¿Alguien te ha hecho daño? ¿Debería llamar a la policía?

—No, no. —Le sonreí con vergüenza—. Me he perdido de camino al baño, ¡es todo!

—Está en el vestíbulo. —Entrecerró los ojos—. ¿Tienes *sangre* en el vestido? ¿Estás segura de que estás bien?

—Estoy perfectamente. —Asentí como una maníaca—. ¡Gracias!

Me aparté demasiado rápido como para ser inocente. Aunque mantuve la cabeza inclinada, sentía otros ojos sobre mí al pasar. Mi cara debía de tener un aspecto realmente fantasmal. Quizás hubiera sido más prudente utilizar el anillo de Angélica.

El vestíbulo era infinitamente peor. Nobles acaudalados y mercaderes que aún tenían que hallar sus asientos invadían el lugar. Me mantuve en los límites, cerca de las paredes para evitar atraer atención indeseable. Por fortuna, los espectadores estaban demasiado interesados en sí mismos como para notar mi merodeo. Después de todo, el *Soleil et Lune* era más popular por su chismorreo que por sus obras.

Oí a una pareja susurrando que el arzobispo en persona asistiría a la función: otro motivo excelente para regresar al ático cuanto antes.

Como padre de los *chasseurs*, el arzobispo guiaba su guerra espiritual contra el mal de Belterra, proclamando que Dios le había encomendado erradicar lo oculto. Había quemado a cientos de brujas, más que cualquier otro, y no se detenía. Lo había visto una vez desde lejos, pero había reconocido la luz cruel en sus ojos como lo que era: obsesión.

Me escabullí en el baño antes de que alguien notara mi presencia. Después de aliviarme, me arranqué el sombrero ridículo de la cabeza y me detuve frente al espejo. De inmediato, el reflejo reveló por qué los actores me habían mirado sorprendidos. Mi cara era un desastre. Había moratones de un violeta intenso bajo mis ojos y la sangre seca me salpicaba las mejillas. Froté las manchas con agua fría del grifo, me froté la piel hasta que quedó rosa y limpia. No ayudó mucho a mejorar el efecto total de mi aspecto.

Un golpe cortés sonó en la puerta.

—¡Lo siento! —dije avergonzada—. ¡Problemas estomacales!

El golpeteo cesó de inmediato. Los susurros de desaprobación de la mujer atravesaron la puerta mientras se apartaba. Bien. Necesitaba que la multitud se disipara, y un baño cerrado con llave era tan buen lugar para hacerlo como cualquier otro. Fruncí el ceño ante mi reflejo y comencé a limpiar la sangre de mi vestido.

Las voces de fuera cedieron gradualmente mientras la música aumentaba su volumen para indicar el comienzo de la obra. Abrí un poco la puerta y espié el vestíbulo. Solo quedaban tres acomodadores. Me saludaron con la cabeza cuando pasé, sin notar mi rostro magullado en la oscuridad.

Fue más sencillo respirar mientras me aproximaba a la puerta tras bambalinas. Estaba a pocos pasos de distancia cuando abrieron la puerta del auditorio a mis espaldas.

—¿Puedo ayudarlo, señor? —preguntó un acomodador.

Alguien murmuró una respuesta y el vello de la nuca se me erizó. Debería haber continuado mi camino hacia el ático. Debería haber corrido. Mi instinto gritaba que huyera, que huyera, que *huyera*, pero no lo hice. En cambio, miré con rapidez al hombre de pie en la entrada. El hombre alto de cabello cobrizo vestido con un abrigo azul.

—*Tú* —dijo él.

Antes de que pudiera moverme, saltó. Me sujetó los brazos con las manos, como un tornillo, y me giró de modo tal que quedó frente a la salida. Supe de inmediato que por más que luchara sería imposible liberarme. Él era demasiado fuerte. Demasiado *grande*. Solo había un modo de avanzar.

Hundí la rodilla en su entrepierna.

Él dobló el cuerpo hacia delante con un gruñido y aflojó el agarre.

Liberé mis brazos, le lancé el sombrero a la cara y corrí hacia las profundidades del teatro. Había otra salida tras bambalinas. Los miembros del elenco me miraban boquiabiertos mientras corría derribando cajas y objetos de atrezo al pasar. Cuando atrapó el borde de mi capa, arranqué el broche en mi garganta para quitarla, sin perder el equilibrio. Pero el *chasseur* continuaba persiguiéndome. Sus pasos triplicaban los míos.

Me sujetó la muñeca justo cuando vi a la chica de nariz ganchuda con la que me había cruzado antes. Aunque intenté liberarme, mis gafas cayeron al suelo mientras luchaba por avanzar hacia ella y él me sujetó más fuerte. Las lágrimas cayeron por mi rostro destrozado.

—¡Por favor, ayúdame!

La chica de la nariz ganchuda abrió los ojos de par en par.

—¡Suéltala!

Las voces sobre el escenario titubearon ante su grito y todos nos quedamos paralizados.

Mierda. No, no, no.

Aprovechando su vacilación, retorcí el cuerpo para liberarme, pero su mano encontró mi pecho accidentalmente. Él aflojó el agarre, era evidente que estaba consternado, pero extendió la mano cuando me aparté y sus dedos sujetaron el escote de mi vestido. Horrorizada, observé a cámara lenta cómo la elegante tela se rasgaba mientras los pies del hombre se enredaban en mi falda. Nos aferramos el uno al otro, intentando en vano recobrar el equilibrio. Y caímos en el escenario.

La audiencia emitió un grito ahogado, e hizo silencio. Nadie se atrevía a respirar. Ni yo.

El *chasseur*, que aún me sujetaba sobre él debido a la caída, me miró con los ojos abiertos de par en par. Observé, entumecida, cómo cientos de emociones atravesaban su rostro. Perplejidad. Pánico. Humillación. Furia.

La chica de nariz ganchuda frenó detrás de nosotros y el hechizo se rompió.

—¡Cerdo asqueroso!

El *chasseur* me apartó como si lo hubiera mordido y aterricé sobre mi espalda. Con un golpe fuerte. Los gritos furiosos de la audiencia surgieron cuando mi vestido se abrió. Observaron mi rostro magullado, mi corsé roto, y sacaron sus propias conclusiones. Pero no me importó. Mirando a la audiencia, el horror me recorrió el cuerpo al imaginar quién podía estar mirando. La sangre me abandonó el rostro.

La chica de nariz ganchuda me envolvió con los brazos, me ayudó a ponerme de pie con amabilidad y me llevó tras bambalinas. Dos miembros corpulentos del elenco sujetaron al *chasseur*. Los espectadores comunicaron su aprobación a gritos mientras lo arrastraban a la fuerza detrás de nosotras. Miré hacia atrás, sorprendida al ver que él no se resistía, sino que su rostro estaba tan pálido como el mío.

La chica tomó una sábana de una caja y me envolvió el cuerpo con ella.

—¿Estás bien?

Ignoré su pregunta ridícula. Por supuesto que no estaba bien. ¿Qué acababa de *ocurrir*?

—Ojalá lo encierren en prisión. —Fulminó con la mirada al *chasseur*, que estaba de pie, aturdido, en medio del elenco. La audiencia aún gritaba con furia.

—No lo harán —dije con pesar—. Es un *chasseur*.

—Todos prestaremos declaración. —Ella alzó el mentón y les hizo una seña a los demás, que se movieron con incomodidad, sin saber qué hacer—. Lo hemos visto todo. Tienes suerte de haber estado aquí. —Miró mi vestido rasgado y sus ojos brillaron—. ¿Quién sabe qué podría haber ocurrido?

No la corregí. Necesitaba marcharme. Todo aquel fiasco había sido un intento de huida lamentable y esa era mi última oportunidad. El *chasseur* no podía detenerme ahora, pero los guardias llegarían pronto. No les importaría lo que la audiencia hubiera creído ver. Me llevarían a prisión, sin importar mi vestido rasgado y mis magulladuras, y sería fácil para los *chasseurs* atraparme cuando el desastre hubiera quedado resuelto.

Sabía a dónde llevaría eso. A una hoguera y una cerilla.

Acababa de decidir que olvidaría la discreción y saldría corriendo, quizás podría colocarme el anillo de Angélica entre los dientes al llegar a la escalera, cuando la puerta a la derecha del escenario crujió al abrirse.

El arzobispo entró y se me detuvo el corazón.

Era más bajo de lo que había creído, aunque era más alto que yo, tenía cabello entrecano y ojos azules que parecían de acero. Ardieron brevemente mientras me observaba: el rostro magullado, el cabello enmarañado, la sábana colgando de mis hombros. Entrecerró los ojos ante la destrucción alrededor. Curvó los labios.

Inclinó la cabeza hacia la salida.

—Dejadnos solos.

Los miembros del elenco no necesitaron oírlo dos veces… y yo tampoco. Por poco tropecé con mis pies al intentar salir del lugar lo más rápido posible. El *chasseur* extendió la mano y me sujetó el brazo.

—Tú no —ordenó el arzobispo.

La chica de nariz ganchuda vaciló, sus ojos nos miraron a los tres. Pero un gesto del arzobispo la hizo salir a toda prisa por la puerta.

El *chasseur* me soltó en cuanto ella desapareció y realizó una reverencia ante el arzobispo, cubriendo su corazón con el puño.

—Esta es la mujer que estaba en la mansión de Tremblay, Su Eminencia.

El arzobispo asintió y posó de nuevo los ojos en mí. Me inspeccionó el rostro y, una vez más, endureció la mirada… como si mi valía hubiera sido evaluada y considerada insuficiente. Juntó las manos detrás de la espalda.

—Entonces, eres nuestra ladrona escapista.

Asentí, sin atreverme a respirar. Él había dicho *ladrona*. No bruja.

—Nos has puesto en un aprieto, querida.

—Lo…

—Silencio.

Cerré la boca. No era tan estúpida como para discutir con el arzobispo. Si alguien estaba por encima de la ley, era él.

Avanzó hacia mí despacio, con las manos aún juntas detrás de la espalda.

—Eres una ladrona astuta, ¿verdad? Lo bastante talentosa como para evitar ser capturada. ¿Cómo huiste del tejado? El capitán Diggory aseguró que la mansión estaba rodeada.

Tragué con dificultad. Había repetido la palabra *ladrona*. La esperanza apareció en mi estómago. Miré al *chasseur* de cabello cobrizo, pero su rostro no revelaba nada.

—Mi... mi amiga me ayudó —mentí.

Él alzó una ceja.

—Tu amiga, la bruja.

El pavor me recorrió la columna. Pero Coco estaba a kilómetros de distancia: a salvo y escondida en La Forêt des Yeux. El Bosque de los ojos. Los *chasseurs* nunca serían capaces de encontrarla allí. E incluso si lo hicieran, su aquelarre la protegería.

Mantuve un contacto visual cuidadoso, evité moverme para no quedar expuesta.

—Ella es bruja, sí.

—¿Cómo?

—¿Cómo es bruja? —Aunque sabía que no debía provocarlo, tampoco pude evitarlo—. Creo que cuando una bruja y un hombre se quieren mucho...

Me golpeó. La bofetada resonó en el silencio del auditorio vacío. La audiencia había abandonado la sala tan rápido como el elenco. Me toqué la mejilla y lo fulminé con la mirada, llena de furia silenciosa. El *chasseur* se movió incómodo a mi lado.

—Niña asquerosa. —Los ojos del arzobispo sobresalieron de modo alarmante—. ¿Cómo te ayudó a escapar?

—No traicionaré sus secretos.

—¿Te atreves a ocultar información?

Un golpeteo sonó a la derecha del escenario y un guardia avanzó.

—Su Santidad, hay una multitud reunida fuera. Son varios de los espectadores y del elenco: se niegan a partir hasta saber qué sucederá con la chica y el capitán Diggory. Empiezan a... llamar la atención.

—Terminaremos pronto. —El arzobispo enderezó la espalda y se acomodó la túnica mientras respiraba hondo. El guardia hizo una reverencia y salió.

El arzobispo centró de nuevo la atención en mí. Pasó un largo instante silencioso mientras nos fulminábamos mutuamente con la mirada.

—¿Qué voy a hacer contigo?

No me atreví a hablar. La resistencia de mi rostro tenía un límite.

—Eres una criminal que anda con *demonios*. Has incriminado públicamente a un *chasseur* por acoso, entre *otras* cosas. —Curvó los labios y me contempló con repulsión tangible. Intenté en vano ignorar la vergüenza que me ardía en el estómago. Había sido un accidente. No lo había incriminado a propósito. Sin embargo... si el malentendido de la audiencia me ayudaba a escapar de la hoguera...

Nunca dije que fuera alguien honorable.

—La reputación del capitán Diggory quedará arruinada —prosiguió el arzobispo—. Me veré obligado a retirarlo de su puesto, en caso de que cuestionen la santidad de los *chasseurs*. O de que *mi* santidad sea cuestionada. —Sus ojos ardieron. Intenté una expresión arrepentida, por si sus puños se movían de nuevo. Apaciguado por mi arrepentimiento, él comenzó a caminar de un lado a otro—. ¿Qué voy a hacer contigo?

Aunque era evidente que sentía repulsión hacia mi persona, continuaba posando su vista de acero en mí. Como una palomilla atraída por la llama. Me recorrió como si buscara algo en mis ojos, en mi nariz, en mi boca. En mi garganta.

Para mi consternación, noté que la cinta se había deslizado durante mi lucha con el *chasseur*. La ajusté con rapidez. El arzobispo frunció la boca y me miró de nuevo.

Tuve que recurrir al poder de mi voluntad para no poner los ojos en blanco ante su absurda lucha interna. No iría a prisión ni moriría en la hoguera. Por el motivo que fuera, el arzobispo y su mascota habían decidido que no era una bruja. Sin duda no cuestionaría su error.

Pero la pregunta persistía... ¿*qué* quería el arzobispo? Porque sin duda *algo* quería. El hambre en sus ojos era inconfundible y cuanto antes lo descubriera, antes podría usarlo a mi favor. Tardé varios segundos en notar que continuaba con su monólogo.

—... gracias a tu destreza manual. —Se giró para mirarme, con una expresión particularmente victoriosa—. Tal vez podamos llegar a un acuerdo beneficioso para ambos.

Hizo una pausa, mirándonos expectante.

—Lo escucho —balbuceé. El *chasseur* asintió, tenso.

—Excelente. En realidad, es bastante sencillo: contraer matrimonio.

Lo miré, boquiabierta.

Él se rio, pero el sonido carecía de alegría.

—Como tu esposa, Reid, esta criatura desagradable te pertenecerá. Tendrías todo el derecho de perseguirla y disciplinarla, en especial después de su indiscreción. Sería lo esperable. Incluso, necesario. No habría ningún crimen, ninguna inmoralidad. Continuarías siendo un *chasseur*.

Me reí. El sonido salió estrangulado, desesperado.

—No me casaré con nadie.

El arzobispo no compartió mi risa.

—Lo harás si deseas evitar un azote público y el encarcelamiento. Si bien no soy el jefe de los guardias, es muy amigo mío.

Lo miré boquiabierta.

—No puede chantajearme...

Sacudió una mano como si estuviera ahuyentando una mosca fastidiosa.

—Es la sentencia propia de una ladrona. Te aconsejo que lo pienses bien, niña.

Recurrí al *chasseur*, decidida a mantener la calma a pesar del pánico que me subía por la garganta.

—No puedes querer esto. Por favor, dile que encuentre otra solución.

—No hay otra solución —intercedió el arzobispo.

El *chasseur* estaba de pie muy quieto. Parecía haber dejado de respirar.

—Eres como un hijo para mí, Reid. —El arzobispo alzó la mano para sujetar su hombro: un ratón consolando a un elefante. Una parte desconectada de mi mente quería reír—. No desperdicies tu vida, tu carrera prometedora, tu juramento ante *Dios*, por esta pagana. Cuando sea tu esposa, podrás encerrarla en el armario y no pensar de nuevo en ella. Tendrías el derecho legal a hacer lo que desees con ella. —Lo miró de un modo significativo—. Este acuerdo también resolvería... otros asuntos.

La sangre por fin regresó al rostro del *chasseur*... No, lo *inundó*. Subió por su garganta hacia sus mejillas, ardiendo más que sus ojos. Apretó la mandíbula.

—Señor, creo que...

Pero no lo escuché. La saliva me cubrió la boca y se me nubló la visión. Matrimonio. Con un *chasseur*. Tenía que haber otra manera, *cualquier* otra...

La bilis me subió por la garganta y, sin que pudiera evitarlo, lancé un arco de vómito a los pies del arzobispo. Él se apartó de un salto con un grito de repulsión.

—¡Cómo te *atreves*! —Alzó un puño para golpearme de nuevo, pero el *chasseur* actuó con agilidad veloz. Atrapó la muñeca del arzobispo con la mano.

—*Si* esta mujer será mi esposa —dijo, tragando con dificultad—, no la tocará de nuevo.

El arzobispo expuso los dientes.

—Entonces, ¿aceptas?

El *chasseur* soltó su muñeca y me miró, un rubor oscuro subía por su garganta.

—Solo si ella acepta.

Sus palabras me recordaron a Coco.

Ten cuidado.

Solo si tú lo haces.

Coco había dicho que necesitaba encontrar protección. Miré al *chasseur* de cabello cobrizo y al arzobispo que aún se frotaba la muñeca. Quizás la protección me había encontrado.

Andre, Grue, los guardias, ella... Nadie podría herirme si tenía a un *chasseur* como esposo. Y los otros *chasseurs* no serían una amenaza: si podía mantener la farsa. Si podía evitar hacer magia cerca de ellos. Nunca sabrían que era una bruja. Estaría oculta ante las narices de todos.

Pero... también tendría un marido.

No quería un marido. No quería encadenarme a nadie por matrimonio, en especial no a alguien rígido y santurrón como ese *chasseur*. Pero si el matrimonio era mi única alternativa a pasar la vida en prisión, quizás era la opción más agradable. Sin duda era la única opción que me sacaría de aquel teatro sin estar encadenada.

Después de todo, aún tenía el anillo de Angélica. Siempre podía escapar *después* de firmar el certificado de matrimonio.

De acuerdo. Enderecé los hombros y alcé el mentón.

—Lo haré.

CAPÍTULO 9

LA CEREMONIA

Reid

Los gritos aumentaron fuera del teatro, pero a duras penas los escuchaba. La sangre rugía en mis oídos. Ahogaba todo sonido: sus gritos pidiendo justicia, la compasión del arzobispo. Pero no sus pasos. Oía cada uno.

Livianos. Más livianos que los míos. Pero más erráticos. Menos pensados.

Me centré en ellos y el rugido menguó gradualmente. Ahora, podía oír al encargado del teatro y a los guardias intentando apaciguar a la multitud.

Resistí la necesidad de desenvainar mi Balisarda cuando el arzobispo abrió las puertas. Tenía las piernas tensas y sentía la piel caliente y fría a la vez… y pequeña. Demasiado pequeña. Picaba y ardía mientras cada par de ojos en la calle se giraba hacia nosotros. Una mano cálida se posó en mi brazo.

Palmas callosas. Dedos delgados: dos con vendas. Los miré. Rotos.

No permití que mis ojos subieran por sus dedos hacia su brazo. Porque este llevaría a su hombro y este a su rostro. Y sabía lo que encontraría allí. Dos ojos magullados y una marca nueva en la mejilla. Una cicatriz sobre la ceja. Otra sobre la garganta. Aún era visible debajo de la cinta negra, a pesar de su intento por ocultarla.

El rostro de Célie apareció en mi mente. Inmaculado y puro.

Oh, Dios. *Célie.*

El arzobispo dio un paso al frente y la multitud hizo silencio de inmediato. Con el ceño fruncido, me colocó frente a él. La mujer, la *pagana*, no apartó la mano. Seguí sin mirarla.

—¡Hermanos! —La voz del arzobispo resonó en la calle ahora silenciosa y atrajo aún más la atención. Cada cabeza se giró en nuestra dirección y ella se encogió sobre mi cuerpo. En ese momento, bajé la vista hacia ella, frunciendo el ceño. Tenía los ojos de par en par, las pupilas dilatadas. Estaba asustada.

Aparté la vista.

No puedes entregarme tu corazón, Reid. No puedo cargar con eso en mi conciencia.

Célie, por favor...

Esos monstruos que asesinaron a Pip aún andan sueltos. Deben recibir un castigo. No te distraeré de tu objetivo. Si debes entregar tu corazón, dáselo a tu hermandad. Por favor, por favor olvídame.

Nunca podría olvidarte.

La desesperación por poco me hizo caer de rodillas. Ella nunca me perdonaría.

—Vuestra preocupación por esta mujer ha sido considerada y apreciada por Dios. —El arzobispo extendió los brazos de par en par. Suplicante—. Pero no os dejéis engañar. Ayer, después de intentar robarle a un aristócrata igual que a vosotros, tomó la mala decisión de huir de su esposo mientras él intentaba disciplinarla. No sintáis pena por ella, amigos. *Rezad* por ella.

Una mujer al frente de la multitud fulminó con la mirada llena de desprecio al arzobispo. Delgada. Cabello pálido. Nariz torcida. Me puse tenso al reconocer a la mujer que había visto tras bambalinas.

¡Cerdo asqueroso!

Como si me percibiera, alzó los ojos hacia mí y los entrecerró. Le devolví la mirada, intentando en vano olvidar su condena. *Ojalá lo encierren en prisión. ¿Quién sabe qué podría haber ocurrido?*

Tragué con dificultad y aparté la vista. Eso había parecido. La pagana tenía sus trucos y yo se lo había dejado ridículamente fácil. Había caído en su trampa. Me maldije, anhelando apartar el brazo de su mano. Pero no serviría de nada. Demasiadas personas nos observaban y las órdenes del arzobispo habían sido claras.

—Debemos confesar nuestra falsedad en cuanto regresemos a casa —había dicho, frunciendo el ceño mientras caminaba de lado a lado—. Las personas deben creer que ya estáis casados. —En ese instante, se había girado abruptamente hacia ella—. ¿Tengo razón al asumir que tu alma está condenada? —Cuando ella no respondió, él frunció el ceño—. Lo que pensaba. Debemos remediar ambas situaciones de inmediato y viajar directo al *Doleur* para el bautismo. Debes actuar como su esposo hasta formalizar la unión, Reid. Toma el anillo de su mano derecha y colócalo en su mano izquierda. Camina a su lado. La farsa terminará en cuanto la multitud se disperse. Y, por el amor de Dios, encuentra la capa de la chica.

La pagana ahora hacía rodar el anillo en cuestión. Se movía en su lugar. Se tocó un mechón de cabello junto a su rostro. Había recogido el resto en un nudo enmarañado en la nuca, salvaje y descontrolado. Igual que ella. Lo detestaba.

—Os imploro que veáis la enseñanza que Dios tiene para vosotros a través de esta mujer. —El arzobispo alzó la voz—. ¡Aprended de su maldad! Esposas, *obedeced* a vuestros maridos. *Renunciad* a vuestra naturaleza pecaminosa. ¡Solo entonces podréis alcanzar realmente a Dios!

Varios miembros de la multitud asintieron, susurrando en acuerdo.

Es verdad. Siempre lo he dicho.

Las mujeres son tan malas como las brujas estos días.

Lo que necesitan es madera: de la vara o de la hoguera.

La mujer de cabello pálido parecía estar a punto de causarle daño físico al arzobispo. Mostró los dientes, cerrando los puños, antes de dar media vuelta y marcharse.

La pagana se puso tensa a mi lado y me sujetó más fuerte y dolorosamente el brazo. La fulminé con la mirada, pero no me soltó. Entonces lo olí: leve, sutil, demasiado suave para ser detectado. Pero aún estaba allí, flotando en la brisa. Magia.

El arzobispo gruñó.

Me giré justo cuando él doblaba el cuerpo en dos y se sujetaba el estómago.

—Señor, ¿está...?

Me detuve de forma abrupta cuando se alzó un viento sorprendentemente intenso. Él abrió los ojos de par en par, tenía las mejillas ardiendo. La multitud comenzó a murmurar. Perpleja. Asqueada. Él se puso de pie a toda prisa, intentando acomodar su túnica, pero dobló el cuerpo de nuevo. Otro ataque golpeó su sistema. Coloqué una mano en su espalda, inseguro.

—Señor…

—Déjame —gruñó.

Retrocedí y fulminé con la vista a la pagana, que temblaba por su risa silenciosa.

—Deja de reír.

—No podría, aunque quisiera. —Apretó una mano contra el lateral de su cuerpo, temblando, y un resoplido escapó de sus labios. La miré con repulsión creciente y me incliné para inhalar su aroma. Canela. No magia. Me aparté rápido y ella se rio más.

—Este instante, este momento exacto, tal vez hará que valga la pena casarme contigo, Chass. Lo atesoraré para siempre.

El arzobispo insistió en que la pagana y yo camináramos hasta el *Doleur* para su bautismo. Él fue en su carruaje.

Ella resopló cuando él desapareció por la calle y pateó un cesto cercano.

—Ese hombre tiene la cabeza tan metida en su trasero que podría usarlo de sombrero.

Apreté la mandíbula. *No te enfades. Mantén la calma.*

—No le faltarás el respeto.

Ella sonrió, inclinando la cabeza hacia arriba para observarme. Luego, se puso de puntillas y me tocó la nariz. Trastabillé hacia atrás, sorprendido. Me sonrojé. Ella sonrió más y comenzó a caminar.

—Haré lo que desee, Chass.

—Serás mi esposa. —La alcancé en dos pasos, extendí la mano para sujetar su brazo, pero me detuve antes de tocarla—. Eso significa que me obedecerás.

—¿Sí? —Alzó las cejas, aún sonriendo—. Entonces, supongo que eso significa que me honrarás y me protegerás, ¿no? ¿Si seguimos los roles anticuados y polvorientos de tu patriarcado?

Di pasos más cortos para igualar los suyos.

—Sí.

Ella juntó las manos.

—Excelente. Al menos, esto será entretenido. Tengo muchos enemigos.

Sin poder evitarlo, alcé la vista hacia los moretones que coloreaban sus ojos.

—Me lo imagino.

—No lo haría si fuera tú. —Su tono era más coloquial. Relajado. Como si hablara sobre el clima—. Tendrás pesadillas durante semanas.

Las preguntas ardían en mi garganta, pero me negué a expresarlas en voz alta. Ella parecía contenta con el silencio. Movía los ojos en todas direcciones a la vez. Hacia los vestidos y los sombreros que decoraban los escaparates de las tiendas. Hacia los damascos y las avellanas que llenaban los carros de los mercaderes. Hacia las ventanas sucias de una taberna pequeña, hacia los rostros manchados de hollín de los niños que perseguían palomas por la calle. En cada esquina, una nueva emoción atravesaba su rostro. Gratitud. Anhelo. Satisfacción.

Observarla era extrañamente agotador.

Después de unos minutos, no pude soportarlo. Carraspeé para despejar la garganta.

—¿Uno de ellos te ha hecho los moretones?

—¿Quién?

—Uno de tus enemigos.

—Oh —dijo con rapidez—. Sí. Bueno… de hecho, han sido dos.

¿Dos? La miré, incrédulo. Intenté imaginar a la criatura diminuta ante mí luchando con dos personas a la vez. Luego recordé que me había atrapado tras bambalinas y había engañado a la audiencia para que creyeran que había abusado de ella. Fruncí el ceño. Era más que capaz de hacerlo.

Las calles se hicieron más anchas cuando llegamos a las afueras del East End. Pronto, el *Doleur* resplandeció ante nosotros bajo el sol brillante de la tarde.

El arzobispo esperaba junto a su carruaje. Para mi sorpresa, Jean Luc también.

Por supuesto. Él sería el testigo.

La realidad de la situación me aplastó como una bolsa de ladrillos al ver a mi amigo. Realmente me casaría con esa mujer. Con esa… *criatura*. Esa pagana que escalaba techos y les robaba a los aristócratas, que peleaba, vestía como un hombre y tenía un nombre a la medida de su personaje.

Ella no era Célie. Era lo más alejado a Célie que Dios podría haber creado. Célie era amable y tenía buenos modales. Era educada. Correcta. Cordial. Ella nunca me habría avergonzado, nunca habría montado semejante espectáculo.

Fulminé con la mirada a la mujer que sería mi esposa. Tenía el vestido rasgado y manchado de sangre. El rostro magullado y los dedos rotos. Una cicatriz en la garganta. Y su sonrisa no dejaba dudas respecto a cómo había recibido cada herida.

Alzó una ceja.

—¿Ves algo que te guste?

Aparté la vista. Célie estaría descorazonada cuando supiera lo que había hecho. Ella merecía algo mejor que eso. Algo mejor que yo.

—Venid. —El arzobispo señaló la orilla desierta del río. Un pez muerto era nuestra única audiencia, y los pájaros devorándolo. Su esqueleto sobresalía entre la carne podrida y un solo ojo miraba hacia el cielo despejado de noviembre—. Terminemos con esto. Primero, la pagana debe ser bautizada como ordena nuestro Señor. Así estaréis en igualdad de condiciones. La luz no comulga con la oscuridad.

Mis pies eran de plomo, cada paso era un esfuerzo en la arena y el lodo. Jean Luc me seguía de cerca. Sentía su sonrisa burlona en el cuello. No quería imaginar lo que pensaba ahora de mí... de eso.

El arzobispo vaciló antes de entrar al agua gris. Miró hacia atrás a la pagana, con el primer dejo de incertidumbre en su rostro. Como si no estuviera seguro de si ella lo seguiría. *Por favor, cambia de opinión,* supliqué. *Por favor, olvida esta locura y envíala a la prisión a la que pertenece.*

Pero si eso ocurría, perdería mi Balisarda. Mi vida. Mi juramento. Mi propósito.

Una voz fea resopló en lo profundo de mi mente. *Él podría perdonarte si quisiera. Nadie cuestionaría su decisión. Podrías continuar siendo un* chasseur *sin contraer matrimonio con una criminal.*

Entonces, ¿por qué no lo hacía?

La desazón atravesó mi cuerpo en cuanto lo pensé. Por supuesto que no me perdonaría. Los presentes creían que había abusado de ella. No importaba que no lo hubiera hecho. *Creían* que había sido así. Aunque el arzobispo lo explicara, aunque ella confesara, todos hablarían. Dudarían.

Cuestionarían la integridad de los *chasseurs*. Aún peor: podrían cuestionar al arzobispo mismo. Sus motivaciones.

Ya nos habíamos enredado en la mentira. Todos creían que era mi esposa. Si se difundía lo contrario, el arzobispo quedaría marcado como un mentiroso. Eso no podía ocurrir.

Me gustara o no, la pagana sería mi esposa.

Salió hecha una furia de detrás del arzobispo como si reafirmara el hecho. Él la fulminó con la mirada mientras limpiaba el agua con que ella había salpicado su rostro.

—Qué giro más interesante. —Los ojos de Jean Luc bailaban de risa al observar a la pagana. Ella parecía discutir con el arzobispo por algo. Por supuesto que discutía.

—Ella... me ha engañado. —La confesión dolía.

Cuando no expliqué nada más, él se giró para mirarme. La risa en sus ojos disminuyó.

—¿Qué hay de Célie?

Me obligué a pronunciar las palabras, odiándome por ello.

—Célie sabía que no nos casaríamos.

No le había contado lo de su rechazo. No habría sido capaz de soportar sus burlas. O peor: su lástima. Después de la muerte de Filippa, él me había preguntado cuáles eran mis intenciones con Célie. La vergüenza ardía en mis entrañas. Había mentido apretando los dientes, diciéndole que mi juramento era demasiado importante. Diciéndole que nunca contraería matrimonio.

Sin embargo, ahí estaba.

Él frunció los labios y me observó con astucia.

—Lo... siento. —Miró a la pagana, que apuntaba con un dedo roto la nariz del arzobispo—. El matrimonio con semejante criatura no será sencillo.

—¿Acaso alguna vez es sencillo el matrimonio?

—Tal vez no, pero ella parece particularmente insufrible. —Dibujó una sonrisa desanimada—. Supongo que tendrá que mudarse a la Torre, ¿verdad?

No pude devolverle la sonrisa.

—Sí.

—Qué pena —suspiró.

Observamos en silencio la severa expresión del arzobispo. Finalmente perdió la paciencia y la arrastró hacia él sujetándola de la nuca. La lanzó bajo el agua y la sostuvo allí un segundo demasiado largo.

No lo culpaba. El alma de la chica tardaría más tiempo en purificarse que la de una persona normal.

Dos segundos demasiado largos.

El arzobispo parecía luchar consigo mismo. Su cuerpo temblaba por el esfuerzo requerido para mantenerla bajo el agua, y sus ojos estaban de par en par: enloquecidos. Sin duda no la...

Tres segundos demasiado largos.

Me sumergí en el agua. Jean Luc corrió tras de mí. Avanzamos a toda velocidad, pero nuestro pánico era infundado. El arzobispo la soltó en cuanto llegamos y ella emergió como un gato furioso, siseando. El agua le caía en cascada del cabello, del rostro y del vestido. Me acerqué para ayudarla a recobrar el equilibrio, pero me apartó. Retrocedí un paso cuando se giró, farfullando, hacia el arzobispo.

—*Fils de pute!* —Antes de que pudiera detenerla, saltó hacia él. El arzobispo abrió los ojos al perder el equilibrio y cayó de espaldas, sacudiendo las extremidades. Jean Luc se apresuró a ayudarlo. Sujeté a la chica, aferré sus brazos a los costados de su cuerpo antes de que empujara al arzobispo de nuevo al agua.

Ella no pareció darse cuenta.

—*Connard! Salaud!* —Se sacudía entre mis brazos, pateando en todas direcciones—. ¡Te mataré! Te arrancaré esa túnica de los hombros y te ahorcaré con ella, pedazo de *mierda* amorfo y maloliente...

Los tres la miramos boquiabiertos: ojos y bocas de par en par. El arzobispo fue el primero en recobrar la compostura. Tenía el rostro púrpura y un sonido estrangulado escapó de su garganta.

—¿Cómo te *atreves* a hablarme así? —Se apartó de Jean Luc, agitando un dedo hacia el rostro de la chica. Comprendí el error del arzobispo medio segundo antes de que ella avanzara. La sujeté más fuerte y logré alzarla y apartarla antes de que pudiera hundir los dientes en el nudillo del arzobispo.

Estaba a punto de contraer matrimonio con un animal salvaje.

—Suéltame. Ahora. Mismo. —Me hundió el codo en lo profundo del estómago.

—No. —Fue más un grito ahogado que una palabra. Pero mantuve mi posición.

Ella emitió un ruido de frustración, algo entre un gruñido y un grito, y por fortuna dejó de moverse. Recé en silencio un agradecimiento antes de arrastrarla a la orilla.

El arzobispo y Jean Luc se unieron a nosotros poco después.

—Gracias, Reid. —El arzobispo resopló mientras escurría su túnica y se colocaba bien la cruz que le colgaba del cuello. El desdén cubría sus facciones cuando le habló a la arpía—. ¿Debemos encadenarte para la ceremonia? ¿O colocarte un bozal?

—Has intentado *matarme*.

Él inclinó el rostro hacia abajo y la miró.

—Créeme, niña, si hubiera querido matarte, estarías muerta.

Los ojos de la chica ardían.

—Lo mismo digo.

Jean Luc reprimió la risa.

El arzobispo dio un paso y entrecerró tanto los ojos que parecían dos tajos.

—Suéltala, Reid. Me gustaría dejar atrás todo este asunto sórdido.

Para mi sorpresa y decepción, ella no escapó cuando la solté. Solo cruzó los brazos y plantó los pies, mirándonos a los tres. Obstinada. Malhumorada. Desafiante.

Mantuvimos la distancia.

—Hazlo rápido —gruñó ella.

El arzobispo inclinó la cabeza.

—Avanzad y tomaos de las manos.

Nos miramos. Ninguno de los dos hizo movimiento alguno.

—Ah, daos prisa. —Jean Luc me empujó bruscamente y cedí un paso. Observé con furia silenciosa mientras ella se negaba a eliminar el resto de la distancia. Esperé. Después de unos largos segundos, puso los ojos en blanco y avanzó. Cuando extendí las manos, las miró como si tuvieran lepra.

Uno.

Me obligué a respirar. Inhalar por la nariz. Exhalar por la boca.

Dos.

Ella frunció el ceño. Me observaba con expresión entretenida: era evidente que cuestionaba mi capacidad mental.

Tres.

Cuatro.

Tomó mis manos. Hizo una mueca como si sintiera dolor.

Cinco.

Comprendí un segundo demasiado tarde que era *cierto* que experimentaba dolor físico. De inmediato, aflojé la presión de mi mano sobre sus dedos rotos.

Seis.

El arzobispo carraspeó.

—Comencemos. —Se giró hacia mí—. Reid Florin Diggory, ¿aceptas por esposa a esta mujer, para vivir juntos bajo el mandato de Dios en sagrado matrimonio? ¿Prometes amarla, consolarla, honrarla y acompañarla en la salud y en la enfermedad y serle fiel solo a ella hasta que la muerte os separe?

Centré la visión en un punto blanco entre los pájaros: una paloma. Mi cabeza daba vueltas. Esperaban que hablara, pero tenía un nudo en la garganta. Me ahogaba. No podía casarme con esa mujer. No podía. Una vez reconocido, el pensamiento arraigó con profundidad, hundiendo sus garras en cada fibra de mi ser. Tenía que haber otra manera… *Cualquier* otra…

Sus dedos pequeños y cálidos presionaron los míos. Alcé la vista y encontré unos ojos azules verdosos penetrantes. Más azules que verdes. De acero. Reflejando el agua férrea del *Doleur*. Ella tragó saliva y asintió de un modo casi imperceptible.

En ese momento, lo comprendí. La duda, la vacilación, el duelo por un futuro que nunca tendría, también le pertenecían a ella. La arpía había desaparecido. Ahora, solo había una mujer. Y era pequeña. Y estaba asustada. Y era fuerte.

Y me pedía que yo también lo fuera.

No sé por qué lo hice. Era una ladrona, una criminal y no le debía nada. Ella había arruinado mi vida arrastrándome a ese escenario. Si aceptaba, estaba seguro de que continuaría haciéndolo. Pero, de todos modos, le devolví el gesto y le apreté los dedos. Sentí la palabra ínfima brotar de mis labios espontáneamente.

—Acepto.

El arzobispo la miró. Mantuve la presión en nuestras manos, con cuidado de no apretar de más.

—¿Cómo te llamas? —preguntó él con brusquedad—. ¿Tu nombre completo?

—Louise Margaux Larue.

Fruncí el ceño. *Larue.* Era un apellido común entre los criminales del East End, pero en general era un seudónimo. Significaba literalmente *la calle.*

—¿Larue? —El arzobispo la miró con desconfianza, haciendo eco de mis dudas—. Debes saber que, si ese nombre es falso, tu matrimonio con el capitán Diggory será anulado. No necesito recordarte qué destino te espera si eso ocurre.

—Conozco la ley.

—Bien. —Sacudió la mano—. Louise Margaux *Larue,* ¿aceptas a este hombre como esposo, para vivir juntos bajo el mandato de Dios en sagrado matrimonio? ¿Prometes obedecerle y servirle, amarlo y acompañarlo en la salud y en la enfermedad y serle fiel solo a él hasta que la muerte os separe?

Veía el resoplido en el rostro de la chica, pero lo reprimió y, en cambio, pateó un cúmulo de arena hacia los pájaros. Las aves se dispersaron con alaridos de alerta. Un nudo apareció en mi garganta cuando la paloma alzó el vuelo.

—Acepto.

El arzobispo continuó sin pausas.

—Por el poder que me ha sido conferido, os declaro marido y mujer en el nombre del Padre, del Hijo y del Espíritu Santo. —Hizo una pausa y cada músculo en mi cuerpo se tensó, esperando la siguiente frase. Como si leyera mis pensamientos, él me lanzó una mirada crítica. Mis mejillas ardieron de nuevo.

—En palabras del Señor, nuestro Dios —unió las manos e inclinó la cabeza—: «Mejores son dos que uno… Porque si cayeren, el uno levantará a su compañero; pero ¡ay del solo!, que cuando cayere, no habrá segundo que lo levante. Y si alguno prevaleciere contra uno, dos le resistirán. Un cordón de tres dobleces no se rompe pronto». —Enderezó la espalda con una sonrisa lúgubre—. Está hecho. Que el hombre no separe lo que Dios ha unido. Firmaremos el certificado de matrimonio cuando regresemos y el asunto quedará resuelto.

Avanzó hacia el carruaje que lo esperaba, pero se detuvo en seco y se giró.

—Es necesario consumar el matrimonio para que sea vinculante legalmente.

Ella se puso rígida a mi lado y miró con determinación al arzobispo: boca tensa, ojos tensos. El calor recorrió mi cuerpo. Más cálido y feroz que antes.

—Sí, Su Eminencia.

Él asintió, satisfecho, y subió al carruaje. Jean Luc subió después y me guiñó un ojo. Como si fuera posible, mi humillación aumentó y se expandió.

—Bien. —El arzobispo cerró la puerta del carruaje de un golpe—. Asegúrate de hacerlo rápido. Un testigo visitará tu habitación más tarde para confirmarlo.

Mi estómago dio un vuelco mientras él desaparecía por la calle.

Segunda Parte

Petit à petit, l'oiseau fait son nid.

Poco a poco, el pájaro construye su nido.

—PROVERBIO FRANCÉS

CAPÍTULO 10

CONSUMACIÓN

Lou

L a *Cathédral Saint-Cécile d'Cesarine* se alzó ante mí, como un espectro siniestro de capiteles, torres y muros altos. Las ventanas del color de las joyas se erguían bajo el sol. Las puertas de palisandro talladas e incrustadas en piedra blanca estaban abiertas mientras subíamos los escalones y un grupo de *chasseurs* salió por ellas.

—Compórtate —susurró mi nuevo esposo. Sonreí con sorna, pero no dije nada.

Un *chasseur* se detuvo frente a mí.

—Identificación.

—Em...

Mi esposo inclinó la cabeza, tenso.

—Es mi esposa, Louise.

Lo miré, sorprendida de que hubiera podido pronunciar las palabras a través de sus dientes apretados. Como era habitual, me ignoró.

El *chasseur* frente a mí parpadeó. Y parpadeó de nuevo.

—¿Su...? ¿Su esposa, capitán Diggory?

Él asintió de modo casi imperceptible y, de verdad, temí por sus dientes. Sin duda se romperían si continuaba apretando la mandíbula.

—Sí.

El *chasseur* se atrevió a mirarme rápido.

—Esto es... muy inusual. ¿El arzobispo sabe que...?

—Nos espera.

—Por supuesto. —El *chasseur* giró hacia el paje que acababa de aparecer—. Informa al arzobispo de que el capitán Diggory y su... esposa han llegado. —Lanzó otra mirada furtiva en mi dirección mientras el paje partía. Le guiñé un ojo. Mi esposo emitió un sonido impaciente, me sujetó el brazo y me obligó a girar hacia la puerta.

Aparté el brazo de un tirón.

—No hay necesidad de lisiarme.

—Te he dicho que te *comportaras*.

—Ah, por favor. *He guiñado un ojo*. No me he desnudado cantando «Liddy la pechugona».

Oímos alboroto a nuestras espaldas y nos giramos a la vez. Más *chasseurs* marchaban por la calle, cargando lo que parecía un cadáver. Aunque el cuerpo estaba envuelto en una tela para cuidar las formas, no hubo confusión al ver la mano que colgaba por debajo de la sábana. O las enredaderas que habían crecido entre sus dedos. O la corteza que le cubría la piel.

Aunque mi esposo me retenía, me incliné más cerca e inhalé la dulzura familiar que emanaba del cuerpo. Interesante.

Uno de los *chasseurs* se apresuró a ocultar la mano.

—Lo encontramos a las afueras de la ciudad, capitán.

Mi esposo inclinó la cabeza hacia el callejón junto a la iglesia sin decir ni una palabra, y los *chasseurs* avanzaron rápido hacia allí. Aunque a mí me llevó dentro del edificio, giré el cuello para observarlos partir.

—¿Qué ha sido eso?

—No es asunto tuyo.

—¿A dónde lo llevan?

—He dicho que no es...

—Suficiente. —El arzobispo entró en el vestíbulo, mirando con desagrado el fango y el agua que se acumulaban a mis pies. Se había cambiado y vestía una túnica clara, y había limpiado las salpicaduras de lodo y arena de su rostro. Reprimí el deseo de tocar mi vestido rasgado o peinar mis enredos con los dedos. No importaba qué aspecto tuviera. El arzobispo podía irse al carajo—. El certificado de matrimonio espera en mi estudio. ¿Dónde debemos ir a buscar tus pertenencias?

Fingiendo desinterés, escurrí mi cabello mojado.

—No tengo ninguna.

—No... tienes ninguna —repitió él despacio, mirándome con desaprobación.

—Eso he dicho, sí, a menos que tus secuaces y tú queráis saquear el ático del *Soleil et Lune*. He tomado prestados sus disfraces durante años.

—No esperaba otra cosa. —Frunció el ceño—. Te encontraremos ropa presentable. No deshonraré a Reid haciendo que su esposa parezca una pagana, aunque lo sea.

—¿Cómo te atreves? —Sujeté mi vestido arruinado fingiendo estar ofendida—. Ahora soy una mujer cristiana que le teme a Dios…

Mi esposo me arrastró lejos antes de que dijera algo más. Oí el crujido de sus dientes.

Después de firmar velozmente el certificado de matrimonio en el estudio, mi esposo me guio por un pasillo angosto y polvoriento, en un intento obvio de evitar el vestíbulo atestado. Dios no querría que alguien viera a su nueva esposa. Aunque era probable que los rumores sobre el escándalo ya circularan por la Torre.

Una escalera de caracol arrinconada al final del pasillo me llamó la atención. A diferencia de las escaleras arcaicas de palisandro, ubicadas por toda la catedral, esa era de metal y evidentemente había sido construida después de la original. Había algo allí… en el aire de la escalera… Tiré del brazo del capitán e inhalé imperceptiblemente.

—¿A dónde lleva esa escalera?

Él siguió mi mirada antes de sacudir la cabeza con brusquedad.

—A ningún lugar que vayas a visitar. El acceso fuera de los dormitorios está restringido. Solo el personal autorizado puede acceder a los pisos superiores.

Pues bien. Contad conmigo.

Pero no dije nada más y permití que él me llevara por varias escaleras distintas hasta una puerta de madera sencilla. La abrió sin mirarme. Me detuve fuera, ante las palabras talladas sobre la entrada:

NO PERMITIRÁS QUE UNA BRUJA VIVA.

Me estremecí. Era la famosa Torre de los *chasseurs*. Aunque ningún cambio visible marcaba el pasillo de enfrente, había algo austero en el lugar. Carecía de calidez o benevolencia. La atmósfera era lúgubre y rígida como los hombres que residían allí.

Mi esposo asomó la cabeza por la puerta un segundo después y miró la inscripción aterradora y luego a mí.

—¿Qué ocurre?

—Nada. —Me apresuré a seguirlo, ignorando el pavor que me recorrió la columna al cruzar la entrada. Ahora no había vuelta atrás. Estaba en las entrañas de la bestia.

Y pronto, estaría en la *cama* de la bestia.

Joder, claro que no.

Me guio por el pasillo, con cuidado de no tocarme.

—Por aquí. —Señaló una de las puertas que delineaban el pasillo, pasé a su lado para entrar en la habitación... y me detuve en seco.

Era una caja de cerillas terriblemente simple, miserable y anodina sin ninguna característica que la definiera. Las paredes eran blancas, los tablones del suelo eran oscuros. Solo una cama y un escritorio llenaban el espacio. Peor, él no tenía pertenencias ni nada parecido. Ninguna baratija. Ningún libro. Ni siquiera una cesta para la ropa sucia. Cuando vi la ventana angosta y demasiado alta en la pared como para observar el atardecer, realmente me morí un poco por dentro.

Mi esposo debía de ser la persona más insípida del mundo.

Oí que cerraban la puerta a mis espaldas. Sonaba definitivo: como la de una celda al cerrarse.

Él alzó las manos despacio, como si intentara calmar a un gato salvaje.

—Solo me quitaré la chaqueta. —Movió los hombros para deslizar su abrigo mojado y lo colgó sobre el escritorio antes de comenzar a quitarse la bandolera.

—Puedes parar ahora mismo —dije—. No... no te quites más ropa.

Él apretó la mandíbula.

—No te obligaré a hacer nada —arrugó la nariz con desagrado—, Louise.

—Llámame Lou. —Hizo una mueca ante mi nombre—. ¿Acaso te resulta ofensivo?

—Todo lo relacionado contigo me resulta ofensivo. —Movió la silla del escritorio y tomó asiento con un suspiro inmenso—. Eres una delincuente.

—No es necesario sonar tan santurrón, Chass. Estás aquí por *ti*, no por mí.

Frunció el ceño.

—Esto es por tu culpa.

Me encogí de hombros y tomé asiento en su cama inmaculadamente hecha. Hizo una mueca de dolor cuando mi vestido mojado tocó la manta.

—Deberías haberme soltado en el teatro.

—No sabía que ibas a… que ibas a *incriminarme*…

—Soy una delincuente —razoné, sin molestarme en corregirlo. De todos modos, ya no importaba—. Me comporté como tal. Deberías haberlo esperado.

Señaló furioso mi rostro magullado y mis dedos rotos.

—¿Y cómo te ha resultado comportarte como una criminal?

—Estoy viva, ¿no?

—¿Lo estás? —Alzó una ceja—. Pareces alguien que ha estado a punto de morir.

Sacudí una mano relajada y sonreí con picardía.

—Los riesgos que conlleva el trabajo.

—Ya no.

—¿Disculpa?

Sus ojos ardieron.

—Ahora eres mi esposa, nos guste o no. Ningún hombre te tocará de ese modo.

La tensión, tirante y pesada, apareció entre los dos con sus palabras.

Incliné la cabeza y caminé hacia él mientras una sonrisa se extendía en mi rostro. Él me fulminó con la mirada, pero su respiración se detuvo cuando me incliné sobre él. Posó los ojos en mi boca. Incluso sentado era más alto que yo.

—Bien. —Coloqué la mano alrededor de uno de los cuchillos de su bandolera. Lo coloqué sobre su garganta antes de que él pudiera reaccionar y hundí la punta con la fuerza suficiente para hacerlo sangrar. Él sujetó mi muñeca con la mano, la aplastó, pero no me obligó a apartarme. Me acerqué más. Nuestros labios estaban a un suspiro de distancia—. Pero deberías saber —susurré—, que si un hombre me toca de *cualquier* modo sin mi permiso, lo abriré en dos. —Hice una pausa para el efecto dramático y arrastré el cuchillo desde su cuello hasta su ombligo y un poco más abajo. Tragó con dificultad—. Incluso si ese hombre es mi esposo.

—Tenemos que consumar el matrimonio. —Su voz era baja, cruda… furiosa—. A ninguno de los dos nos conviene la anulación.

Me aparté bruscamente, alcé mi manga para exponer la piel de mi antebrazo. Sin apartar los ojos de los suyos, hundí la punta del cuchillo e hice un corte. Él intentó detenerme, pero era tarde. La sangre brotó. Arranqué la manta de su cama y dejé que las gotas de sangre cayeran sobre las sábanas.

—Listo. —Fui hacia el baño, ignorando su expresión de perplejidad—. Matrimonio consumado.

Saboreé el dolor en mi brazo. Lo sentía real, distinto al resto de lo ocurrido en aquel día miserable. Limpié el corte despacio, con cuidado, antes de cubrirlo con una tela que hallé en el armario que estaba en un rincón.

Casada.

Si alguien me hubiera dicho esa mañana que estaría casada al atardecer, me habría reído. Y luego probablemente le habría escupido en la cara.

El *chasseur* llamó a la puerta.

—¿Estás bien?

—Dios, déjame en paz.

Abrió apenas una rendija de la puerta.

—¿Estás decente?

—No —mentí.

—Entraré. —Asomó su cabeza y entrecerró los ojos al ver la sangre—. ¿Era necesario?

—Si hay algo que soy, es meticulosa.

Quitó la tela para inspeccionar el corte, obligándome a mirar su pecho. Aún no se había cambiado y tenía la camisa mojada por el río. La tela se aferraba a él de un modo que me distraía particularmente. Así que me obligué a mirar la bañera, pero mis pensamientos regresaban a él. Era demasiado alto. Anormalmente alto para ese espacio pequeño. Me pregunté si tenía alguna clase de enfermedad. Mis ojos regresaron a su pecho. Era probable.

—Creerán que te he asesinado —dijo. Colocó la tela en su lugar y abrió el armario para tomar otra y limpiar el suelo y el lavabo. Terminé de vendarme el brazo y me uní a él.

—¿Qué hacemos con las pruebas? —Me limpié las manos ensangrentadas con el dobladillo de mi vestido.

—Las quemamos. Hay una caldera en el piso inferior.

Mis ojos se iluminaron.

—¡Sí! Una vez incendié un almacén. Una cerilla y el lugar ardió como una chimenea.

Me miró horrorizado.

—¿Incendiaste un edificio?

Era evidente que esta gente tenía problemas auditivos.

—Es lo que acabo de decir, ¿no?

Él sacudió la cabeza y anudó la toalla.

—Tu vestido —dijo sin mirarme. Bajé la vista hacia la prenda.

—¿Qué le pasa?

—Está cubierto de sangre. También hay que deshacerse de él.

—Claro. —Resoplé y puse los ojos en blanco—. No tengo otra ropa.

—Es tu problema. Entrégamelo.

Lo fulminé con los ojos. Él me devolvió la mirada asesina.

—No tengo otra ropa —repetí. Sin duda tenía problemas auditivos.

—Deberías haber pensado en eso antes de hacerte un corte profundo en el brazo. —Extendió la mano, insistente.

Pasó otro segundo.

—Bien, de acuerdo. —Una risita alocada escapó de mi garganta—. ¡Está bien!

A ese juego podían jugar dos. Intenté quitarme el vestido por la cabeza, pero mis dedos, aún tiesos y doloridos, evitaron que tuviera éxito. En cambio, la tela húmeda se quedó atascada en mi cuello, ahogándome, y estuve a punto de romperme el resto de los dedos en el intento desesperado por librarme de la tela.

Pronto, unas manos fuertes aparecieron para ayudarme. Me aparté por instinto y mi vestido se rasgó con la misma facilidad con la que lo había hecho en el teatro.

Nerviosa, le lancé mi vestido a la cara.

No estaba desnuda. La suave ropa interior cubría las áreas sensibles, pero era suficiente. Cuando se deshizo de mi vestido, su rostro ardía. Apartó la vista con rapidez.

—Hay una camisa allí. —Señaló el armario con la cabeza antes de mirar la herida en mi brazo—. Le diré a una criada que traiga un camisón para ti. No permitas que vea tu brazo.

Puse los ojos en blanco de nuevo mientras él se iba y me vestí con una de sus camisas ridículamente grandes. La prenda me caía por debajo de las rodillas.

Cuando estuve segura de que se había marchado, volví al cuarto. La luz dorada del atardecer entraba a través de la ventana solitaria. Arrastré el escritorio hasta ella, coloqué la silla encima y subí. Haciendo equilibrio con los codos sobre el alféizar, apoyé el mentón en las manos y suspiré.

El sol aún era hermoso. Y a pesar de todo, atardecía. Cerré los ojos y disfruté.

Pronto, una criada entró para comprobar que hubiera manchas de sangre en las sábanas. Satisfecha, las retiró sin decir ni una palabra. Mi estómago se hundió despacio hasta el suelo mientras observaba su espalda rígida. No me miraba.

—¿Tienes un camisón? —dije esperanzada, incapaz de soportar el silencio.

Ella hizo una reverencia, correcta y formal, pero evitó mis ojos.

—El mercado no abre hasta la mañana, *madame*.

Se marchó sin decir otra palabra. La observé irse con un mal presentimiento. Si esperaba hallar un aliado en esa Torre miserable, era demasiado optimista. Incluso le habían lavado el cerebro al personal doméstico. Pero si creían que podían quebrar mi espíritu con el silencio —con el aislamiento— iban a llevarse una sorpresa divertida.

Bajé de mi torre de muebles y caminé por el cuarto en busca de algo que pudiera usar contra mi captor. Chantaje. Un arma. Cualquier cosa. Me devané los sesos recordando los trucos que había usado contra Andre y Grue a lo largo de los años. Después de abrir con fuerza el cajón del escritorio, hurgué entre su contenido con toda la cortesía que mi esposo merecía. No había mucho que inspeccionar: algunas plumas, un frasco de tinta, una vieja Biblia desgastada y... un cuaderno de cuero. Cuando lo tomé y hojeé ansiosa las páginas, varias hojas sueltas cayeron al suelo. Cartas. Las inspeccioné de cerca y una sonrisa apareció despacio en mi rostro.

Cartas de *amor*.

Un *chasseur* de cabello cobrizo muy confundido me despertó con la mano esa noche. Yo estaba acurrucada en la bañera, envuelta en su ridícula camisa, cuando él irrumpió en el cuarto y me tocó la costilla con su dedo.

—¿Qué? —Lo ahuyenté furiosa mientras hacía una mueca ante la luz repentina.

—¿Qué haces? —Él retrocedió, aún agazapado sobre sus rodillas, y colocó la vela en el suelo—. Cuando no te he visto en la cama, he creído que tal vez... que habías sido capaz de...

—¿Huir? —dije con astucia—. Aún está en mis planes.

Endureció su expresión.

—Sería un error.

—Todo es relativo. —Bostecé y me acurruqué de nuevo.

—¿Por qué estás en la bañera?

—Bueno, no dormiré en tu cama, ¿o sí? Esta parecía la mejor alternativa.

Hizo una pausa.

—No tienes... No es necesario que duermas aquí —balbuceó—. Quédate la cama.

—No, gracias. No es que no confíe en ti, pero... bueno, sí, es exactamente eso.

—¿Y crees que la bañera puede protegerte?

—Mmm, no. —Suspiré, parpadeando. Mis párpados eran terriblemente pesados—. Puedo cerrar la puerta con llave...

Un momento.

En ese instante, desperté de un salto.

—*He cerrado* la puerta con llave. ¿Cómo has entrado?

Él sonrió y maldije a mi corazón traicionero por titubear. La sonrisa le transformó el rostro... como el sol. Fruncí el ceño, crucé los brazos y me acomodé dentro de su camisa. No quería hacer *esa* comparación, pero no podía quitarme la imagen de la cabeza. Su cabello cobrizo, despeinado como si él también se hubiera dormido en un lugar en el que no debía, no ayudaba.

—¿Dónde has estado? —repliqué. Su sonrisa vaciló.

—He dormido en el santuario. Necesitaba... un poco de espacio.

Fruncí el ceño y el silencio entre los dos se prolongó. Después de un largo instante, pregunté:

—¿*Cómo* has entrado?

—No eres la única que sabe forzar cerraduras.

—¿En serio? —Enderecé la espalda, con el interés despierto—. ¿Dónde aprendería semejante truco un *chasseur* santo?

—El arzobispo.

—Por supuesto. Es un imbécil muy hipócrita.

La frágil camaradería entre los dos se derrumbó. Él se puso de pie de un salto.

—Nunca le faltes el respeto. No frente a mí. Es el mejor hombre que he conocido. El más valiente. Cuando yo tenía tres años, él...

Lo hice callar poniendo los ojos en blanco. Estaba convirtiéndose en una costumbre cuando estaba con Reid.

—Escucha, Chass, eres mi marido, así que siento que debo ser sincera contigo y decirte que con gusto asesinaré al arzobispo cuando tenga la oportunidad.

—Él te mataría antes de que alzaras siquiera un dedo. —Un resplandor fanático brilló en sus ojos y alcé una ceja escéptica—. Hablo en serio. Es el líder más calificado en la historia de los *chasseurs*. Ha asesinado más brujas que cualquier otro hombre vivo. Su talento es leyenda. Él es una leyenda...

—Es *viejo*.

—Lo subestimas.

—Parece ser un tema aquí. —Bostecé y me giré, moviéndome para encontrar una porción más suave de bañera—. Oye, esto ha sido divertido, pero es hora de mi sueño reparador. Necesito estar increíble para mañana.

—¿Para mañana?

—Volveré al teatro —susurré, con los ojos cerrados—. Lo poco que he visto de la obra esta mañana parecía fascinante.

Hubo otra pausa, mucho más larga que la anterior. Lo espié por encima del hombro. Él toqueteó la vela unos segundos antes de respirar hondo.

—Ahora que eres mi esposa, lo mejor será que permanezcas dentro de la Torre de los *chasseurs*.

Me incorporé con rapidez, el suelo quedó inmediatamente olvidado.

—No creo en absoluto que eso sea lo mejor.

—Han visto tu cara en el teatro —la ansiedad ardió en mi estómago—, y ahora saben que eres mi esposa. Todo lo que hagas será vigilado. Todo lo que digas me afectará a mí, a los *chasseurs*. El arzobispo no confía en ti. Cree que lo mejor es que permanezcas aquí hasta que aprendas a comportarte. —Me miró con severidad—. Coincido con él.

—Qué lástima. Creía que tenías mejor juicio que el arzobispo —repliqué—. No puedes mantenerme encerrada en esta *trou à merde*.

Me hubiera reído al ver su expresión consternada si no hubiera estado tan furiosa.

—Cuidado con esa lengua. —Tensó la boca y movió los orificios nasales—. Eres mi esposa.

—Sí, ¡tú lo has dicho! Tu *esposa*. Ni tu esclava, ni tu *propiedad*. He firmado ese estúpido papel para *evitar* la encarcelación...

—No podemos confiar en ti. —Alzó la voz por encima de la mía—. Eres una criminal. Eres impulsiva. No querría que *abrieras* siquiera la boca fuera de este cuarto...

—¡Mierda! ¡Joder! Vete al ca...

—¡Basta! —La sangre se agolpó en su garganta y su pecho subió y bajó intensamente mientras hacía un esfuerzo por controlar la respiración—. ¡Dios, mujer! ¿Cómo puedes hablar así? ¿No tienes vergüenza?

—No permaneceré aquí —repliqué furiosa.

—Harás lo que se te ordena. —Sus palabras eran firmes: definitivas.

Joder, claro que no. Abrí la boca para decirle eso, pero él ya había salido del cuarto hecho una furia y había cerrado la puerta de un golpe con tanta fuerza que mis dientes temblaron.

CAPÍTULO 11

EL INTERROGATORIO

Reid

M e desperté mucho antes que mi esposa. Tenso. Dolorido. Acalambrado por una noche de sueño esporádico en el suelo. Aunque había discutido conmigo mismo, y razonado con vehemencia que ella había *escogido* sufrir en la bañera, no había podido dormir en la cama. No cuando ella estaba herida. No cuando ella podía despertar en mitad de la noche y cambiar de opinión.

Le ofrecí la cama. La cama era suya.

Me arrepentí de mi caballerosidad en cuanto entré en el patio de entrenamiento. La noticia de mi nueva situación se había propagado por la Torre. Cada hombre se acercó a saludarme con un brillo decidido en los ojos. Cada uno esperó con impaciencia su turno y me atacó con agresividad inusual.

—Noche larga, ¿eh, capitán? —dijo con desdén mi primer compañero después de golpearme el hombro.

El siguiente logró golpearme las costillas. Me fulminó con la mirada.

—No está bien. Una criminal duerme a tres habitaciones de mí.

Jean Luc sonrió con sorna.

—Creo que no habéis dormido mucho.

—Podría cortarnos la garganta.

—Anda con brujas.

—No está bien.

—No es justo.

—He oído que es una prostituta.

Hundí la empuñadura de mi espada en la cabeza del último y cayó al suelo. Extendí los brazos y giré con lentitud en círculo. Desafiando a cualquiera que se atreviera a enfrentarse a mí. La sangre brotaba de un corte en mi frente.

—¿Alguien más tiene un problema con mi nueva situación?

Jean Luc estalló en carcajadas. Él en particular parecía disfrutar mi juicio, la sentencia y la ejecución… hasta que entró en el área de combate.

—Dame lo mejor que tengas, viejo.

Solo era tres meses mayor que él.

Pero incluso golpeado, exhausto, *viejo*, moriría antes de rendirme ante Jean Luc.

La lucha duró unos pocos minutos. Si bien él era rápido y ágil, yo era más fuerte. Después de un buen golpe, él también se derrumbó, sujetándose las costillas. Limpié la sangre de mi labio recién partido antes de ayudarlo a incorporarse.

—Tendremos que interrumpir tu bendición conyugal para interrogarla sobre Tremblay. Te guste o no, los hombres tienen razón. —Tocó la hinchazón bajo su ojo con cautela—. Ella anda con brujas. El arzobispo cree que podría llevarnos a ellas.

Estuve a punto de poner los ojos en blanco. El arzobispo me había transmitido sus esperanzas, pero no se lo había dicho a Jean Luc. Él disfrutaba de sentirse superior.

—Lo sé.

Las espadas de madera aún chocaban y los cuerpos colisionaban entre sí mientras nuestros hermanos continuaban entrenando alrededor. Nadie más se acercó, pero me miraban con disimulo entre rondas. Hombres que antes me respetaban. Hombres que se habían reído y bromeado conmigo y que me habían llamado amigo. En pocas horas, me había convertido en el objeto de rechazo de mi esposa y en la escoria de mis correligionarios. Ambas cosas dolían más de lo que quería admitir.

El desayuno había sido peor. Mis compañeros no me habían permitido comer bocado. La mitad había estado demasiado ansiosa por oírlo todo sobre mi noche de bodas y la otra me había ignorado deliberadamente.

¿Cómo ha ido?

¿Lo has disfrutado?

No se lo digas al arzobispo, pero… una vez lo intenté. Se llamaba Babette.

Por supuesto que en realidad yo no había *querido* consumar el matrimonio. Con *ella*. Y mis hermanos... entrarían en razón. Una vez que entendieran que no me iría a ninguna parte. Lo cual era cierto.

Atravesé el patio y lancé mi espada en el estante. Los hombres abrían paso para mí a oleadas. Sus susurros me mordisqueaban la espalda. Para mi irritación, Jean Luc no tenía escrúpulos. Me seguía como una plaga de langostas.

—Debo confesar que estoy deseando verla de nuevo. —Garantizó que su espada aterrizara sobre la mía—. Después del espectáculo en la playa, creo que nuestros hermanos disfrutarán su compañía.

Hubiera preferido las langostas.

—Ella no es así. —Emití mi desacuerdo en voz baja.

Jean Luc prosiguió como si no me hubiera oído.

—Ha pasado tiempo desde que una mujer estuvo en la Torre. ¿Cuál fue la última? ¿La esposa del capitán Barre? No era digna de ver. La tuya es más bonita.

—Agradeceré que no hables de mi esposa. —Los susurros aumentaron a nuestras espaldas cuando nos aproximamos a la Torre. Las risas desinhibidas resonaron por el patio cuando entramos. Apreté los dientes y fingí que no podía oírlos—. Lo que ella sea o no sea no es asunto tuyo.

Él alzó las cejas al responder.

—¿Qué es esto? ¿Detecto posesividad? Sin duda no has olvidado al amor de tu vida tan fácilmente, ¿no?

Célie. Su nombre me atravesó el cuerpo como un cuchillo dentado. Por la noche, le había escrito una última carta. Ella merecía oír lo que había pasado de mi boca. Habíamos... terminado. De verdad esta vez. Intenté en vano tragar el nudo de mi garganta.

Por favor, por favor, olvídame.

Nunca podría olvidarte.

Debes hacerlo.

La carta había sido enviada por correo al amanecer.

—¿Se lo has contado? —Jean Luc pisaba mis talones, era lo suficientemente alto como para igualar mis pasos—. ¿Has ido a verla? ¿Has tenido una última reunión con tu dama?

No respondí.

—No estará contenta, ¿verdad? Es decir, habías *elegido* no casarte con ella...

—No molestes, Jean Luc.

—... Y sin embargo, has contraído matrimonio con una asquerosa rata callejera que te ha engañado y te ha puesto en una situación comprometida. ¿O no? —Sus ojos brillaron y me sujetó el brazo. Me puse tenso, anhelando romper el contacto. O su nariz—. Es inevitable que uno se pregunte... ¿por qué el arzobispo te ha obligado a contraer matrimonio con una criminal si eres inocente?

Aparté el brazo con brusquedad. Luché por controlar la furia que amenazaba con estallar.

—*Soy* inocente.

Tocó de nuevo la hinchazón bajo su ojo y curvó el labio en una sonrisa burlona.

—Claro que lo eres.

—¡Allí estás! —La voz cortante del arzobispo lo precedió en el vestíbulo. Al unísono, alzamos los puños sobre nuestros corazones e hicimos una reverencia. Cuando nos incorporamos, el arzobispo posó la mirada en mí—. Jean Luc me ha informado de que interrogarás a tu esposa hoy acerca de la bruja en casa de Tremblay.

Asentí con brusquedad.

—Por supuesto, me informarás de cualquier avance. —Me sujetó el hombro con una camaradería que, probablemente, enloquecía a Jean Luc—. Debemos vigilarla, capitán Diggory, para evitar que se destruya a sí misma... y a ti. Iría al interrogatorio, pero...

Aunque dejó de hablar, el significado fue evidente. *No la soporto.* Lo entendía.

—Sí, señor.

—Búscala. Estaré en mi estudio preparándome para la misa de la tarde.

Ella no estaba en nuestra habitación.

Ni en la lavandería.

Ni en la Torre.

Ni en la catedral.

Iba a matarla.

Le había dicho que permaneciera allí. Le había dado argumentos, razones fáciles de comprender, y aun así ella había desobedecido. Aun así se había ido. Y ahora quién sabría en qué estupidez ridícula estaba metida... Estupideces ridículas que afectarían a mi persona. Un marido que no podía controlar a su propia mujer.

Furioso, tomé asiento en mi escritorio y esperé. Recité en mi mente cada versículo que pude vinculado a la paciencia.

Guarda silencio ante el Señor y espéralo con paciencia; no te irrites ante el éxito de otros, ante los que maquinan planes malvados.

Por supuesto que se había ido. ¿Por qué no? Era una criminal. Un juramento no significaba nada para ella. Mi *reputación* no significaba nada para ella. Incliné el torso hacia adelante en mi silla. Me presioné los ojos con las palmas de las manos para aliviar la presión creciente en mi cabeza.

Abandona la ira y desecha el enojo; no te enfurezcas: solo te llevará a hacer el mal. Porque los malignos serán exterminados, mas los que esperan en el Señor heredarán la tierra.

Pero su rostro. Sus magulladuras.

Tengo muchos enemigos.

Sin duda ser mi esposa no podía ser peor que *eso*, ¿verdad? Aquí sería cuidada. Protegida. Tratada mejor de lo que merecía. Y, sin embargo..., una voz lúgubre en lo profundo de mi mente susurró que quizás era bueno que ella se hubiera marchado. Quizás eso resolvía un problema. Quizás...

No. Había hecho una promesa ante esa mujer. Ante Dios. No la rompería. Si no volvía en una hora, iría a buscarla: buscaría en toda la ciudad de ser necesario. Si no tenía mi honor, no tenía nada. Ella no me lo quitaría. No lo permitiría.

—Vaya, esto es una gran sorpresa.

Alcé la cabeza rápido ante la voz familiar. El alivio inesperado me recorrió el cuerpo. Porque allí, apoyada contra el marco de la puerta y sonriendo, estaba mi esposa. Tenía los brazos cruzados sobre el pecho y debajo de su capa vestía... vestía...

—¿Qué te has puesto? —Me erguí deprisa y miré su rostro, decidido.

Ella se miró los muslos, visibles y formados, y abrió más la capa con el roce de la mano. Relajada. Como si no supiera lo que hacía.

—Creo que se llaman pantalones. Sin duda has oído hablar de ellos.

—Yo... —Sacudiendo la cabeza, me obligué a centrar la atención en otra parte, a mirar *cualquier cosa* menos sus piernas—. Espera, ¿de qué sorpresa hablabas?

Entró más en la habitación y deslizó un dedo sobre mi brazo al pasar.

—Ahora eres mi esposo, *cariño*. ¿Qué clase de esposa sería si no pudiera hablar tu idioma?

—¿Mi idioma?

—El silencio. Eres bueno en eso. —Después de lanzar su capa a un lado, se tiró sobre la cama y alzó una pierna en el aire para observarla. Clavé los ojos en el suelo—. Aprendo rápido. Te he conocido hace solo unos días, pero ya puedo interpretar el silencio furioso, levemente dubitativo y *preocupado* en el que te has sumido toda la mañana. Me conmueves.

Abandona la ira. Aflojé la mandíbula y fulminé con la mirada el escritorio.

—¿Dónde has estado?

—He ido a comprar un pastel.

Desecha el enojo. Me aferré al respaldo de la silla. Demasiado fuerte. La madera se me hundió en la punta de los dedos y los nudillos se me volvieron blancos.

—¿Un pastel?

—Sí, un pastel. —Se quitó las botas de los pies. Cayeron al suelo con dos golpes sordos—. Me quedé dormida, probablemente porque *alguien* me despertó al jodido...

—Cuidado con esa lengua...

—... amanecer. —Extendió el cuerpo de modo relajado y se recostó sobre las almohadas. Sentía un dolor intenso en los dedos debido a la fuerza con la que aferraba la silla. Respiré hondo y la solté—. Un paje me trajo un vestido bastante poco agraciado esta mañana... Uno de las criadas, con un cuello que me llegaba hasta las orejas, para que vistiera hasta que alguien pudiera ir al mercado. Nadie lo consideró una prioridad, así que convencí al niño para que me diera el dinero que el arzobispo había destinado a mi guardarropa y me tomé la libertad de comprar las prendas yo misma. Entregarán el resto esta tarde.

Vestidos. Era para comprar *vestidos*... no esa creación profana. Esos pantalones no se parecían en nada al par sucio que llevaba antes. Era evidente que los que llevaba puestos habían sido hechos a medida con el dinero del arzobispo. Le quedaban como una segunda piel.

Despejé la garganta. Mantuve el contacto visual con el escritorio.

—Y los guardias... han permitido que...

—¿Saliera? Claro. Teníamos la impresión de que esto no era una condena en prisión.

Abandona la ira. Me giré despacio.

—Te dije que permanecieras en la Torre.

En ese momento, me arriesgué a mirarla. Error. Ella había alzado las rodillas y había cruzado una pierna sobre la otra. Exhibiendo cada curva de la parte inferior de su cuerpo. Tragué con dificultad y obligué a mis ojos a volver al suelo.

Sabía lo que hacía. Demonio.

—¿Y esperabas que hiciera caso? —Se rio. No: se rio por lo bajo—. Siendo sincera, Chass, ha sido demasiado fácil irme. Los guardias en la puerta casi me han suplicado que lo hiciera. Deberías haber visto sus expresiones al verme volver...

—¿Por qué lo has hecho? —Las palabras salieron antes de que pudiera evitarlo. Grité internamente. No me *importaba*. No tenía importancia. Lo importante era que ella me había desobedecido. En cuanto a mis hermanos... Debería hablar con ellos. Con claridad. Nadie aborrecía la presencia de la pagana más que yo, pero el arzobispo había dado órdenes. Ella se quedaría. En la riqueza y en la pobreza. En la salud y en la enfermedad.

—Te lo dije, Chass. —Su voz se volvió inusualmente baja y me atreví a mirarla de nuevo. Había puesto su cuerpo de lado y me miraba directamente a los ojos, con el mentón en la mano y el brazo suelto sobre su cintura—. Tengo muchos enemigos.

Su mirada no vaciló. Su rostro permaneció inexpresivo. Por primera vez desde que la había conocido, la emoción no brotaba de su ser. Estaba... en blanco. Cuidadosa y hábilmente en blanco. Alzó una ceja ante mi observación. Una pregunta silenciosa.

Pero no era necesario preguntar para confirmar lo que ya sospechaba. Por más estúpido que fuera creer en la palabra de una ladrona, no había una explicación mejor que justificara su vuelta. No quería admitirlo, pero era astuta. Una experta en el arte de escapar. Probablemente imposible de encontrar una vez oculta. Lo cual significaba que estaba allí porque quería. Porque lo necesitaba. Sus enemigos debían de ser peligrosos.

Rompí nuestro contacto visual para mirar el poste de la cama. *Concéntrate.*

—Me has desobedecido —repetí—. Te dije que permanecieras en la Torre y no lo has hecho. Has roto mi confianza. —Puso los ojos en blanco y su máscara se rompió. Intenté reavivar mi ira, pero no ardía con la misma intensidad—. Los guardias estarán más atentos, en especial después de que el arzobispo sepa de tu indiscreción. No estará contento...

—Un bonus inesperado...

—Y permanecerás recluida en los pisos inferiores —concluí apretando los dientes—. Los dormitorios y la despensa.

Se incorporó, la curiosidad ardía en sus ojos azules verdosos.

—¿Qué había en los pisos superiores?

—No es asunto tuyo. —Caminé hasta la puerta sin mirarla y suspiré aliviado cuando una criada pasó por allí—. ¡Bridgette! ¿Podría mi esposa, em, tomar prestado un vestido tuyo? Lo devolveré a primera hora mañana. —Ella asintió, ruborizada, y se marchó a toda prisa—. Tendrás que cambiarte. Iremos a la sala del consejo y no puedes vestir eso frente a mis hermanos.

No se movió.

—¿Tus hermanos? ¿Y qué querrían ellos de mí?

Debía de ser físicamente imposible para esa mujer someterse a su esposo.

—Quieren hacerte unas preguntas acerca de tu amiga bruja.

Su respuesta llegó de inmediato.

—No me interesa.

—No era una petición. En cuanto estés vestida de modo apropiado, iremos.

—No.

La fulminé con la mirada un segundo entero esperando que cediera, que demostrara tener la docilidad propia de una mujer, antes de comprender quién era ella.

Lou. Una ladrona con nombre masculino.

—De acuerdo. Vamos.

No esperé que me siguiera. Sinceramente, no sabía qué haría si no lo hacía. El recuerdo del arzobispo golpeándola cruzó mi mente y el calor que recorría mi cuerpo ardió con intensidad. Eso no ocurriría de nuevo. Aunque estuviera maldita, aunque se negara a oír siquiera una palabra dicha por mí, nunca le levantaría la mano.

Nunca.

Lo cual hizo que deseara con fervor que me siguiera.

Después de unos segundos, oí pasos suaves detrás de mí en el pasillo. Gracias a Dios. Fui lento para que pudiera alcanzarme.

—Por aquí —susurré, guiándola por una escalera. Con cuidado de no tocarla—. Al calabozo.

Alzó la vista hacia mí, alarmada.

—¿Al calabozo?

Estuve a punto de reír. A punto.

—La sala del consejo está allí abajo.

Me apresuré a llevarla por otro pasillo. Por una escalera más pequeña y empinada. Las voces cortantes llegaron a nosotros mientras bajábamos. Abrí la puerta de madera sin pulir al pie de la escalera y le indiqué que entrara.

Varios de mis compañeros estaban de pie discutiendo alrededor de una mesa circular en medio de la sala. Trozos de pergamino cubrían la mesa. Recortes del periódico. Bocetos de carboncillo. Debajo de todo había un mapa enorme de Belterra. Cada cadena montañosa, cada pantano, bosque y lago, había sido dibujado con cuidado y precisión con tinta. Cada ciudad y cada punto de referencia.

—Vaya, vaya, si es la ladroncita. —Jean Luc la miró con interés entusiasta. Rodeó la mesa para observarla de cerca—. Ha venido por fin a bendecirnos con su presencia.

Pronto, los demás lo siguieron, ignorándome por completo. Apreté los labios, inesperadamente molesto. No sabía qué me perturbaba más: si el hecho de que mi esposa vistiera pantalones, que mis hermanos la miraran o que eso me importara.

—Tranquilo, Jean Luc. —Avancé y me detuve tras ella—. Ha venido a ayudar.

—¿Sí? Creía que las ratas callejeras valoraban la lealtad.

—Así es —dijo ella de modo inexpresivo. Él alzó una ceja.

—Entonces, ¿te niegas a ayudarnos?

Compórtate, supliqué en silencio. *Coopera.*

Por supuesto, no lo hizo. En cambio, caminó hacia la mesa y miró los recortes de papel. Supe sin mirar lo que vio. Un rostro dibujado cientos de veces. De cientos de maneras. Burlándose de nosotros.

La *Dame des Sorcières*. La Dama de las Brujas.

Incluso el nombre era irritante. No parecía en absoluto la anciana del desfile. Tampoco la madre de cabello negro. Su cabello ni siquiera era negro en su estado natural, sino que era de un rubio peculiar. Prácticamente blanco. O plateado.

Jean Luc siguió la mirada de Louise.

—¿Conoces a Morgane le Blanc?

—Todos la conocen. —Ella alzó el mentón y lo fulminó con la mirada—. Incluso las ratas callejeras.

—Si nos ayudas a llevarla a la hoguera, todo te será perdonado —dijo Jean Luc.

—¿Perdonado? —Ella alzó una ceja e inclinó el cuerpo hacia adelante, plantando sus dedos vendados justo sobre la nariz de Morgane le Blanc—. ¿El qué exactamente?

—Haber humillado en público a Reid. —Jean Luc imitó el gesto de Louise, endureciendo su expresión—. Haberlo obligado a manchar su nombre, su *honor* como *chasseur*.

Mis hermanos asintieron en acuerdo, balbuceando en voz baja.

—Es suficiente. —Para mi horror, apoyé la mano en el hombro de Louise. La miré: grande y extraña sobre su complexión delgada. Parpadeé una, dos veces. Luego, la retiré e intenté ignorar la mirada peculiar de Jean Luc. Despejé mi garganta—. Mi esposa está aquí para testificar contra la bruja en casa de Tremblay. Nada más.

Jean Luc alzó las cejas con escepticismo cordial, quizás entretenido, antes de extender una mano hacia ella.

—Entonces, por favor, madame Diggory, ilumínenos.

Madame Diggory.

Tragué con dificultad y me situé junto a ella en la mesa. Aún no había oído el título en voz alta. Escuchar las palabras… era extraño. Real.

Ella frunció el ceño y apartó la mano.

—Me llamo Lou.

Y lo volvía a hacer. Miré el techo, intentando en vano ignorar los susurros indignados de mis hermanos.

—¿Qué sabe de las brujas? —preguntó Jean Luc.

—No mucho. —Ella deslizó un dedo sobre la serie de X y círculos que marcaban la topografía del mapa. La mayoría estaba concentrada sobre La Forêt des Yeux. Un círculo por cada pista que habíamos recibido diciendo que había brujas viviendo en las cuevas de allí. Una X por cada misión de reconocimiento que no había llevado a nada.

Una sonrisa lúgubre apareció en la boca de Jean Luc.

—Creo que sería bueno para usted cooperar, *madame*. De hecho, es solo por la intervención del arzobispo que está aquí, intacta, en vez de desparramada por el reino en forma de cenizas. Ayudar a una bruja y ser su cómplice es *ilegal*.

El silencio tenso apareció mientras ella miraba de cara en cara, decidiendo si estaba de acuerdo o no. Acababa de abrir la boca para guiarla en la dirección correcta cuando ella suspiró.

—¿Qué queréis saber?

Parpadeé, atónito ante su prudencia repentina, pero Jean Luc no se detuvo a disfrutar el momento. En cambio, atacó.

—¿Dónde se esconden?

—Como si ella me lo hubiera dicho.

—¿Quién es *ella*?

Louise sonrió.

—Una bruja.

—Su *nombre*.

—Alexandra.

—¿Su apellido?

—No lo sé. Trabajamos con discreción en el East End, incluso entre amigos.

Sentí repulsión ante la palabra, la indignación me invadió.

—De verdad… ¿consideras a una bruja una *amiga*?

—Sí.

—¿Qué le ha ocurrido? —preguntó Jean Luc.

Ella miró alrededor, de pronto rebelde.

—*Vosotros* llegasteis.

—Explícate.

—Cuando nos atraparon en casa de Tremblay, huimos —replicó ante Jean Luc—. No sé a dónde fue ella. No sé ni siquiera si la veré de nuevo.

Jean Luc y yo compartimos una mirada. Si decía la verdad, estábamos en un callejón sin salida. Sin embargo, por el poco tiempo que había pasado con ella, sabía que *no* decía la verdad. Era probable que no fuera capaz de hacerlo. Pero tal vez había otra manera de obtener la información que necesitábamos. Sabía que no era lo mejor preguntar por el hombre de su trío: el que había escapado, a quien los guardias buscaban incluso ahora, pero sus enemigos...

Si ellos conocían a mi esposa, tal vez también conocían a la bruja. Y valía la pena interrogar a cualquiera que conociera a la bruja.

—Tus enemigos —dije con cautela—, ¿son enemigos de la bruja también?

—Tal vez.

—¿Quiénes son?

Ella clavó la mirada en el mapa.

—No saben que es bruja, si es lo que estáis pensando.

—De todos modos, quiero sus nombres.

—Bien. —Se encogió de hombros, aburrida, y comenzó a contar nombres con los dedos—. Son Andre y Grue, madame Labelle...

—¿Madame Labelle? —Fruncí el ceño al recordar la familiaridad con la que la mujer trataba a Tremblay la noche del robo. Ella había afirmado que su presencia había sido accidental, pero... Me puse tenso al comprenderlo.

El sello en la información que había recibido el arzobispo (la carta que había lanzado al fuego) tenía forma de rosa. Y la descripción balbuceante de Ansel sobre la informante había sido clara: *Tenía cabello rojo intenso y era muy... hermosa.*

Tal vez la presencia de madame Labelle no había sido una coincidencia después de todo. Tal vez ella *sabía* que la bruja estaría allí. Y si eso era cierto...

Compartí una mirada significativa con Jean Luc, quien frunció los labios y asintió mientras también hacía la conexión. Hablaríamos muy pronto con madame Labelle.

—Sí. —La pagana hizo una pausa para arañar los ojos de Morgana le Blanc con la uña. Me sorprendió que no dibujara un bigote con el carboncillo—. Ella intenta contratarnos para el Bellerose cada pocas semanas. Siempre la rechazamos. Eso la enloquece de furia.

Jean Luc rompió el silencio, muy entretenido.

—Entonces, de verdad eres una prostituta.

Había cruzado el límite.

—*No llames prostituta a mi esposa* —gruñí en voz baja.

Él alzó las manos a modo de disculpa.

—Claro. Qué vulgar por mi parte. Prosiga con el interrogatorio, capitán... a menos que crea que necesitaremos los aplastapulgares.

Ella lo miró con una sonrisa de acero.

—No será necesario.

La miré de modo incisivo.

—¿No?

Extendió la mano y acarició mi mejilla.

—Estaré más que feliz de continuar... siempre y cuando digas «por favor».

Si no la hubiera conocido, el gesto habría sido cariñoso. Pero la conocía. Y aquello no era afecto. Era condescendencia. Incluso allí, rodeada de mis hermanos, se atrevía a provocarme. A humillarme. Mi esposa.

No: *Lou*. Ya no podía negar que el nombre le quedaba como un guante. Un nombre de hombre. Corto. Fuerte. Ridículo.

Le tomé la mano y la apreté... una advertencia mitigada por mis mejillas ardientes.

—Enviaremos hombres a interrogar a esos enemigos de los que hablas, pero primero, necesitamos saber todo lo que ocurrió esa noche. —Hice una pausa a regañadientes, ignorando los murmullos furiosos de mis hermanos—. Por favor.

Una sonrisa realmente aterradora apareció en su rostro.

CAPÍTULO 12

LA ENFERMERÍA PROHIBIDA

Lou

Tenía la lengua hinchada y pesada de tanto hablar cuando mi *querido* esposo me llevó de regreso a nuestra habitación. Le había contado una versión abreviada de la historia: cómo Coco y yo habíamos oído a escondidas a Tremblay y a madame Labelle, cómo habíamos planeado robarle esa noche. Cómo habíamos robado su caja fuerte, pero Bas, y no me había molestado en ocultar su nombre porque el idiota no había ocultado el mío, había hurtado todo cuando los *chasseurs* llegaron. Cómo Andre y Grue me habían sorprendido en aquel callejón. Cómo habían estado a punto de *matarme*.

Había puesto mucho énfasis en ese punto.

No había mencionado el anillo de Angélica. Ni el interés de madame Labelle en la joya. Ni el contrabando de Tremblay. Ni nada que pudiera conectarme más con las brujas. Ya corría un riesgo y no necesitaba darles otro motivo para atarme a la hoguera.

Sabía que madame Labelle y Tremblay no se arriesgarían a incriminarse a sí mismos mencionando el anillo. Esperaba que Andre y Grue tuvieran la inteligencia suficiente como para hacer lo mismo. Aun si ellos no lo hacían, aun si revelaban estúpidamente que sabían lo del anillo de Angélica sin declararlo... sería nuestra palabra contra la de ellos. El honor de monsieur Tremblay, el *viconte* del rey, sin duda valía más que el honor de un par de criminales.

Tampoco era malo que mi esposo estuviera enamorado de la hija de Tremblay.

De cualquier forma, a juzgar por el resplandor furioso en sus ojos, Andre y Grue recibirían una paliza.

Ahora eres mi esposa, nos guste o no. Ningún hombre te tocará de ese modo.
Estuve a punto de reír. Después de todo, no había sido una mala tarde. Mi esposo aún era el imbécil más pretencioso en una torre llena de imbéciles pretenciosos, pero de alguna manera, había sido fácil pasar por alto ese rasgo en el calabozo. Él de verdad me había... defendido. O al menos se había acercado todo lo que había podido a ello sin destruir su virtud.

Cuando llegamos a nuestro cuarto, me fui directa a la bañera. Anhelaba estar a solas para pensar. Para planear.

—Me daré un baño.

Si mis sospechas eran acertadas, y solían serlo, el hombre árbol había desaparecido en los pisos superiores prohibidos. ¿Tal vez era una enfermería? ¿Un laboratorio? ¿Una caldera?

No. Los *chasseurs* nunca asesinarían inocentes, aunque quemar mujeres y niños inocentes en la hoguera *debería* contar. Pero había oído su argumento repetitivo: había una diferencia entre asesinar y matar. El asesinato era injustificado. Lo que ellos hacían con las brujas... Bueno, nos lo merecíamos.

Abrí el grifo y me senté al borde de la bañera. Dejando a un lado el fanatismo, nunca había considerado a dónde *iban* las víctimas de las brujas, por qué no había cadáveres plagando las calles después de todos esos ataques. De todas esas víctimas.

Si existía semejante lugar, sin duda estaba *empapado* en magia.

Justo la clase de encubrimiento que necesitaba.

—Espera. —Sus pasos se detuvieron a mis espaldas—. Tenemos cosas de las que hablar.

Cosas. La palabra nunca había sonado tan tediosa. No me di la vuelta.

—¿Por ejemplo?

—Tu nueva disposición.

—¿Disposición? —Mi estómago dio un vuelco—. Te refieres a mi nuevo carcelero.

Él inclinó la cabeza.

—Si quieres llamarlo así. Me has desobedecido esta mañana. Te dije que no salieras de la Torre.

Mierda. Que me vigilaran... no funcionaba para mí. No funcionaba en absoluto para mí. Tenía planes para esa noche. A saber: dar un paseíto por los pisos superiores prohibidos. No permitiría que otro imbécil pretencioso se interpusiera en mi camino. Si tenía razón, si la Torre contenía magia, era una visita que necesitaba hacer *sola*.

Me tomé mi tiempo para pensar una respuesta, desaté meticulosamente mis botas y las coloqué junto a la puerta del cuarto de baño. Me recogí el cabello sobre la cabeza. Me quité el vendaje del brazo.

Él esperó con paciencia a que terminara. Maldito. Agoté todas mis opciones y finalmente me giré. Quizás podía... disuadirlo. Sin duda él no *quería* que su nueva esposa pasara tiempo con otro hombre, ¿o sí? Sabía que yo no le gustaba, pero los hombres de la Iglesia solían ser posesivos.

—Muy bien, adelante. —Sonreí cordial—. Tráelo. Por tu bien, será mejor que sea apuesto.

Endureció la mirada y caminó a mi lado para cerrar el grifo.

—¿Por qué debería ser apuesto?

Caminé hasta la cama y me recosté. Rodé sobre mi estómago y coloqué una almohada debajo de mi mentón. Sacudí las pestañas mientras lo miraba.

—Bueno, *pasaremos* bastante tiempo juntos... sin vigilancia.

Apretó la mandíbula tan fuerte que parecía a punto de romperse en dos.

—Él te vigilará.

—Claro, claro. —Sacudí la mano—. Continúa, por favor.

—Se llama Ansel. Tiene dieciséis años...

—Oooh. —Subí y bajé las cejas, sonriendo—. Un poco joven, ¿no crees?

—Es perfectamente capaz de...

—Pero me gustan jóvenes. —Ignoré su rostro ruborizado y me golpeteé el labio, pensativa—. De ese modo, es más fácil entrenarlos.

—Y tiene un desempeño prometedor como un potencial...

—Quizás podré darle su primer beso —dije—. No, le haré un favor mejor: le daré su primera experiencia sexual.

Mi esposo se atragantó con las demás palabras, los ojos de par en par.

—¿Qué...? ¿*Qué* acabas de decir?

Problemas auditivos. Ya era preocupante.

—No seas tan puritano, Chass. —Me puse de pie, atravesé la sala, abrí el cajón del escritorio y tomé el cuaderno de cuero que había hallado:

un diario, lleno de cartas de amor de mademoiselle Célie Tremblay. Resoplé ante la ironía. Con razón me detestaba—. «Doce de febrero: Dios ha sido particularmente meticuloso al crear a Célie».

Abrió los ojos al máximo e intentó arrebatarme el diario. Lo esquivé, riendo, corrí al cuarto de baño y cerré la puerta con llave al entrar. Golpeó la madera con los puños.

—¡Dámelo!

Sonreí y continué leyendo.

—«Anhelo ver su rostro de nuevo. Sin duda no hay nada más hermoso que su sonrisa en todo el mundo... Excepto, claro, sus ojos. O su risa. O sus labios». Vaya, Chass. Pensar en la boca de una mujer es impío, ¿no? ¿Qué pensaría nuestro querido arzobispo?

—Abre. La. Puerta. —La madera crujió cuando él la golpeó—. ¡Ahora mismo!

—«Pero me temo que estoy siendo egoísta. Célie ha dejado claro que mi propósito está con mi hermandad».

—ABRE LA PUERTA.

—«Aunque admiro su altruismo, no puedo coincidir con ella. Cualquier solución que nos separe no es en absoluto una solución».

—TE LO ADVIERTO.

—¿Me lo *adviertes*? ¿Qué harás? ¿Derribar la puerta? —Me reí más—. Hazlo. Te desafío. —Centré mi atención en el diario y continué leyendo—. «Debo confesar que ella invade mis pensamientos. Los días y las noches se funden en uno y me esfuerzo por pensar en algo que no sea su recuerdo. Mi entrenamiento se resiente. No puedo comer. No puedo dormir. Solo existe ella». Dios santo, Chass, esto empieza a ser deprimente. Romántico, claro, pero de todas maneras un poco melodramático para mi gusto...

Algo pesado golpeó la puerta y la madera se rompió. El brazo lívido de mi esposo la atravesó, una y otra vez, hasta que un agujero de tamaño considerable expuso su rostro rojo intenso. Me reí y lancé el diario a la abertura astillada antes de que él pudiera sujetar mi cuello. El cuaderno rebotó en su nariz y cayó al suelo.

Si no hubiera sido tan fastidiosamente puro, habría insultado. Después de extender el brazo para descorrer la cerradura de la puerta, entró para hacerse con el diario.

—Llévatelo. —Casi me rompí una costilla intentando no reírme—. Ya he leído suficiente. Es bastante conmovedor, de verdad. Aunque parezca imposible, las cartas de ella son aún peor.

Gruñó y avanzó hacia mí.

—Tú... has leído mi correspondencia personal... Mis cartas *privadas*...

—¿De qué otro modo podría conocerte? —pregunté con dulzura, bailando alrededor de la bañera mientras él se acercaba. Sus fosas nasales aleteaban y nunca había visto a alguien tan cerca de escupir fuego. Aunque había conocido a bastantes personajes dragonescos.

—Eres... eres...

Le faltaban las palabras. Me preparé, esperando lo inevitable.

—Eres un demonio.

Y allí estaba. Lo peor que alguien como mi esposo recto podía inventar. *Un demonio.* No logré esconder mi sonrisa.

—¿Ves? Tú has llegado a conocerme. —Le guiñé un ojo mientras caminábamos en círculos alrededor de la bañera—. Eres más inteligente de lo que pareces. —Incliné la cabeza frunciendo los labios, pensativa—. Aunque has sido lo suficientemente estúpido como para dejar tu correspondencia más íntima tirada por ahí para que cualquiera la leyera... Tienes un *diario*. Quizás, después de todo, no eres tan inteligente.

Me fulminó con la mirada, su pecho subía y bajaba con cada respiración. Después de unos segundos, cerró los ojos. Observé fascinada mientras sus labios formaban inconscientemente las palabras *uno, dos, tres...*

Dios mío.

No pude evitarlo. De verdad, no pude. Estallé en carcajadas.

De pronto, abrió los ojos y sujetó tan fuerte el diario que estuvo a punto de partirlo por la mitad. Giró sobre sus talones y regresó hecho una furia al cuarto.

—Ansel llegará en cualquier momento. Reparará la puerta.

—Espera... ¿qué? —Mi risa cesó de modo abrupto y corrí tras él, con cuidado de no pisar las astillas—. ¿Aún quieres dejarme con un guardia? ¡Lo corromperé!

Él aferró su abrigo y colocó los brazos dentro.

—Te lo dije —rugió—. Has roto mi confianza. No puedo vigilarte todo el tiempo. Ansel lo hará por mí. —Abrió la puerta hacia el pasillo y gritó—: ¡Ansel!

En segundos, un joven *chasseur* asomó la cabeza. Los rizos enmarañados y castaños caían sobre sus ojos y su cuerpo parecía estirado, como si hubiera crecido mucho en poco tiempo. Pero más allá de su complexión desgarbada, era apuesto... casi andrógino con su piel olivácea suave y sus pestañas curvas y largas. Curiosamente, vestía un abrigo azul pálido distinto al azul intenso típico de los *chasseurs*.

—¿Sí, capitán?

—Estás de guardia. —La mirada de mi *exasperante* esposo era como un cuchillo cuando se giró para mirarme—. No la pierdas de vista.

Los ojos de Ansel eran suplicantes.

—Pero ¿qué hay del interrogatorio?

—Te necesitan aquí. —Sus palabras no daban lugar a discusión. Estuve a punto de sentir pena por el chico... O la habría sentido si su presencia no hubiera fastidiado toda mi noche—. Regresaré en unas horas. No escuches ni una palabra de lo que diga y asegúrate de que *no se mueva* de aquí.

Lo observamos cerrar la puerta en un silencio taciturno.

De acuerdo. No había problema. Me adaptaría. Me hundí en la cama, gruñí exageradamente y susurré:

—Será divertido.

Ante mis palabras, Ansel enderezó los hombros.

—No me hables.

Resoplé.

—Esto será bastante aburrido si no puedo hablar.

—Bueno, no puedes, así que... basta.

Encantador.

El silencio apareció entre ambos. Coloqué los pies sobre el respaldo de la cama. Él miraba a cualquier parte menos a mí. Después de un largo momento, pregunté:

—¿Hay algo que hacer aquí?

Él apretó los labios.

—He dicho que no hablaras.

—¿Tal vez una biblioteca?

—¡Cállate!

—Me encantaría salir. Un poco de aire fresco, un poco de sol. —Señalé su piel bonita—. Aunque tal vez deberías ponerte un sombrero.

—Como si fuera a llevarte al exterior —replicó—. No soy estúpido, ¿sabes?

Me incorporé con seriedad.

—Ni yo. Escucha, sé que nunca podría escapar de *ti*. Eres demasiado, em, alto. Unas piernas tan largas como las tuyas me alcanzarían en un instante. —Frunció el ceño, pero le dediqué una sonrisa ganadora—. Si no quieres llevarme fuera, ¿por qué, en cambio, no me muestras la Torre...?

Pero él ya sacudía la cabeza.

—Reid me ha dicho que eres engañosa.

—Dudo que pedir un *tour* sea engañoso, Ansel...

—No —dijo con firmeza—. No iremos a ninguna parte. Y me llamarás novicio Diggory.

Mi sonrisa desapareció.

—Entonces, ¿somos primos lejanos?

Frunció el ceño.

—No.

—Acabas de decir que tu apellido es Diggory. Ese es también el apellido de mi desgraciado esposo. ¿Sois parientes?

—No. —Apartó la vista pronto para mirar sus botas—. Es el apellido que les dan a todos los niños indeseados.

—¿Indeseados? —pregunté, sin reprimir la curiosidad.

Él me fulminó con la mirada.

—Huérfanos.

Por algún motivo incomprensible, sentí una opresión en el pecho.

—Oh. —Hice una pausa buscando las palabras adecuadas, pero no hallé ninguna, ninguna excepto...—. ¿Ayudaría si te dijera que no tengo la mejor relación con mi madre?

Solo frunció más el ceño.

—Al menos *tienes* una madre.

—Desearía no tenerla.

—No hablas en serio.

—Claro que sí. —Nunca había dicho algo más verdadero. Cada día de los últimos dos años, cada *segundo*, había deseado que ella desapareciera. Había deseado haber nacido como otra persona. Cualquier otra. Le ofrecí una sonrisita—. Me cambiaría contigo en un instante, Ansel... Solo la familia, no el atuendo espantoso. Ese tono de azul no es mi color.

Él enderezó su chaqueta a la defensiva.

—Te he dicho que no hablaras más.

Me recosté en la cama con resignación. Ahora que había oído su confesión, la siguiente fase de mi plan, la fase, em, *astuta*, dejó un sabor amargo en mi boca. Pero no importaba.

Para fastidio de Ansel, comencé a canturrear.

—Tampoco canturrees.

Lo ignoré.

—«Liddy la pechugona no era muy atractiva, pero su busto era grande como una cima» —canté—. «Los hombres perdían la cabeza por sus tetas cremosas, pero ella no oía sus declaraciones pecaminosas...».

—¡Basta! —Su rostro ardía de un rojo vívido que competía con el de mi marido—. ¿Qué haces? Es... ¡es indecente!

—Por supuesto que lo es. ¡Es una canción de taberna!

—¿Has ido a una taberna? —preguntó, estupefacto—. Pero eres *mujer*.

Tuve que usar toda mi voluntad para no poner los ojos en blanco. El que les había enseñado a esos hombres sobre las mujeres era alguien *terriblemente* fuera de contacto con la realidad. Era como si nunca hubieran conocido una mujer. Una mujer real: no un imposible ridículo como Célie.

Tenía una obligación con ese pobre niño.

—Hay *muchas* mujeres en las tabernas, Ansel. No somos como piensas. Podemos hacer lo mismo que hacéis vosotros... y probablemente mejor. Sabes, hay un *mundo* entero fuera de esta iglesia. Podría enseñártelo si quisieras.

Endureció la expresión, aunque el rosa aún florecía en sus mejillas.

—No. Basta de hablar. Basta de canturrear. Basta de cantar. Solo... deja de ser tú misma durante un rato, ¿de acuerdo?

—No puedo prometerte nada —dije con seriedad—. Pero si me das un *tour*...

—No pasará.

Bien.

—«El gran Willy Billy nunca se abstiene» —entoné—, «dice tonterías grandes como su pe...».

—Basta, ¡BASTA! —Ansel sacudió las manos con las mejillas ardientes—. Te haré un *tour*, solo, por favor, deja de cantar sobre... ¡eso!

Me puse de pie, junté las manos y sonreí.

Voilà.

Por desgracia, Ansel comenzó el paseo con los vastos pasillos de Saint-Cécile… y sabía una cantidad absurda de información sobre cada aspecto arquitectónico de la catedral, y la historia de cada reliquia, efigie y vidriera. Después de escuchar su destreza intelectual durante los primeros quince minutos, quedé moderadamente impresionada. El chico era sin duda inteligente. Sin embargo, después de oírlo durante cuatro horas, deseé golpearle la cabeza con el ostensorio. Fue un alivio cuando dio por concluido el paseo a la hora de la cena y prometió continuar al día siguiente.

Parecía casi… entusiasmado. Como si en algún punto hubiera disfrutado el paseo. Como si no hubiera estado habituado a tener la total atención de alguien o a que alguien lo escuchara. Esa esperanza en sus ojos de cervatillo había destruido mi deseo de causarle daño físico.

Pero no podía perder de vista mi objetivo.

Cuando Ansel llamó a mi puerta la mañana siguiente, mi esposo desapareció sin decir ni una palabra. Después de recibir el resto de mi guardarropa, habíamos pasado una noche tensa y silenciosa hasta que me retiré al cuarto de baño. Su diario y las cartas de Célie habían desaparecido misteriosamente.

Ansel me miró con vacilación.

—¿Aún quieres terminar el *tour*?

—A propósito de eso. —Enderecé los hombros, decidida a no desperdiciar otro día aprendiendo sobre un hueso que tal vez había pertenecido a san Constantino—. Por más *excitante* que fuera nuestra excursión de ayer, quiero ver la Torre.

—¿La Torre? —Parpadeó confundido—. Pero no hay nada que no hayas visto. Los dormitorios, el calabozo, la despensa…

—Tonterías. Seguro que no lo he visto *todo*.

Ignoré su ceño fruncido y lo empujé a través de la puerta antes de que pudiera protestar. Después de fingir interés en los establos, el patio de entrenamiento y los veintitrés armarios de limpieza, me llevó otra hora lograr que Ansel me llevara hasta la escalera espiral.

—¿Qué hay allí arriba? —pregunté, plantando los pies cuando intentó llevarme de nuevo hacia los dormitorios.

—Nada —dijo con rápidez.

—Eres un mentiroso terrible.

Tiró más fuerte de mi brazo.

—No tienes permitido subir allí.

—¿Por qué?

—Porque no.

—Ansel. —Hice sobresalir mi labio, rodeé su bíceps delgado con los brazos y le hice ojitos—. Me comportaré. Lo prometo.

Me fulminó con la mirada.

—No te creo.

Le solté el brazo y fruncí el ceño. *No* desperdiciaría la última hora caminando por la Torre con un adolescente, aunque fuera adorable, para rendirme en la recta final.

—Bien. Entonces, no me dejas opción.

Me miró con cautela.

—Qué...

Comenzó a correr cuando me giré y subí a toda prisa por la escalera. Aunque él era más alto que yo, no estaba acostumbrado a su altura desgarbada y sus extremidades eran un desastre. Avanzaba detrás a trompicones, no era un gran perseguidor. Yo ya había subidos varios escalones antes de que él hubiera descifrado cómo usar sus piernas.

Me resbalé al frenar en la cima y miré horrorizada al *chasseur* montando guardia delante de la puerta. No, *dormía* delante de la puerta. En una silla desvencijada, roncaba despacio, con el mentón sobre el pecho y la saliva mojando su chaqueta azul pálido. Avancé a toda prisa y lo rodeé para llegar a la puerta; mi corazón se detuvo cuando el picaporte giró. Había más puertas delineando las paredes del pasillo al otro lado a intervalos regulares, pero eso no fue lo que me obligó a detenerme en seco.

No. Fue el aire. Giraba alrededor haciéndome cosquillas en la nariz. Dulce y familiar... con un dejo de algo más oscuro que yacía debajo del aire. Algo podrido.

Has llegado, has llegado, has llegado, susurraba.

Sonreí. Magia.

Pero mi sonrisa se desvaneció rápido. Si los dormitorios eran fríos, ese lugar era peor. Mucho peor. Casi... intimidante. El aire dulce estaba inusualmente quieto.

Dos pares de pisadas torpes rompieron el silencio espectral.

—¡Detente! —Ansel apareció en la puerta persiguiéndome, perdió el equilibrio y cayó sobre mi espalda. El guardia despertó. Era mucho más joven de lo que había creído, y lo siguió. Caímos en una maraña de insultos y cuerpos enredados.

—*Apártate*, Ansel...

—Eso *intento*...

—*¿Quién* eres? No deberías estar aquí...

—¡Disculpad! —Alzamos la vista al unísono hacia la voz diminuta. Pertenecía a un anciano frágil y tambaleante que vestía una túnica blanca y gafas gruesas. Sostenía una Biblia en una mano y un aparato curioso en la otra: pequeño y metálico, con una pluma afilada en la punta de un cilindro.

Apartando a ambos y poniéndome de pie, pensé a toda velocidad en algo que decir, en una explicación razonable para justificar que estuviéramos luchando en medio de... lo que fuera que era ese lugar, pero el guardia me ganó y habló primero.

—Lo siento, Su Reverencia. —El chico nos miró con resentimiento a los dos. El cuello de su abrigo había marcado su mejilla durante la siesta y un poco de saliva se había secado en su mentón—. No sé quién es esta chica. *Ansel* la ha dejado pasar.

—¡Claro que no! —Ansel se ruborizó indignado, sin aliento—. ¡*Dormías*!

—Oh, cielos. —El anciano empujó las gafas sobre su tabique para vernos mejor—. Eso no está bien. En absoluto.

Mandando al diablo la cautela, abrí la boca para explicarme, pero una voz familiar y suave me interrumpió.

—Han venido a verme, Padre.

Me quedé paralizada, la sorpresa me sacudió el cuerpo. Conocía esa voz. La conocía mejor que la mía. Pero no debería haber estado *ahí*, en el corazón de la Torre de los *chasseurs*, cuando se suponía que estaba a cientos de kilómetros de distancia.

Unos ojos oscuros y astutos se posaron en mí.

—Hola, Louise.

Sonreí como respuesta, sacudiendo la cabeza con incredulidad. *Coco.*

—Esto es muy inusual, mademoiselle Perrot —dijo el sacerdote con dificultad, frunciendo el ceño—. Los ciudadanos no tienen permitido entrar en la enfermería sin aviso previo.

Coco me indicó que avanzara.

—Pero Louise no es una ciudadana común, padre Orville. Es la mujer del capitán Reid Diggory.

Ella se giró hacia el guardia que estaba de pie mirándola boquiabierto. Ansel tenía una expresión similar, los ojos de par en par de un modo cómico y la mandíbula colgando. Perplejos. Reprimí el deseo de meterle la lengua en la boca. Ni siquiera podían ver la silueta de Coco debajo de su inmensa túnica blanca. De hecho, la tela almidonada del cuello le llegaba hasta debajo del mentón y las mangas colgaban hasta las puntas de los dedos, donde unos guantes blancos ocultaban el resto. Era uno de los uniformes más incómodos que había visto... pero un disfraz muy conveniente.

—Como verás —prosiguió ella, apuñalando al guardia con su mirada afilada—, ya no es necesaria tu presencia. ¿Puedo sugerir que vuelvas a tu puesto? No querríamos que los *chasseurs* se enteraran de este horrible caso de falta de comunicación, ¿verdad?

El guardia no necesitó oírlo dos veces. Se apresuró a salir por la puerta, deteniéndose solo al cruzar la salida.

—Solo... asegúrese de que firme el registro. —Luego cerró con un *clic*, aliviado.

—¿Has dicho capitán Diggory? —El sacerdote se acercó e inclinó la cabeza para observarme a través de sus gafas. Aumentaban el tamaño de sus ojos de un modo alarmante—. Ah, lo he oído todo sobre Reid Diggory y su nueva esposa. Debería sentir vergüenza, *madame*. ¡Engañar a un hombre santo para contraer matrimonio! Es impío y...

—Padre. —Coco colocó una mano sobre el brazo del hombre y lo miró con ojos de acero—. Louise está aquí para ayudarme... Como castigo.

—¿Castigo?

—Sí —añadí siguiéndole la corriente, con entusiasmo. Ansel nos miró desconcertado. Le pisé un pie. El padre Orville ni parpadeó, era un viejo murciélago ciego—. Debe permitirme expiar mis pecados, padre. Me arrepiento de mi comportamiento y he rezado para saber cuál sería la manera de castigarme por ello.

Tomé la última moneda del arzobispo de mi bolsillo. Gracias al cielo el padre Orville aún no había notado mis pantalones. De otro modo, hubiera tenido un paro cardíaco y estaría muerto. Coloqué la moneda en su palma.

—Ruego que acepte esta indulgencia para aliviar mi sentencia.

Resopló con indignación, pero deslizó la moneda dentro de su túnica.

—Supongo que cuidar a los enfermos es un objetivo loable...

—Fantástico. —Coco sonrió y me apartó antes de que él cambiara de opinión. Ansel nos siguió como si no supiera a dónde debía ir—. Os leeremos los Proverbios.

—Seguid el protocolo. —El padre Orville señaló la lavandería cercana a la salida, donde dos fragmentos de pergamino habían sido clavados a la pared. El primero era un registro de nombres. Me acerqué para leer la letra diminuta del segundo.

REGLAS DE LA ENFERMERÍA: ENTRADA OESTE

Por decreto de SU EMINENCIA, EL ARZOBISPO DE BELTERRA, todos los visitantes a la enfermería de la catedral deben presentar su nombre e identificación ante el novicio de guardia. No hacerlo hará que sean expulsados del establecimiento y que se tomen acciones legales.

Representantes del Asilo Feuillemort:
Por favor, registren su entrada en la oficina del padre Orville. Los paquetes se entregan en la entrada Este.

Miembros del clero y curanderos:
Por favor, utilicen el formulario de registro e inspección de la entrada Este.

Las siguientes reglas deben cumplirse constantemente:
1. La enfermería debe permanecer libre de suciedad.
2. El lenguaje y el comportamiento irrespetuoso no son tolerados.
3. Todos los visitantes deben permanecer en compañía de un miembro del personal. Los visitantes hallados sin compañía serán expulsados del establecimiento. Es posible que se lleven a cabo acciones legales.

4. *Todos los visitantes deben vestir prendas adecuadas. Al entrar, los curanderos les entregarán túnicas blancas para vestir sobre sus prendas. Es obligatorio devolver esas túnicas a un miembro del personal antes de salir del establecimiento. Las túnicas ayudan a controlar el hedor en la Cathédral Saint-Cécile d'Cesarine y de la Torre de los chasseurs. Son obligatorias. No usarlas hará que la entrada al establecimiento sea prohibida de forma permanente.*

5. *Todos los visitantes deben lavarse minuciosamente antes de abandonar el establecimiento. El formulario de inspección para visitantes está ubicado en la lavandería cerca de la entrada Oeste. Desaprobar la inspección hará que la entrada al establecimiento sea prohibida de forma permanente.*

Joder. El lugar era una prisión.

—Por supuesto, padre Orville. —Coco tomó mi mano y me apartó del cartel—. Permaneceremos fuera de su camino. Ni siquiera notará que estamos aquí. Y tú —miró por encima del hombro hacia Ansel—, vete por ahí a jugar. No necesitamos ayuda.

—Pero Reid…

—Vamos, Ansel. —El padre Orville intentó sujetar el hombro de Ansel, pero halló su codo—. Dejemos que las jovencitas hagan las camas de los enfermos. Tú y yo nos uniremos en devota oración hasta que terminen. He hecho todo lo posible con las pobres almas esta mañana. Me temo que dos irán a Feuillemort, dado que no responden a mi mano sanadora…

Su voz desapareció mientras llevaba a Ansel por el pasillo. Ansel miró suplicante por encima del hombro antes de desaparecer en la esquina.

—¿Feuillemort? —pregunté, curiosa.

—Shh… aún no —susurró Coco.

Abrió una puerta al azar y me empujó dentro. Al oír que entrábamos, un hombre giró la cabeza hacia nosotras… y continuó girando. Observamos horrorizadas, paralizadas, cómo se arrastraba de la cama con las extremidades invertidas, sus articulaciones dobladas sobresalían de su lugar de modo antinatural. Un brillo animal iluminó sus ojos y siseó antes de avanzar hacia nosotras como si fuera una araña.

—Qué día…

—¡Fuera, fuera, *fuera*! —Coco me empujó fuera y cerró la puerta de un golpe. El cuerpo del hombre chocó con ella y emitió un gemido extraño.

Ella respiró hondo mientras acomodaba su atuendo de curandera—. Intentémoslo de nuevo.

Miré la puerta con aprehensión.

—¿Debemos hacerlo?

Abrió un poco otra puerta y espió.

—Esta debería estar bien.

Miré por encima de su hombro y vi a una mujer leyendo en silencio. Cuando nos miró, retrocedí de un salto y me llevé un puño a la boca. Su piel *se movía*: como si cientos de insectos diminutos se arrastraran debajo de la superficie.

—No. —Retrocedí rápido sacudiendo la cabeza—. No soporto los insectos.

La mujer alzó una mano suplicante.

—Quedaos, por favor... —Una bandada de langostas brotó de su boca abierta, asfixiándola, mientras lágrimas de sangre caían sobre sus mejillas.

Cerramos la puerta ante sus sollozos.

—Yo escogeré la próxima puerta. —Con el pecho agitado inexplicablemente, consideré mis opciones, pero todas las puertas eran idénticas. ¿Quién sabía qué horrores había detrás? Unas voces masculinas llegaron a nosotras desde una puerta al final del pasillo, junto al tintineo suave del metal. Me acerqué con curiosidad mórbida, pero Coco me detuvo sacudiendo la cabeza—. ¿*Qué* es este sitio? —pregunté.

—El infierno. —Me guio por el pasillo, lanzando miradas furtivas sobre su hombro—. No quieres bajar allí. Es donde los sacerdotes... experimentan.

—¿Experimentan?

—Anoche los vi diseccionar el cerebro de un paciente. —Abrió otra puerta y evaluó con cuidado el cuarto antes de abrirla más—. Intentan comprender de dónde proviene la magia.

Dentro, un anciano yacía encadenado a una cama de hierro. Miraba el techo.

Clinc.

Pausa.

Clinc.

Pausa.

Clinc.

Miré con más atención y di un grito ahogado. La punta de sus dedos era negra y tenía las uñas largas y afiladas. Golpeaba su antebrazo con el índice rítmicamente. Con cada golpe, una gota de sangre oscura brotaba: demasiado oscura para ser natural. Venenosa. Cientos de marcas decoloraban su cuerpo, incluso su rostro. Ninguna había sanado. Todas vertían sangre.

La podredumbre metálica se mezcló con el aroma dulce de la magia en el aire.

Clinc.

Pausa.

Clinc.

La bilis me subió por la garganta. Ahora parecía menos un hombre y más una criatura hecha de pesadillas y sombras.

Coco cerró la puerta y sus ojos lechosos hallaron los míos. Erizó el vello de mi nuca.

—Solo es monsieur Bernard. —Coco atravesó el cuarto y tomó uno de los grilletes—. Sus cadenas deben de haberse resbalado de nuevo.

—Joder. —Me aproximé mientras ella colocaba con gentileza el grillete en la mano libre del hombre. Él continuó mirándome con ojos vacíos. Sin parpadear—. ¿Qué le ha ocurrido?

—Lo mismo que a los demás. —Apartó el cabello del hombre de su rostro—. Brujas.

Tragué con dificultad y me detuve a su lado, donde había una Biblia sobre una única silla de hierro. Miré la puerta y bajé la voz.

—Tal vez podamos ayudarlo.

Coco suspiró.

—Es inútil. Los *chasseurs* lo trajeron temprano. Lo hallaron deambulando a las afueras de La Forêt des Yeux. —Tocó la sangre en la mano del hombre, la alzó hacia su nariz e inhaló—. Tiene las uñas envenenadas. Morirá pronto. Por eso lo mantienen aquí en vez de enviarlo al asilo.

La pesadumbre me aplastó el pecho mientras miraba al hombre moribundo.

—Y... ¿y qué era ese aparato de tortura que el padre Orville tenía?

—¿Te refieres a la Biblia? —dijo sonriendo.

—Muy graciosa. No, me refiero al aparato metálico. Parecía... afilado.

Su sonrisa desapareció.

—Es afilado. Se llama jeringa. Los sacerdotes las usan para poner inyecciones.

—¿Inyecciones?

Coco apoyó la espalda contra la pared y cruzó los brazos. La túnica blanca se fundía con la piedra pálida y provocaba la ilusión de que había una cabeza flotante mirándome frente al cuerpo de monsieur Bernard. Me estremecí de nuevo. Ese lugar me daba escalofríos.

—Así las llaman. —Su mirada se oscureció—. Pero he visto lo que pueden hacer. Los sacerdotes han experimentado con veneno. Específicamente, con cicuta. La han probado en pacientes para perfeccionar la dosis. Creo que intentan crear un arma para usar contra las brujas.

El pavor recorrió mi columna.

—Pero la Iglesia cree que solo el fuego puede matar a una bruja.

—Aunque nos llamen demonios, saben que somos mortales. Sangramos como humanos. Sentimos dolor como humanos. Pero el objetivo de las inyecciones no es matarnos. Causan parálisis. Los *chasseurs* solo tendrán que acercarse lo suficiente para inyectárnoslo y listo, danos por muertas.

Intenté asimilar aquella revelación perturbadora. Miré a monsieur Bernard, con un sabor amargo. Recordé los insectos arrastrándose bajo la piel de una mujer a unas puertas de distancia, las lágrimas de sangre en sus mejillas. Quizás los sacerdotes no eran los únicos culpables.

La parálisis, o incluso la hoguera, eran preferibles a esos destinos.

—¿Qué haces aquí, *mademoiselle Perrot*? —pregunté por fin. Al menos no había utilizado su verdadero nombre. La familia Monvoisin tenía cierta… notoriedad—. Se supone que estás oculta con tu tía.

Ella tuvo las agallas de hacer un mohín.

—Podría preguntarte lo mismo. ¿Cómo no me has invitado a tu boda?

Un estallido de risa escapó de mis labios. Sonaba espeluznante en la quietud. La uña de monsieur Bernard ahora golpeteaba su grillete.

Clinc.

Clinc.

Clinc.

Lo ignoré.

—Créeme, si hubiera tenido control sobre la lista de invitados habrías estado allí.

—¿Como dama de honor?

—Por supuesto.

Levemente apaciguada, Coco suspiró y sacudió la cabeza.

—Casada con un *chasseur*... Cuando oí la noticia, no la creí. —Una sonrisita tocó sus labios—. Tienes unos cojones inmensos.

Me reí más fuerte esta vez.

—Eres tan *pervertida*, Coco...

—¿Y qué hay de los cojones de tu esposo? —Subió y bajó las cejas diabólicamente—. ¿Cómo son comparados con los de Bas?

—¿Y qué sabes tú de los cojones de Bas? —Me dolían las mejillas de sonreír. Sabía que estaba mal con el moribundo a mi lado, pero la pesadumbre en mi pecho cesó cuando Coco y yo retomamos nuestras conversaciones relajadas. Me alegraba ver un rostro amistoso después de haber navegado en un mar de caras hostiles dos días continuos... Y también me alegraba ver que ella estaba a salvo. Por el momento.

Coco suspiró de modo exagerado y dobló la sábana que cubría a monsieur Bernard. Él no dejó de producir el golpeteo.

—Hablas en sueños. He tenido que vivir indirectamente a través de ti. —Su sonrisa desapareció cuando me miró. Señaló con la cabeza mis magulladuras—. ¿Tu esposo ha hecho eso?

—Por desgracia, son cortesía de Andre.

—Me pregunto cómo se las arreglará Andre sin *sus* cojones. Quizás le haga una visita.

—No te molestes. He enviado a los *chasseurs* tras él... Tras ambos.

—¿Qué? —Abrió los ojos de par en par con satisfacción mientras le contaba lo del interrogatorio—. ¡Brujita diabólica! —graznó cuando terminé.

—¡Shhh! —Caminé hasta la puerta y apoyé la oreja sobre la madera, esperando oír señales que indicaran movimiento exterior—. ¿Quieres que nos atrapen? Hablando de eso... —Me giré hacia ella cuando estuve segura de que no había nadie fuera—. ¿Qué haces aquí?

—He venido a rescatarte, por supuesto.

Puse los ojos en blanco.

—Por supuesto.

—Una de las curanderas renunció a su puesto para contraer matrimonio la semana pasada. Los sacerdotes necesitaban un reemplazo.

La miré con severidad.

—¿Y cómo lo supiste?

—Fácil. —Tomó asiento al pie de la cama. Monsieur Bernard continuaba haciendo su ruido, aunque por fortuna clavó su mirada perturbadora en ella—. Esperé a que su reemplazo viniera ayer temprano y la convencí de que yo sería mejor candidata para el puesto.

—¿Qué? ¿Cómo?

—Se lo pedí amablemente, por supuesto. —Clavó una mirada incisiva en mí antes de poner los ojos en blanco—. ¿Qué crees? Robé su carta de recomendación y la hechicé para que olvidara su propio nombre. La *verdadera* Brie Perrot ahora está de vacaciones en Amaris y nadie jamás notará la diferencia.

—¡Coco! Qué riesgo más estúpido has...

—He pasado todo el día intentando hallar un modo de hablar contigo, pero los sacerdotes son implacables. Me han estado *entrenando*. —Frunció los labios ante la palabra antes de extraer un trozo de papel arrugado de su túnica. No reconocí la caligrafía puntiaguda, pero sí la mancha oscura. El aroma intenso a sangre mágica—. Le he enviado una carta a mi tía y ella ha accedido a protegerte. Puedes venir conmigo. El aquelarre acampa cerca de la ciudad, pero no permanecerá allí mucho tiempo. Van al norte en quince días. Podemos salir de aquí antes de que alguien note tu ausencia.

Mi estómago dio un vuelco.

—Coco, yo... —Suspirando, miré la habitación austera en busca de una explicación. No podía decirle que no confiaba en su tía... o en nadie más que en ella, en realidad. No podía—. Creo que por ahora este es el lugar más seguro para mí. Un *chasseur* ha hecho literalmente un *juramento* para protegerme.

—No me gusta. —Sacudió la cabeza con fervor y se puso de pie—. Juegas con fuego, Lou. Tarde o temprano, te *quemarás*.

Sonreí sin entusiasmo.

—Esperemos que sea tarde, entonces.

Me fulminó con la mirada.

—No es gracioso. Abandonas tu seguridad, tu *vida*, por hombres que te quemarán si descubren qué eres.

Mi sonrisa desapareció.

—No, no es cierto. —Cuando parecía lista para discutir, hablé antes que ella—. No lo es. Juro que no lo hago. Por ese motivo he subido aquí. Seguiré viniendo todos los días hasta que ella venga a buscarme. Porque *vendrá* a buscarme, Coco. No podré esconderme para siempre.

Hice una pausa y respiré hondo.

—Y cuando venga, estaré lista. No dependeré más de trucos y disfraces. O del reconocimiento de Babette o del linaje de Bas. O de ti. —Le sonreí arrepentida e hice girar el anillo de Angélica en mi dedo—. Es hora de ser proactiva. Si este anillo no hubiera estado en la caja fuerte de Tremblay, mierda, habría estado metida en serios problemas. El riesgo de que me descubran fuera de este pasillo es demasiado grande, pero aquí... aquí puedo practicar y nadie lo sabrá jamás.

Ella dibujó una sonrisa lenta y amplia y entrelazó su brazo con el mío.

—Eso me gusta más. Excepto que te equivocas en algo. Sin duda continuarás dependiendo de mí porque no iré a ninguna parte. Practicaremos juntas.

Fruncí el ceño, dividida entre suplicarle que se quedase y obligarla a marcharse. Pero no era mi decisión y sabía lo que diría si intentaba obligarla a hacer algo. Después de todo, había aprendido mis insultos favoritos de ella.

—Será peligroso. Incluso con el olor cubriendo la magia, los *chasseurs* podrían descubrirnos.

—En tal caso me *necesitarás* —señaló—, para que pueda drenar la sangre de sus cuerpos.

La miré fijamente.

—¿Puedes hacer eso?

—No estoy segura. —Guiñó un ojo y se despidió de monsieur Bernard—. Quizás deberíamos averiguarlo.

CAPÍTULO 13

LA FUGA

Lou

Las burbujas con aroma a lavanda y el agua cálida flotaban en el ambiente cuando mi marido regresó horas después esa tarde. Su voz resonó a través de las paredes.

—¿Está dentro?

—Sí, pero...

El *tête carrée* no se detuvo a escuchar o cuestionar por qué Ansel estaba en el pasillo en vez de en la habitación. Sonreí con anticipación. Aunque fastidiaría mi baño, la expresión en su rostro lo compensaría.

Por supuesto, irrumpió en la habitación un segundo después. Lo observé mientras recorría el cuarto buscándome con los ojos.

Ansel había quitado la puerta del cuarto de baño en un intento de reparar el agujero que mi esposo había creado antes, pero no esperé a que terminara la reparación. El marco estaba gloriosamente vacío, una exhibición perfecta para mi piel enjabonada y desnuda. Y la humillación de mi esposo. No tardó mucho en encontrarme. Aquel maravilloso y asfixiante ruido brotó de su garganta y abrió los ojos de par en par.

Lo saludé moviendo la mano con alegría.

—Hola.

—Yo... Qué estás... ¡Ansel! —Estuvo a punto de colisionar contra el marco de la puerta en su intento de fuga—. ¡Te pedí que repararas la puerta!

Ansel alzó la voz, histérico.

—No hubo tiempo para...

Con un gruñido de impaciencia, mi marido cerró de un golpe.

Imaginé una burbuja con su rostro y la exploté. Luego lo hice con otra. Y otra.

—Eres muy grosero con él, ¿sabes?

No habló. Probablemente intentaba controlar la sangre que se le subía al rostro. Pero la veía de todas maneras. Se le subía por el cuello y se fundía con su cabello cobrizo. Incliné el cuerpo hacia delante y crucé los brazos sobre el borde de la tina.

—¿Dónde has estado? —pregunté.

Tensó la espalda, pero no se giró.

—No los hemos atrapado.

—¿A Andre y a Grue?

Asintió.

—Entonces, ¿qué haréis ahora?

—Hay *chasseurs* vigilando el East End. Con un poco de suerte, los capturaremos pronto y pasarán varios años presos por agresión.

—Después de darte información sobre mi amiga.

—Después de darme información sobre la bruja.

Puse los ojos en blanco y le salpiqué con agua la nuca. Su cabello cobrizo absorbió el líquido y cayó por el cuello de su camisa. Se giró indignado, apretando los puños... Luego, se detuvo en seco y cerró los ojos con fuerza.

—¿Puedes vestirte? —Movió una mano en mi dirección, mientras cubría sus ojos con la otra—. No puedo hablar contigo cuando estás ahí... ahí...

—¿Desnuda?

Apretó los dientes con un *crac* audible.

—Sí.

—Lo siento, no puedo. Aún no he terminado de lavarme el pelo. —Me hundí bajo las burbujas con un suspiro molesto. El agua salpicaba sobre mi clavícula—. Pero ahora puedes mirar. Mis partes privadas están cubiertas.

Abrió un ojo. Al ver que estaba a salvo debajo de la espuma, se relajó... lo máximo que podía relajarse alguien como él. Mi marido vivía con un palo en el culo.

Se acercó con cautela y apoyó el cuerpo en el marco de la puerta vacío. Lo ignoré mientras colocaba más jabón de lavanda en mi palma. Guardamos silencio mientras él observaba cómo me enjabonaba el cabello.

—¿Cómo te has hecho esas cicatrices? —preguntó.

No me detuve. Aunque no eran nada comparadas con las de Coco y Babette, tenía varias. Los riesgos de una vida en la calle.

—¿Cuáles?

—Todas.

Me atreví a mirarlo y mi corazón dio un vuelco cuando noté que él observaba mi garganta. Así que, en cambio, dirigí su mirada a mi hombro, señalando la línea larga e irregular que había allí.

—Me topé con el lado equivocado de un cuchillo. —Alcé el codo para mostrarle otra salpicadura de cicatrices—. Me enredé en una cerca de alambre de púas. —Toqué el área debajo de mi clavícula—. Otro cuchillo. Este también dolió como un demonio.

Ignoró mi lenguaje y mantuvo los ojos inescrutables en los míos.

—¿Quién?

—Andre. —Hundí la melena en el agua y sonreí cuando él apartó la vista. Rodeé mis pantorrillas con los brazos y apoyé el mentón en las rodillas—. Se me adelantó cuando llegué a la ciudad.

Suspiró con pesadumbre, como si de pronto estuviera cansado.

—Siento que no los hayamos encontrado.

—Lo haréis.

—¿Sí?

—No son los más inteligentes. Es probable que vengan aquí mañana exigiendo saber por qué los buscáis.

Se rio y se frotó el cuello, lo que enfatizó la curvatura de su bíceps. Se había arremangado la camisa desde el interrogatorio y no pude evitar recorrer con la vista la línea larga de su antebrazo. Sus dedos con callos. El vello cobrizo que cubría su piel.

Se aclaró la garganta y dejó caer el brazo rápido.

—Debería irme. Pronto interrogaremos a madame Labelle. Luego al otro ladrón que estaba en casa de Tremblay. Bastien St. Pierre.

Mi corazón se detuvo y lancé el torso hacia adelante, lo que causó que salpicara burbujas y agua en todas direcciones.

—¿Bas? —Él asintió, entrecerrando lo ojos—. Pero… ¡había escapado!

—Lo encontramos merodeando fuera de una entrada trasera en el *Soleil et Lune*. —La desaprobación brotaba de él—. Da igual. Los guardias lo habrían arrestado tarde o temprano. Mató a uno de los custodios de Tremblay.

Joder. Apoyé la espalda con el pecho tenso mientras el pánico me subía por la garganta y me esforcé por controlar mi respiración.

—¿Qué pasará con él?

Reid frunció el ceño, sorprendido.

—Lo colgarán.

Mierda.

Mierda, mierda, *mierda*.

Por supuesto que habían arrestado a Bas. *Por supuesto* que había matado a un custodio en vez de dejarlo inconsciente. ¿Por qué el idiota estaba en el *Soleil et Lune,* en primer lugar? Sabía que lo buscaban. Lo *sabía.* ¿Por qué no había huido? ¿Por qué no había cruzado el mar? ¿Por qué no se había comportado como, bueno, *Bas*?

A pesar del baño cálido, mi piel se erizó. ¿Podría haber...? ¿Podría haber vuelto a buscarme? La esperanza y la desesperación luchaban en mi pecho, igualmente horribles, pero el pánico pronto derrotó a ambas.

—Tienes que dejar que lo vea.

—Claro que no. No es negociable.

—Por favor. —Odiaba esas palabras, pero si él se negaba, si suplicar no funcionaba, solo tendría una opción. Hacer magia fuera de la enfermería era un riesgo enorme, pero era uno que tendría que correr.

Porque Bas sabía lo de Coco, sí, pero también sabía lo mío.

Me pregunté cuánto valía la información sobre dos brujas. ¿Su vida? ¿Su sentencia penitenciaria? Un intercambio justo a ojos de los *chasseurs* y uno que Bas haría sin duda. Aunque *hubiera* vuelto a buscarme, no vacilaría si su vida estaba en juego.

Me maldije por haber confiado en él. Conocía su carácter. Sabía quién era y sin embargo, me había permitido relajarme, contar mis secretos más profundos. Bueno... uno de ellos. Y ahora pagaría el precio, al igual que Coco.

Era una estúpida. Muy muy *estúpida*.

—Por favor —repetí.

Mi esposo parpadeó ante las palabras, evidentemente atónito. Pero su perplejidad cedió ante la desconfianza. Frunció el ceño.

—¿Por qué estás tan preocupada por él?

—Es un amigo. —No me importó que mi voz sonara desesperada—. Un querido amigo.

—Claro. —Ante mi expresión sufrida, él clavó los ojos en el techo y añadió casi a regañadientes—: Tendrá una oportunidad de salvarse.

—¿Cómo?

Aunque sabía la respuesta, contuve el aliento, temiendo oír sus palabras.

—La bruja aún es nuestra prioridad —confirmó—. Si nos da información que lleve a capturarla, su sentencia será reconsiderada.

Sujeté el borde de la bañera para no perder el equilibrio y me obligué a mantener la calma. Alcé la otra mano para acariciar la cicatriz en mi garganta, un gesto instintivo y nervioso.

Después de un largo instante, su voz llegó a mí en un susurro.

—¿Estás bien? Pareces… pálida.

Como no respondí, él atravesó el cuarto y se agachó junto a la bañera. No me importó que la espuma desapareciera. Por lo visto, a él tampoco. Extendió la mano y colocó un mechón de mi cabello detrás de la oreja. El jabón cubrió sus dedos.

—Te ha faltado enjuagarte aquí.

No dije nada mientras Reid recogía agua con la palma y la vertía sobre mi cabello, pero mi respiración se detuvo cuando sus dedos flotaron sobre mi garganta.

—¿Cómo te has hecho esto? —susurró.

Tragué con dificultad, buscando una mentira, pero no encontré ninguna.

—Esa es una historia para otro día, Chass.

Retrocedió sobre sus talones, observando mi rostro con sus ojos azules.

Cubrí instintivamente la cicatriz y miré mi reflejo en el agua jabonosa. Después de todo lo que había pasado, de lo que había soportado, no ardería por Bas. No era el sacrificio de nadie. Ni antes. Ni ahora. Ni nunca.

Solo había una cosa por hacer.

Tenía que salvarlo.

Mi marido me dejó sola unos minutos después y regresó a la sala del consejo. Salí a toda prisa de la bañera y me apresuré a buscar la vela que había escondido en el armario de las sábanas. La había robado del santuario durante el *tour* de Ansel. Con movimientos rápidos y entrenados encendí la cera y la apoyé en el escritorio. El humo de las hierbas invadió la habitación y suspiré aliviada. El olor no era del todo correcto, pero se aproximaba. Cuando mi marido volviera, la magia ya se habría desvanecido. Eso esperaba.

Después de caminar por el cuarto frenéticamente durante largos minutos, me obligué a tomar asiento en la cama. Esperé con impaciencia la vuelta de Ansel.

Él era joven. Quizás fuera fácil de persuadir. Al menos eso me dije.

Después de una eternidad y un día, llamó a la puerta.

—¡Adelante!

Entró al cuarto con cautela y clavó los ojos en el baño, comprobando que estuviera vestida de modo apropiado.

Me puse de pie y respiré hondo, preparándome para lo que vendría. Solo rogaba que Ansel no llevara encima su Balisarda.

Sonriendo con timidez, lo miré a los ojos mientras él entraba más en el cuarto. Sentí un cosquilleo en la piel por la anticipación.

—Te he echado de menos.

Él parpadeó ante mi voz extraña, frunciendo el ceño. Caminé despacio hacia él y coloqué una mano en su antebrazo. Intentó apartarlo, pero se detuvo y parpadeó de nuevo. Me acerqué a su pecho e inhalé su aroma, su esencia. Mi piel brilló sobre el azul pálido de su abrigo. Miramos juntos el resplandor, separando los labios.

—Tan fuerte —susurré. Las palabras fluían de mis labios, profundas y resonantes—. Tan digno. Han cometido un error al subestimarte.

Una variedad de emociones recorrió su rostro ante mis palabras... ante mi tacto.

Confusión. Pánico. Deseo.

Deslicé un dedo por su mejilla. Él no se apartó ante el contacto.

—Veo la grandeza en ti, Ansel. Matarás a muchas brujas.

Él parpadeó suavemente y luego... nada. Era mío. Rodeé su cintura con los brazos, brillando con mayor intensidad.

—¿Me ayudarás? —Él asintió con los ojos de par en par mientras me miraba. Besé la palma de su mano y cerré los ojos, inhalando profundo—. Gracias, Ansel.

El resto era fácil.

Permití que me llevara al calabozo. En vez de bajar por la escalera angosta que llevaba a la sala del consejo, doblamos a la derecha, hacia la celda en la que estaba encerrado Bas. Los *chasseurs*, incluido mi esposo, aún interrogaban a madame Labelle y solo había dos guardias de pie fuera de las celdas. Vestían chaquetas azul pálido como Ansel.

Nos miraron perplejos, y sus manos se dirigieron de inmediato a sus armas... pero no eran Balisardas. Sonreí mientras unos diseños resplandecientes y dorados se materializaban entre nosotros. Pensaban que estaban a salvo dentro de su Torre. Tan tontos. Tan imprudentes.

Sujeté una telaraña dorada, cerré el puño y suspiré mientras mis recuerdos amorosos de Bas desaparecían en el olvido. Los guardias se desplomaron en el suelo y las cuerdas desaparecieron en un estallido de polvo brillante. *Un recuerdo por un recuerdo,* canturreó la voz en mi cabeza. *Un precio digno. Es mejor de este modo.*

Los ojos de Bas brillaron triunfantes mientras me observaba. Caminé hacia la celda, inspeccionándolo. Le habían rapado la cabeza y la barba para evitar los piojos. No le quedaba bien.

—¡Lou! —Sujetó los barrotes y presionó su rostro contra ellos. El pánico brilló en sus ojos—. Gracias al cielo que estás aquí. Mi primo ha intentado sacarme, pero no lo han escuchado. Me colgarán si no les hablo sobre Coco, Lou... —Dejó de hablar, el miedo genuino desfiguró sus facciones ante la mirada distante y sobrenatural en mi rostro. Mi piel brilló con más intensidad. Ansel cayó de rodillas a mis espaldas.

—¿Qué haces? —Bas hundió las palmas en sus ojos intentando resistirse al encantamiento—. No lo hagas. Lamento... haberte abandonado en casa de Tremblay. Sabes que no soy tan valiente o tan... inteligente como tú y Coco. Estuvo mal por mi parte. Debería haberme quedado... debería haber... ayudado...

Un escalofrío sacudió su cuerpo mientras me acercaba más con una sonrisa fría.

—¡Lou, por favor! —suplicó. Otro temblor, más fuerte esta vez—. No les habría dicho nada sobre ti. ¡Lo sabes! No, ¡por favor, no lo hagas!

Relajó los hombros y cuando sus manos cayeron a los laterales de su cuerpo, tenía el rostro felizmente en blanco.

—Tan inteligente, Bas. Tan astuto. Siempre has dicho palabras bonitas. —Tomé su rostro entre las manos a través de los barrotes—. Te daré algo, Bas y a cambio tú me darás algo. ¿Qué te parece? —Asintió y sonrió. Me acerqué más y besé sus labios. Saboreé su aliento. Él suspiró con alegría—. Te liberaré. Lo único que pido a cambio son tus recuerdos.

Tensé los dedos en su mejilla, sobre el dorado que giraba alrededor de su rostro apuesto. Él no se resistió mientras le hundía las uñas en la piel y pinchaba la diminuta cicatriz plateada en su mandíbula. Me pregunté brevemente cómo se la había hecho.

Cuando terminé, cuando la bruma dorada hubo robado cada recuerdo de mi rostro y del de Coco de su mente, Bas cayó al suelo. Sangraba debido a mis uñas, pero se recuperaría. Me agazapé para tomar las llaves del cinturón del guardia y las dejé caer a su lado. Luego me giré hacia Ansel.

—Tu turno, precioso. —Me puse de rodillas a su lado, rodeé sus hombros con las manos y rocé mis labios contra su mejilla—. Esto dolerá un poco.

Centré la atención en la escena ante nosotros y robé el recuerdo de la mente de Ansel. En unos segundos él también se desplomó en el suelo.

Me esforcé por mantenerme consciente, pero la oscuridad invadía el límite de mi visión mientras repetía el proceso con los guardias. Tenía que pagar el precio. Había tomado algo y ahora debía dar algo a cambio. La naturaleza exigía equilibrio.

Balanceándome un poco, caí sobre Ansel y cedí ante la oscuridad.

Parpadeé. Me dolía la cabeza, pero ignoré la molestia y me puse de pie con rapidez. La puerta de la celda estaba abierta y Bas había desaparecido. Ansel no mostraba signos de despertar.

Me mordí el labio, pensando. Lo castigarían si lo hallaban fuera de la celda vacía de un prisionero, en especial con dos guardias inconscientes a sus pies. Peor, él no tendría recuerdo alguno de cómo había llegado allí y no tendría manera de defenderse.

Frunciendo el ceño, me masajeé la sien e intenté idear un plan. Necesitaba darme prisa, necesitaba limpiar el olor a magia de mi piel antes de que los *chasseurs* me descubrieran, pero no podía dejarlo allí. Sin otra alternativa, lo alcé por las axilas y lo arrastré. Solo habíamos dado unos pocos pasos cuando las rodillas comenzaron a dolerme. Era más pesado de lo que parecía.

Oí voces furiosas cuando me acerqué a la escalera. Aunque Ansel por fin comenzaba a despertar, yo no tenía fuerza para subirlo escalón por escalón. Las voces eran más fuertes. Maldije en silencio y lo empujé a través de la primera puerta que vi y la cerré al entrar.

El aliento me abandonó el cuerpo con un suspiro de alivio cuando enderecé la espalda y miré alrededor. Estábamos en una biblioteca. Pequeña y sin ornamentos, como todo lo demás en aquel lugar desgraciado, pero de todos modos era una biblioteca.

Oí pasos frenéticos por el pasillo y más voces se sumaron a la cacofonía.

—¡Se ha ido!

—¡Registrad la Torre!

La puerta de la biblioteca permaneció milagrosamente cerrada. Suplicando que continuara así, coloqué a Ansel en una de las sillas de lectura. Él parpadeó mirándome mientras sus ojos hacían un esfuerzo por enfocarse y masculló:

—¿Dónde estamos?

—En la biblioteca. —Tomé asiento en la silla a su lado y elegí un libro al azar del estante. *Doce ensayos sobre exterminación de lo oculto.* Por supuesto. Mis manos temblaban por el esfuerzo de no arrancar las páginas horribles de la cubierta—. Hemos estado en la enfermería con el padre Orville y Co... mademoiselle Perrot. Me has traído aquí para... —Lancé el libro sobre la mesa más cercana y tomé la Biblia con cubierta de cuero que estaba junto a ella—. Para educarme. Eso es todo.

—¿Qu... qué?

Gruñí cuando abrieron las puertas de par en par y mi esposo y Jean Luc entraron.

—Has sido tú, ¿verdad? —Jean Luc avanzó hacia mí con ojos asesinos.

Mi esposo dio un paso adelante, pero Ansel ya estaba de pie. Se balanceó un poco, pero enfocó la mirada ante el avance de Jean Luc.

—¿De qué hablas? ¿Qué ha pasado?

—El prisionero ha escapado —gruñó Jean Luc. A su lado, mi esposo se quedó paralizado, sus fosas nasales dilatándose. Mierda. El olor. Seguía pegado a Ansel y a mí como una segunda piel, dibujando un sendero desde la celda vacía hacia nosotros—. Su celda está vacía. Los guardias estaban inconscientes.

Sin duda esa vez era mi fin. Sujeté la Biblia con más fuerza para evitar que me temblaran las manos y los miré a los ojos con calma forzada. Al menos los *chasseurs* me quemarían. No derramarían ni una gota de mi sangre. Saboreé esa pequeña victoria.

Mi esposo me miró con sospecha.

—¿Qué… es ese olor?

Oí más pasos rápidos fuera y Coco entró a la sala antes de que pudiera responder. Una oleada fresca de aire dulce nauseabundo nos invadió con su llegada y mi corazón se alojó con firmeza en mi garganta.

—¡He oído a los sacerdotes hablar sobre la fuga del prisionero! —Estaba agitada y se sujetaba el lateral del cuerpo. Sin embargo, cuando sus ojos hallaron los míos, asintió con seguridad y enderezó la espalda para garantizar que su túnica de curandera aún cubriera cada centímetro de su piel—. He venido a ver si podía ayudar.

Jean Luc arrugó la nariz con desagrado ante el hedor que brotaba de ella.

—¿Quién eres?

—Brie Perrot. —Hizo una reverencia y recobró con rapidez la compostura—. Soy la nueva curandera de la enfermería.

Él frunció el ceño, poco convencido.

—Entonces sabes que los curanderos no tienen permitido andar libremente por la Torre. No deberías estar aquí abajo, en especial con un prisionero suelto.

Coco lo apuñaló con su mirada afilada antes de apelar a mi esposo.

—Capitán Diggory, su esposa ha estado acompañándome mientras les leía Proverbios a los pacientes. Junto a Ansel.

Dios, ella era brillante.

Ansel parpadeó y la confusión nubló sus ojos de nuevo.

—Yo… sí. —Frunció el ceño y sacudió la cabeza, era evidente que intentaba cubrir el agujero en su memoria—. Fuimos a la enfermería. —Entrecerró los ojos, concentrado—. Yo… he rezado con el padre Orville.

Suspiré de alivio, esperando que la memoria de Ansel continuara confundida.

—¿Él puede confirmarlo? —preguntó mi esposo.

—Sí, señor.

—Maravilloso. De todos modos, eso no explica por qué la celda apesta a magia. —Claramente irritado por la desestimación de Coco, Jean Luc nos fulminó a los tres con la mirada—. O el desmayo de los guardias.

Coco lo miró con una sonrisa afilada como un cuchillo.

—Por desgracia, me llamaron para atender a un paciente antes de que pudiera indicarle a madame Diggory cómo limpiarse adecuadamente. Ella y Ansel se marcharon poco después.

Los ojos de mi marido casi me quemaban la cara.

—Y habéis venido aquí en vez de volver a nuestro dormitorio.

Hice un esfuerzo por parecer arrepentida y coloqué la Biblia sobre la mesa. Con algo de suerte, tal vez sobreviviríamos a ese desastre.

—Ansel quería enseñarme algunos versículos y... he ido a visitar a Bas. —Toqueteando un mechón de cabello, alcé la vista hacia él con las pestañas bajas—. Dijiste que lo colgarían y quería hablar con él... antes. Una última vez. Lo siento.

Él no dijo nada. Solo me fulminó con la mirada.

—¿Y los guardias? —preguntó Jean Luc.

Me puse de pie y señalé mi contextura pequeña.

—¿De verdad crees que podría hacer que se desmayaran de un golpe dos hombres adultos?

La respuesta de mi marido llegó de inmediato.

—Sí.

En otras circunstancias, me habría sentido halagada. Sin embargo, su fe inquebrantable en mis habilidades era inconveniente.

—Estaban inconscientes cuando he llegado —mentí—. Y Bas ya se había ido.

—¿Por qué no has informado de inmediato? ¿Por qué has huido? —Jean Luc entrecerró sus ojos pálidos y avanzó hasta que no tuve más opción que alzar la vista y mantener el contacto visual con él. Fruncí el ceño.

Bien. Si quería intimidar, podía seguirle el juego.

Rompí el contacto visual y me miré las manos, con el mentón tembloroso.

—Confieso que... a veces la debilidad de mi sexo se apodera de mí, *monsieur*. Al ver que Bas había escapado, me he asustado. Sé que no es excusa.

—Dios santo. —Poniendo los ojos en blanco ante mis lágrimas, Jean Luc miró exasperado a mi marido—. Tú le explicarás esto a Su Eminencia, *capitán*. Sin duda estará encantado con otro fracaso. —Caminó hecho una furia hacia la puerta para abandonarnos—. Regrese a la enfermería, mademoiselle Perrot, y ocúpese de recordar su lugar en el futuro. Los curanderos solo tienen permitido el acceso a áreas restringidas: la enfermería, sus habitaciones y la escalera trasera. Si desea visitar cualquier otra parte de la Torre, debe limpiarse y pasar la inspección. Como es nueva en la Torre, dejaré pasar su error, pero *hablaré* con los sacerdotes. Ellos se asegurarán de que no repitamos esta pequeña aventura.

Si Coco hubiera podido vaciar la sangre de un cuerpo, sin duda lo hubiera hecho en ese instante. Me apresuré a intervenir.

—Es mi culpa. No la suya.

Jean Luc alzó una ceja oscura e inclinó la cabeza.

—Qué tonto por mi parte. Tienes razón, claro. Si no hubieras desobedecido a Reid, todo esto se habría evitado.

Aunque había admitido la culpa, me enfurecí ante el reproche. Evidentemente, mi marido *no era* el imbécil más pretencioso entre todos esos imbéciles; el título sin duda le pertenecía a Jean Luc. Acabo de abrir la boca para comunicárselo cuando mi inoportuno esposo interrumpió.

—Ven aquí, Ansel.

Ansel tragó con dificultad y avanzó, colocándose las manos detrás de la espalda. La incomodidad me recorrió el cuerpo.

—¿Por qué le has permitido entrar a la enfermería?

—Fui yo quien los *invitó* a… —Coco comenzó a hablar, pero se detuvo con brusquedad ante la mirada en el rostro de mi marido.

Las mejillas de Ansel se tiñeron de rosa y me miró con ojos suplicantes.

—Yo… llevé a madame Diggory arriba porque…

—Porque tenemos una obligación con esas pobres almas. Los curanderos están saturados, sobrepasados por el trabajo y con poco personal. Apenas tienen tiempo de cubrir las necesidades básicas de los pacientes y ni hablar de alimentar su bienestar emocional. Además, estaba cantando una canción obscena y me negué a parar hasta que me llevara. —Mostré los dientes en un intento de sonreír—. ¿Quieres oírla? Es sobre una mujer adorable llamada la pechugona…

—Suficiente. —La furia ardía en sus ojos, y era furia genuina. No era humillación. No era molestia. Era furia. Nos miró despacio a los tres, pensativo—. Si descubro que alguno de vosotros miente, no tendré piedad. Seréis castigados con todo el peso de la ley.

—Señor, le juro que...

—Sabías que está prohibido ir a la enfermería. —Su voz era severa e implacable mientras miraba a Ansel—. Esperaba que mi esposa me desobedeciera. No lo esperaba de ti. Puedes retirarte.

Ansel dejó caer su cabeza.

—Sí, señor.

La furia me recorrió el cuerpo mientras observaba cómo se arrastraba con tristeza hacia la puerta. Intenté seguirlo, anhelaba consolarlo de algún modo, pero el idiota de mi esposo me sujetó del brazo.

—Quédate aquí. Quiero hablar contigo.

Liberé mi brazo y estallé.

—Y yo quiero hablar *contigo*. ¿Cómo te atreves a culpar a Ansel? ¡Como si algo de todo esto fuera su culpa!

Jean Luc emitió un suspiro largo y sufrido.

—La acompañaré a la enfermería, mademoiselle Perrot. —Extendió su brazo hacia ella, claramente aburrido con el rumbo que había tomado la conversación. La mirada de respuesta fue fulminante. Frunciendo el ceño, se giró para marcharse sin ella, pero Ansel se había detenido en la entrada y bloqueaba el paso. Las lágrimas colgaban de sus pestañas mientras me miraba, con los ojos de par en par... sorprendido de que alguien lo hubiera defendido. Jean Luc empujó su espalda con impaciencia, balbuceando algo que no pude oír. Me hervía la sangre.

—Tenía órdenes de vigilarte. —Los ojos de mi marido ardían, ignorándolo todo excepto a mí—. No ha cumplido con su deber.

—Ah, *ta gueule!* —Crucé los brazos para evitar poner las manos alrededor de su cuello—. Joder, soy una mujer adulta y soy perfectamente capaz de tomar mis propias decisiones. Si vas a comportarte como un matón con *alguien*, deberías hacerlo conmigo, no con Ansel. El pobre niño no tiene ni un respiro contigo...

Su rostro prácticamente se volvió púrpura.

—¡No es un niño! Está entrenándose para convertirse en un *chasseur* y si eso sucede, debe aprender a hacerse cargo de...

—Ansel, muévete —dijo inexpresivo Jean Luc, lo que interrumpió nuestra discusión. Finalmente, logró empujar a Ansel a través de la puerta—. Por muy entretenido que sea esto, algunos tenemos trabajo que hacer, prisioneros que encontrar, brujas que quemar... esa clase de cosas. Mademoiselle Perrot, espero que se presente en la enfermería en diez minutos. Iré a comprobar que esté allí. —Nos miró a ambos con fastidio por última vez antes de salir hecho una furia del cuarto. Coco puso los ojos en blanco y avanzó para seguirlo, pero vaciló. Había una pregunta silenciosa en sus ojos.

—Está bien —susurré.

Asintió y miró a mi marido con furia antes de cerrar la puerta al salir. El silencio era abrasador. Los libros podrían haber ardido en llamas. Y habría sido adecuado, dado que cada libro de ese lugar infernal era maligno. Miré *Doce ensayos sobre exterminación de lo oculto* con interés renovado y lo tomé mientras unos patrones dorados resplandecían alrededor. De no haber estado tan furiosa, me habría sorprendido. Había pasado mucho tiempo desde que los patrones espontáneos habían aparecido en el ojo de mi mente. Sentía el despertar de mi magia, desesperada por liberarse después de años de represión.

Solo necesitas una chispa, dijo la voz persuasiva. *Libera tu furia. Quema la página.*

Pero no quería liberar mi furia. Quería estrangular a mi marido con ella.

—Nos has mentido. —La voz de mi esposo cortó el silencio. Aunque continué mirando el libro, podía ver la vena en su garganta, la tensión en los músculos de su mandíbula—. Madame Labelle ha dicho que la bruja se llama Cosette Monvoisin, no Alexandra.

Sí, y en este momento está pensando en cómo drenar la sangre de tu cuerpo. Quizás debería ayudarla. Le lancé *Doce ensayos sobre exterminación de lo oculto* a la cabeza.

—Sabías que era una serpiente cuando me encontraste.

Atrapó el libro antes de que le rompiera la nariz y lo lanzó hacia mí. Lo esquivé y cayó al suelo.

—¡Esto no es un juego! —gritó—. Nuestro deber es mantener a *salvo* este reino. ¡Has visto la enfermería! Las brujas son *peligrosas* y...

Cerré los puños y los patrones a mi alrededor centellearon sin parar.

—Como si los *chasseurs* fueran menos peligrosos.

—¡Intentamos *protegerte*!

—¡No me pidas que me disculpe porque no lo haré! —Un zumbido sonó en mis oídos mientras avanzaba hecha una furia hacia él, colocaba ambas manos en su pecho y empujaba. Como él no cedió, un rugido brotó de mi garganta—. *Siempre* protegeré a mis seres queridos. ¿Lo entiendes? *Siempre.*

Lo empujé de nuevo con más fuerza, pero me sujetó las manos con las suyas y las atrapó contra el pecho. Inclinó la cabeza hacia abajo, alzando una ceja cobriza.

—¿Sí? —Su voz era suave de nuevo. Peligrosa—. ¿Por eso has ayudado a tu amante a escapar?

¿Amante? Desconcertada, alcé el mentón para fulminarlo con la mirada.

—No sé de qué hablas.

—Entonces, ¿lo niegas? ¿Que él es tu amante?

—*He dicho* —repetí, mirando intensamente sus manos sobre las mías— que no sé de qué hablas. Bas no es mi amante y nunca lo ha sido. Ahora *suéltame.*

Para mi sorpresa, me soltó rápidamente, como si le hubiera sorprendido haber estado tocándome, y retrocedió.

—No puedo protegerte si me mientes.

Avancé hasta la puerta sin mirarlo.

—*Va au diable.*

Vete al infierno.

CAPÍTULO 14

DIOS, TEN PIEDAD

Lou

Los susurros llegaron a nuestros oídos desde el santuario y la luz del fuego proyectaba sombras en los rostros de las estatuas alrededor. Bostezando, miré la más cercana: una mujer simple con mirada de aburrimiento supremo en el rostro. Empaticé con ella.

—Aún recuerdo mi primer intento. Le di al blanco de inmediato. —El arzobispo se rio como solían hacerlo los ancianos al rememorar cuentos del pasado—. Es más, justo me habían recogido de la calle, acababa de cumplir siete años y no tenía una *couronne* en el bolsillo ni experiencia alguna a mi nombre. Nunca siquiera había *sostenido* un arco, y ni hablar de disparar una flecha. El viejo obispo lo llamó un acto de Dios.

Mi esposo curvó los labios a modo de respuesta.

—Ya lo creo.

Bostecé de nuevo. El oratorio era sofocante y el atuendo de lana que vestía, recatado, parduzco y deliciosamente cálido no ayudaba ni un poco. Se me cerraban los párpados por su propia cuenta.

Sería un acto de Dios que soportara la misa sin roncar.

Después del fiasco de la biblioteca, había pensado que era *prudente* aceptar la invitación de mi marido a la misa de la tarde. Aunque no sabía si él creía mi historia y la de Ansel sobre la enseñanza de las escrituras, él había adoptado la idea y yo había pasado el resto del día memorizando versículos. El castigo más diabólico de todos.

—«Gotera constante en un día lluvioso es la mujer que pelea» —había recitado él, mirándome con molestia y esperando que yo repitiera el versículo. Todavía estaba fastidiado por nuestra discusión anterior.

—La lluvia y los hombres son una molestia.

Él había fruncido el ceño, pero había continuado.

—«Quien la domine podrá dominar el viento y sostener aceite en la mano».

—Quien la domine... algo sobre aceite y una mano... —Sacudí las cejas con expresión traviesa—. *Quel risque!* Qué clase de libro es...

Él me interrumpió antes de que pusiera en duda su honor, endureciendo la voz.

—«El hierro con hierro se pule y el hombre pulirá el semblante de su amigo».

—El hierro con hierro se pule, así que estás actuando como un imbécil porque yo también soy un trozo de metal.

Y así había proseguido.

Siendo sincera, la invitación a misa había sido un alivio grato.

El arzobispo sujetó el hombro de mi esposo con otra risita afable.

—Por supuesto que no le di ni por asomo al blanco en mi segundo intento.

—Lo hizo mejor que yo. Tardé una semana en darle al blanco.

—¡Tonterías! —El arzobispo sacudió la cabeza, sonriendo ante el recuerdo—. No olvido tu talento natural. Tenías bastante más habilidad que el resto de los novatos.

El tintineo proveniente del campanario evitó que cayera sobre la chimenea.

—Ah. —El arzobispo, quien por lo visto había recordado dónde estaba, dejó caer la mano y se acomodó la tela sobre el cuello—. La misa está a punto de comenzar. Si me disculpáis, debo ir con el resto de los asistentes. —Hizo una pausa en la salida y endureció la expresión—. Y recuerda lo que hemos hablado esta tarde, capitán Diggory. Precisa una vigilancia más estricta.

Mi esposo asintió, ruborizándose.

—Sí, señor.

Caminé y me detuve a su lado en cuanto el arzobispo se marchó.

—¿Vigilancia más estricta? ¿Qué diablos significa eso?

—Nada. —Tosió con prisa y extendió el brazo—. ¿Vamos?

Pasé a su lado hacia el santuario.

—A la mierda con la vigilancia más estricta.

Iluminado por cientos de velas, el santuario de Saint-Cécile parecía salido de un sueño... o de una pesadilla. Más de la mitad de la ciudad se había reunido en la sala amplia para oír el sermón del arzobispo. Los que eran lo bastante adinerados como para asegurarse sus asientos lucían prendas elegantes y joyas: vestidos y trajes borgoña oscuro, amatista y esmeralda con dobladillo dorado y mangas de encaje, manguitos de piel y pañuelos de seda. Las perlas brillaban luminiscentes desde sus orejas y los diamantes centelleaban ostentosos desde sus gargantas y muñecas.

En la parte trasera del santuario, estaba el sector más pobre de la congregación, con rostros solemnes y sucios. Las manos juntas. También había un grupo de *chasseurs* con chaquetas azules entre los que estaba Jean Luc. Nos hizo señas para que fuéramos allí.

Maldije en silencio cuando mi esposo accedió.

—¿Permanecemos de *pie* durante toda la misa?

Me miró sospechosamente.

—¿Nunca has asistido a misa?

—Claro que sí —mentí, hundiéndome en mi lugar mientras él continuaba guiándome hacia adelante. Hubiera deseado tener puesta una capucha. Había más personas allí de las que había imaginado. Presuntamente, ninguna era una bruja, pero uno nunca sabía... después de todo, *yo* estaba allí—. Una o dos veces.

Ante su expresión incrédula, señalé la extensión de mi cuerpo.

—Soy una criminal, ¿recuerdas? Discúlpame por no memorizar cada proverbio y aprender cada regla.

Puso los ojos en blanco y me empujó los últimos escalones.

—Los *chasseurs* permanecen de pie como acto de humildad.

—Pero *yo* no soy una *chasseur*...

—Gracias a Dios. —Jean Luc se apartó para hacernos sitio y mi *autoritario* esposo me obligó a colocarme entre los dos. Sujetaron sus antebrazos a modo de saludo con sonrisas tensas—. No sabía si nos acompañaríais o no, debido al fiasco de esta tarde. ¿Cómo se ha tomado la noticia Su Eminencia?

—No nos ha culpado.

—Entonces, ¿a quién ha culpado?

Mi esposo colocó sus ojos en mí durante un segundo más que breve antes de mirar de nuevo a Jean Luc.

—A los novicios que hacían guardia. Los han retirado de sus puestos.

—Y con todo derecho.

Sabía que no debía corregirlo. Por suerte, su conversación terminó cuando la congregación se puso de pie y comenzó a cantar. Mi esposo y Jean Luc se unieron de inmediato mientras el arzobispo y sus auxiliares entraban en el santuario, avanzaban por el pasillo y hacían una reverencia ante el altar. Desconcertada e incapaz de comprender una palabra de su horrorosa balada, me inventé mi propia letra.

Puede que incluyera a una camarera llamada Liddy.

Mi esposo frunció el ceño y me empujó con el codo mientras todos guardaban silencio de nuevo. Aunque no podía asegurarlo, los labios de Jean Luc temblaron como si intentara no reír.

El arzobispo se giró para hablarle a la congregación.

—Que el Señor esté con vosotros.

—Y con tu espíritu —respondieron al unísono.

Observé con fascinación mórbida mientras el arzobispo alzaba los brazos extendidos.

—Hermanos, reconozcamos nuestros pecados y preparémonos para celebrar los misterios sagrados.

Un sacerdote a su lado alzó la voz.

—¡Dios, ten piedad!

—Has sido enviado para curar los corazones arrepentidos —prosiguió el arzobispo—. ¡Dios, ten piedad!

La congregación se unió a su voz.

—¡Dios, ten piedad!

—Has unido las naciones bajo la paz del reino de Dios. ¡Dios, ten piedad!

¿La paz del reino de Dios? Resoplé y crucé los brazos. Mi esposo me empujó con el codo otra vez y movió los labios para formar la palabra: *Basta*. Clavó sus ojos azules en los míos. *Hablo en serio*. Jean Luc sin duda ahora sonreía.

—¡Dios, ten piedad!

—Has venido con tu palabra y tus sacramentos a fortalecernos en la santidad. ¡Dios, ten piedad!

—¡Dios, ten piedad!

—Vendrás en tu gloria con la salvación para tu pueblo. ¡Dios, ten piedad!

—¡Dios, ten piedad!

Incapaz de contenerme, susurré:

—Hipócrita.

Mi esposo parecía a punto de estallar. Su rostro se había enrojecido de nuevo y una vena latía en su garganta. Los *chasseurs* de alrededor nos fulminaban con la mirada o se reían. Los hombros de Jean Luc temblaron con su risa silenciosa, pero la situación no me resultó graciosa como antes. ¿Dónde estaba la salvación de los míos? ¿Dónde estaba *nuestra* piedad?

—Dios todopoderoso, ten piedad de nosotros, perdona nuestros pecados y concédenos la vida eterna.

—Amén.

De inmediato, la congregación comenzó a cantar otra canción, pero dejé de escuchar. Observé al arzobispo alzar las manos hacia el cielo, cerrar los ojos y perderse en la canción. Mientras Jean Luc sonreía y empujaba con el codo a mi esposo cuando cantaban la letra errónea. Mi esposo se reía a regañadientes y lo apartaba.

—Tú que quitas los pecados del mundo, ten piedad de nosotros —cantaba el niño que teníamos enfrente. Sujetaba la mano de su padre y se balanceaba con la cadencia de las voces—. Tú que quitas los pecados del mundo, ten piedad de nosotros. Tú que quitas los pecados del mundo, escucha nuestra plegaria.

Ten piedad de nosotros.

Escucha nuestra plegaria.

Al final de mi sesión de tortura de los proverbios, había oído un versículo que no había comprendido.

Como el rostro en el agua es reflejo del rostro, así el hombre se refleja en el corazón del hombre.

—¿Qué quiere decir?

—Significa que... el agua es como un espejo —había explicado mi esposo, frunciendo levemente el ceño—. Nos devuelve el reflejo de nuestro rostro. Y nuestra vida, el modo en que vivimos, las cosas que hacemos... —Se miraba las manos, incapaz de mirarme a los ojos—... reflejan nuestro corazón.

Explicado de ese modo, tenía sentido. Sin embargo... miré a los fieles de alrededor, a los hombres y a las mujeres que suplicaban piedad y pedían mi sangre a gritos con el mismo aliento. ¿Cómo era posible que ambas cosas habitaran en sus corazones?

—Lou, lo... —Se aclaró la garganta y se obligó a mirarme. Sus ojos azules brillaron con sinceridad. Con arrepentimiento—. No debí haber gritado. En la biblioteca. Lo... siento.

Nuestra vida refleja nuestro corazón.

Sí, explicado de ese modo tenía sentido, pero aún no lo comprendía. No comprendía a mi esposo. No comprendía al arzobispo. O al niño bailarín. O a su padre. O a Jean Luc, o a los *chasseurs*, o a las brujas o *a ella*. No comprendía a ninguno.

Consciente de los ojos de los *chasseurs* sobre mí, dibujé una sonrisa forzada y le di un golpecito en la cadera a mi esposo, fingiendo que todo había sido un espectáculo planeado. Una broma. Que había estado provocándolo para obtener una reacción. Que no era una bruja en misa, de pie entre mis enemigos y adorando al dios de otros.

Nuestra vida refleja nuestro corazón.

Tal vez eran todos hipócritas, pero yo era la más hipócrita de todos.

CAPÍTULO 15

MADAME LABELLE

Reid

La noche siguiente cayó la primera nevada del año. Me incorporé en el suelo, peiné hacia atrás mi cabello sudoroso y observé los copos de nieve flotando por la ventana. El ejercicio era lo único que funcionaba con los nudos de mi espalda. Después de toparse conmigo en el suelo durante la noche, Lou había reclamado la cama. No me había invitado a compartirla.

No me quejé. Aunque me dolía la espalda, el ejercicio mantenía mi irritación a raya. Había aprendido rápido que contar no funcionaba con Lou... en especial, después de que ella comenzara a contar a la par conmigo.

Cerró el libro que leía sobre el escritorio.

—Esto es una absoluta tontería.

—¿El qué?

—El único libro que he encontrado en esa biblioteca despreciable sin las palabras *santo* o *exterminación* en el título. —Lo alzó para que lo viera. *El pastor*. Prácticamente me reí. Había sido uno de los primeros libros que el arzobispo me había permitido leer... una recopilación de poemas pastorales sobre el arte de Dios en la naturaleza.

Caminó hacia mi cama, la *suya*, con expresión contrariada.

—Excede mi comprensión cómo es posible que alguien escriba doce páginas sobre el césped. Eso es un verdadero pecado.

Me puse de pie y me acerqué. Ella me miró con cautela.

—¿Qué haces?

—Te enseñaré un secreto.

—No, no, no. —Retrocedió rápido—. No me interesa tu *secreto...*

—Por favor. —Frunciendo el ceño y sacudiendo la cabeza, pasé a su lado hasta la cabecera de mi cama—. Deja de hablar.

Para mi sorpresa, obedeció y me observó con desconfianza mientras yo movía la cama lejos de la pared. Avanzó con curiosidad cuando expuse el pequeño agujero áspero que había detrás. Mi bóveda. A los dieciséis años, cuando Jean Luc y yo habíamos compartido aquel cuarto, cuando habíamos sido más cercanos que un par de hermanos, había cavado el agujero en la pared, desesperado por tener un lugar propio. Un lugar en el que esconder partes de mí mismo que prefería que él no hallara.

Después de todo, quizás nunca nos habíamos sentido tan cercanos como hermanos.

Lou giró el cuello para ver, pero obstruí su visión y hurgué entre los artículos hasta que mis dedos rozaron el libro familiar. Aunque el lomo había comenzado a romperse por el uso, el hilo plateado del título permanecía inmaculado. Se lo entregué.

—Toma.

Lo aceptó con cautela y lo sostuvo entre dos dedos como si fuera a morderla.

—Vaya, esto es inesperado. *La Vie Éphémère...* —Alzó la vista de la cubierta con los labios fruncidos—. La vida efímera. ¿De qué trata?

—Es... una historia de amor.

Alzó las cejas velozmente e inspeccionó la cubierta con interés renovado.

—¿Sí?

—Sí. —Asentí, mordiéndome el interior de la mejilla para evitar sonreír—. Está escrito con buen gusto. Los personajes pertenecen a reinos en guerra, pero se ven obligados a trabajar juntos cuando descubren el plan del villano para destruir el mundo. Se desprecian al inicio, pero con el tiempo dejan a un lado las diferencias y...

—Es erótica, ¿verdad? —Sacudió las cejas con expresión traviesa y hojeó las páginas hasta el final—. En general, las escenas de amor están al final...

—¿Qué? —Mi necesidad de sonreír desapareció y tiré del libro en sus manos. Ella hizo lo mismo—. Claro que no —respondí, intentando recuperar el objeto—. Es una historia que analiza la construcción social de la humanidad, que interpreta el matiz del bien contra el mal y explora la pasión de la guerra, el amor, la amistad, la muerte...

—¿La muerte?

—Sí. Los amantes mueren al final. —Ella retrocedió y logré arrebatarle el libro. Me ardían las mejillas. Nunca debería haberlo compartido con ella. Por supuesto que no lo apreciaría. No apreciaba nada—. Esto ha sido un error.

—¿Cómo puedes adorar un libro que termina con la muerte?

—No termina con la muerte. Los amantes mueren, sí, pero los reinos superan su enemistad y forjan una alianza. Termina con esperanza.

Ella frunció el ceño, nada convencida.

—No hay nada esperanzador en la muerte. La muerte es muerte.

Suspiré y coloqué el libro de nuevo dentro de mi bóveda.

—De acuerdo. No lo leas. No me importa.

—Nunca he dicho que no quisiera leerlo. —Extendió una mano con impaciencia—. Pero no esperes que me genere una extraña devoción evangélica. La historia suena deprimente, pero no puede ser peor que *El pastor*.

Sujeté *La Vie Éphémère* con ambas manos, vacilando.

—No hay descripciones del césped.

—Un punto clave a su favor.

A regañadientes, le entregué el libro. Esta vez, ella lo aceptó con cuidado y observó el título con nuevos ojos. La esperanza se encendió en mi pecho. Me aclaré la garganta y miré detrás de ella a la muesca en la cabecera de la cama.

—Y… tiene una escena de amor.

Ella se rio y hojeó las páginas con entusiasmo.

No pude evitarlo. Yo también sonreí.

Alguien llamó a la puerta una hora después. Me detuve en el cuarto de baño, con la camisa a medio poner. La bañera a medio llenar. Lou emitió un sonido exasperado desde la habitación. Me vestí y abrí la puerta reparada del baño mientras ella lanzaba *La Vie Éphémère* sobre la cama y dejaba caer las piernas. Apenas tocaban el suelo.

—¿Quién es?

—Ansel.

Masculló un insulto y bajó de un salto. Llegué antes que ella y abrí la puerta.

—¿Qué pasa?

Lou lo fulminó con la mirada.

—Me gustas, Ansel, pero más te vale tener un buen motivo. Emilie y Alexandre acaban de tener un *momento* y juro que, si no se besan pronto, literalmente me voy a morir.

Ante la confusión de Ansel, sacudí la cabeza reprimiendo una sonrisa.

—Ignórala.

Él asintió, aún desconcertado, antes de hacer una reverencia veloz.

—Madame Labelle está abajo, capitán. Exige hablar con madame Diggory.

Lou se retorció debajo de mi brazo. Me aparté antes de que pudiera pisarme. O morderme. Una experiencia que había aprendido del tiempo compartido en el río.

—¿Qué quiere?

Lou cruzó los brazos y apoyó el cuerpo contra el marco de la puerta.

—¿Le has dicho que se fuera al infierno?

—Lou —advertí.

—Se niega a marcharse. —Ansel se movió incómodo—. Dice que es importante.

—Muy bien, entonces. Supongo que Emilie y Alexandre tendrán que esperar. Trágico. —Lou me apartó con el codo para tomar su capa. Luego, se detuvo abruptamente y arrugó la nariz—. Además, Chass: apestas.

Bloqueé su paso. Resistí la necesidad de alterarme. O de olerme.

—No irás a ninguna parte.

—Claro que sí. —Pasó a mi lado arrugando la cara y sacudiendo una mano frente a su nariz. Me molestó. Sin duda no olía *tan* mal—. Ansel acaba de decir que no se marchará hasta verme.

Con decisión, extendí la mano detrás de ella, rocé mi piel sudorosa contra su mejilla y tomé mi abrigo. No se movió. Solo giró la cabeza para fulminarme con la mirada, entrecerrando los ojos. Con nuestros rostros separados por centímetros, resistí las ganas de acercarme e inhalar. No para olerme… sino para olerla *a ella*. Cuando no estaba deambulando por la enfermería, olía… bien. A canela.

Tosí y coloqué los brazos en mi abrigo. Mi camisa, aún empapada de sudor, subió y se arrugó contra mi piel. Qué incómodo.

—Ella no debería estar aquí. Terminamos nuestro interrogatorio ayer.

Y no nos había servido de mucho. Madame Labelle era tan escurridiza como Lou. Después de haber revelado por accidente el verdadero nombre de la bruja, había permanecido callada y cautelosa. Sospechosa. El arzobispo se había puesto furioso. Había tenido suerte de que no la retuviera para ir a la hoguera... junto a Lou.

—Tal vez quiera hacer otra propuesta —dijo Lou, ajena a la precariedad de su situación.

—¿Otra propuesta?

—Para comprarme para el Bellerose.

Fruncí el ceño.

—La compra de seres humanos como propiedad es ilegal.

—No te dirá que está *comprándome*. Dirá que está ofreciéndome un contrato: para entrenarme, embellecerme, darme una habitación y pensión completa. Así es como las personas como ella se escurren entre las grietas. El East End vive de esos contratos. —Hizo una pausa, inclinando la cabeza a un lado—. Pero es probable que sea algo irrelevante ahora que estamos casados. A menos que no te importe compartir.

Abotoné mi abrigo con silencio tenso.

—No quiere comprarte.

Pasó a mi lado con una sonrisa traviesa y limpió una gota de sudor de mi sien.

—Vamos a averiguarlo.

Madame Labelle esperaba en el vestíbulo. Dos de mis hermanos estaban de pie a su lado. Con expresiones cautelosas, parecían inseguros de si ella era bienvenida a esa hora. La Torre implementaba toques de queda estrictos. Sin embargo, ella estaba de pie entre ellos con calma. Con el mentón en alto. Dibujó en su rostro, que había sido excepcionalmente hermoso, pero ahora estaba avejentado y tenía arrugas delgadas alrededor de los ojos y la boca, una sonrisa amplia al ver a Lou.

—¡Louise! —Extendió los brazos como si esperara un abrazo de parte de Lou. Estuve a punto de reír—. Qué espléndido ver que gozas de tan buena salud... Aunque los moretones en tu rostro son horrorosos. Espero que nuestros amables anfitriones no sean los responsables.

Toda inclinación por reír murió en mi garganta.

—Nunca le haríamos daño.

Ella posó los ojos en mí y unió las manos con placer fingido.

—¡Qué maravilloso verlo de nuevo, capitán Diggory! Por supuesto, por supuesto. Debería haberlo imaginado. Usted es demasiado noble, ¿cierto? —Sonrió, exponiendo sus dientes blancos antinaturales—. Disculpadme por la hora, pero necesitaba hablar de inmediato con Louise. Espero que no os moleste que me la lleve un momento.

Lou no se movió.

—¿Qué quieres?

—Preferiría hablar en privado, querida. La información es bastante... sensible. Intenté hablar contigo ayer después del interrogatorio, pero mi acompañante y yo vimos que estabais ocupados en la biblioteca. —Nos miró con una sonrisa cómplice, se inclinó hacia adelante y susurró—: Nunca interrumpo una pelea de pareja. Es una de las reglas que siempre cumplo.

Lou abrió los ojos de par en par.

—*No ha sido* una pelea de pareja.

—¿No? Entonces, quizás estés dispuesta a reconsiderar mi oferta.

Resistí la necesidad de interceder entre ambas.

—Debe marcharse.

—Tranquilo, capitán. No planeo secuestrar a su esposa... todavía. —Ante mi expresión, ella guiñó un ojo y se rio—. Pero insisto en hablar con ella en privado. ¿Hay alguna habitación que madame Diggory y yo podamos usar? —Señaló a los *chasseurs* alrededor—. ¿Algún lugar menos congestionado, quizás?

En ese instante, el arzobispo irrumpió en el vestíbulo con su gorro de dormir puesto.

—¿Qué es todo este alboroto? ¿Acaso no tenéis deberes que cumplir...? —Abrió los ojos de par en par al ver a madame Labelle—. Helene. Qué desagradable sorpresa.

Ella hizo una reverencia.

—Lo mismo digo, Su Eminencia.

Me apresuré a hacer una reverencia, colocando una mano sobre el corazón.

—Madame Labelle ha venido a hablar con mi esposa, señor.

—¿Sí? —Su mirada no vaciló. Miró a madame Labelle con intensidad ardiente, presionando los labios en una línea recta—. Qué pena. —Extrajo un reloj de bolsillo—. La iglesia cierra sus puertas en aproximadamente tres minutos.

La risa de madame Labelle fue frágil.

—La iglesia no debería cerrar sus puertas, ¿verdad?

—Son tiempos peligrosos, *madame*. Debemos hacer lo posible para sobrevivir.

—Sí. —Posó rápidamente los ojos en Lou—. Debemos.

Hubo silencio mientras todos intercambiábamos miradas fulminantes. Tensos e incómodos. Lou se movió y yo contemplé la posibilidad de sacar a madame Labelle por la fuerza. Aunque afirmara lo contrario, la mujer había dejado claro su propósito y yo estaba dispuesto a quemar el Bellerose hasta los cimientos antes de permitir que Lou se convirtiera en cortesana. Le gustara o no, ella había hecho una promesa ante mí primero.

—Dos minutos —dijo cortante el arzobispo. Madame Labelle retorció su rostro.

—No me iré.

El arzobispo alzó la cabeza hacia mis compañeros y ellos se aproximaron. Con el ceño fruncido. Divididos entre seguir órdenes y expulsar a la mujer del establecimiento. Yo no padecía esa disyuntiva. Avancé y cubrí a Lou.

—Sí, lo hará.

Algo se encendió en los ojos de madame Labelle mientras me observaba. Su desdén vaciló. Antes de que pudiera echarla de la Torre, Lou me tocó el brazo y susurró:

—Vamos.

Luego, varias cosas ocurrieron al mismo tiempo.

Un resplandor desquiciado apareció en los ojos de madame Labelle ante la palabra de Lou y se abalanzó hacia ella. Más rápida que una serpiente al ataque, la aplastó entre sus brazos. Movió rápido los labios junto al oído de Lou.

Furioso, aparté a Lou en el mismo instante en que Ansel saltaba para controlar a madame Labelle. Mis compañeros se unieron a él. Sujetaron los brazos de la mujer a su espalda mientras luchaba por regresar junto a Lou.

—¡Esperad! —Lou se sacudió en mis brazos, retorciéndose hacia ella. Con la mirada salvaje. El rostro pálido—. Decía algo... *¡esperad!*

Pero la habitación se había sumido en el caos. Madame Labelle gritaba mientras los *chasseurs* intentaban arrastrarla fuera del edificio. El arzobispo señaló a Lou antes de avanzar a toda prisa.

—Sácala de aquí.

Obedecí. Sujeté la cintura de Lou con más fuerza y la alcé hacia atrás. Lejos de la mujer enloquecida. Lejos del pánico y la confusión de la sala... de mis pensamientos.

—¡Para! —Lou pateaba y golpeaba mis brazos, pero yo la sujeté más fuerte—. ¡He cambiado de opinión! ¡Permíteme hablar con ella! *¡Suéltame!*

Pero ella había hecho una promesa.

Y no iría a ninguna parte.

CAPÍTULO 16

FRÍO EN MIS HUESOS

Lou

Mi garganta llora.

No con lágrimas. Con algo más espeso, más oscuro. Algo que cubre mi piel de color escarlata, que me fluye sobre el pecho y me humedece el cabello, el vestido. Las manos. Toquetean la fuente, los dedos evalúan, buscan, ahogan... desesperados por controlar el flujo, por hacer que pare, que pare, que *pare*...

Los gritos resuenan a través de los pinos. Me desorientan. No puedo pensar. Pero necesito pensar, *huir*. Y ella está detrás de mí, en alguna parte, acechándome. Puedo oír su voz, su risa. Me llama y mi nombre en sus labios suena más fuerte que todo.

Louise... voy a buscarte, cariño.

Voy a buscarte, cariño.

Voy a buscarte, cariño... cariño... cariño...

Terror ciego. No puede encontrarme allí. No puedo volver o... o algo terrible ocurrirá. El oro aún brilla. Centellea sobre los árboles, el suelo, el cielo, desparramando mis pensamientos como la sangre sobre los pinos. Advirtiéndome. *Vete, vete, vete. No puedes volver aquí. Nunca más.*

Ahora corro hacia el río, me froto la piel, limpio el rastro de sangre que me sigue. Frenética. Febril. El corte en mi garganta se cierra, el dolor intenso cede cuanto más lejos corro de casa. De mis amigos. De mi familia. De ella.

Nunca más nunca más nunca más.

No puedo ver a ninguno nunca más.

Una vida por otra vida.

O moriré.

Desperté sobresaltada y clavé los ojos en la ventana. La había dejado abierta por la noche. La nieve cubría el borde con un polvo fino y las ráfagas de viento soplaban copos de nieve dentro de nuestro dormitorio. Los observé girar en el aire, intentando ignorar el miedo gélido que se había asentado en la boca de mi estómago. Las mantas no eran suficiente para calentar mis huesos. Me castañeaban los dientes.

Aunque no había oído las palabras frenéticas de madame Labelle, su advertencia había sido clara.

Ella está en camino.

Me incorporé, frotándome los brazos para protegerme del frío. ¿Quién era en realidad madame Labelle? ¿Y cómo había sabido de mí? Había tenido la inocencia suficiente de creer que realmente podía desaparecer. Me había mentido a mí misma cuando había vestido mis disfraces… Cuando me había casado con un *chasseur*.

Nunca había estado a salvo.

Mi madre me encontraría.

Aunque había practicado de nuevo esa mañana, no era suficiente. Necesitaba entrenar más. Todos los días. Dos veces al día. Necesitaba ser más fuerte cuando ella llegara… para ser capaz de luchar. Un arma tampoco haría daño. Por la mañana, buscaría una. Un cuchillo, una espada. Lo que fuera.

Incapaz de soportar más mis pensamientos, salí de la cama y fui al suelo junto a mi esposo. Él respiraba de modo lento y rítmico. Pacífico. Las pesadillas no plagaban *su* sueño. Me deslicé debajo de las mantas y me acerqué a él. Apoyé la mejilla sobre su espalda y saboreé su calidez mientras me invadía la piel. Cerré los ojos despacio y mi respiración bajó su ritmo para igualar la de él.

Por la mañana. Lidiaría con todo por la mañana.

Su respiración vaciló levemente mientras me quedaba dormida.

CAPÍTULO 17

UNA BRUJITA ASTUTA

Lou

El pequeño espejo sobre el lavabo no fue amable por la mañana. Fruncí el ceño ante mi reflejo. Mejillas pálidas, ojos hinchados. Labios secos. Parecía una muerta. Me *sentía* a punto de morir.

Abrieron la puerta del cuarto pero seguí mirándome, perdida en mis pensamientos. Las pesadillas siempre habían plagado mi sueño, pero esa noche... había sido peor. Acaricié la cicatriz en la base de mi garganta suavemente, recordando.

Era mi cumpleaños número dieciséis. Una bruja alcanzaba la edad adulta a los dieciséis. Mis compañeras brujas habían estado entusiasmadas por sus cumpleaños, ansiosas por recibir los ritos como *Dames blanches.*

Yo, en cambio, siempre había sabido que mi cumpleaños número dieciséis sería el día en que moriría. Lo había aceptado... incluso le había dado la bienvenida cuando mis hermanas me habían cubierto de amor y halagos. Mi propósito desde el nacimiento había sido morir. Solo mi muerte salvaría a los míos.

Pero mientras yacía en aquel altar, con el filo presionándome la garganta, algo había cambiado.

Yo había cambiado.

—¿Lou? —La voz de mi esposo sonó a través de la puerta—. ¿Estás decente?

No respondí. La humillación ardía en mis entrañas ante la debilidad de la noche anterior. Me aferré al lavabo, fulminándome con la mirada. Había dormido en el suelo para estar cerca de él. *Débil.*

—¿Lou? —Como aún no respondía, abrió un poco la puerta—. Voy a entrar.

Ansel estaba detrás, con expresión seria y preocupada. Puse los ojos en blanco.

—¿Qué ocurre? —Mi esposo me observó el rostro—. ¿Ha sucedido algo?

Me obligué a sonreír.

—Estoy bien, gracias.

Ellos intercambiaron miradas y mi esposo señaló la puerta con la cabeza. Fingí no notarlo mientras Ansel se marchaba y un silencio incómodo aparecía.

—He estado pensando —dijo él por fin.

—Un pasatiempo peligroso.

Me ignoró y tragó con dificultad. Parecía alguien a punto de arrancar una venda: decidido y aterrado a partes iguales.

—Hay un espectáculo esta noche en el *Soleil et Lune*. Tal vez podríamos ir.

—¿Qué obra es?

—*La Vie Éphémère*.

Me reí sin alegría, mirando las sombras debajo de mis ojos. Después de la visita de madame Labelle, había permanecido despierta hasta tarde terminando la historia de Emilie y Alexandre para distraerme. Ellos habían vivido, amado y muerto juntos... ¿Y para qué?

No termina con la muerte. Termina con esperanza.

Esperanza.

Una esperanza que yo nunca vería, nunca sentiría, nunca tocaría. Escurridiza como el humo. Como las llamas vacilantes.

La historia era más oportuna de lo que había imaginado. El universo, o Dios, o la Diosa, o *quien fuera*, parecía burlarse de mí. Sin embargo... Miré los muros de piedra a mi alrededor. Mi jaula. Hubiera sido agradable escapar de aquel lugar despreciable, aunque fuera por un rato.

—De acuerdo.

Intenté pasar a su lado para ir a la habitación, pero él bloqueó la puerta.

—¿Te molesta algo?

—Nada de qué preocuparte.

—Bueno, me preocupa igual. No eres la misma de siempre.

Logré mirarlo con desdén, pero era difícil continuar haciéndolo. Bostecé.

—No finjas que me conoces.

—Sé que, si no estás diciendo palabras malsonantes o cantando sobre camareras bien dotadas, algo anda mal. —Torció la boca y me tocó tentativamente el hombro, sus ojos azules brillaban. Como el sol sobre el océano. Aparté la idea, irritada—. ¿Qué ocurre? Puedes contármelo.

No, no puedo. Me aparté de su contacto.

—He dicho que estoy bien.

Dejó caer la mano y cerró los ojos.

—De acuerdo. Entonces, te dejaré sola.

Lo observé marcharse con una punzada de algo que, extrañamente, parecía arrepentimiento.

Asomé la cabeza poco después, esperando que aún estuviera allí, pero se había ido. Mi malhumor solo empeoró cuando vi a Ansel sentado en el escritorio. Me observaba con aprensión, como si esperara que me crecieran cuernos o que escupiera fuego… lo cual, en ese caso, era exactamente lo que quería hacer.

Avancé hecha una furia hacia él y se puso de pie de un salto. Una satisfacción salvaje recorrió mi cuerpo ante su susto… y luego, culpa. No era culpa de Ansel, sin embargo… No podía hacer que mi humor mejorara. Mi sueño permanecía. Por desgracia, Ansel también.

—¿Pue… puedo ayudarte con algo?

Lo ignoré, pasé junto a su silueta desgarbada y abrí bruscamente el cajón del escritorio. El diario y las cartas no estaban, solo había una Biblia. Ningún cuchillo. Maldición. Sabía que había sido una probabilidad remota, pero la irritación, o quizás el miedo, me hacían actuar de modo irracional. Me giré y avancé hacia la cama.

Ansel siguió mis pasos como una sombra, desconcertado.

—¿Qué haces?

—Busco un arma. —Arañé el respaldo de la cama, intentando en vano moverlo de la pared.

—¿Un arma? —Su voz se volvió aguda—. ¿Pa-para qué necesitas un arma?

Usé todo mi peso contra la maldita cosa, pero era demasiado pesada.

—En caso de que madame Labelle o... alguien más vuelva. Ayúdame con esto.

No se movió.

—¿Alguien más?

Reprimí un gruñido impaciente. No tenía importancia. Era probable que no hubiera un cuchillo escondido en su agujerito. No después de habérmelo mostrado.

Me agazapé y hurgué debajo de la cama. Los tablones del suelo estaban impolutos. Casi tan limpios como para comer de ellos. Me pregunté si las responsables de esa tendencia obsesiva eran las criadas o mi esposo. Probablemente mi esposo. Parecía ese tipo de hombre. Controlador. Jodidamente pulcro.

Ansel repitió la pregunta, más cerca esta vez, pero lo ignoré mientras buscaba en el suelo una unión oculta o una tabla suelta. No había nada. Decidida, comencé a golpear a intervalos regulares, en busca de un sonido hueco delator.

Ansel asomó la cabeza debajo de la cama.

—No hay armas ahí debajo.

—Eso es exactamente lo que esperaba que dijeras.

—Madame Diggory...

—Lou.

Adoptó una expresión exasperada imitando a la perfección a mi esposo.

—Louise, entonces...

—*No.* —Giré con brusquedad la cabeza para fulminarlo con la mirada y al hacerlo, me la golpeé contra la cama y maldije con violencia—. Louise *no.* Ahora, muévete. Voy a salir.

Parpadeó confundido ante la reprimenda, pero, de todos modos, retrocedió con torpeza. Yo me arrastré después de él.

Hubo una pausa incómoda.

—No sé por qué le temes tanto a madame Labelle —dijo por fin—, pero te aseguro que...

Pfff.

—No le temo a madame Labelle.

—A... ¿alguien más entonces? —Juntó las cejas mientras intentaba comprender mi humor. Suavicé mi ceño fruncido mínimamente. Aunque Ansel había intentado permanecer distante después del desastre en la biblioteca, su esfuerzo había resultado inútil. Más que nada porque yo no lo permitiría. Después de Coco, era la única persona que me gustaba en aquella Torre despreciable.

Mentirosa.

Cállate.

—No hay nadie más —mentí—. Pero nunca se es demasiado precavido. No es que no confíe en tus *increíbles* habilidades de lucha, Ansel, pero preferiría no dejar mi seguridad en manos de, bueno... en tus manos.

Su confusión cambió al dolor... luego, al enfado.

—Puedo arreglármelas solo.

—Estamos de acuerdo en que no estamos de acuerdo.

—No tendrás un arma.

Me puse de pie y quité una mancha de polvo inexistente de mis pantalones.

—Ya lo veremos. ¿A dónde ha ido mi desafortunado esposo? Debo hablar con él.

—Él tampoco te dará una. Ha sido él quien las ha escondido, en primer lugar.

—¡Ajá! —Alcé un dedo triunfal en el aire y él abrió los ojos de par en par mientras avanzaba en su dirección—. Entonces, ¡*sí* las ha escondido! ¿Dónde están, Ansel? —Le golpeteé el pecho con el dedo—. ¡Dímelo!

Me apartó la mano con la suya y trastabilló hacia atrás.

—No sé dónde las ha puesto, no me *empujes* con el dedo... —Lo empujé de nuevo, solo por diversión—. ¡Ay! —Se frotó el lugar, furioso—. ¡He dicho que no lo sé! ¿De acuerdo? ¡No lo sé!

Dejé caer el dedo, sintiéndome repentinamente mejor. Me reí a pesar de no querer hacerlo.

—Claro. Ahora te creo. Busquemos a mi marido.

Sin otra palabra, salí por la puerta. Ansel suspiró resignado antes de seguirme.

—A Reid no le gustará esto —gruñó—. Además, ni siquiera sé dónde está.

—Bueno, ¿qué hacéis durante el día? —Intenté abrir la puerta que llevaba a la escalera, pero Ansel la sujetó y la abrió para mí. No solo me gustaba: lo *adoraba*—. Asumo que sea lo que sea incluye patear cachorros o robar el alma de los niños.

Ansel miró nervioso a su alrededor.

—No puedes *decir* esas cosas. No es adecuado. Eres la esposa de un *chasseur*.

—Ah, por favor. —Puse los ojos en blanco de modo exagerado—. Creí que ya había dejado claro que me importa un carajo lo que es *adecuado*. ¿Debo recordártelo? Hay dos estrofas más de «Liddy la pechugona».

Empalideció.

—Por favor, no lo hagas.

Sonreí con aprobación.

—Entonces, dime dónde puedo encontrar a mi esposo.

Hubo una pausa breve mientras Ansel evaluaba si yo hablaba en serio acerca de continuar mi balada sobre pechos grandes. Sabiamente, decidió que así era porque pronto sacudió la cabeza y susurró:

—Es probable que esté en la sala del consejo.

—Excelente. —Entrelacé mi brazo con el suyo y golpeé su cadera en tono jocoso. Él se puso tenso ante el contacto—. Enséñame el camino.

Para mi frustración, mi esposo no estaba en la sala del consejo. En cambio, otro *chasseur* me dio la bienvenida. Su cabello corto negro brillaba bajo la luz de las velas y entrecerró sus impactantes ojos verde pálido, que contrastaban con su piel bronce, cuando los clavó en mí. Reprimí la necesidad de fruncir el ceño.

Jean Luc.

—Buenos días, ladrona. —Recobró la compostura con rapidez e hizo una reverencia profunda—. ¿En qué puedo ayudarte?

Jean Luc exhibía sus emociones con la misma claridad que su barba, así que había sido sencillo reconocer su debilidad. Aunque se ocultaba debajo de una amistad falsa, reconocía los celos cuando los veía. En especial la clase de celos infecciosos.

Por desgracia, aquel día no tenía tiempo para jugar.

—Busco a mi esposo —dije, saliendo de la sala—, pero veo que no está aquí. Si me disculpas...

—Tonterías. —Apartó los papeles que había estado inspeccionando y extendió las extremidades con pereza—. Quédate un rato. De todos modos, necesito un descanso.

—¿Y cómo puedo exactamente ayudarte con eso?

Apoyó el cuerpo contra la mesa y cruzó los brazos.

—¿Qué necesitas de nuestro querido capitán?

—Un cuchillo.

Se rio y deslizó la mano sobre su mandíbula.

—Por más persuasiva que seas, es muy improbable que *tú* seas capaz de obtener un arma aquí. El arzobispo piensa que eres peligrosa. Reid, como siempre, toma la opinión de Su Eminencia como la palabra de Dios.

Ansel entró en la sala. Entrecerró los ojos.

—No deberías hablar de ese modo sobre el capitán Diggory.

Jean Luc inclinó la cabeza con una sonrisa burlona.

—Solo digo la verdad, Ansel. Reid es mi mejor amigo. También es el consentido del arzobispo. —Puso los ojos en blanco y curvó los labios como si la palabra le dejara un sabor rancio en la boca—. El nepotismo es impactante.

—¿Nepotismo? —Alcé una ceja, mirándolos—. Creí que mi esposo era huérfano.

—Lo es. —Ansel apuñaló a Jean Luc con la mirada. No había notado que él podía tener un aspecto tan... antagónico—. El arzobispo lo encontró en...

—Ahórranos la historia triste, ¿de acuerdo? Todos tenemos una. —Jean Luc dejó caer la mano y se apartó abruptamente de la mesa. Me miró antes de centrar de nuevo la atención en los papeles—. El arzobispo cree verse reflejado en Reid. Ambos son huérfanos, ambos eran vándalos de niños. Pero ahí terminan las similitudes. El arzobispo se hizo de la nada. El trabajo de su vida, su título, su influencia... luchó por todo eso. Sangró por ello. —Miró con desdén mientras arrugaba uno de los papeles y lo lanzaba al cesto—. Y planea dárselo todo a Reid por nada.

—Jean Luc —y pregunté con astucia—, ¿tú eres huérfano?

Agudizó la mirada.

—¿Por qué?

—Por... ningún motivo. No importa.

Y no importaba. De verdad. No podían interesarme menos los problemas de Jean Luc. Pero que alguien estuviera tan *ciego* a sus emociones... Con razón era un amargado. Maldiciendo mi curiosidad, redirigí mis pensamientos hacia mi objetivo. Obtener un arma era más importante y, sinceramente más interesante, que el triángulo amoroso retorcido entre ellos tres.

—Por cierto, tienes razón. —Me encogí de hombros como si estuviera aburrida y avancé para deslizar un dedo sobre el mapa. Él me miró con desconfianza—. Mi marido no se merece nada de esto. En realidad, es patética la forma en que espera las órdenes del arzobispo. —Ansel me miró desconcertado, pero lo ignoré mientras observaba un poco de polvo en el dedo—. Como un buen cachorro... rogando por las sobras.

Jean Luc emitió una sonrisa pequeña y lúgubre.

—Ah, eres diabólica, ¿verdad? —Cuando no respondí, se rio—. Si bien empatizo con usted, madame Diggory, no es tan fácil manipularme.

—¿No? —Incliné la cabeza a un lado y lo miré—. ¿Estás seguro?

Asintió y apoyó el cuerpo sobre los codos.

—Estoy seguro. Más allá de todos los errores de Reid, tiene razón en ocultar sus armas. Eres una criminal.

—Claro. Por supuesto. Solo... creía que podría ser beneficioso para los dos.

Ansel me tocó el brazo.

—Lou...

—Te escucho. —Ahora los ojos de Jean Luc brillaban entretenidos—. Quieres un cuchillo. ¿Qué consigo yo a cambio?

Aparté la mano de Ansel moviendo el hombro y le devolví la sonrisa a Jean Luc.

—Es simple. Darme un cuchillo molestaría muchísimo a mi marido.

Él se rio. Lanzó la cabeza hacia atrás y golpeó la mesa, dispersando los papeles.

—Ah, eres una brujita astuta, ¿cierto?

Me puse tensa, mi sonrisa vaciló ínfimamente, antes de reír demasiado tarde. Ansel no pareció notarlo, pero Jean Luc, con sus ojos astutos, dejó de reír abruptamente. Inclinó la cabeza para observarme como un sabueso que huele el rastro de un conejo. Maldición. Me obligué a sonreír antes de girarme para irme.

—Ya he desperdiciado demasiado de su tiempo, *chasseur* Toussaint. Si me disculpa, necesito encontrar a mi escurridizo esposo.

—Reid no está. —Jean Luc aún me miraba con atención perturbadora—. Ha salido con el arzobispo. Han denunciado una plaga de *lutins* fuera de la ciudad. —Confundiendo mi ceño fruncido por preocupación, añadió—: Volverá en unas horas. Los *lutins* no son peligrosos, pero los guardias no están equipados para lidiar con lo sobrenatural.

Imaginé a los pequeños duendes con los que había jugado cuando era niña.

—No son en absoluto peligrosos. —Las palabras salieron de mi boca antes de poder evitarlo—. Es decir... ¿qué les hará?

Jean Luc alzó una ceja.

—Los exterminará, por supuesto.

—¿Por qué? —Ignoré los tirones insistentes de Ansel en el brazo mientras el calor me subía al rostro. Sabía que debía dejar de hablar. Reconocí la chispa en los ojos de Jean Luc por lo que era: una corazonada. Un instinto. Una idea que pronto se convertiría en algo más si no mantenía la boca cerrada—. Son inofensivos.

—Son molestos para los granjeros y son sobrenaturales. Nuestro trabajo es erradicarlos.

—Creía que vuestro trabajo era proteger a los inocentes.

—¿Y los *lutins* son inocentes?

—Son inofensivos —repetí.

—No deberían existir. Nacen de la arcilla revivida y de la brujería.

—¿Acaso Adán no fue esculpido con tierra?

Inclinó despacio la cabeza a un lado, evaluándome.

—Sí, por la mano de Dios. ¿Sugieres que las brujas tienen la misma autoridad?

Vacilé, comprendiendo lo que decía y dónde estaba. Jean Luc y Ansel me miraron, esperando mi respuesta.

—Claro que no. —Me obligué a mirar los ojos curiosos de Jean Luc, mientras la sangre rugía en mis oídos—. No decía eso en absoluto.

—Bien. —Su sonrisa era pequeña y perturbadora mientras Ansel me arrastraba hacia la puerta—. Entonces estamos de acuerdo.

Ansel continuaba mirándome nervioso mientras caminábamos hacia la enfermería, pero lo ignoré. Cuando por fin abrió la boca para cuestionarme, hice lo que mejor sabía hacer: evadirme.

—Creo que mademoiselle Perrot estará aquí esta mañana.

Él se alegró visiblemente.

—¿Sí?

Sonreí y empujé su brazo con mi hombro. Esta vez, no se puso tenso.

—Es muy probable.

—Y... y ¿me permitirá visitar a los pacientes junto a vosotras?

—No es muy probable.

Subió el resto de la escalera cabizbajo. No pude evitar reírme.

El aroma familiar y tranquilizador a magia nos saludó cuando entramos en la enfermería.

Ven a jugar ven a jugar ven a jugar.

Pero no estaba allí para jugar. Hecho que Coco corroboró al recibirnos.

—Hola, Ansel —dijo alegremente antes de entrelazar su brazo con el mío y guiarme hasta el cuarto de monsieur Bernard.

—Hola, mademoiselle Perr...

—Adiós, Ansel. —Cerró la puerta frente a su rostro enamorado. La miré frunciendo el ceño.

—Le gustas, ¿sabes? Deberías ser más amable con él.

Ella tomó asiento en la silla de hierro.

—Por ese motivo no lo aliento. El pobre chico es demasiado bueno para mí.

—Tal vez deberías permitirle a él decidir eso.

—Mmm... —Inspeccionó una cicatriz particularmente desagradable en su muñeca antes de cubrirla de nuevo con su manga—. Tal vez.

Puse los ojos en blanco y fui a saludar a monsieur Bernard.

Aunque habían pasado dos días, el pobre hombre aún no había muerto. No dormía. No comía. El padre Orville y las curanderas no sabían cómo permanecía vivo. Sin importar la razón, me alegraba. Me había encariñado con su mirada espeluznante.

—Me enteré de lo de madame Labelle —dijo Coco. Fiel a su palabra, Jean Luc había hablado con los sacerdotes y, fieles a *su* palabra, ellos habían comenzado a vigilar más de cerca a su nueva curandera después de su intromisión en la biblioteca. Ella no se había atrevido a salir de nuevo de la enfermería—. ¿Qué quería?

Tomé asiento en el suelo junto a la cama de Bernie y crucé las piernas. Sus ojos blancos como órbitas me siguieron todo el trayecto hasta abajo mientras golpeteaba su dedo contra las cadenas.

Clinc.

Clinc.

Clinc.

—Hacerme una advertencia. Ha dicho que mi madre está en camino.

—¿De veras? —Coco agudizó la mirada y le conté con rapidez lo sucedido. Cuando terminé, ella estaba caminando de un lado a otro del cuarto—. No significa nada. Sabemos que te persigue. Por supuesto que está en camino. Eso no significa que sepa que estás *aquí...*

—Tienes razón. Es cierto. Pero, de todas formas, quiero estar lista.

—Por supuesto. —Asintió con energía y sus rizos rebotaron—. Entonces, comencemos. Hechiza la puerta. Un patrón que no hayas usado antes.

Me puse de pie y caminé hacia la puerta, frotándome las manos entre sí por el frío de la habitación. Coco y yo habíamos decidido hechizarla contra cualquiera que quisiera escuchar a hurtadillas nuestras sesiones de práctica. No sería bueno para nadie que alguien oyera conversaciones susurradas sobre magia.

Mientras me aproximaba, hice aparecer los patrones dorados. Se materializaron ante mi llamada, difusos y omnipresentes. Contra mi piel. En mi mente. Avancé entre ellos, buscando algo fresco. Algo distinto. Después de varios minutos fútiles, alcé las manos con frustración.

—No hay nada nuevo.

Coco se puso de pie a mi lado. Como *Dame rouge,* no podía ver los patrones que yo veía, pero de todos modos lo intentó.

—No piensas del modo apropiado. Evalúa cada posibilidad.

Cerré los ojos, obligándome a respirar profundo. Antes, visualizar y manipular patrones había sido sencillo... tan fácil como respirar. Pero ya no. Me había escondido durante demasiado tiempo. Había reprimido mi magia durante demasiado tiempo. Demasiados peligros habían acechado la ciudad: brujas, *chasseurs* e incluso ciudadanos. Todos reconocían el olor de la magia. Aunque era imposible reconocer a una bruja por su apariencia, las mujeres sin supervisión siempre generaban sospechas. ¿Cuánto faltaba para que alguien me oliera después de realizar un encantamiento? ¿Cuánto faltaba para que alguien me viera moviendo los dedos y me siguiera a casa?

Había usado magia en la mansión de Tremblay, y mira dónde me había llevado.

No. Lo más prudente había sido dejar de hacer magia.

Le expliqué a Coco que era como ejercitar un músculo. Cuando los usaba cotidianamente, los patrones aparecían rápidos, nítidos, en general por voluntad propia. Sin embargo, si no los utilizaba, la parte de mi cuerpo conectada a mis ancestros, a sus cenizas en la tierra, se debilitaba. Y a cada segundo que llevaba desenredar un patrón, una bruja podía atacar.

Madame Labelle había sido clara. Mi madre estaba en la ciudad. Quizá sabía dónde o quizá no. De todas formas, no podía darme el lujo de la debilidad.

Como si oyera mis pensamientos, el polvo dorado se acercó y las brujas del desfile aparecieron en mi ojo mental. Sus sonrisas desquiciadas. Los cuerpos flotando indefensos. Reprimí un escalofrío y una oleada de desesperanza me aplastó.

Sin que importara lo a menudo que practicara ni lo hábil que me volviera, nunca sería tan poderosa como algunas de ellas. Porque las brujas como las del desfile, dispuestas a sacrificarlo todo por su causa, no solo eran poderosas.

Eran peligrosas.

Si bien una bruja no podía ver los patrones de otra, acciones como ahogar o quemar a una persona viva requerían una enorme cantidad de ofrendas para mantener el equilibrio: quizás un movimiento específico o un año de recuerdos. El color de sus ojos. La capacidad de sentir el tacto de otra persona.

Semejantes pérdidas podían... cambiar a una persona. Convertirla en alguien más oscuro y extraño de lo que era antes. Una vez lo había visto.

Pero eso había sido hacía tiempo.

Aunque no podía esperar hacerme más poderosa que mi madre, me negaba a no hacer *nada*.

—Si altero la capacidad auditiva de las curanderas y los sacerdotes, los dejaré discapacitados. Les arrebataré algo. —Rocé el oro pegado a mi piel, enderezando los hombros—. De algún modo, también es necesario que me arrebaten algo. Uno de mis sentidos... El oído es el intercambio obvio, pero ya lo he hecho. *Podría* entregar otro sentido, como el tacto, la vista o el gusto.

Hice una pausa y observé los patrones.

—El gusto no es suficiente, el equilibrio aún estaría inclinado a mi favor. La vista es demasiado, porque quedaría hecha una inútil. Así que... debe ser el tacto. ¿O quizás el olfato? —Centré la atención en mi nariz, pero ningún patrón nuevo surgió.

Clinc.

Clinc.

Clinc.

Fulminé a Bernie con la vista, mi concentración flaqueó. Los patrones se fueron.

—Te quiero, Bernie, pero ¿podrías por favor guardar silencio? Dificultas las cosas.

Clinc.

Coco me empujó la mejilla con el dedo para devolver mi atención a la puerta.

—Continúa. Prueba con una perspectiva distinta.

Aparté su mano.

—Es fácil para ti decirlo. —Apretando los dientes, miré la puerta con tanta fuerza que temí que me estallaran los ojos. Quizás ese sería *equilibrio* suficiente—. Tal vez... no estoy arrebatándoles nada. Tal vez ellos están dándome algo.

—¿Como un secreto? —sugirió Coco.

—Sí. Lo cual implica... Lo cual implica...

—Que podrías probar contando un secreto.

—No seas tonta. No funciona así...

Una cuerda dorada y fina serpenteó entre mi lengua y su oído.

Mierda.

Ese era el problema con la magia. Era subjetiva. Por cada posibilidad que yo considerara, otra bruja ponderaría cien opciones diferentes. Al igual que dos mentes no funcionaban del mismo modo, la magia de dos brujas no funcionaba igual. Todas veíamos el mundo de manera diferente.

Pero no necesitaba contarle eso a Coco.

Ella sonrió con suficiencia y alzó una ceja, como si leyera mis pensamientos.

—Me parece que tu magia no sigue una regla estricta. Es intuitiva. —Se tocó el mentón con el dedo, pensativa—. Para ser sincera, me recuerda a la magia de sangre.

Oímos pasos en el pasillo externo y nos quedamos paralizadas. Cuando los pasos se detuvieron frente a la puerta, Coco se dirigió al rincón y yo tomé asiento en la silla de hierro junto a la cama de Bernie. Abrí la Biblia y comencé a leer un versículo aleatorio.

El padre Orville atravesó la puerta.

—¡Oh! —Se llevó una mano al pecho cuando nos vio, sus ojos formaron dos círculos perfectos detrás de las gafas—. ¡Santo cielo! Me habéis asustado.

Sonriendo, me puse de pie mientras Ansel entraba en la habitación. Las migajas de una galleta cubrían sus labios. Era evidente que había invadido la cocina de las curanderas.

—¿Va todo bien?

—Sí, claro. —Centré de nuevo la atención en el padre Orville—. Discúlpeme, padre. No era mi intención asustarlo.

—No te preocupes, hija, no hay problema. Solo estoy un poco alterado esta mañana. Hemos tenido una noche rara. Nuestros pacientes están extrañamente... nerviosos. —Movió una mano, extrajo una jeringa de metal y se detuvo a mi lado, junto a la cama de Bernie. La sonrisa se me congeló—. Veo que a ti también te preocupa nuestro monsieur Bernard. ¡Una de las curanderas lo ha encontrado intentando saltar por la ventana!

—¿Qué? —Miré a Bernie a los ojos, frunciendo el ceño, pero su rostro mutilado no reveló nada. Ni siquiera parpadeó. Permaneció... en blanco. Sacudí la cabeza. Su dolor debía de ser terrible.

El padre Orville me dio una palmadita en el hombro.

—No te preocupes, hija. No ocurrirá de nuevo. —Alzó su mano débil para mostrarme la jeringa—. Hemos perfeccionado la dosis esta vez. Estoy seguro. Esta inyección calmará sus nervios hasta que se una al Señor.

Extrajo un cuchillo delgado de su túnica y realizó una incisión pequeña en el brazo de Bernie. Coco avanzó y entrecerró los ojos al ver brotar la sangre negra.

—Ha empeorado.

El padre Orville toqueteó la jeringa. Dudaba de que él pudiera ver siquiera el brazo de Bernie, pero logró hundir la punta en lo profundo del corte negro. Hice una mueca de dolor cuando empujó la jeringa e inyectó el veneno, pero Bernie no se movió. Solo continuó mirándome.

—Ya está. —El padre Orville retiró la jeringa de su brazo—. Debería quedarse dormido momentáneamente. ¿Puedo sugerir que lo dejemos descansar?

—Sí, padre —dijo Coco, inclinando la cabeza. Me lanzó una mirada sugerente—. Vamos, Lou. Vayamos a leer algunos proverbios.

Capítulo 18

La Vie Éphémère

Lou

Había una multitud haciendo cola en el exterior del *Soleil et Lune*. Los aristócratas conversaban cerca de las taquillas mientras sus esposas intercambiaban saludos con sonrisas empalagosas. Los carruajes modernos iban y venían. Los acomodadores intentaban llevar a los espectadores a sus asientos, pero ese era el verdadero entretenimiento de la noche. *Ese* era el motivo por el que los ricos y los influyentes iban al teatro... para acicalarse y hacer política en una danza social compleja.

Siempre me había parecido similar al ritual de apareamiento de un pavo real.

Mi esposo y yo sin duda estábamos preparados para la ocasión. Mi vestido y mis pantalones manchados de sangre habían desaparecido. Cuando él volvió a nuestro cuarto unas horas atrás con un vestido de fiesta nuevo, estallando de orgullo y expectativa, no fui capaz de rechazarlo. De color dorado reluciente, el vestido tenía un corsé ajustado y mangas estrechas bordadas con flores metálicas y diminutas. Resplandecían bajo la luz menguante del sol y se convertían suavemente en un sendero de seda champán. Incluso había quitado con magia algunas de mis magulladuras en la enfermería. El maquillaje había cubierto el resto.

Mi esposo llevaba su mejor chaqueta. Aunque aún era del azul de los *chasseurs*, una filigrana dorada decoraba el cuello y los puños de la prenda. Resistí las ganas de sonreír al imaginar la imagen que dábamos mientras subíamos los escalones del teatro. Él había combinado nuestros atuendos. Debería haber estado horrorizada, pero con su mano firme sobre la mía, no pude sentir otra cosa que no fuera entusiasmo.

Sin embargo, yo *había* insistido en llevar puesta la capucha de mi capa. Y en usar una cinta de encaje bonita para ocultar mi cicatriz. Si mi esposo lo había notado, había sido lo bastante inteligente como para no hacer ningún comentario.

Quizás no fuera tan malo.

La multitud se dispersaba a medida que entrábamos en el vestíbulo. Dudaba de que alguien nos recordara, pero las personas tendían a estar incómodas o a *ser respetuosas* cerca de los *chasseurs*. Nadie fastidiaba una fiesta como un *chasseur*. En especial si era tan moralista como mi esposo.

Me guio hasta mi asiento. Por primera vez, no me molestó sentir su mano en mi espalda. De hecho, era... agradable. Cálida. Fuerte. Hasta que intentó quitarme la capa. Cuando le arrebaté la tela de un tirón, negándome a separarme de la prenda, él frunció el ceño y tosió ante la incomodidad subsiguiente.

—Nunca te lo pregunté... ¿Te gustó el libro?

El caballero sentado junto a mí me tomó la mano antes de que pudiera responder.

—*Enchanté, mademoiselle* —canturreó y me besó los dedos.

No pude evitar la risita que escapó de mis labios. Era apuesto de un modo aceitoso, tenía el cabello oscuro y grasiento y un bigote delgado.

Mi esposo se tiñó de rojo.

—Le *agradecería* que apartara su mano de mi esposa, *monsieur.*

El hombre abrió los ojos de par en par y miró mi dedo carente de anillo. Me reí más. Había decidido usar el anillo de Angélica en mi mano derecha, solo para molestar a mi esposo.

—¿Su esposa? —Soltó mi mano como si fuera una araña venenosa—. Creí que los *chasseurs* no practicaban el matrimonio.

—Este sí. —Se puso de pie y giró la cara hacia mí—. Intercambiemos sitios.

—No era mi intención ofenderlo, *monsieur,* claro. —El hombre grasiento me miró arrepentido mientras me apartaba de él—. Aunque sin duda es un hombre afortunado.

Mi esposo echaba chispas por los ojos, lo cual efectivamente silenció al hombre durante el resto de la noche.

Las luces se apagaron y por fin retiré mi capa.

—Eres un poco territorial, ¿no? —susurré, sonriendo de nuevo. Era tan bruto. Un bruto en cierto modo adorable y pretencioso.

Él no me miraba.

—La obra está empezando.

La sinfonía empezó a sonar y hombres y mujeres aparecieron en el escenario. De inmediato, reconocí a Nariz Ganchuda y reí ante el recuerdo de cómo había humillado al arzobispo frente a sus admiradores complacientes. Ingenioso. Y haber hecho aquel encantamiento justo en las narices de mi esposo y del arzobispo...

Nariz Ganchuda era una *Dame blanche* temeraria. Aunque solo tenía un papel secundario en el coro, observé con entusiasmo cómo bailaba con los actores que hacían de Emilie y Alexandre. Pero mi entusiasmo disminuyó a medida que avanzaba la canción. Había algo familiar en el modo en que ella se movía, algo que no había notado antes. La incomodidad se asentó mientras ella giraba y bailaba hasta desaparecer detrás del telón.

Cuando la segunda canción comenzó, mi esposo se acercó a mí. Su respiración me hizo cosquillas en la piel del cuello.

—Jean Luc me ha dicho que esta mañana me buscabas.

—Es grosero hablar durante el espectáculo.

Entrecerró los ojos, decidido.

—¿Qué querías?

Presté atención al escenario. Nariz Ganchuda acababa de reaparecer, el cabello rubio sedoso le ondeaba sobre los hombros. El movimiento despertó un recuerdo, pero cuando intenté aferrarlo desapareció de nuevo, como el agua entre mis dedos.

—¿Lou? —Me tocó la mano con vacilación. La suya era cálida, enorme y llena de callos y no pude alejarme de ella.

—Un cuchillo —admití, sin quitar jamás los ojos del escenario.

Él dio un grito ahogado.

—¿Qué?

—Quería un cuchillo.

—No hablas en serio.

Lo miré.

—Hablo completamente en serio. Ayer viste a madame Labelle. Necesito protección.

Me sujetó la mano con más fuerza.

—No te tocará. —El hombre aceitoso tosió a propósito, pero lo ignoramos—. No le permitirán volver a entrar en la Torre de los *chasseurs*. El arzobispo ha dado su palabra.

Fruncí el ceño.

—¿Se supone que eso hará que me sienta mejor?

Endureció su expresión y apretó con fuerza la mandíbula.

—Debería. El arzobispo es un hombre poderoso y ha jurado protegerte.

—Su palabra no significa nada para mí.

—¿Y mi palabra? Yo también he jurado protegerte.

En realidad, era gracioso su compromiso por proteger a una bruja.

Se pondría furioso si supiera la verdad.

Alcé una ceja, irónica.

—¿Al igual que yo he jurado obedecerte?

Ahora, el hombre aceitoso no era el único que me fulminaba abiertamente con la mirada. Me acomodé en el asiento sacudiendo con arrogancia el cabello. Él era demasiado puritano para discutir frente a una audiencia.

—Esta conversación no ha terminado —susurró, pero también apoyó la espalda en su asiento y miró malhumorado a los actores. Para mi sorpresa y satisfacción, mantuvo mi mano debajo de la suya. Después de unos largos minutos, deslizó casualmente el pulgar sobre mis dedos. Me retorcí. Él me ignoró, con la vista fija en el escenario mientras el espectáculo proseguía. Su pulgar continuó dibujando pequeños diseños en el dorso de mi mano, rodeando mis nudillos, recorriendo la punta de mis uñas.

Hice un esfuerzo por centrar la atención en la obra. Un cosquilleo delicioso se me expandió por la piel con cada roce de su pulgar... hasta que despacio, gradualmente, su tacto subió y sus dedos rozaron las venas de mi muñeca, el interior de mi codo. Acarició la cicatriz que tenía allí y me estremecí. Apreté el cuerpo contra el asiento e intenté centrar mi atención en la obra. Mi capa se deslizó de mis hombros.

El primer acto terminó demasiado pronto y comenzó el intervalo. Ambos permanecimos sentados, tocándonos en silencio, prácticamente sin respirar, mientras la audiencia daba vueltas a nuestro alrededor. Cuando las velas se apagaron de nuevo, lo miré mientras el calor me subía desde el estómago hasta las mejillas.

—Reid —susurré.

Él me devolvió la mirada, también ruborizado, con una expresión idéntica a la mía. Me acerqué más y posé los ojos en sus labios separados. Asomó la lengua para humedecerlos y sentí una contracción en el estómago.

—¿Sí?

—Yo...

En la periferia de mi visión, Nariz Ganchuda giró en una pirueta y su cabello voló de modo salvaje. Algo tomó forma en mi memoria con aquel movimiento. La celebración de un solsticio. El cabello rubio trenzado con flores. El poste con cintas.

Mierda.

Estelle. Su nombre era Estelle y la había visto antes... durante mi infancia en Chateau le Blanc. Era evidente que ella no me había reconocido con mi rostro recién golpeado, pero si me veía de nuevo, si por algún motivo me recordaba...

El calor en mi estómago se convirtió en hielo.

Tenía que salir de allí.

—¿Lou? —La voz de Reid sonaba lejana, como si llamara desde el final de un túnel y no desde el asiento a mi lado—. ¿Estás bien?

Respiré hondo, obligando a mi corazón a tranquilizarse. Sin duda él podía oírlo. Resonaba como un trueno por todo mi cuerpo, condenándome con cada latido traicionero. Detuvo su mano en mi muñeca. Mierda. Aparté la mía y retorcí los dedos en mi regazo.

—Estoy bien.

Apoyó la espalda en su asiento, la confusión y el dolor aparecieron brevemente en su rostro. Maldije de nuevo en silencio.

En cuanto la última canción terminó, me puse de pie de un salto y me cubrí con la capa. Me aseguré de que la capucha me escondiera el cabello y el rostro.

—¿Listo?

Reid miró perplejo a nuestro alrededor. El resto de la audiencia permanecía sentada. Algunos sin aliento, otros llorando por la muerte trágica de Emilie y Alexandre, mientras cerraban el telón. El aplauso aún no había comenzado.

—¿Algo va mal?

—¡No! —La palabra brotó demasiado rápido para ser convincente. Me aclaré la garganta, dibujé una sonrisa forzada y lo intenté otra vez—. Solo estoy cansada.

No esperé su respuesta. Tirándole de la mano, lo llevé por los pasillos, pasando frente a los espectadores que por fin se ponían de pie y aplaudían, hasta el vestíbulo... donde me detuve en seco. Los actores y las actrices ya habían formado una hilera junto a las puertas. Antes de que pudiera cambiar de rumbo, la mirada de Estelle encontró a Reid. Ella frunció el ceño antes de mirar mi silueta encapuchada a su lado, entrecerrando los ojos mientras espiaba debajo de mi capa. El reconocimiento le iluminó el rostro. Tiré de la mano de Reid, desesperada por huir, pero él no se movió mientras Estelle avanzaba decidida hacia nosotros.

—¿Cómo estás? —Los ojos de Estelle eran amables y sinceros mientras apartaba mi capucha para evaluar mis heridas. Clavada en mi sitio, fui incapaz de detenerla. Sonrió—. Parece que te estás curando bien.

Tragué el nudo en mi garganta.

—Estoy bien, gracias. Estoy perfectamente.

—¿De verdad? —Alzó una ceja incrédula y endureció su mirada amable al ver a Reid, quien parecía aún menos contento de verla que ella a él. Curvó los labios—. ¿Y cómo estás *tú*? ¿Aún te escondes detrás de esa chaqueta azul?

Era muy valiente para provocar a un *chasseur* en público. Los espectadores rieron nerviosos y con desaprobación a nuestro alrededor. Reid frunció el ceño y puso con firmeza la mano sobre mis dedos temblorosos.

—Vamos, Lou.

Me estremecí ante la palabra, mi corazón dio un vuelco miserablemente, pero el daño ya estaba hecho.

—¿Lou? —Estelle tensó el cuerpo e inclinó la cabeza a un lado, abriendo los ojos de par en par despacio mientras evaluaba de nuevo mi rostro—. ¿Como... Louise?

—¡Ha sido un placer volver a verte! —Antes de que ella respondiera, arrastré a Reid a la salida. Él me siguió sin resistencia, aunque sentía sus preguntas en mi nuca.

Nos abrimos paso entre la multitud de fuera del teatro. Él avanzó delante. No sé si fue su altura inmensa o su chaqueta azul, pero algo hizo que las personas se apartaran inclinando sus sombreros. Nuestro carruaje esperaba a varias manzanas de la cola, bloqueada por los espectadores que socializaban, así que lo llevé en dirección opuesta, apartándome del teatro lo más rápido que me permitía el vestido.

Cuando por fin nos alejamos de la multitud, me llevó por una calle lateral vacía.

—¿Qué ha sido eso?

Me reí con nerviosismo, rebotando sobre los talones. Debíamos continuar avanzando.

—Nada, de verdad. Solo... —Algo se movió detrás y mi estómago dio un vuelco cuando Estelle apareció entre las sombras.

—No puedo creer que seas tú. —Su voz era un susurro sin aliento y me miraba maravillada—. No te había reconocido antes por las magulladuras. Estás tan... diferente.

Era cierto. Más allá de mis heridas anteriores, mi pelo estaba más largo y claro que cuando ella me había conocido, mi piel era más oscura y tenía más pecas por haber pasado demasiados días bajo el sol.

—¿Os conocéis? —preguntó Reid, frunciendo el ceño.

—Claro que no —dije de prisa—. Solo... del teatro. Vámonos, Reid. —Me giré hacia él y me rodeó la cintura con un brazo reconfortante, colocando su cuerpo en un ángulo levemente inclinado frente a mí.

Estelle abrió los ojos de par en par.

—¡No puedes irte! No ahora que...

—Puede —dijo Reid con firmeza. Si bien era evidente que no tenía ni idea de lo que ocurría, su deseo de protegerme parecía primar por encima de su confusión... y de su aversión hacia Estelle. Tenía la mano suavemente apoyada en mi cintura mientras avanzábamos—. Buenas noches, *mademoiselle*.

Estelle ni siquiera parpadeó. Apenas movió la muñeca como si ahuyentara una mosca y el letrero de la tienda que colgaba sobre nosotros se salió de sus bisagras y golpeó a Reid en la nuca. El olor intenso a magia invadió el callejón mientras él caía de rodillas. Trató de aferrar débilmente su Balisarda.

—¡No! —Sujeté su chaqueta, intentando ponerlo de pie, protegiéndolo con mi cuerpo, pero Estelle movió los dedos antes de que ninguno pudiera contraatacar.

Cuando el cartel lo aporreó por segunda vez, él salió disparado hacia atrás. Su cabeza golpeó el muro del callejón con un ruido espantoso y se desplomó en el suelo y permaneció quieto.

Un gruñido brotó de mi garganta y me interpuse alzando las manos.

—No lo hagas más difícil, Louise. —Se acercó con un brillo fanático en sus ojos, y el pánico ahogó mis pensamientos. Aunque veía el oro bailando en mi periferia visual, no podía centrarme en el patrón... no podía centrarme en nada. Era como si el mundo se hubiera silenciado, esperando.

Excepto que...

Reid se movió detrás de mí.

—No iré contigo. —Retrocedí poco a poco, alzando más alto las manos para atraer su mirada—. Por favor, detente.

—¿No lo comprendes? Esto es un *honor*...

Una mancha azul pasó a mi lado a toda velocidad.

Estelle no logró reaccionar con la velocidad suficiente y Reid corrió con los brazos abiertos. Por un instante, pareció un abrazo. Luego, Reid la giró de modo que la espalda de Estelle quedó contra su pecho, mientras aplastaba sus brazos y manos y le apretaba la garganta. Observé horrorizada cómo ella luchaba contra él. Su rostro se volvía lentamente púrpura.

—Ayúda... me... —Se sacudía espantada, sus ojos salvajes buscaban los míos—. Por favor...

No me moví.

Terminó en menos de un minuto. Con una sacudida final, el cuerpo de Estelle cayó en los brazos de Reid y él la sujetó con menos fuerza.

—¿Está... muerta? —susurré.

—No. —Reid estaba pálido, le temblaban las manos mientras permitía que Estelle cayera al suelo. Cuando al fin me miró, titubeé bajo la ferocidad de su mirada—. ¿Qué quería de ti?

Incapaz de soportar esa mirada, aparté los ojos... lejos de él, de Estelle, de toda la escena digna de una pesadilla... y, en cambio, miré las estrellas. Estaban apagadas esa noche, se negaban a brillar para mí. Acusadoras.

Después de un largo instante, me obligué a responderle. Las lágrimas brillaban sobre mis mejillas.

—Quería matarme.

Él me observó un instante más antes de cargar el cuerpo inerte de Estelle sobre su hombro.

—¿Qué harás con ella? —pregunté, asustada.

—Es una bruja. —Comenzó a caminar por la calle sin ver hacia atrás, ignorando las miradas alarmantes de los transeúntes que pasaban—. Arderá en la tierra y luego en el infierno.

CAPÍTULO 19

ASESINA DE BRUJAS

Lou

Reid se negó a hablar conmigo en el camino de regreso a la Torre de los *chasseurs*. Me esforcé por seguirle el ritmo, cada paso era una puñalada en mi corazón.

Asesina de brujas asesina de brujas asesina de brujas.

No podía mirar a Estelle, no podía procesar la forma en que su cabeza colgaba sobre la espalda de Reid. El modo en que su cabello rubio ondeaba con cada paso.

Asesina de brujas.

Cuando Reid entró, los guardias solo vacilaron un segundo antes de entrar en acción. Los odiaba. Odiaba que se hubieran preparado toda la vida para ese momento. Con los ojos brillando con anticipación, le entregaron una jeringa de metal a Reid.

Una inyección.

Se me nubló la visión. Las náuseas me sacudieron el estómago.

—Los sacerdotes están ansiosos por probarla en una bruja. —El *chasseur* más cercano a Reid inclinó el cuerpo hacia delante, entusiasmado—. Es su día de suerte.

Reid no vaciló. Movió a Estelle hacia delante y hundió la aguja en su garganta con fuerza bruta. La sangre cayó sobre el hombro de la mujer y manchó su vestido blanco.

Podría haber sido mi alma.

Cayó de los brazos de Reid como una piedra. Nadie se molestó en sujetarla y su rostro chocó en el pavimento. Su pecho apenas subía y bajaba. El segundo *chasseur* se rio y empujó la mejilla de Estelle con su bota. Ella no se movió.

—Supongo que eso responde a la pregunta. Los sacerdotes estarán contentos.

Luego vinieron los grilletes: gruesos y cubiertos de sangre. Se los colocaron en las muñecas y en los tobillos antes de levantarla por el pelo y arrastrarla hasta la escalera. Las cadenas tintineaban con cada paso mientras desaparecía más abajo... descendiendo a la boca del infierno.

Reid no me miró mientras seguía a los otros dos.

En ese instante, sola junto a la jeringa vacía y la sangre de Estelle como recordatorio de lo que había hecho, realmente me odié.

Asesina de brujas.

Lloré de angustia.

Como si percibiera mi traición, el sol no salió a la mañana siguiente. Permaneció oscuro y ominoso, el mundo entero cubierto de una manta gruesa negra y gris. Los truenos rugieron a lo lejos. Observé por la ventana de mi habitación, con los ojos enrojecidos y vidriosos.

El arzobispo no perdió tiempo en abrir las puertas de la iglesia para gritar a los cuatro vientos los pecados de Estelle. La sacó encadenada y la lanzó al suelo ante sus pies. La multitud gritaba obscenidades y le lanzaba lodo y piedras. Ella sacudía frenéticamente la cabeza de lado a lado buscando a alguien.

Buscándome.

Como atraída por mi mirada, alzó la cabeza y sus ojos azul pálido encontraron los míos. No necesitaba oír las palabras para ver la forma que adoptaban sus labios... para ver el veneno que brotaba de su alma.

Asesina de brujas.

Era el peor deshonor.

Reid estaba de pie frente a la multitud, su cabello flotaba enmarañado al viento. Habían construido una plataforma la noche anterior. La hoguera rústica de madera atravesaba el cielo que vertía las primeras gotas gélidas de lluvia.

En esa hoguera ataron a mi hermana. Ella aún vestía su atuendo teatral, un vestido blanco sencillo que le llegaba a los talones, ensangrentado y manchado por los horrores que los *chasseurs* le habían hecho en el calabozo. Por la noche, había estado cantando y bailando en el *Soleil et Lune*. Ahora afrontaba la muerte.

Todo era por mi culpa.

Yo había sido una cobarde, me asustaba demasiado afrontar mi propia muerte para salvar a Estelle. Para salvar a los míos. Cientos de brujas... muertas. Coloqué una mano sobre la garganta, justo sobre la cicatriz, y reprimí el llanto.

Ansel se movió incómodo detrás de mí.

—Es difícil la primera vez —dijo con voz ahogada—. No es necesario que mires.

—Sí, lo es. —Mi respiración se detuvo cuando él se puso de pie junto a mi torre de muebles. Las lágrimas me caían libremente sobre las mejillas y formaban un charco en el alféizar de la ventana—. Es por mi culpa.

—Es una bruja —dijo Ansel en voz baja.

—*Nadie* merece morir así.

Se sorprendió ante mi vehemencia.

—Las brujas sí.

—Dime, Ansel. —Me giré hacia él, desesperada por que comprendiera—. ¿Alguna vez has conocido a una bruja?

—Claro que no.

—Sí. Están en todas partes, por toda la ciudad. La mujer que reparó tu chaqueta la semana pasada tal vez era una o la criada que está abajo y que se ruboriza cada vez que la miras. Tu propia *madre* podría haber sido una y nunca lo sabrías. —Ansel sacudió la cabeza, abriendo los ojos de par en par—. No son todas malvadas, Ansel. Algunas son amables, cariñosas y buenas.

—No —insistió—. Son malvadas.

—¿No lo somos todos? ¿Acaso no es eso lo que tu propio dios predica?

Se puso serio.

—Es distinto. Ellas son... antinaturales.

Antinatural. Me coloqué las manos en los ojos para reprimir las lágrimas.

—Tienes razón. —Señalé hacia abajo, donde los gritos de la multitud aumentaban. Una mujer de pelo castaño al fondo de la multitud lloraba desconsolada—. Contempla el curso natural de las cosas.

Ansel frunció el ceño mientras Reid le entregaba una antorcha al arzobispo.

Estelle temblaba. Mantenía los ojos clavados en el cielo mientras el arzobispo bajaba la antorcha con un arco veloz y encendía los trozos de paja debajo de ella. La multitud rugió con aprobación.

Recordé el cuchillo sobre mi garganta. Sentí el beso del filo sobre la piel.

Conocía el terror en el corazón de Estelle.

El fuego se propagó con rapidez. Aunque las lágrimas me nublaban la vista, me obligué a observar cómo las llamas lamían el vestido de Estelle. Me obligué a escuchar sus gritos. Cada uno me desgarraba el alma y tuve que sujetar el marco de la ventana para no perder el equilibrio.

No podía soportarlo. Quería morir. Merecía morir... marchitarme y arder en un lago infinito de fuego negro.

Sabía lo que debía hacer.

Sin pensar, sin detenerme a evaluar las consecuencias, cerré los puños.

El mundo estaba en llamas.

Grité y caí al suelo. Ansel corrió hacia mí, pero sus manos no podían sujetar mi cuerpo, que se sacudía. Tuve convulsiones, me mordí la lengua para detener los gritos mientras el fuego me atravesaba, mientras creaba ampollas en mi piel y consumía los músculos sobre mis huesos. No podía respirar. No podía pensar. Solo existía la agonía.

Abajo, los gritos de Estelle se detuvieron abruptamente. Su cuerpo se relajó en las llamas y una sonrisa pacífica cruzó su rostro mientras cruzaba en paz a la vida eterna.

CAPÍTULO 20

DOLOR DE ALMA

Lou

M e desperté con un paño fresco en la frente. Parpadeando a regañadientes, permití que los ojos se me aclimataran a la oscuridad parcial. La luz de la luna bañaba el cuarto de plata, iluminando una silueta agazapada en la silla junto a mi cama. Aunque la luna desteñía su cabello cobrizo, era imposible confundirlo. Reid.

Tenía la frente apoyada contra el borde del colchón, sin llegar a tocarme la cadera. Sus dedos yacían a centímetros de los míos. Mi corazón se contrajo con dolor. Seguramente me había estado dando la mano antes de quedarse dormido.

No sabía cómo me sentía al respecto.

Toqué con vacilación su cabello y luché contra la desesperación en mi pecho. Él había quemado a Estelle. No: *yo* había quemado a Estelle. Había sabido lo que él haría. Había sabido que él la mataría. Lo había querido.

Aparté la mano, asqueada de mí misma. Asqueada de Reid. Por un instante, había olvidado por qué estaba allí. Quién era. Quién era *él*.

Una bruja y un cazador de brujas unidos en sagrado matrimonio. Solo había un final posible para semejante historia: una hoguera y una cerilla. Me maldije por ser tan estúpida, por haberme permitido acercarme demasiado.

Una mano me tocó el brazo. Me giré y vi a Reid mirándome. La barba incipiente ensombrecía su mandíbula y las ojeras coloreaban sus ojos, como si no hubiera dormido en mucho tiempo.

—Estás despierta —susurró.

—Sí.

Suspiró aliviado y cerró los ojos mientras apretaba despacio mi mano.

—Gracias a Dios.

Después de un segundo de vacilación, le devolví el apretón.

—¿Qué ha ocurrido?

—Te desmayaste. —Tragó con dificultad y abrió los ojos. Estaban llenos de sufrimiento—. Ansel corrió en busca de mademoiselle Perrot. No sabía qué hacer. Dijo que... gritabas. Que no podía hacer que te detuvieras. Mademoiselle Perrot tampoco pudo calmarte. —Acarició sin pensar mi mano, mirándola sin verla realmente.

»Cuando llegué, estabas... enferma. Muy enferma. Gritabas cuando te tocaban. Solo te detuviste cuando yo... —Se aclaró la garganta y apartó la vista, su nuez subió y bajó—. Luego, te... paralizaste. Creímos que habías muerto. Pero no lo hiciste.

Miré su mano sobre la mía.

—No, no lo hice.

—Te he alimentado con trozos de hielo y las criadas han cambiado las sábanas cada hora para mantenerte cómoda.

Ante sus palabras, noté la humedad en mi camisón y en las sábanas. Mi piel también estaba pegajosa de sudor. Debía de tener un aspecto terrible.

—¿Cuánto tiempo he estado inconsciente?

—Tres días.

Gruñí, me incorporé y me froté la cara sudada.

—Mierda.

—¿Esto ha ocurrido antes? —Me observó el rostro mientras yo apartaba las sábanas y temblaba por el frío aire nocturno.

—Claro que no. —Aunque intenté mantener la calma, las palabras salieron abruptas y él endureció la expresión.

—Ansel cree que ha sido por la quema. Dice que te aconsejó no mirar.

La quema. No era más que eso para Reid. Su mundo no había quedado envuelto en llamas ante esa hoguera. Él no había traicionado a los suyos. La furia se encendió de nuevo en mi estómago. Probablemente, ni siquiera sabía el nombre de Estelle.

Fui al cuarto de baño, negándome a mirarlo a los ojos.

—Rara vez hago lo que me dicen.

Mi furia ardió más cuando Reid me siguió.

202 • ASESINO DE BRUJAS: LA BRUJA BLANCA

—¿Por qué? ¿Por qué mirabas si te hacía tanto daño?

Abrí el grifo y observé el agua correr y llenar la tina.

—Porque la matamos. Lo mínimo que podíamos hacer era observar cómo sucedía. Se merecía eso al menos.

—Ansel dijo que llorabas.

—Es cierto.

—Solo era una *bruja*, Lou.

—*Ella* —rugí, girándome—, *ella* era una bruja... Y una *persona*. Se llamaba Estelle y nosotros la quemamos.

—Las brujas no son *personas* —dijo él con impaciencia—. Esa es una fantasía infantil. Tampoco son haditas que visten flores y bailan bajo la luna llena. Son demonios. Has visto la enfermería. Son malévolas. Te *harán daño* si tienen la oportunidad de hacerlo. —Sacudió una mano agitada en el aire y me fulminó con la mirada—. Merecen la hoguera.

Me sujeté a la bañera con la mano para no hacer algo de lo que me arrepentiría. *Necesitaba* lanzar mi furia contra él. Necesitaba rodearle la garganta con las manos y sacudirlo... para que entrara en razón. Sentí la tentación de cortarme el brazo de nuevo, para que pudiera ver la sangre que fluía allí. La sangre que era del mismo color que la suya.

—¿Y si yo fuera una bruja, Reid? —pregunté en voz baja—. ¿Merecería ir a la hoguera?

Cerré el grifo y un silencio absoluto llenó el cuarto. Sentía sus ojos en mi espalda... cautelosos, evaluando.

—Sí —dijo con cuidado—. Si fueras una bruja.

La pregunta tácita flotaba en el aire entre los dos. Lo miré a los ojos por encima del hombro, desafiándolo a que preguntara. Rogando que no lo hiciera. Rogando que lo hiciera. Insegura de cómo respondería si preguntaba.

Un segundo largo pasó mientras intercambiábamos miradas. Al final, cuando fue evidente que no preguntaría o que no *podía* hacerlo, miré el agua y susurré:

—Los dos merecemos la hoguera por lo que le hemos hecho.

Se aclaró la garganta, incómodo con el nuevo rumbo de la conversación.

—Lou...

—Déjame sola. Necesito tiempo.

No discutió y no lo observé marcharse. Cuando cerró la puerta, me metí en el agua caliente. Echaba humo, casi hervía, pero de todas formas era una caricia fresca comparada con la hoguera. Me deslicé a través de la superficie, recordando la agonía de las llamas sobre mi piel.

Había pasado años ocultándome de la *Dame des Sorcières*. Mi madre. Había hecho cosas terribles para protegerme, para garantizar mi supervivencia. Porque más allá de todo, *eso* es lo que hacía: sobrevivía.

Pero ¿a qué precio?

Había reaccionado instintivamente con Estelle. Había sido su vida o la mía. El modo de proceder me había parecido claro. Solo había una opción. Pero... Estelle había sido una de las mías. Una bruja. No quería mi muerte... solo librarse de la persecución que fastidiaba a los nuestros.

Por desgracia, ambas cosas eran excluyentes.

Pensé en su cuerpo, en el viento llevándose sus cenizas... y en las otras cenizas que habían sido desparramadas con el transcurso de los años.

Pensé en monsieur Bernard, pudriéndose en una cama en el piso superior, y en todos los otros que habían esperado morir atormentados.

Tanto brujas como personas. Era lo mismo. Todos inocentes. Todos culpables.

Todos muertos.

Pero yo no.

Cuando tenía dieciséis años, mi madre había intentado sacrificarme: era su única hija. Incluso antes de mi concepción, Morgane había visto un patrón que ninguna *Dame des Sorcières* había visto antes. Había estado dispuesta a *hacer* lo que ninguna de sus predecesoras jamás había soñado: matar su linaje. Con mi muerte, el linaje del rey también habría muerto. Todos sus herederos, legítimos y bastardos, habrían dejado de respirar conmigo. Una vida para terminar con cien años de persecución. Una vida para terminar el reinado tirano de los Lyon.

Pero mi madre no solo quería matar al rey. Ella quería *hacerle daño*. *Destruirlo*. Aún podía ver su patrón en el altar, resplandeciendo en torno a mi corazón y expandiéndose en la oscuridad. Hacia los hijos del rey. Las brujas planeaban atacar en medio de su angustia. Planeaban aniquilar lo que quedaba de la familia real... y a todos los que le siguieran.

Emergí del agua en busca de aire.

Durante años me había mentido a mí misma, convencida de que había huido del altar porque no podía acabar con vidas inocentes. Sin embargo, allí estaba con sangre inocente en mis manos.

Era una cobarde.

El dolor de aquella revelación fue más allá de mi piel sensible, más allá de la agonía de las llamas. Esta vez, había dañado algo importante. Algo irreversible. Dolía en lo profundo de mi ser.

Asesina de brujas.

Por primera vez en la vida, me pregunté si había tomado la decisión correcta.

Coco vino a verme más tarde ese día, tenía la cara seria cuando tomó asiento a mi lado en la cama. Ansel demostró un interés excesivo en los botones de su abrigo.

—¿Cómo te encuentras? —Alzó una mano para acariciarme el cabello. Ante su tacto, mis emociones retorcidas salieron de nuevo a la superficie. Una lágrima escapó y rodó por mi mejilla. La limpié, frunciendo el ceño.

—Como el infierno.

—Pensamos que te habíamos perdido.

—Eso hubiera deseado.

Su mano se detuvo.

—No digas eso. Solo te duele el alma, eso es todo. Nada que unos pasteles glaseados no puedan solucionar.

Abrí los ojos de par en par.

—¿Me duele el alma?

—Es parecido a un dolor de cabeza o de estómago, pero mucho peor. Solía experimentarlo cuando vivía con mi tía. —Apartó suavemente el cabello de mi rostro e inclinó el torso hacia adelante para limpiar otra lágrima en mi mejilla—. No ha sido tu culpa, Lou. Has hecho lo que debías hacer.

Me miré las manos un largo instante.

—Entonces, ¿por qué me siento como una gran mierda?

—Porque eres buena persona. Sé que nunca es bonito arrebatar una vida, pero Estelle te ha obligado a hacerlo. Nadie puede culparte.

—Estoy segura de que Estelle pensaría de forma distinta.

—Estelle tomó su decisión cuando depositó su fe en tu madre. Escogió mal. Lo único que puedes hacer ahora es seguir adelante. ¿O no? —Movió la cabeza hacia Ansel, quien se sonrojó en la esquina del cuarto. Aparté con rapidez la mirada.

Él lo sabía, por supuesto. Había olido la magia. Sin embargo, yo estaba... viva. Más lágrimas me llenaron los ojos. *Basta*, ordené. *Por supuesto que no te ha delatado. Es el único hombre decente en esa torre. Debería darte vergüenza pensar lo contrario.*

Con un nudo en la garganta, toqué el anillo de Angélica, incapaz de mirar a nadie a los ojos.

—Debo advertirte —continuó Coco— de que el reino aclama a Reid como un héroe. Ha sido la primera quema en meses y con el clima actual, bueno... Ha sido una celebración. El rey Auguste ha invitado a Reid a cenar con él, pero Reid se ha negado. —Ante mi expresión interrogante, ella frunció los labios con desaprobación—. No ha querido dejarte.

De pronto, sentí demasiado calor y aparté las sábanas a patadas.

—No ha habido nada *heroico* en lo que ha hecho.

Ella y Ansel intercambiaron una mirada.

—Como su esposa —dijo ella con cautela—, se espera que pienses lo contrario.

La miré.

—Escucha, Lou. —Enderezó la espalda y emitió un suspiro impaciente—. Solo estoy cuidándote. Han oído tus gritos durante la ejecución. Muchas personas están *muy* interesadas en por qué la quema de una bruja ha hecho que tuvieras un brote de histeria..., incluso el rey. Reid ha acabado aceptando su invitación esta noche para tranquilizarlo. Debes tener cuidado. Todos estarán vigilándote. —Posó con rapidez la mirada en Ansel—. Y sabes que la hoguera no es solo para las brujas. Los simpatizantes de las brujas pueden tener un destino similar.

El corazón se me detuvo mientras los miraba.

—Ay, Dios. Vosotros...

—Nosotros tres —susurró Ansel—. Olvidas a Reid. Él también arderá.

—Él ha asesinado a Estelle.

Ansel miró sus propias botas y tragó con dificultad.

—Él piensa que Estelle era un demonio. Todos lo piensan. Él... intentaba protegerte, Lou.

Sacudí la cabeza, las lágrimas furiosas amenazaban con caer de nuevo.

—Pero está equivocado. No todas las brujas son malvadas.

—Sé que tú lo crees —dijo Ansel en voz baja—, pero no puedes obligar a Reid a creerlo. —Finalmente alzó la vista y sus ojos de color café contenían una tristeza profunda; una tristeza que alguien de su edad jamás debería haber experimentado—. Hay algunas cosas que no pueden cambiarse con palabras. Es necesario ver algunas cosas para creerlas. Es necesario sentirlas.

Él caminó hacia la puerta, pero vaciló y me miró por encima del hombro.

—Espero que encontréis el modo de seguir adelante juntos. Él es una buena persona y... tú también lo eres.

Lo observé marcharse en silencio, desesperada por preguntar cómo... ¿cómo era posible que una bruja y un cazador de brujas hallaran un modo de seguir adelante juntos? ¿Cómo podría amarlo alguna vez?

Sin embargo, Ansel tenía razón en una cosa. No podía responsabilizar por completo a Reid por lo que había ocurrido con Estelle. Él realmente creía que las brujas eran malignas. Esa creencia era tan parte de él como su cabello cobrizo o su altura colosal.

No, la muerte de Estelle no recaía en las manos de Reid.

Recaía en las mías.

Antes de que Reid regresara esa noche, salí de la cama y me arrastré hasta su escritorio. Mi piel escocía y ardía al curarse, recordándome las llamas, pero mis extremidades eran algo distinto. Sentía los músculos y los huesos más rígidos, más pesados, como si fueran a arrastrarme por el suelo. Cada paso hasta el escritorio era una lucha. El sudor me cubría la frente y me enredaba el cabello en la nuca.

Coco había dicho que la fiebre continuaría. Esperaba que terminara pronto.

Me derrumbé en la silla y abrí el cajón del escritorio con los últimos restos de energía. La Biblia desgastada de Reid aún yacía dentro. Con dedos temblorosos, la abrí y comencé a leer, o al menos lo intenté. Su caligrafía abarrotada cubría cada centímetro de los márgenes estrechos. Aunque acerqué las páginas delgadas como seda a mi nariz, no podía centrar la atención en la escritura sin que se me nublara la vista.

Lancé el libro dentro del escritorio de nuevo con un suspiro contrariado.

Probar que las brujas no eran inherentemente malvadas sería más difícil de lo que esperaba. Pero había ideado un plan después de que Coco y Ansel se marcharan esa tarde. Si había podido convencer a Ansel de que no éramos malvadas, quizás también era posible hacerlo con Reid. Para lograrlo, necesitaba comprender su ideología. Necesitaba comprenderlo *a él*. Maldiciendo en voz baja, me puse de pie otra vez, preparándome para descender al infierno.

Tenía que visitar la biblioteca.

Media hora después, empujé la puerta del calabozo. Una ráfaga de aire frío me tocó la piel pegajosa y suspiré aliviada. El pasillo estaba tranquilo. La mayoría de los *chasseurs* dormían y el resto estaba ocupado haciendo... lo que fuera que hacían. Protegiendo a la familia real. Protegiendo a los culpables. Quemando inocentes.

Sin embargo, cuando llegué a la biblioteca, abrieron la puerta de la sala del consejo y el arzobispo salió con calma, lamiendo de sus dedos algo que parecía glaseado. En su otra mano, tenía un pastel a medio comer.

Mierda. Antes de que pudiera colocarme el anillo de Angélica en la boca para desaparecer, él se giró y me vio. Ambos nos quedamos paralizados con la mano a medio camino hacia la boca, igual de ridículos, pero él se recuperó primero y ocultó el pastel detrás de la espalda a toda prisa. Un poco de glaseado permaneció en la punta de su nariz.

—¡Louise! ¿Qué... qué haces aquí? —Sacudió la cabeza ante mi expresión atónita y se aclaró la garganta antes de erguirse en toda su insignificante altura—. Esta es un área restringida. Debo pedirte que te marches de inmediato.

—Lo siento, yo... —Aparté la vista y miré a cualquier cosa que no fuera su nariz—. Quería pedir prestada una Biblia.

Él me miró como si me hubieran crecido cuernos... Algo irónico, dada mi petición.

—¿Una qué?

—¿Eso es un... pastel? —Inhalé profundamente la canela y la vainilla y me aparté un mechón de cabello sudoroso de la frente. A pesar de la fiebre, la saliva me invadió la boca. Hubiera reconocido ese aroma en cualquier parte. Era mi aroma. ¿Qué diablos hacía él con un pastel? No pertenecía a aquel lugar oscuro y lúgubre.

—Suficientes preguntas impertinentes. —Frunció el ceño y se limpió los dedos sobre su túnica a escondidas—. Si de veras quieres una Biblia, lo cual dudo, por supuesto que te daré una, siempre y cuando vuelvas directa a tu habitación. —A regañadientes, sus ojos inspeccionaron mi rostro: la piel pálida, la sien sudada, los ojos ensombrecidos. Suavizó la expresión—. Deberías estar en la cama, Louise. Tu cuerpo necesita tiempo para... —Sacudió una vez más la cabeza, deteniéndose, como si no estuviera seguro de qué bicho le había picado. Empatizaba con él—. No te muevas.

Pasó a mi lado hacia la biblioteca y volvió un momento después.

—Toma. —Colocó un libro antiguo y polvoriento en mis manos. El glaseado manchó el lomo y la cubierta—. Asegúrate de cuidarlo como corresponde. Es la palabra de Dios.

Deslicé mi mano sobre la encuadernación de cuero, dibujando líneas en el polvo glaseado.

—Gracias. Lo devolveré cuando termine.

—No es necesario. —Se aclaró la garganta de nuevo, frunciendo el ceño y colocando las manos detrás de la espalda. Parecía tan incómodo como yo—. Es tuyo. Considéralo un regalo.

Un regalo. Las palabras hicieron que un rayo de insatisfacción me recorriera el cuerpo y me impactó la extrañeza de la situación. El arzobispo, ocultando el glaseado en sus dedos. Yo, aferrando la Biblia contra mi pecho.

—Bien. Bueno, debo irme...

—Claro. Yo también debo irme...

Nos separamos asintiendo con la cabeza del mismo modo incómodo.

Esa noche, Reid abrió la puerta del cuarto en silencio. Lancé la Biblia debajo de su cama y lo saludé con un «¡Hola!» culpable.

—¡Lou! —Por poco lo mato de un susto. Tal vez incluso lo oí maldecir. Con los ojos abiertos de par en par, lanzó su chaqueta sobre el escritorio y se aproximó con cautela—. Es tarde. ¿Qué haces despierta?

—No podía dormir. —Me castañeaban los dientes y hundí más el cuerpo bajo la manta en la que me había envuelto.

Él me tocó la frente con la mano.

—Estás ardiendo. ¿Has ido a la enfermería?

—Brie dijo que la fiebre duraría unos días.

Cuando avanzó para tomar asiento a mi lado en la cama, me puse de pie y abandoné mi manta. Mis músculos protestaron ante el movimiento repentino e hice una mueca de dolor, temblando. Él suspiró y también se puso de pie.

—Lo siento. Por favor, siéntate. Necesitas descansar.

—No, necesito quitarme todo este pelo del cuello. Me está volviendo loca. —Inexplicablemente furiosa, aparté los mechones molestos de mi piel sensible—. Pero mis brazos resultan tan... pesados... —Un bostezo eclipsó el resto de mis palabras y mis brazos cayeron. Me hundí de nuevo en la cama—. Parece imposible levantarlos.

Él se rio.

—¿Puedo hacer algo para ayudar?

—Puedes trenzármelo.

La risa murió abruptamente.

—¿Quieres que... haga qué?

—Trénzalo. Por favor. —Me miró. Lo miré—. Puedo enseñarte. Es fácil.

—Dudo mucho que lo sea.

—Por favor. No puedo dormir con el pelo en contacto con mi piel.

Era cierto. Entre las escrituras, la fiebre y la falta de sueño, mi mente deliraba. Cada roce de mi cabello contra la piel era una agonía... algo entre el frío y el dolor, entre el cosquilleo y la molestia.

Tragó con dificultad y pasó a mi lado. Un escalofrío agradable recorrió mi columna ante su presencia, su cercanía. Su calor. Emitió un suspiro resignado.

—Dime qué hacer.

Resistí la necesidad de apoyarme en él.

—Divídelo en tres secciones.

Vaciló antes de tomar mi cabello con dulzura entre las manos. La piel de mis brazos se erizó mientras él deslizaba los dedos a través de los mechones.

—¿Ahora qué?

—Ahora, toma uno de los mechones externos y crúzalo sobre el del medio.

—¿Qué?

—¿Tengo que repetirlo todo?

—Es imposible hacer esto —susurró, intentando en vano mantener los mechones separados. Se rindió segundos después y empezó de nuevo—. Tu cabello es más grueso que la cola de un caballo.

—Mmm. —Bostecé de nuevo—. ¿Eso es un cumplido, Chass?

Después de varios intentos, logró realizar el primer paso con éxito.

—¿Ahora qué?

—Ahora, el otro lado. Crúzalo sobre el medio. Asegúrate de que quede ajustado.

Gruñó por lo bajo en su garganta y un escalofrío diferente recorrió mi cuerpo.

—Tiene un aspecto terrible.

Dejé caer la cabeza hacia delante, disfrutando de la sensación de sus dedos en mi cuello. Mi piel no protestó como lo había hecho antes. En cambio, pareció entibiarse bajo su tacto. Derretirse. Cerré los ojos.

—Háblame.

—¿Sobre qué?

—¿Cómo llegaste a ser capitán?

No respondió durante un largo instante.

—¿Estás segura de que quieres saberlo?

—Sí.

—Pocos meses después de unirme a los *chasseurs*, encontré una manada de *loup garou* fuera de la ciudad. Los matamos.

Aunque ninguna bruja podía decir que era amiga de un hombre lobo, mi corazón se contrajo con dolor ante su pragmatismo. Su tono no tenía remordimiento o emoción: era simplemente un hecho. Frío, infértil e improbable como un mar congelado. Jean Luc lo habría llamado verdad.

Incapaz de reunir energía para continuar la conversación, suspiré fuerte y nos sumimos en el silencio. Él siguió trenzando mi cabello. Sus movimientos eran más rápidos a medida que ganaba confianza. Sus dedos eran ágiles. Habilidosos. Sin embargo, percibió la tensión en mis hombros y con voz suave preguntó:

—¿Cómo termino la trenza?

—Hay un cordel de cuero en la mesita de noche.

La rodeó varias veces con el cordel antes de atarla con un nudo pulcro. Al menos, asumía que era pulcro. Cada aspecto de Reid era preciso, certero, cada color en su lugar. Nunca preso de la indecisión, veía el mundo en blanco y negro, sin sufrir lo grisáceo y desordenado del medio. La ceniza y el humo. El miedo y la duda.

Mis colores.

—Lou, yo... —Deslizó los dedos por mi trenza y un escalofrío fresco me recorrió la piel. Cuando me giré para mirarlo, dejó caer su mano y retrocedió, negándose a mirarme a los ojos—. Has preguntado.

—Lo sé.

Sin decir otra palabra, entró al cuarto de baño y cerró la puerta.

CAPÍTULO 21

HORA DE SEGUIR ADELANTE

Reid

—Vayamos a alguna parte —anunció Lou.

Alcé la vista de mi Biblia. Ella había vuelto a visitar la enfermería esa mañana. Desde su regreso de aquel lugar repugnante, no había hecho más que sentarse en la cama y mirar el vacío. Pero sus ojos no estaban en blanco. Iban de un lado a otro como si observara algo, moviendo los labios de modo imperceptible. Sacudiendo los dedos.

Aunque no dije nada, temía que los pacientes comenzaran a afectarla. Había uno en particular, monsieur Bernard, que me preocupaba. Días atrás, el padre Orville me había apartado para informarme de que el hombre estaba constantemente sedado y encadenado para evitar su suicidio. El padre Orville pensaba que Lou quedaría conmocionada cuando ocurriera lo inevitable.

Quizá salir un poco nos sentaría bien a los dos.

Apoyé a un lado mi Biblia.

—¿Dónde quieres ir?

—Quiero un pastel glaseado. ¿Recuerdas la *patisserie* en la que nos conocimos? ¿La que está en el East End? Solía ir allí antes de, bueno..., todo. —Sacudió una mano entre los dos.

La miré con cautela.

—¿Prometes que te comportarás?

—Claro que no. Arruinaría la diversión. —Bajó de un salto de la cama. Tomó su capa del perchero—. ¿Vienes o no?

En sus ojos apareció una chispa que no había visto desde el teatro. Desde antes de la quema. Desde antes de, bueno..., todo. La miré con desconfianza, buscando cualquier rastro de la mujer que había conocido esa última semana. Aunque su fiebre había sucumbido rápido, su espíritu no. Había sido como si ella hubiera estado manteniendo el equilibrio en la punta de un cuchillo: un movimiento en falso y atravesaría a alguien. Probablemente a mí.

O a sí misma.

Pero parecía distinta. Quizás había cambiado.

—¿Te... encuentras mejor? —pregunté, vacilante.

Ella se quedó paralizada bajo su capa.

—Quizás.

Contra mi buen juicio, asentí y busqué mi propia chaqueta... solo para que ella la apartara de mi mano.

—No. —Sacudió un dedo frente a mi nariz—. Me gustaría pasar el día con Reid, no con el *chasseur*.

Reid.

Aún no me había acostumbrado a que ella dijera mi nombre. Cada vez que lo hacía, un entusiasmo leve y absurdo me recorría el cuerpo. Esta vez no fue distinto. Carraspeé y me crucé de brazos, intentando en vano permanecer imperturbable.

—Son la misma persona.

Ella hizo una mueca y abrió la puerta para mí.

—*Ya lo veremos. ¿Vamos?*

Era un día ventoso. Despiadado. Los retos de la última nevada se aferraban al borde de las calles, donde las pisadas habían dejado la nieve café a medio derretir. Metí las manos en los bolsillos de mi pantalón. Parpadeé molesto por la luz brillante del sol de la tarde.

—Está helando aquí afuera.

Lou giró el rostro hacia el viento con una sonrisa. Cerró los ojos y extendió los brazos, ya tenía roja la punta de la nariz.

—El frío suprime el hedor a pescado. Es maravilloso.

—Es fácil para ti decirlo. *Tú* llevas una capa puesta.

Se giró hacia mí y amplió la sonrisa. Unos mechones que habían escapado de su capucha bailaban alrededor de su rostro.

—Puedo conseguirte una, si quieres. Hay un sastre junto a la *patisserie*...

—Ni siquiera lo pienses.

—De acuerdo. —Se hundió más entre los pliegues de su capa. Carbón. Manchada. Con el dobladillo deshilachado—. Como quieras.

Frunciendo el ceño, la seguí por la calle. Cada músculo de mi cuerpo se tensó ante el frío, pero me prohibí temblar. Me prohibí darle a Lou la satisfacción de...

—Oh, Dios santo —dijo ella, riendo—. Duele verte. Ven.

Colocó un lateral de su capa sobre mí. A duras penas cubría mis hombros, pero no me quejé... en especial, cuando ella se acomodó debajo de mi brazo y tensó la tela sobre los dos. Le rodeé los hombros, sorprendido. Ella se rio más.

—Estamos ridículos.

Nos miré, curvando los labios. Era cierto. Yo era demasiado grande para la tela y estábamos obligados a movernos con incomodidad para permanecer cubiertos. Intentamos sincronizar los pasos, pero pronto pisé mal y terminamos enredados en una pila sobre la nieve. Un espectáculo. Los transeúntes nos miraban con desaprobación, pero por primera vez en una eternidad, no me importó.

Yo también me reí.

Cuando entramos a la *patisserie*, teníamos las mejillas y la nariz rojas. Nos dolía la garganta de la risa. La miré mientras ella retiraba la capa de mis hombros. Sonreía con todo el rostro. Nunca había visto semejante transformación. Era... contagiosa.

—¡Pan! —Lou abrió los brazos. Seguí su mirada hacia el hombre de aspecto familiar detrás del mostrador. Bajo. Robusto. Alegre, con ojos negros que se iluminaron con entusiasmo al ver a Lou.

—¡Lucida! Mi querida niña, ¿dónde has estado? —Rodeó el mostrador lo más rápido que le permitieron las piernas—. ¡Comenzaba a pensar que habías olvidado a tu amigo Pan! —Abrió los ojos de modo cómico y su voz se volvió un susurro—. ¿Qué le has hecho a tu *pelo*?

La sonrisa de Lou vaciló y alzó una mano hacia su cabello. Sin notarlo, Pan la alzó en brazos y la abrazó un segundo más de lo apropiado. Lou rio a regañadientes.

—Necesitaba... un cambio. Algo más oscuro para el invierno. ¿Te gusta?

—Claro, claro. Pero estás demasiado delgada, niña, demasiado. Ven, vamos a engordarte con un pastel. —Fue hacia el mostrador pero se detuvo cuando notó mi presencia. Alzó las cejas—. ¿Y quién es este?

Lou sonrió, traviesa. Me preparé para lo que fuera que hubiera planeado... suplicando que no fuera algo ilegal. Sabiendo que probablemente lo era.

—Pan. —Tomó mi brazo y tiró de mí para que avanzara—. Me gustaría presentarte a... Bas.

¿Bas? La miré sorprendido.

—¿*Ese* Bas? —Los ojos de Pan por poco se salieron de sus órbitas.

Ella me guiñó un ojo.

—El mismo.

Pan frunció el ceño. Luego se puso de puntillas y empujó mi pecho con un dedo. Fruncí el ceño, desconcertado, y retrocedí, pero el hombre me siguió. Todo el tiempo empujándome con el dedo.

—Ahora, escúchame, jovencito, ¡lo he oído todo sobre ti! No sabes lo afortunado que eres de tener a esta *cherie* de tu brazo. Ella es una perla y la tratarás como tal de ahora en adelante, ¿entiendes? Si me entero de lo contrario, responderás ante mí y no quieres tener a Pan de enemigo, ¡oh, no!

Fulminé a Lou con la mirada, indignado, pero ella temblaba con su risa silenciosa. Retrocedí un paso.

—Yo... Sí, señor.

—Muy bien. —Él aún me miraba con astucia mientras sacaba dos pasteles glaseados que estaban detrás del mostrador. Después de entregarle uno a Lou, me lanzó el otro. Me apresuré a atraparlo evitando que manchara mi camisa—. Aquí tienes, querida. *Tú* tienes que pagar —añadió, fulminándome con la mirada.

Me limpié el glaseado de la nariz con incredulidad. Ese hombre estaba loco. Al igual que mi esposa.

Cuando Pan volvió detrás del mostrador, me giré hacia ella.

—¿Quién es Lucida?, ¿y *por qué* le has dicho que mi nombre es... *ese*?

Tardó varios segundos en responder, en terminar de masticar el bocado enorme de pastel glaseado que tenía en la boca. Tenía las mejillas hinchadas por la comida, pero logró mantener la boca cerrada. Yo también. Al final tragó. Se lamió los dedos con una veneración digna de misa. No: con una veneración que sin duda *no* era digna de misa. Miré a cualquier parte para no ver su lengua.

—Mmm... qué territorial, Chass.

—¿Y bien? —pregunté, incapaz de ocultar mis celos—. ¿Por qué le has dicho que soy el ladrón?

Ella me sonrió y continuó lamiéndose el pulgar.

—Si quieres saberlo, lo uso para que Pan sienta culpa y me dé dulces. El mes pasado, el malvado, *malvado* Bas me engañó para que aceptara fugarme, solo para abandonarme en el muelle. Pan me dio pasteles gratis durante una semana.

Me obligué a mirarla a los ojos.

—Eres deplorable.

Sus ojos brillaban. Sabía exactamente lo que hacía.

—Sí, lo soy. ¿Vas a comerte eso? —Señaló mi plato. Lo empujé hacia ella y mordió mi bollo con un suspiro suave—. Como maná del Cielo.

La sorpresa sacudió mi cuerpo.

—No sabía que estuvieras familiarizada con la Biblia.

—Es probable que no notes muchas cosas sobre mí, Chass. —Se encogió de hombros y se metió medio pastel en la boca—. Además, es el único libro en toda la Torre con excepción de *La Vie Éphèmere*, *El pastor* y *Doce ensayos sobre exterminación de lo oculto* que, por cierto, es una basura. No lo recomiendo.

A duras penas oí una palabra.

—No me llames así. Mi nombre es Reid.

Ella alzó una ceja.

—Creía que erais la misma persona.

Recliné la espalda y la observé mientras terminaba de comerse mi pastel. Un poco de glaseado le cubría el labio. Aún tenía la nariz roja por el frío y el cabello alborotado por el viento. Mi pequeña pagana.

—No te gustan los *chasseurs*.

Clavó en mí una mirada afilada.

—Me he esforzado mucho por ocultarlo.

La ignoré.

—¿Por qué?

—Creo que no estás listo para oír esa respuesta, Chass.

—Bien. ¿Por qué querías salir hoy?

—Porque era hora.

Reprimí un suspiro de frustración.

—¿Lo que significa que...?

—Hay un momento para el duelo y un momento para seguir adelante.

Siempre era igual con ella. Siempre era evasiva. Como si percibiera mis pensamientos, cruzó los brazos y se apoyó sobre la mesa. Con expresión indescifrable.

—Bueno. Tal vez *estás* listo para oír algunas respuestas. Convirtámoslo en un juego, ¿quieres? Un juego de preguntas para conocernos.

Yo también incliné el cuerpo hacia adelante. Respondiendo al desafío.

—Hagámoslo.

—Bien. ¿Cuál es tu color favorito?

—Azul.

Puso los ojos en blanco.

—Qué aburrido. El mío es el dorado, o el turquesa. O el verde esmeralda.

—¿Por qué no me sorprende?

—Porque no eres tan estúpido como pareces. —No sabía si sentirme insultado o halagado. No me dio tiempo a decidir—. ¿Qué es lo más vergonzoso que has hecho?

—He... —La sangre me subió por la garganta ante el recuerdo. Tosí y miré mi plato vacío—. Una vez el arzobispo me descubrió en una... situación comprometedora. Con una chica.

—¡Dios mío! —Golpeó la mesa con las palmas y abrió los ojos de par en par—. ¿Te descubrieron acostándote con Célie?

Las personas de la mesa contigua nos miraron. Incliné la cabeza, agradecido, por primera vez en la vida, de no llevar puesto mi uniforme. La fulminé con la mirada.

—¡Shhh! Claro que no. Ella me besó, ¿sí? ¡Fue solo un beso!

Lou frunció el ceño.

—¿Solo un beso? Eso no es divertido. No es algo por lo que avergonzarte.

Pero había sido una situación vergonzosa. La mirada en el rostro del arzobispo... Aparté el recuerdo a la fuerza velozmente.

—¿Y tú? ¿Te has desnudado y has bailado el *bourrée*?

Resopló.

—Ya quisieras. No: canté en un festival cuando era niña. Fallé todas las notas. Todos se rieron. Soy una cantante de mierda.

Nuestros vecinos chasquearon la lengua con desaprobación. Hice una mueca.

—Sí, lo sé.

—Cierto. ¿Mayor aversión?

—Los insultos.

—Los aguafiestas. —Ella sonrió—. ¿Comida favorita?

—El venado.

Señaló su plato vacío.

—Los pasteles glaseados. ¿Mejor amigo?

—Jean Luc. ¿Tú?

—¿En serio? —Su sonrisa desapareció y me miró con algo similar a... la *lástima*. Pero no podía ser—. Qué... desgracia. La mía es Brie.

Ignorando la punzante mirada, la interrumpí antes de que hiciera otra pregunta.

—¿Tu peor defecto?

Vaciló y bajó la vista hacia la mesa. Deslizó el dedo por un nudo en la madera.

—El egoísmo.

—El mío la ira. ¿Tu mayor miedo?

Esta vez, no vaciló.

—La muerte.

Fruncí el ceño y extendí la mano sobre la mesa para tomar la suya.

—No hay nada que temerle a la muerte, Lou.

Ella me miró, con sus ojos azules verdosos indescifrables.

—¿No?

—No. No si sabes a dónde irás.

Ella emitió una risa lúgubre y soltó mi mano.

—Ese es el problema, ¿verdad?

—Lou...

Se puso de pie y colocó un dedo sobre mi boca para silenciarme. Parpadeé con rapidez, intentando no centrar la atención en la dulzura de su piel.

—No hablemos más de eso. —Dejó caer su dedo—. Vayamos a ver el árbol de Yule. He visto que lo estaban preparando.

—El árbol de Navidad —la corregí automáticamente.

Ella continuó como si no me hubiera oído.

—Aunque primero, sin duda debemos conseguirte un abrigo. ¿Estás seguro de que no quieres que robe uno? Sería fácil. Incluso permitiré que escojas el color.

—No dejaré que robes nada. *Compraré* un abrigo. —Acepté la porción de capa que me ofreció y nos cubrí con la tela—. También puedo comprarte una capa nueva.

—¡Bas me compró esta!

—Exacto. —Enfilamos la calle camino a la tienda del sastre—. Un motivo más para lanzarla a la basura a la que pertenecía.

Una hora después, salimos de la tienda con nuestras prendas nuevas. Un abrigo de lana azul oscuro con broches plateados para mí. Una capa blanca de terciopelo para Lou. Ella había protestado al ver el precio, pero yo había insistido. El blanco quedaba despampanante en contraste con su piel dorada y por primera vez, no se había puesto la capucha. Su cabello oscuro flotaba suelto en la brisa.

Preciosa. Aunque evité mencionarlo.

Una paloma arrulló mientras avanzábamos hacia el centro del pueblo y los copos de nieve caían espesos. Cubrieron el cabello de Lou y sus pestañas. Ella me guiñó un ojo y atrapó un copo con la lengua. Luego otro. Y otro. Pronto, estaba dando vueltas en círculos intentando capturarlos todos a la vez. Las personas la miraban, pero a ella no le importaba. La observé con diversión reticente.

—¡Vamos, Chass! ¡Saboréalos! ¡Son divinos!

Sacudí la cabeza, una sonrisa tiraba de mis labios. Cuantas más personas susurraban a nuestro alrededor, más fuerte era su voz. Más salvajes eran sus movimientos. Más amplia era su sonrisa. Ella disfrutaba de su desaprobación.

Sacudí la cabeza y mi sonrisa desapareció.

—No puedo.

Se giró hacia mí y me sujetó las manos. Sus dedos estaban helados, parecían diez carámbanos diminutos.

—No te matará vivir un poco.

—Soy un *chasseur*, Lou. —Me alejé con una punzada de arrepentimiento—. Nosotros no… jugamos.

Ni siquiera si deseamos hacerlo.

—¿Alguna vez lo has intentado?

—Claro que no.

—Tal vez deberías.

—Se hace tarde. ¿Quieres ver el árbol de Navidad o no?

Me sacó la lengua.

—No eres divertido, Chass. Jugar en la nieve es lo que tú y el resto de *chasseurs* necesitáis. Sería una buena manera de quitaros el palo de vuestros culos.

Miré alrededor con nerviosismo. Dos transeúntes me apuñalaron con miradas de desaprobación. Tomé la mano de Lou mientras ella se giraba de nuevo hacia mí.

—*Por favor*, compórtate.

—*Está bien.* —Alzó la mano para quitar los copos de nieve de mi cabello y suavicé la arruga de mi ceño mientras lo hacía—. Intentaré no utilizar la palabra *culo*. ¿Contento?

—¡Lou!

Ella se rio y sonrió al mirarme.

—Es usted demasiado fácil, señor. Vayamos a ver el árbol de Yule.

—El árbol de Navidad.

—Nimiedades. ¿Vamos? —Aunque ya no compartíamos la capa, me rodeó la cintura con los brazos. Acercándola a mí mientras sacudía exasperado la cabeza, no pude evitar una sonrisa.

Mademoiselle Perrot nos dio la bienvenida en el vestíbulo de la iglesia esa noche, con el rostro contraído. Preocupada. Me ignoró como siempre y caminó directa hacia Lou.

—¿Qué ocurre? —Lou frunció el ceño y sujetó las manos enguantadas de la chica—. ¿Qué ha pasado?

—Es Bernie —dijo mademoiselle Perrot en voz baja. El ceño fruncido de Lou se hizo más profundo mientras observaba el rostro de la muchacha.

Sujeté el hombro de Lou.

—¿Quién es Bernie?

Mademoiselle Perrot ni siquiera me miró. Pero Lou lo hizo.

—Monsieur Bernard. —Ah. El paciente suicida. Ella centró de nuevo la atención en mademoiselle Perrot—. ¿Está...? ¿Ha muerto?

Los ojos de mademoiselle Perrot brillaron demasiado bajo la luz de las velas del vestíbulo. Húmedos. Llenos de lágrimas sin derramar. Me preparé para lo inevitable.

—No lo sabemos. Ha desaparecido.

Aquello me llamó la atención. Di un paso al frente.

—¿A qué se refiere con que ha *desaparecido*?

Ella exhaló bruscamente por la nariz y al fin se dignó a mirarme.

—A que ha *desaparecido*, capitán Diggory. La cama está vacía. Las cadenas están rotas. No hay rastro del cuerpo.

—¿No hay rastro del cuerpo? —Lou abrió los ojos de par en par—. Entonces…, ¡eso significa que no ha muerto por suicidio!

Mademoiselle Perrot sacudió la cabeza de un lado a otro. Sombría.

—No significa nada. Podría haberse arrastrado a alguna parte y haberse suicidado. Hasta que no encontremos el cuerpo, no lo sabremos.

Tuve que coincidir con ella.

—¿Habéis avisado a mis compañeros?

Ella frunció los labios.

—Sí. Ahora buscan en la iglesia y la Torre. También han enviado a una tropa a buscar en la ciudad.

Bien. Lo último que necesitábamos era que alguien se topara con un cuerpo acribillado por la magia. Las personas se asustarían. Asentí y le di un apretón al hombro de Lou.

—Lo encontrarán, Lou. De un modo u otro. No debes preocuparte.

Su rostro permaneció rígido.

—Pero ¿y si está muerto?

La hice girarse para que me mirara… para irritación de mademoiselle Perrot.

—Entonces, ya no sufrirá más. —Me acerqué a su oído, lejos de los ojos curiosos de mademoiselle Perrot. Su cabello rozó mis labios—. Él sabía a dónde iba, Lou. No tenía nada que temer.

Ella retrocedió para mirarme.

—Creía que el suicidio era un pecado mortal.

Extendí la mano y coloqué un mechón de cabello suelto detrás de su oreja.

—Solo Dios puede juzgarnos. Solo Dios puede leer en las profundidades del alma. Y creo que él comprende el poder de las circunstancias…

del miedo. —Dejé caer la mano y me aclaré la garganta. Hice que las palabras salieran antes de cambiar de opinión—. Hay pocas verdades absolutas en este mundo. Que la Iglesia crea que monsieur Bernard sufrirá eternamente por su enfermedad mental... no significa que vaya a suceder.

Algo apareció en los ojos de Lou ante mis palabras. Al principio, no lo reconocí. No lo identifiqué hasta varias horas más tarde, cuando estaba a punto de quedarme dormido en el suelo de mi habitación.

Esperanza. Había sido esperanza.

Capítulo 22

El invitado de honor

Lou

El rey Auguste organizó un baile en la víspera del día de San Nicolás para iniciar un fin de semana de celebraciones. Y para homenajear a Reid. Por lo visto, se sentía en deuda con él por haber salvado el pellejo de su familia cuando las brujas habían atacado. Aunque yo no me había quedado para ver el despliegue del caos, no me cabía la menor duda de que mi marido había actuado de modo... *heroico.*

Sin embargo, era extraño celebrar la victoria de Reid cuando su fracaso hubiera resuelto mi dilema. Si el rey y sus hijos hubieran muerto, no hubiera habido motivos para que yo muriera también. Mi garganta habría apreciado mucho su fracaso.

Reid sacudió la cabeza con exasperación cuando Coco entró al cuarto sin llamar a la puerta, con un vestido blanco de gasa envuelto en el brazo. Con su mejor chaqueta de *chasseur* sobre el hombro, suspiró e inclinó el cuerpo para colocarme un mechón detrás de la oreja a modo de despedida.

—Debo reunirme con el arzobispo. —Se detuvo en la puerta, la comisura de su boca subió en una sonrisa torcida. El entusiasmo bailó en sus ojos azules como el mar. A pesar de mis reservas, no pude evitarlo; le devolví la sonrisa—. Volveré en breve.

Coco alzó el vestido para que lo apreciara después de que él se marchara.

—Estarás divina con esto.

—Estoy divina con cualquier cosa.

Ella sonrió y me guiñó un ojo.

—Esa es la actitud. —Lo lanzó a la cama y me obligó a tomar asiento en la silla del escritorio para deslizar sus dedos por mi cabello. Me estremecí al recordar los dedos de Reid—. Los sacerdotes han permitido que asista al baile porque soy amiga tuya y *cercana* a tu esposo. —Tomó un cepillo de su túnica con un brillo decidido en los ojos—. Ahora, es momento de peinarte.

La fulminé con la mirada y me aparté.

—No lo creo.

Nunca me cepillaba el pelo. Era una de las pocas reglas que seguía y no veía la necesidad de comenzar a romperla. Además, a Reid le gustaba mi cabello. Desde que le había pedido que lo trenzara, parecía pensar que podía tocarlo cada vez que fuera posible.

No lo había corregido porque... bueno, sencillamente no lo había hecho.

—Ah, claro que sí. —Me empujó de nuevo para que tomara asiento en la silla y atacó mi cabello como si la ofendiera personalmente. Cuando intenté apartarme, me golpeó la cabeza con el cepillo—. ¡Quédate quieta! ¡Hay que quitar esos nudos!

Dos horas después, me miré en el espejo. El vestido, hecho con seda blanca delgada, se ceñía a mi torso antes de abrirse elegantemente en las rodillas, suave y simple. Unos pétalos delicados y unos cristales plateados cubrían la tela transparente de la espalda. Coco me había recogido el pelo a la altura de mi nuca para exhibir el bordado elaborado. También había insistido en curar el resto de mis magulladuras.

Otra cinta de terciopelo me cubría la cicatriz.

Tenía... buen aspecto.

Coco estaba de pie a mis espaldas, acicalando su propio reflejo por encima de mi hombro. Un vestido negro ceñido acentuaba sus curvas. El cuello alto y las mangas ajustadas sumaban a su atractivo, y había recogido sus rizos obstinados en un moño elegante. La miré con una punzada familiar de celos. Yo no llenaba tan bien mi vestido.

Suavizó el rojo de sus labios con un dedo y los frotó entre sí.

—Parecemos salidas del Bellerose. Babette estaría orgullosa.

—¿Se supone que eso es un insulto? —Metí la mano en mi vestido para elevar mis pechos, apretando los hombros y frunciendo el ceño ante los resultados—. Esas cortesanas son tan guapas que las personas *pagan* para estar con ellas.

Ansel entró poco después a la habitación. Se había recortado la mata de rizos y se los había apartado del rostro, lo que enfatizaba sus pómulos pronunciados y su piel impoluta. Su nuevo estilo lo hacía parecer... mayor. Miré las líneas largas de su cuerpo, el corte afilado de su mandíbula, la curva llena de su boca, con gusto renovado.

Él abrió los ojos de par en par al ver a Coco. No lo culpaba. Su vestido era muy distinto a la túnica gigante de curandera que vestía normalmente.

—¡Mademoiselle Perrot! Está..., em, está muy... muy bien. —Ella alzó las cejas, divertida—. Es decir, em... —Sacudió la cabeza rápido y lo intentó de nuevo—. Reid, em..., el capitán Diggory... Quería que te dijera... es decir, no a *usted* sino a Lou, que...

—Santo cielo, Ansel. —Sonreí mientras él apartaba la vista. Parpadeó rápido, aturdido, como si alguien le hubiera golpeado la cabeza—. Me siento un poco insultada.

Pero él no escuchaba. Sus ojos habían vuelto a Coco, que caminaba hacia él con una sonrisa felina. Ella inclinó la cabeza a un lado como si contemplara un ratón particularmente apetitoso. Él tragó con dificultad.

—Tú también estás muy bien. —Caminó en círculos a su alrededor, observándolo, deslizando un dedo por su pecho. Él se puso rígido—. No sabía que eras tan apuesto debajo de todo ese pelo.

—¿Necesitabas algo, Ansel? —Señalé la habitación moviendo el brazo junto al busto impresionante de Coco—. ¿O has venido solo a admirar la decoración del lugar?

Él tosió, sus ojos brillaban con determinación cuando abrió de nuevo la boca.

—El capitán Diggory pidió que te escoltara hasta el castillo. El arzobispo insistió en ir con él. También puedo escoltarla a usted, mademoiselle Perrot.

—Creo que me gustaría. —Coco deslizó un brazo sobre el de él y yo comencé a reír a carcajadas ante la mirada alarmada en su rostro. Cada músculo en el cuerpo de Ansel estaba tenso: incluso sus párpados. Era extraordinario—. Y por favor, llámame Brie.

Él tuvo mucho cuidado de tocar lo menos posible a Coco mientras bajábamos la escalera, pero Coco se tomó la molestia de complicarle la tarea. Los *chasseurs* que habían sido obligados a permanecer allí nos miraron descaradamente al pasar. Coco les guiñó un ojo.

—Por qué no darles un espectáculo —susurré.

Coco sonrió traviesa y pellizcó el trasero de Ansel como respuesta. Él gritó y saltó hacia adelante antes de girarse y mirar con desconfianza mientras los guardias reían a nuestras espaldas.

—*No ha sido gracioso.*

No estaba de acuerdo.

Antiguo y sin ornamentos, el castillo de Cesarine era una fortaleza apropiada para su ciudad. No presumía de contrafuertes intrincados o capiteles, ni poseía ventanas o arcos. Se cernía sobre nosotros mientras nos uníamos a la multitud de carruajes que ya estaban en la línea de recepción, con el sol tiñendo la piedra de luz roja sangrienta. Los árboles del patio, altos y angostos, como lanzas apuñalando el cielo, colaboraban con la imagen lúgubre.

Esperamos durante lo que parecieron horas antes de que un lacayo con el uniforme de Lyon se aproximara a nuestro carruaje. Ansel bajó a saludarlo, le susurró algo al oído y el hombre abrió los ojos de par en par. Me tomó la mano con rapidez.

—¡Madame Diggory! El capitán Diggory espera ansioso su llegada.

—Como debe ser. —Coco no esperó a que el lacayo la ayudara a bajar. Ansel intentó con torpeza tomar su codo, pero ella también lo apartó—. Estoy ansiosa por ver si este *chasseur* es tan complaciente en público como lo es en privado.

El lacayo parecía atónito, pero no dijo nada. Ansel gruñó en voz baja.

—Por favor, *mesdames*, vayan a la antesala —dijo el lacayo—. El heraldo las anunciará como corresponde.

Me detuve en seco.

—¿Anunciarnos como corresponde? Pero no tengo títulos.

—Sí, *madame*, pero su esposo es el invitado de honor. El rey ha insistido en tratarlo como parte de la realeza esta noche.

—Algo potencialmente problemático —susurró Coco mientras Ansel tiraba de ambas para obligarnos a avanzar.

Sin duda era problemático. Y no de la clase de problemas divertidos.

No tenía intención de que anunciaran mi llegada en una sala llena de extraños. Era imposible saber quién podía estar allí observando. Había aprendido mi lección con Estelle. No era necesario repetir la situación.

Observé mi entorno, buscando una entrada discreta. Sin embargo, en un baile realizado en honor de mi esposo, no tenía cómo *permanecer* desapercibida... en especial con aquel vestido ridículamente transparente. Maldije cuando cada ojo en la sala se giró hacia nosotros cuando pasamos. La silueta pecaminosa de Coco no ayudaba.

Los aristócratas vestidos con prendas caras merodeaban por la antesala, oscura y deprimente como el exterior. Como una prisión con velas centelleando en candelabros dorados y guirnaldas de hojas perennes y acebo envueltas sobre las puertas. Creo que incluso vi muérdago.

Ansel giró el cuello para encontrar al heraldo.

—Allí está. —Señaló a un hombre bajo y rechoncho que tenía una peluca y un pergamino y estaba de pie junto a un arco imponente. La música y las risas salían del cuarto contiguo. Otro sirviente apareció para llevarse nuestras capas. Aunque me aferré a la mía durante un segundo demasiado largo, el sirviente logró quitármela de las manos. Sintiéndome desnuda, lo observé desaparecer con impotencia.

Sin embargo, cuando Ansel me llevó hacia el heraldo, me hundí en mis talones.

—No me anunciaréis.

—Pero el lacayo ha dicho...

Me libré de su mano.

—¡No me importa lo que haya dicho el lacayo!

—Lou, el rey ha insistido en que...

—Queridos. —Coco sonrió ampliamente y entrelazó sus brazos con los nuestros—. No vamos a montar una escena, ¿no?

Respirando hondo, me obligué a sonreír ante los aristócratas que escuchaban a hurtadillas.

—Entraré por *allí* —le informé a Ansel apretando los dientes, señalando el extremo de la antesala por la que los sirvientes entraban y salían de un par de puertas secundarias más pequeñas.

—Lou —comenzó a decir él, pero yo ya estaba a mitad de camino hacia las puertas. Coco se apresuró a seguirme y dejó atrás a Ansel.

El salón de baile era más grande y espléndido que la antesala. Los candelabros de hierro colgaban de las vigas del techo y el suelo de madera resplandecía bajo la luz de las velas. Los músicos tocaban en tono festivo en un rincón junto a un pino enorme. Algunos invitados bailaban, aunque la mayoría caminaba por el perímetro de la sala, bebiendo champán y adulando a la familia real. A juzgar por las voces altas y arrastradas de los aristócratas más cercanos habían bebido champán durante horas.

—Sí, las hermanas Olde, eso es lo que oí...

—¡Han viajado hasta Amandine para actuar! Mi primo dice que son brillantes.

—¿El domingo has dicho?

—Después de misa. Qué manera más adecuada de terminar el fin de semana. El arzobispo merece el honor de...

Resoplando, pasé entre ellos y entré en la sala. Cualquier persona que usara en la misma oración las palabras *el arzobispo merece el honor* no merecía mi atención. Observé el mar de chaquetas azules y vestidos brillantes en busca de Reid, y vi su cabello cobrizo en un extremo alejado del salón de baile. Un grupo de admiradoras lo rodeaban. La joven que le sujetaba el brazo me llamó particularmente la atención.

Esperándome ansioso, una mierda.

Incluso de lejos se notaba que la mujer era hermosa: delicada y femenina; su piel de porcelana y su cabello negro brillaban bajo la luz de las velas. Se sacudía con risa genuina ante algo que Reid acababa de decir. La incomodidad me invadió el cuerpo.

Solo podía ser una persona.

Una ensoñación aburrida, dócil y asquerosamente inconveniente.

Coco siguió mi mirada y arrugó la nariz con desagrado cuando vio a Reid y a la belleza de pelo negro.

—Por favor, dime que no es quien creo que es.

—Te buscaré luego. —Mis ojos nunca abandonaron el rostro de Reid. Coco sabía que era mejor no seguirme esta vez.

Acababa de bajar al salón de baile cuando otro hombre se interpuso en mi camino. Aunque nunca lo había visto tan de cerca, reconocí su tez de color café claro y sus ojos abultados de inmediato. Llevaba el cabello arreglado a la perfección y portaba más diamantes en su corona que los que había en la bóveda de Tremblay.

Beauregard Lyon.

Maldición. No tenía tiempo para esa mierda. Aunque era probable que esa estúpida hundiera más profundamente sus garras en mi esposo, haciendo que él recordara sus *hermosos* labios, su sonrisa, sus ojos, su risa...

—Qué vestido más impresionante. —Su mirada recorrió mi cuerpo con pereza y sonrió, alzando una ceja.

—Su Alteza. —Hice una reverencia, reprimiendo títulos honoríficos más apropiados. Él apreció mis pechos cuando me incliné y me enderecé de inmediato. Maldito pervertido.

—Tu nombre. —No era una pregunta.

—Madame Diggory, Su Alteza.

Amplió la sonrisa satisfecho.

—¿Madame Diggory? Como... ¿Madame *Reid* Diggory?

—La misma.

Lanzó la cabeza hacia atrás y se rio. Los aristócratas cercanos se detuvieron y me miraron con interés renovado.

—Oh, lo he oído todo sobre ti. —Sus ojos dorados brillaron de alegría—. Dime, ¿cómo has engañado exactamente a nuestro querido capitán para que contrajera matrimonio contigo? He oído los rumores, claro, pero todos tienen sus propias teorías.

Felizmente me habría roto otro dedo para romperle una de las extremidades.

—Ningún truco, Su Alteza —dije con dulzura—. Estamos enamorados.

Su sonrisa desapareció y curvó levemente los labios.

—Qué desgracia.

En aquel instante, la multitud se movió y Reid y sus admiradoras quedaron expuestos. La mujer de cabello negro alzó la mano para quitar algo de un mechón de Reid. Me hervía la sangre. El príncipe alzó las cejas mientras seguía mi mirada.

—Amor, ¿eh? —Se acercó más y sentí su aliento cálido en mi oído—. ¿Deberíamos darle celos?

—No, gracias —repliqué—. *Su Alteza.*

—Llámame Beau. —Su sonrisa se volvió malvada mientras se apartaba. Pasé a su lado a toda prisa, pero él me sujetó la mano y besó la palma en el último momento. Resistí el deseo de romperle los dedos—. Búscame si cambias de opinión. Tú y yo nos divertiríamos juntos.

Con una última mirada penetrante se marchó y le guiñó un ojo a una de las mujeres que merodeaban. Lo fulminé con la vista un instante antes de dirigirme hacia Reid.

Pero él y Célie no estaban.

CAPÍTULO 23

UN JUEGO PELIGROSO

Lou

No tardé en encontrarlos, dado que Reid sobresalía entre la multitud por su altura. Como la *connasse* que era, Célie aún le sujetaba el brazo mientras se dirigían hacia una puerta parcialmente oculta por dos pinos.

Los seguí. Para mi malestar e inquietud, permanecieron perdidos el uno en el otro, y caminaron a través de la puerta sin mirar atrás. Entré detrás de ellos, pero una mano me sujetó el brazo.

Me giré y vi al arzobispo.

—Yo no lo haría. —Me soltó el brazo como si le preocupara contagiarse de algo—. La envidia es un pecado mortal, niña.

—Al igual que el adulterio.

Me ignoró y miró la puerta. Tenía el rostro más pálido de lo habitual, serio, y parecía haber perdido peso desde la última vez que lo había visto.

—Tú y yo le robamos un futuro. Célie es todo lo que una mujer debería ser. Reid habría sido feliz. —Me miró y tensó la boca—. Ahora él paga por nuestros pecados.

—¿De qué habláis?

—No te culpo por tu crianza hedonística, Louise, pero *eres* una pagana. —Sus ojos brillaron apasionados llenos de convicción—. Quizá si alguien hubiera estado allí, si alguien hubiera intervenido, todo esto podría haber sido evitado.

Permanecí de pie sin moverme, anclada a mi sitio como los pinos a nuestro lado mientras él caminaba de un lado a otro.

—Ahora es tarde. Permitamos que Reid disfrute de un pequeño placer lejos de tu corrupción.

Mi desconcierto se transformó en algo duro, brillante y frío ante sus palabras. Como si *yo* hubiera causado la corrupción. Como si *yo* hubiera debido sentir vergüenza. Alcé el mentón y avancé ofensivamente cerca de su cara pálida.

—No sé de qué diablos habla, pero debe mirarse al espejo. Hay un círculo especial en el infierno para los mentirosos y los hipócritas, Su Eminencia. Quizás lo vea allí.

Me miró boquiabierto, pero no intentó seguirme. La satisfacción brutal que me recorría el cuerpo desapareció cuando entré en lo que solo podía ser una cocina.

Estaba vacía.

Una brisa gélida me rozó la piel y noté que habían dejado abierta la puerta del extremo de la sala. El viento silbaba a través de la abertura estrecha. La abrí un poco más para ver a Reid y a Célie de pie en medio de un jardín de hierbas aromáticas muertas. La nieve cubría la salvia y el romero.

Incliné el torso hacia adelante, apenas capaz de discernir sus voces por el viento.

—Lo siento, Célie. —Reid sujetaba las manos de la mujer con las suyas. Los hombros de la chica estaban tensos: furiosos.

No deberías estar aquí, advirtió la vocecita reprochadora en lo profundo de mi mente. *Está mal. Es privado. Estás traicionando su confianza.*

Él está traicionando mi confianza.

—Debe de haber algo que podamos hacer —dijo Célie con amargura—. No está bien. El arzobispo *sabe* que eres inocente. Podríamos hablar con él, pedirle una anulación. Él te quiere como si fueras su hijo. Sin duda no te mantendría atrapado en un matrimonio sin amor.

Mi estómago dio un vuelco. Reid acarició sus dedos con el pulgar.

—El arzobispo fue quien lo sugirió.

—Entonces, hablaremos con el rey. Mi padre es el *vicomte*. Estoy segura de que podemos organizar una reunión...

—Célie —dijo él en voz baja.

Ella se sorbió la nariz y supe instintivamente que no era debido al frío.

—La *odio*.

—Célie, tú... no me querías.

Mi pecho se contrajo ante la emoción en la voz de Reid. Ante su dolor.

—*Siempre* te quise —dijo ella con ferocidad—. No se suponía que esto fuera a pasar. Estaba enfadada, tenía el corazón roto y solo... necesitaba tiempo. Quería ser *altruista* por ella. Por Pip. —Rodeó el cuello de Reid con los brazos y vi su rostro con claridad por primera vez. Tenía pómulos prominentes, ojos grandes de cervatillo y labios carnosos—. Pero ya no me importa. No me importa si es egoísta. Quiero estar contigo.

Sin duda no hay nada más hermoso en todo el mundo que tu sonrisa, excepto claro, tus ojos. O tu risa. O tus labios.

Vi cómo ella presionaba esos labios en la mejilla de Reid y sentí náuseas. De pronto, sus cartas de amor ya no me parecían graciosas.

Él se apartó antes de que ella pudiera mover la boca.

—Célie, no. Por favor. No lo hagas más difícil.

Ella hizo una pausa, le temblaba el labio inferior. Sus siguientes palabras fueron un golpe directo a mi pecho.

—Te quiero, Reid. —Ella se aferró a él, suplicando—. Lamento mucho haberte apartado, pero aún podemos estar juntos. Podemos solucionar esto. No has consumado el matrimonio. Habla con el arzobispo, pide una anulación. Él enviará a esa prostituta a prisión, donde pertenece, y...

—No es una prostituta.

Incliné el torso un poco más hacia adelante cuando Célie retrocedió, frunciendo el ceño al ver algo en la expresión de Reid.

—Era una ladrona, Reid, y te ha *tendido una trampa.* Ella... no te merece.

Reid abandonó los brazos de la mujer con dulzura.

—Célie, esto no puede continuar. —Su voz era baja, resignada—. Te guste ella o no, hice un juramento. Y lo honraré.

—¿*Te gusta*? —preguntó Célie, entrecerrando los ojos.

—Eso no tiene importancia.

—¡A mí me importa!

Y a mí.

—¿Qué quieres que diga, Célie? Es mi esposa. Por supuesto que me gusta.

Célie retrocedió como si él la hubiera abofeteado.

—¿Qué ha ocurrido contigo, Reid?

—Nada...

—El Reid que conozco aborrecería a esa mujer. Ella es *todo* contra lo que peleas...

—No la conoces.

—¡Es evidente que tampoco te conozco a ti!

—Célie, por favor...

—¿La quieres?

Contuve el aliento, hundiendo los dedos en el marco de la puerta. Hubo una pausa pesada. Luego...

—No. —Exhaló intensamente y bajó la mirada—. Pero creo... que podría...

—Pero dijiste que *me* amabas. —Ella retrocedió despacio, con los ojos abiertos de par en par llenos de sorpresa y dolor. Las lágrimas rodaban por sus mejillas—. ¡Pediste casarte conmigo! *Conmigo,* ¡no con ella!

—Yo... Célie, lo hice. Pero Lou... —Suspiró y sacudió la cabeza—. No le haré daño.

—¿No *le* harás daño? —Ahora gritaba con sinceridad, unas manchas de color aparecieron en sus mejillas pálidas—. ¿Y *yo* qué, Reid? ¡Nos conocemos desde que éramos niños! —Sus lágrimas mojaban su vestido y arruinaban la seda negra—. ¿Y qué hay de *Pip*? ¿Qué hay de tu *juramento*?

Las manos de Reid colgaban inertes junto a su cuerpo.

—Lo lamento. No era mi intención que esto ocurriera.

—Yo también lo lamento, Reid —sollozó ella—. Lamento haberte conocido.

Me aparté de la puerta, con las extremidades entumecidas. No debería haber estado allí. Aquel momento no debería haber sido presenciado por mis ojos.

En el salón de baile, me situé lejos de la multitud. Mi mente aún daba vueltas.

Reid la había querido.

Sacudí la cabeza, asqueada de mí misma. Por supuesto que la había querido. Lo había dicho en su estúpido diario, que *nunca* debería haber leído. Y aunque no lo hubiera dicho, era un hombre joven y atractivo. Podría haber elegido entre una inmensa cantidad de mujeres si no hubiera dedicado su vida a los *chasseurs*. El pensamiento me exasperaba más de lo esperable. Al igual que pensar en los labios de Célie —en los labios de *cualquiera*— presionados en su mejilla.

Célie apareció varios minutos después, limpiándose el rostro con disimulo. Inclinaba la cabeza ante cualquiera que pudiera interrogarla y se dirigía directa a la antesala. Me tragué el nudo en mi garganta cuando Reid también apareció. Observando mientras él me buscaba, dudé en seguir a Célie.

¿Cómo podría enfrentarme a Reid después de lo que había oído? ¿Después de descubrir a lo que él había renunciado?

¿La quieres?

No. Pero creo... que podría...

¿Podría qué? ¿Quererme? El pánico clavó sus garras en mi garganta ante la palabra. Sin embargo, mientras me sujetaba la falda para huir hacia el carruaje, Reid me encontró en la multitud. Lo saludé con la mano, incómoda, maldiciendo mi inseguridad repentina, mientras sus ojos azules encontraban los míos y los abría de par en par. Avanzó disculpándose con amabilidad ante los aristócratas que intentaban detenerlo y felicitarlo en el camino.

Moví los pies horriblemente consciente de mi corazón latiendo desbocado, de mis extremidades cosquilleantes, de mi piel ruborizada, cuando por fin llegó.

Me tomó de la mano.

—Estás preciosa.

Me ruboricé más bajo su mirada. A diferencia de la apreciación altiva del príncipe, la de Reid era prácticamente... reverencial. Nunca me habían mirado así.

—Gracias. —Contuve el aliento y él inclinó la cabeza. Sus ojos buscaban los míos con una pregunta silenciosa. Aparté la vista, avergonzada, cuando Coco se abalanzó sobre nosotros sin perder tiempo en cortesías. Nunca lo hacía con Reid.

—Dígame, *chasseur* Diggory, ¿quién era esa mujer hermosa con la que estaba? ¿Su hermana, quizás?

La fulminé con la mirada pero me ignoró. La sutileza nunca había sido su fuerte.

—Oh, em..., no —dijo Reid—. Era la hija del *vicomte*, mademoiselle Tremblay.

—¿Una amiga íntima? —insistió Coco—. ¿Sus padres eran amigos o algo así?

—Nunca conocí a mi padre —respondió Reid sin emoción.

Pero Coco ni siquiera movió un ojo.

—Entonces, ¿cómo se conocieron?

—Brie. —Me obligué a sonreír, sujeté la mano de mi amiga y la presioné sin piedad—. Me gustaría estar un momento a solas con mi esposo. ¿Dónde está Ansel?

Sacudió su otra mano detrás de nosotros sin interés.

—Probablemente golpeándose el pecho y desafiando a un duelo a ese otro *chasseur*.

Miré hacia donde ella había señalado.

—¿Qué otro *chasseur*?

—El vanidoso. El imbécil ese. —Frunció los labios por la concentración, pero no era necesario que se tomara la molestia. Sabía a quién se refería—. Jean Luc.

—¿Qué ha ocurrido?

—Oh, la condición masculina usual. Ansel no quería que Jean Luc jugara con su juguete nuevo. —Puso los ojos en blanco—. Lo juro, mis amantes femeninas nunca son tan problemáticas.

Ahora mi sonrisa era genuina. Pobre Ansel. Él no tenía oportunidad contra Jean Luc... o con Coco.

—Quizás deberías ir a arbitrar.

Coco observó mi mano sujetando la de Reid y el aspecto febril de mis mejillas. La forma en que él permanecía cerca de mí. Demasiado cerca. Entrecerró los ojos.

—Tal vez debería hacerlo.

Avanzó para abrazarme, pero Reid no me soltaba la mano. Fulminándolo con la mirada, me abrazó de todos modos... Fue un abrazo incómodo, pero feroz.

—Te veré luego —susurró—. Hazme saber si tengo que drenarle la sangre.

Reid la observó marcharse con una expresión ilegible.

—Debemos hablar —dijo él por fin—. En un lugar privado.

Lo seguí con aprensión silenciosa hasta el jardín de hierbas en el que le había roto el corazón a Célie. Esta vez, me aseguré de cerrar con firmeza la puerta de la cocina. Lo que fuera que él quisiera confesarme no necesitaba audiencia. Tenía el presentimiento de que me dolería mucho.

Deslizó una mano por su cabello cobrizo con nerviosismo.

—Lou, la mujer con la que mademoiselle Perrot y tú me habéis visto era...

—No. —Me rodeé con los brazos para evitar temblar. No podía soportarlo. No podía revivir esa conversación desdichada. Oírla una vez había sido suficiente—. No tienes que explicar nada. Lo entiendo.

—Necesito explicártelo —respondió—. Escucha, sé que nos hemos casado bajo circunstancias para nada ideales. Pero, Lou, yo... quiero que esto funcione. Quiero ser tu marido. Sé que no puedo obligarte a querer lo mismo, pero...

—Quiero lo mismo —susurré.

Abrió los ojos de par en par y dio un paso tentativo hacia mí.

—¿De verdad?

—Sí.

Entonces, sonrió con sinceridad, antes de titubear levemente.

—Entonces no puede haber secretos entre los dos. —Vaciló, como si buscara las palabras adecuadas—. La mujer con la que me habéis visto era Célie. Has leído mis cartas, así que sabes que la quería. Pero... pero no ha ocurrido nada. Lo prometo. Ella me ha encontrado al llegar y... se ha negado a apartarse de mi lado. La he traído fuera unos minutos para explicarle los nuevos parámetros de nuestra relación. Le he dicho que yo no...

—Lo sé.

Respiré hondo, preparándome para la situación desagradable que vendría. Él frunció el ceño.

—¿Cómo lo sabes?

Porque soy una persona de mierda. Porque no he confiado en ti. Porque ella es todo lo que mereces y yo soy tu enemiga.

—Os he seguido —admití en voz baja—. Lo he escuchado... todo.

—¿Nos has espiado? —La incredulidad tiñó su voz.

Temblé. No sabía si era por el frío o la vergüenza.

—Es difícil cambiar viejos hábitos.

Con las cejas juntas, retrocedió levemente.

—No habría elegido que te enteraras de ese modo.

Me encogí de hombros, apelando a mi vieja actitud, pero no pude hacerlo.

—Aunque es más fácil de este modo.

Él me observó un minuto… tan largo que no sabía si hablaría. Retrocedí.

—Ya no más secretos, Lou —dijo finalmente—. Ya no más mentiras.

Me maldije por no ser capaz de darle la respuesta que él quería. La respuesta que *yo* quería. Porque allí estaba… mirándome con malicia.

Ya no quería mentirle.

—Lo… intentaré —susurré.

Era lo mejor que podía darle.

Él asintió, despacio y comprensivo.

—Volvamos dentro. Estás temblando.

—Espera. —Le sujeté la mano antes de que él se girara, con el corazón alojado con firmeza en la garganta—. Quiero… quiero…

Quedar como una tonta absoluta. Sacudí la cabeza, maldiciendo en silencio. No era buena en aquello. La honestidad, la sinceridad… eran, por lo general, problemáticas. Pero ahora… con Reid… Le debía ambas.

—Quiero darte las gracias… por todo. —Le apreté los dedos con los míos, doloridos por el frío—. Célie tiene razón. No te merezco. He convertido tu vida en un desastre.

Él puso su otra mano sobre la mía. Cálida y firme. Para mi sorpresa, sonrió.

—Me alegra que lo hayas hecho.

La sangre subió a mis mejillas congeladas y, de pronto, me resultó difícil mirarlo.

—Bueno, entonces… volvamos dentro. Mi trasero se está congelando aquí fuera.

La fiesta continuaba cuando volvimos al salón de baile. Tomé una copa de champán de un sirviente al pasar y la bebí de un sorbo.

Reid me miró con incredulidad.

—Bebes como un hombre.

—Tal vez los hombres puedan aprender una o dos cosas de las mujeres. —Le hice señas al sirviente, tomé dos copas más y le ofrecí una a Reid. No la aceptó—. Relájate, Chass. Date el gusto. Es el mejor champán que el dinero puede comprar. Es un insulto para Su Majestad no beberlo. —Observé la multitud con aburrimiento fingido—. Por cierto, ¿dónde está el rey Auguste? Se supone que está aquí, ¿no?

—Sí. Me ha saludado antes.

—¿Qué aspecto tiene?

—Parecido a lo que uno esperaría.

—Entonces, ¿es un bastardo adulador como su hijo? —Sacudí la copa de champán bajo su nariz, pero él solo sacudió la cabeza. Me encogí de hombros, bebí también su copa de un sorbo y me reí ante su expresión.

Un instante después, una calidez deliciosa me recorrió el cuerpo. La música, que antes era un vals lento e insípido, sonaba mucho mejor. Más enérgico. Bebí otra copa.

—Baila conmigo —dije abruptamente.

Reid me miró desconcertado.

—¿Qué?

—¡Baila conmigo! —Me puse de puntillas y le rodeé el cuello con los brazos. Él se puso tenso, miró a su alrededor, pero tiré su cabeza hacia abajo con decisión. Él obedeció, encorvándose un poco y rodeó mi cintura con los brazos. Me reí.

Estábamos ridículos, encorvados y haciendo un esfuerzo por encajar, pero me negaba a soltarlo.

—Esta… no es la manera adecuada de bailar.

Alcé el mentón y lo miré directamente a los ojos.

—Claro que sí. Eres el invitado de honor. Puedes bailar como quieras.

—En… en general no hago esto…

—Reid, si no bailas conmigo, iré a buscar a alguien que lo haga.

Me sujetó más fuerte la cadera.

—No, no lo harás.

—Entonces está claro. Bailaremos.

Exhaló y cerró los ojos.

—De acuerdo.

Por más nervioso que hubiera estado por bailar, demostró ser capaz de hacerlo en cuestión de segundos, moviéndose con elegancia sobrenatural para alguien tan alto. Yo tropecé más de una vez. Hubiera culpado a la cola de mi estúpido vestido, pero solo era mi culpa. No podía concentrarme. Tenía sus manos en mi cintura y no podía evitar imaginarlas en otras partes. La temperatura de mi sangre subió ante ese pensamiento.

La canción terminó demasiado pronto.

—Debemos irnos —dijo él con voz áspera—. Se hace tarde.

Asentí y me aparté de él, no confiaba en mí misma para hablar.

No tardé en hallar a Coco. Estaba reclinada contra la pared cerca de la antesala, hablando nada más y nada menos que con Beauregard Lyon. Él tenía un brazo apoyado en la pared por encima de la cabeza de Coco. Incluso de lejos, veía que coqueteaban descaradamente.

Ambos me dirigieron sus miradas cuando Reid y yo nos acercamos.

—Vaya, vaya, vaya... si es madame Diggory. —Los ojos del príncipe brillaron llenos de diversión—. Veo que su esposo ha escogido bien.

Lo ignoré, aunque Reid se molestó ante sus palabras.

—Brie, estamos listos para marcharnos. ¿Vienes?

Coco miró al príncipe, quien sonrió.

—Esta adorable criatura no me abandonará durante el resto de la noche. Lo siento, cariño —susurró en tono conspirativo—. Tendré que posponer esa oferta... a menos que tú y tu esposo queráis sumaros.

Lo fulminé con la mirada. Idiota.

Reid entrecerró los ojos.

—¿Qué oferta?

Tiré de su brazo.

—Vayamos a buscar a Ansel.

—Se ha ido. —Coco rodeó la cintura del príncipe con sus brazos. Un resplandor travieso iluminó sus ojos oscuros—. Podéis volver solos. Espero que no os moleste.

Exhibí los dientes intentando sonreír.

—¿Puedo hablar contigo a solas un momento, Brie?

La sorpresa recorrió sus facciones, pero se recuperó con rapidez.

—Claro.

Perdiendo la sonrisa, la arrastré hasta la antesala.

—¿Qué haces?

Sacudió las caderas.

—Intento que tengas tiempo a solas con tu esposo. La pista de baile no parece suficiente.

—Me refiero al *príncipe*.

—Oh. —Alzó una ceja y sonrió—. Seguramente lo mismo que tú harás con Reid.

—¿Estás *loca*? ¡Verá tus cicatrices!

Alzó un hombro con indiferencia.

—Le diré que he tenido un accidente. ¿Por qué sospecharía otra cosa? Las *Dames rouges* no forman parte del conocimiento general y todos aquí piensan que soy Brie Perrot, curandera y amiga íntima del capitán Reid Diggory. Además, ¿no estás siendo un poco hipócrita? Entre Beau y yo solo hay sexo, pero entre tú y Reid… No afirmaré saber qué narices hay entre vosotros, pero hay *algo*.

Resoplé, pero mi rostro traicionero se ruborizó.

—De verdad que estás loca.

—¿Lo estoy? —Coco me tomó las manos y me miró—. No quiero decirte qué hacer, Lou, pero por favor… ten cuidado. Juegas a algo peligroso. Reid aún es un *chasseur* y tú una bruja. Sabes que deberéis separaros. No quiero que salgas herida.

Mi enfado desapareció ante su preocupación y le apreté las manos para transmitir confianza.

—Sé lo que hago, Coco.

Pero era mentira. No tenía ni idea de lo que hacía cuando se trataba de Reid.

Ella me soltó las manos, frunciendo el ceño.

—De acuerdo. Te dejaré sola para que continuéis con esa estupidez juntos.

El estómago me dio un vuelco cuando la vi marcharse. No me gustaba discutir con Coco, pero esa vez no había nada que pudiera hacer para arreglar las cosas.

Reid apareció a mi lado un minuto después; me tomó el brazo y me guio hasta el carruaje. De pronto, el vehículo era demasiado pequeño, demasiado cálido, con Reid a mi lado. Sus dedos rozaban mi muslo en un gesto aparentemente inocente y no pude evitar recordar la sensación de ellos en mi cintura. Me estremecí y cerré los ojos.

Cuando los abrí un segundo después, Reid me miraba. Tragué y sus ojos se posaron en mis labios. Deseaba que él inclinara la cabeza hacia delante —que acabara con la distancia entre los dos—, pero cerró los ojos y se apartó.

La decepción me aplastó y fue reemplazada por la punzada de la humillación.

Es lo mejor. Miré molesta a través de la ventana. Coco tenía razón: Reid aún era un *chasseur* y yo, bruja. Sin importar lo que ocurriera, sin importar qué cambiara, ese único obstáculo imposible de superar permanecería entre los dos. Sin embargo... observé su perfil rígido, el modo en que sus ojos continuaban gravitando hacia mí.

Sería estúpido comenzar a recorrer ese camino. Solo podía terminar de una manera. Sin embargo, saberlo no evitó que mi corazón acelerara su ritmo ante la cercanía de Reid, o disminuyera mi chispa de esperanza. Esperanza de que, tal vez, nuestra historia pudiera terminar de un modo distinto.

Pero... Coco tenía razón. Era un juego peligroso.

Capítulo 24

Cuestión de orgullo

Reid

La tensión en nuestro dormitorio esa noche era físicamente dolorosa. Lou estaba recostada en mi cama. La oí moverse en la oscuridad, su respiración era fuerte y luego silenciosa. Se movió de nuevo. Rodó despacio sobre el lateral de su cuerpo. Sobre la espalda. Sobre el lateral. Sobre la espalda. Intentando no hacer ruido. Pasar inadvertida. Pero no lo logró. La escuché una y otra y *otra* vez.

Esa mujer estaba volviéndome loco.

Finalmente, inclinó el cuerpo y sus ojos azules verdosos encontraron los míos en la oscuridad. Su cabelló tocó el suelo. Me incorporé sobre los codos demasiado rápido y ella miró la abertura de mi camisón en mi pecho. El calor se expandió hasta mi estómago.

—¿Qué ocurre?

—Esto es una estupidez. —Frunció el ceño, pero no entendía por qué *ella* estaba molesta—. No tienes que dormir en el suelo.

La miré desconfiado.

—¿Estás segura?

—De acuerdo, antes que nada, *deja* de mirarme así. No es gran cosa. —Puso los ojos en blanco antes de moverse para dejarme sitio—. Además, hace frío aquí. Necesito tu calor corporal para mantenerme caliente. —Cuando todavía no me movía, le dio una palmadita al espacio a su lado sugestivamente—. Ah, vamos, Chass. No muerdo… mucho.

Tragué con dificultad y bloqueé la imagen de su boca sobre mi piel. Con movimientos cautos y lentos, dándole todas las oportunidades para cambiar de opinión, subí a la cama. Pasaron varios segundos de silencio incómodo.

—Relájate —susurró por fin, aunque también estaba recostada tiesa como una tabla—. Deja de comportarte de modo extraño.

Estuve a punto de reír. A punto. Como si hubiera podido relajarme con ella tan... cerca. La cama, de tamaño estándar, no había sido hecha para dos. La mitad de mi cuerpo sobresalía en el espacio vacío. La otra mitad estaba presionada contra ella.

No me quejaba.

Después de otro silencio torturador, ella se giró hacia mí y sus pechos rozaron mi brazo. Mi pulso aumentó y apreté los dientes, dominando mis pensamientos desenfrenados.

—Háblame sobre tus padres.

Y así de fácil, todos los pensamientos sobre intimar desaparecieron.

—No hay nada que contar.

—Siempre hay algo que contar.

Miré con determinación el techo. El silencio apareció una vez más, pero ella continuó observándome. No pude resistirme a mirarla. A mirar su expresión curiosa con los ojos de par en par. Sacudí la cabeza y suspiré.

—Me abandonaron. Una criada me encontró en la basura cuando era un bebé.

Ella me miró, horrorizada.

—El arzobispo me cobijó. Fui un paje durante mucho tiempo. Luego, pegué un estirón. —El lateral de mi boca subió por voluntad propia—. Él comenzó a entrenarme para los *chasseurs* poco después. Conseguí mi lugar a los dieciséis. Es lo único que conozco.

Ella apoyó la cabeza en mi hombro.

—¿Conseguiste tu lugar?

Cerrando los ojos, apoyé el mentón en su cabeza e inhalé. Profundo.

—Solo hay cien Balisardas: cada uno tiene una gota de la reliquia de san Constantino. Eso limita los puestos disponibles. La mayoría sirven de por vida. Cuando un *chasseur* se retira o muere, hay un torneo. El ganador puede unirse a nuestras filas.

—Espera. —Se incorporó y me sonrió, su cabello me hizo cosquillas en el pecho—. ¿Dices que *Ansel* ha vencido a todos sus contrincantes?

—Ansel no es un *chasseur*.

Su sonrisa vaciló.

—¿No lo es?

—No. Pero se entrena para serlo. Competirá en el próximo torneo, junto al resto de los novicios.

—Oh. —Ahora, frunció el ceño y retorció un mechón de cabello en su dedo—. Bueno, eso explica mucho.

—¿Sí?

Se acurrucó de nuevo contra mí con un suspiro.

—Ansel es distinto a los demás aquí. Él es... tolerante. De mente abierta.

Me molestó la insinuación.

—No es un crimen tener principios, Lou.

Me ignoró. Sus dedos recorrieron el cuello de mi camisa.

—Cuéntame lo de tu torneo.

Me aclaré la garganta, haciendo un esfuerzo por ignorar el movimiento sutil. Pero sus dedos eran muy cálidos. Y mi camisa muy delgada.

—Probablemente tenía la edad de Ansel. —Me reí ante el recuerdo... cómo mis rodillas habían temblado, cómo había vomitado en mi chaqueta minutos antes de la primera ronda. El arzobispo había conseguido otra para mí. Aunque había ocurrido hacía pocos años, el recuerdo parecía lejano. Una época distinta. Una vida distinta. Cuando había vivido y respirado para garantizarme un futuro en el mundo de mi patriarca—. Todos los demás eran más grandes que yo. También, más fuertes. No sé cómo lo hice.

—Sí, lo sabes.

—Tienes razón. —Otra risa me subió a la garganta, espontánea—. Lo sé. No eran *tan* grandes, y practicaba todos los días para hacerme más fuerte. El arzobispo en persona me entrenó. Nada importaba: solo convertirme en *chasseur*. —Mi sonrisa desapareció cuando los recuerdos resurgieron, uno tras otro, con claridad dolorosa. La multitud. Los gritos. El choque de acero y el olor intenso al sudor en el aire. Y... Célie. Su apoyo—. Luché contra Jean Luc en el campeonato.

—Y lo venciste.

—Sí.

—Está resentido por ello.

—Lo sé. Hizo que vencerlo fuera más dulce aún.

Me empujó el estómago con un dedo.

—Eres un idiota.

—Es probable. Pero él es peor. Las cosas… cambiaron entre nosotros ese año. Él aún era un novicio cuando el arzobispo me ascendió a capitán. Tuvo que esperar hasta el torneo siguiente para ganar su lugar. Creo que nunca me perdonó por ello.

Ella no habló durante varios minutos. Cuando por fin lo hizo, deseé que no lo hubiera hecho.

—Y… ¿y Célie? ¿Continuaste viéndola después de hacer tu juramento?

Todo remanente de humor se marchitó y murió en mi lengua. Miré de nuevo el techo. Sus dedos tocaron de nuevo el cuello de mi camisa. Persuasivos. Expectantes. Suspiré otra vez.

—Has visto las cartas. Mantuvimos… nuestro cortejo.

—¿Por qué?

Me puse tenso, cauteloso.

—¿A qué te refieres con *por qué*?

—¿Por qué continuar con el cortejo después de haberles jurado lealtad a los *chasseurs*? Nunca he oído que un *chasseur* contrajera matrimonio antes de ti. No hay otras esposas en la Torre.

Hubiera entregado mi Balisarda a cambio de terminar la conversación. ¿Cuánto había escuchado? Tragué con dificultad. ¿Sabía… que Célie me había rechazado?

—No es tan raro. Hace pocos años, el capitán Barre contrajo matrimonio.

No mencioné que había abandonado nuestra hermandad un año después.

Ella se incorporó y clavó en mí sus ojos inquietantes.

—Ibas a casarte con Célie.

—Sí. —Aparté la vista y la centré de nuevo en el techo. Un copo de nieve entró por la ventana—. Mientras crecíamos… Célie y yo éramos novios. Su gentileza me parecía cautivadora. Yo era un niño furioso. Ella me calmaba. Me suplicaba que no les lanzara rocas a los guardias. Me obligaba a confesar cuando robaba el vino de la comunión. —Una sonrisa tiró de mis labios ante el recuerdo—. Estaba lleno de resentimiento. El arzobispo tuvo que quitármelo a golpes.

Ella entrecerró los ojos ante mis palabras, pero, sabiamente, no dijo nada. Acercó de nuevo el cuerpo a mi pecho y rozó mi clavícula con su dedo. El calor brotó en mi piel... y en todas partes ante su tacto. Aparté la cadera, maldiciendo en silencio.

—¿A cuántas brujas has matado?

Gruñí y giré la cabeza en la almohada. Ella podría haber congelado el infierno.

—Tres.

—¿En serio?

El juicio en su voz era irritante. Asentí, intentando no parecer ofendido.

—Aunque es difícil capturar una bruja, son vulnerables sin su magia. Aun así, la bruja del teatro fue más astuta que la mayoría. No me atacó con magia. Usó magia para atacarme. Hay una diferencia.

Ella deslizó el dedo por mi brazo. Distraídamente. Reprimí un temblor.

—Entonces, ¿sabes sobre magia?

Carraspeé y me obligué a centrar la atención en sus palabras. No en su tacto.

—Sabemos lo que el arzobispo nos enseña en el entrenamiento.

—¿Por ejemplo?

Aparté la vista, con la mandíbula tensa. No comprendía el enamoramiento que Lou tenía con lo oculto. Había dejado claro infinitas veces que no coincidía con nuestra ideología. Pero continuaba mencionando el tema, como si *quisiera* discutir. Como si *quisiera* que yo perdiera los estribos.

Suspiré.

—Que las brujas canalizan su magia desde el infierno.

Ella resopló.

—Eso es ridículo, por supuesto que no canalizan su magia desde el infierno. La canalizan a través de sus *ancestros*.

La miré con incredulidad.

—¿Cómo es posible que sepas eso?

—Mi amiga me lo dijo.

Por supuesto. La bruja de la casa de Tremblay. La bruja que aún no habíamos encontrado. Resistí las ganas de perder la compostura con ella. Ninguna molestia la habría convencido de darnos más información. Me sorprendía que el arzobispo no hubiera amenazado con atarla a la hoguera.

Pero nunca había oído algo semejante.

—¿A través de sus ancestros?

Su dedo continuó bajando por mi brazo. Acarició el vello en mis nudillos.

—Mmm hmm.

Esperé a que continuara, pero parecía perdida en sus pensamientos.

—Entonces..., esas criaturas pueden...

—*Esas mujeres.* —Alzó abruptamente la cabeza—. Las brujas son *humanas*, Reid. No *criaturas*.

Suspiré, tentado a medias de concluir allí la discusión. Pero no pude. Con bruja amiga o sin ella, Lou no podía decir semejante blasfemia en la Torre o terminaría en la hoguera. Y no habría nada que yo pudiera hacer para evitarlo. Debía terminar con su fascinación. Antes de que se saliera de control.

—Sé que piensas eso...

—Que *sé* eso...

—... pero solo porque una bruja parezca y se comporte como una mujer...

—Si parece un pato y grazna como un pato...

—... no significa que sea un pato. Es decir, em, una mujer.

—Las brujas pueden dar a luz, Reid. —Me tocó la nariz. Parpadeé, mis labios se curvaron ante la sorpresa—. Eso las hace mujeres.

—Pero solo dan a luz a mujeres. —Sonriendo, acerqué mi cabeza como respuesta. Ella retrocedió y estuvo a punto de caerse de la cama. Alcé una ceja burlona, entretenido—. Me suena a reproducción asexual.

Frunció el ceño y un rubor furioso apareció en sus mejillas. Si no la hubiera conocido, hubiera pensado que estaba incómoda. Mi sonrisa se hizo más amplia, preguntándome qué podría haber causado el cambio repentino. ¿Mi cercanía física? ¿La palabra *reproducción*? ¿Ambas?

—No seas estúpido. —Golpeó su almohada para darle forma y se recostó de nuevo, con cuidado de no tocarme—. Por supuesto que las brujas tienen hijos varones.

Mi sonrisa desapareció.

—Nunca hemos encontrado un brujo.

—Eso es porque no existen. La magia la heredan solo las mujeres. A lo hombres los envían lejos después de nacer.

—¿Por qué?

Se encogió de hombros.

—Porque no tienen magia. Mi amiga dijo que a los hombres solo se les permite entrar al Chateau como cónyuges y aun así, no les permiten quedarse.

—¿Ella te ha contado todo eso?

—Claro. —Alzó el mentón mirándome por encima de la nariz, como si me desafiara a contradecirla—. Deberías educarte, Chass. Una ladrona callejera común sabe más sobre tus enemigos que tú. Qué vergüenza.

El disgusto me invadió. Lou se hundió más profundamente entre las sábanas cuando el viento aumentó fuera.

—¿Tienes frío?

—Un poco.

Me acerqué, alzando el brazo.

—¿Aceptarás una tregua?

Tragó con dificultad y asintió.

La acerqué a mi pecho y uní las manos en su espalda, a la altura de su cintura. Ella volvió a convertirse en un trozo de madera. Pequeña. Inflexible. Sin sus preguntas entrometidas y sus conversaciones insultantes, era como si estuviera... nerviosa.

—Relájate —susurré—. No muerdo... mucho. —La risa silenciosa resonó en mi pecho. Ella se puso aún más rígida. No necesitaba preocuparse. Sin duda había oído el latido desbocado de mi corazón y había comprendido la ventaja que tenía.

—¿Eso ha sido una broma, Chass?

Tensé los brazos a su alrededor.

—Tal vez. —Cuando no dijo nada, retrocedí para mirarla. Otra sonrisa tiró de mis labios.

Y, de pronto, recordé nuestra primera noche juntos.

—No tienes que estar nerviosa, Lou. —Le acaricié la espalda, obligándome a permanecer quieto mientras ella se retorcía contra mí—. No intentaré hacer nada.

Un sonido de protesta escapó de ella.

—¿Por qué no?

—Recuerdo que amenazaste con cortarme por la mitad si te tocaba sin permiso. —Incliné su mentón hacia arriba, maldiciéndome y felicitándome en igual medida cuando parpadeó y cerró los ojos, cuando se le aceleró la respiración. Me acerqué más, mis labios prácticamente rozaban los suyos—. No te tocaré hasta que lo pidas.

Abrió los ojos y me apartó con un gruñido.

—No hablas en serio.

—Oh, claro que sí. —Sonreí con picardía de nuevo y me acomodé sobre la almohada—. Es tarde. Deberíamos dormir.

Sus ojos brillaban con furia. Con comprensión. Con admiración reticente.

Triunfante, la observé inspeccionar sus pensamientos, observé cada emoción aparecer en su rostro con pecas. Frunció el ceño al mirarme.

—Parece que te he subestimado.

Alcé las cejas.

—Solo di las palabras. Pídemelo.

—Eres un imbécil.

Me encogí de hombros.

—Como quieras. —Con un movimiento fluido, me quité la camisa. Ella abrió los ojos de par en par, incrédula.

—¿Qué haces? —Recogió mi camisa y me la lanzó.

La atrapé. La tiré al suelo.

—Tengo calor.

—Tú... tú... ¡Sal de mi cama! ¡Sal! —Me empujó, probablemente con todas sus fuerzas, pero no cedí. Solo sonreí.

—Es mi cama.

—No, aquí duermo *yo*. *Tú* duermes en...

—La cama. —Coloqué las manos detrás de mi cabeza. Me miró boquiabierta, explorando mis brazos... mi pecho. Mi sonrisa se hizo más amplia y resistí las ganas de flexionar los músculos—. Tengo un nudo en la espalda desde hace dos semanas. Me he hartado de dormir en el suelo. Esta es mi cama y a partir de ahora, dormiré en ella. Eres bienvenida a compartirla; si no, la bañera aún está libre.

Abrió la boca furiosa. La cerró de nuevo.

—No... Esto es... *No* dormiré en el... —Sus ojos recorrieron la cama, evidentemente buscando algo con lo que apuñalarme. Encontraron una almohada.

Zas.

La sujeté antes de que pudiera golpearme de nuevo y apreté la almohada contra mi pecho. Presioné los labios para evitar reír.

—Lou: duérmete. Nada ha cambiado. A menos que quieras pedirme algo.

—Espera sentado. —Me quitó la almohada—. De hecho, espera hasta la muerte.

Me reí antes de darme vuelta.

—Buenas noches, Lou.

Se durmió mucho antes que yo.

CAPÍTULO 25

SANGRE, AGUA Y HUMO

Lou

Desperté con el rostro hundido en el pecho de Reid, sus brazos en mis costillas y las manos apoyadas en la parte baja de mi espalda. Me arqueé sobre él somnolienta, saboreando la sensación de su piel contra la mía… luego, me quedé paralizada. Mi camisón se me había subido por encima de la cintura durante la noche y mis piernas y mi estómago estaban expuestos y en contacto con él.

Mierda, mierda, *mierda*.

Me apresuré a bajar el camisón, pero él se despertó de pronto ante el movimiento. Instantáneamente alerta, vio mi expresión de pánico y miró la habitación vacía. Torció la comisura de sus labios en una sonrisa y el rubor le subió por la garganta.

—Buenos días.

—¿Lo son? —Me aparté de él, mis mejillas traicioneras se ruborizaron. Él ensanchó la sonrisa y tomó su camisa del suelo antes de ir hacia el cuarto de baño—. ¿A dónde vas? —pregunté.

—A entrenar.

—Pero… es el día de San Nicolás. Tenemos que celebrarlo.

Asomó la cabeza con expresión divertida.

—¿Sí?

—Sí —afirmé antes de salir de la cama para unirme a él. Se hizo a un lado para que yo pasara, extendiendo la mano para sujetar un mechón de mi cabello suelto—. Iremos al festival.

—¿Iremos?

—Sí. La comida es *maravillosa*. Hay unos *macarons* de jengibre… —Dejé de hablar, con la boca ya llena de saliva y sacudí la cabeza—. No puedo describirlos como corresponde. Es necesario experimentarlo. Además, quiero comprarte un regalo.

Me soltó el cabello a regañadientes y avanzó hacia el armario.

—No tienes que comprarme nada, Lou.

—Tonterías. Comprar regalos me encanta casi tanto como recibirlos.

Una hora después, paseábamos con los brazos entrelazados por el East End.

Aunque el año anterior había asistido al festival, no me había interesado decorar los pinos con frutas y caramelos, o añadir un tronco a la fogata en el centro del pueblo. Me había involucrado más en los juegos de dados, en los puestos de chucherías… y en la comida, por supuesto.

Las especias de los dulces de canela flotaban en el aire, mezclándose con el hedor a pescado y humo. Miré el carro de galletas más cercano con anhelo. Las galletas de mantequilla, las *madeleines* y las palmeritas me devolvían la mirada. Cuando intenté tomar una, Reid puso los ojos en blanco y tiró de mí para que avanzara. Mi estómago gruñó de indignación.

—¿Cómo es posible que aún tengas hambre? —preguntó incrédulo—. Has comido tres platos en el desayuno esta mañana.

Hice una mueca.

—Eso era *atún*. Tengo un segundo estómago para el postre.

Las calles estaban atestadas de personas festivas envueltas en abrigos y bufandas y una capa suave de nieve lo espolvoreaba todo: las tiendas, los puestos, los carruajes, la calle. Las guirnaldas con lazos rojos colgaban de todas las puertas. El viento movía los lazos y hacía bailar sus cintas.

Era precioso. Pero los panfletos pegados en cada edificio, no.

LAS HERMANAS OLDE
COMPAÑÍA ITINERANTE

Os invitan a honrar al patriarca
SU EMINENCIA, EL CARDENAL FLORIN CLÉMENT,
ARZOBISPO DE BELTERRA

Asistiendo al espectáculo del siglo mañana temprano
el séptimo día de diciembre
en la catedral Saint-Cécile d'Cesarine.

Joyeux Noel!

Puse un panfleto bajo la nariz de Reid, riéndome.

—¿Florin? ¡Qué nombre tan *horrible*! Con razón nunca lo usa.

Me miró con el ceño fruncido.

—Florin es mi segundo nombre.

Arrugué el papel y lo lancé en una papelera.

—Una verdadera tragedia. —Cuando intentó hacerme avanzar, aparté mi brazo del suyo y me cubrí la cabeza con la capucha—. Muy bien, hora de separarnos.

Aún frunciendo el ceño, él observó la plaza atestada de personas.

—Creo que no es buena idea.

Puse los ojos en blanco.

—Puedes confiar en mí. No huiré. Se supone que los regalos son *sorpresa*.

—Lou...

—Quedamos en una hora en la tienda de Pan. *Cómprame* algo que merezca la pena.

Ignorando sus quejas, me giré y serpenteé entre los compradores hacia la herrería al final de la calle. El herrero, Abe, siempre había sido amistoso con los pobres del East End. Le había comprado muchos cuchillos, y le había robado uno o dos. Antes de lo ocurrido con Tremblay, me había mostrado una hermosa daga con mango de cobre. Combinaba a la perfección con el cabello de Reid. Esperaba que no la hubiera vendido.

Me quité la capucha y, apelando a mi vieja actitud, entré a la herrería. Las brasas ardían en la forja, pero salvo un barril de agua y una bolsa de arena, no había nada en la habitación térrea. Ni espadas. Ni cuchillos. Ni clientes. Fruncí el ceño. El herrero no estaba en ninguna parte.

—¿Abe? ¿Estás aquí?

Un hombre robusto y barbudo entró por la entrada lateral y sonrió.

—¡Ahí estás! Por un segundo, creí que habías tenido un accidente. —Mi sonrisa flaqueó ante su expresión furiosa y miré alrededor—. ¿El negocio está en auge?

—Sí que eres atrevida al volver aquí, Lou.

—¿De qué hablas?

—Los rumores dicen que has entregado a Andre y a Grue. El East End está infestado de guardias gracias a ti. —Avanzó un paso con los puños apretados—. Han venido aquí dos veces, a preguntar cosas que no deberían haber sabido. Mis clientes desconfían. Nadie quiere hacer negocios con los guardias olisqueando.

Maldita sea. Quizás no debería habérselo contado todo a los *chasseurs*.

Saqué una bolsa de mi capa con un movimiento veloz.

—Pero he traído una rama de olivo en son de paz. ¿Ves? —Sacudí la bolsa y las monedas tintinearon alegremente. Sus ojos oscuros permanecieron desconfiados.

—¿Cuánto?

Lancé la bolsa en el aire con indiferencia deliberada.

—Tanto como para comprarte una daga de cobre. Un regalo para mi esposo.

Escupió al suelo con aversión.

—Casarte con un cerdo azul. Creía que ni *tú* podías caer tan bajo.

La furia me cosquilleó en el pecho, pero no era el momento ni el lugar para pelear por el honor de mi esposo.

—Hice lo que debía hacer. No espero que lo comprendas.

—En eso te equivocas. Lo comprendo.

—¿Eh?

—Todos hacemos lo que debemos hacer. —Miró la bolsa en mi mano con expresión hambrienta—. Recuerdo la daga de cobre. Preferiría cortarme los dedos antes de verla en manos de un cazador, pero el oro es oro. Espera aquí. Iré a buscarla.

Me moví con incomodidad en el silencio y toqué la bolsa de dinero.

Casarte con un cerdo azul. Creía que ni tú *podías caer tan bajo.*

Quería decirle a Abe que podía irse a la mierda, pero parte de mí recordaba lo que se sentía al odiar a los *chasseurs*. Odiar a Reid. Recordaba huir entre las sombras cuando ellos pasaban, inclinar la cabeza cada vez que veía un atisbo de algo azul.

El miedo aún estaba allí, pero para mi sorpresa... el odio había desaparecido.

Prácticamente me morí del susto ante el ruido que oí contra la puerta. Seguro que era un ratón. Despejando la mente, enderecé los hombros. Ya no odiaba a los *chasseurs*, pero ellos me habían hecho autocomplaciente. Y eso era imperdonable.

De pie en aquel lugar familiar y asustándome por nada, comprendí cuánto había cambiado. ¿Y dónde diablos estaba Abe?

Inexplicablemente enfadada con Abe, con Reid, con el arzobispo y con cada maldito hombre que se hubiera interpuesto en mi camino, me di la vuelta y avancé hecha una furia hacia la puerta lateral por la que Abe había desaparecido.

Quince minutos eran suficientes. Abe podía llevarse mis *couronnes* y metérselas por el trasero. Intenté abrir la puerta, decidida a decírselo, pero me detuve en seco cuando mi mano tocó el picaporte. El estómago me dio un vuelco.

La puerta estaba cerrada.

Mierda.

Respiré hondo. Lo hice otra vez. Quizás Abe no había querido que lo siguiera a su recámara privada. Quizás había cerrado la puerta para evitar que yo me escabullera dentro y robara algo valioso. Lo había hecho antes. Quizás solo estaba siendo precavido. Un escalofrío me recorrió la columna cuando comprobé la puerta principal. Aunque no podía ver a través del hollín y la suciedad de la ventana, sabía que pocas personas se aventuraban hasta aquel sector de la calle. Giré el picaporte.

Cerrada.

Retrocediendo, evalué mis opciones. La ventana. Podía romperla, salir antes de que… Abrieron la puerta lateral y durante un único segundo glorioso, me engañé a mí misma viendo en la puerta la silueta de Abe.

—Hola, Lou Lou. —Grue avanzó, haciendo crujir sus nudillos—. Eres una perra difícil de atrapar.

El pánico me invadió el cuerpo cuando Andre apareció extrayendo un cuchillo de su capa. Los ojos oscuros de Abe aparecieron detrás de sus hombros.

—Tenías razón, Lou. —Curvó los labios en una sonrisa—. Todos hacemos lo que debemos hacer. —Luego desapareció en la habitación contigua antes de cerrar de un golpe.

—Hola, Grue. Andre, tu ojo se ha curado bien. —Mostrando indiferencia a pesar de mi histeria creciente, busqué con la visión periférica algo que pudiera usar como arma: el barril, la bolsa de arena, las pinzas oxidadas junto a la forja. O podía...

El oro resplandeció salvajemente. Mis ojos se posaron rápidamente en el agua, en los fuelles adjuntos a la forja. Estábamos en un espacio cerrado. Nadie me vería hacerlo. Nadie sabría que yo había estado allí. Habría desaparecido mucho antes de que Abe regresara y las posibilidades de que él informara a los guardias o a los *chasseurs* de mi participación eran ínfimas. Tendría que correr el riesgo de incriminarse. Tendría que explicar cómo habían sido asesinados esos hombres en su herrería.

Porque los *mataría* si me tocaban. De un modo u otro.

—Nos has traicionado —rugió Andre. Me acerqué poco a poco a la forja, centrando la atención en su cuchillo—. No podemos ocultarnos en ninguna parte. Esos bastardos conocen cada uno de nuestros refugios. Casi nos *matan* ayer. Ahora, te mataremos a ti.

Un resplandor desquiciado le iluminó los ojos y supe que lo mejor era no hablar. El sudor me cubría las palmas. Un movimiento equivocado, un paso en falso, un error, y estaría muerta. El oro brillaba más fuerte, más urgente, serpenteando hacia las brasas ardientes en la forja.

Llama por llama. Conoces ese dolor. Sabes que desaparece. Quémalo, susurró la voz.

Me aparté instintivamente, recordando la agonía de las llamas de Estelle, y sujeté otro patrón. Brillaba con inocencia en la arena, flotaba cerca de los ojos de Andre... y de los míos. Cegándome.

Ojo por ojo.

Pero no podía renunciar a mi visión por la de Andre. No cuando ellos eran dos.

Piensa. Piensa, piensa, *piensa.*

Continué retrocediendo, los patrones aparecían y desaparecían más rápido de lo que podía seguirlos. El anillo de Angélica quemaba más a medida que me aproximaba a la forja. Maldiciéndome por no haberlo recordado antes, deslicé la joya por el dedo. Andre captó el movimiento y entrecerró los ojos al ver la bolsa de dinero en mi mano. Bastardo codicioso.

Con un toque cuidadoso del pulgar, dejé el anillo de Angélica en el nudillo… pero se deslizó demasiado rápido por mi piel húmeda y cayó al suelo tintineando.

Una.

Dos.

Tres veces.

Observé horrorizada cómo Grue ponía su pie encima del anillo. Con ojos brillantes y una sonrisa desagradable, se agazapó para recogerlo. Mi boca se quedó seca.

—Entonces, este es tu anillo mágico. Tanto alboroto por una pepita de oro. —Se guardó la joya en el bolsillo con una sonrisa burlona mientras se acercaba más. Andre copió sus movimientos—. Nunca me has caído bien, Lou. Siempre te has creído mejor que nosotros, más inteligente, pero no lo eres. Nos has fastidiado demasiadas veces.

Atacó, pero yo fui más rápida. Tomé las pinzas ignorando el calor ardiente en mis palmas y le golpeé el rostro con ellas. El olor nauseabundo a carne quemada llenó la habitación y Grue se tambaleó hacia atrás. Andre avanzó para atacarme, pero intenté golpearlo con las pinzas. Se detuvo justo a tiempo, contorsionado por la furia.

—¡Quédate atrás! —Agité las pinzas hacia él para asegurarme—. ¡No des ni un paso más!

—Te cortaré en pedazos, joder. —Grue atacó de nuevo, pero lo esquivé agitando las pinzas sin parar. El cuchillo de Andre me rozó la cara. Retrocedí pero Grue ya estaba allí. Su mano sujetó el extremo de las pinzas y me las arrebató con fuerza bruta.

Estiré la mano hacia la bolsa de arena y guie desesperada el patrón hacia sus ojos… *lejos* de los míos.

Andre gritó cuando la arena se alzó en una ola y lo atacó. Tropezó hacia atrás, cubriéndose el rostro con las manos, arañándose la piel, intentando quitarse los cuchillos diminutos de los ojos. Lo observé con fascinación salvaje hasta que Grue se movió a mi lado. Vi algo borroso. Giré, alzando las manos en defensa propia, pero mi mente se volvió perezosa y lenta. Él alzó el puño. Lo miré. Incapaz de comprender qué quería hacer con él. Incapaz de anticipar su próximo movimiento. Luego, atacó.

Tu visión por la de él.

El dolor me estalló en la nariz y me tambaleé hacia atrás. Él sonrió, me aferró de la garganta y me alzó en el aire. Di un grito ahogado, le arañé la mano y lo hice sangrar, pero no aflojó su agarre.

—Nunca he matado una bruja. Debería haberlo esperado. Siempre has sido un *fenómeno*. —Se acercó más a mí, sentí su aliento caliente y asqueroso en la mejilla—. Después de que te descuartice, te enviaré con tu cerdo azul, trozo por trozo.

Luché con más vigor, las luces me nublaban la vista.

—No la mates demasiado rápido. —Las lágrimas y la sangre caían de los ojos destrozados de Andre. La arena se mezclaba con el polvo dorado a sus pies. El oro tintineó una vez más antes de desaparecer. Él se agachó para recuperar su cuchillo—. Quiero disfrutarlo.

Grue aflojó su agarre. Tosí y farfullé cuando me sujetó el pelo en su puño y tiró de mi cabeza hacia atrás para dejar expuesta mi garganta.

El cuchillo encontró la cicatriz que tenía allí.

—Parece que alguien se nos ha adelantado.

Puntos blancos me cubrían la visión y luché contra ellos.

—Ah, ah, ah. —Grue tiró de nuevo de mi cabello y el dolor se expandió por mi cráneo—. Otra vez no, Lou Lou. —Inclinó la cabeza hacia el cuchillo en mi garganta—. Ahí no. Demasiado rápido. Empieza con su cara. Córtale una oreja... No, espera. —Me sonrió, sus ojos ardían de odio—. Mejor quitémosle el corazón. Esa será la primera parte que le enviaremos al cerdo.

Andre deslizó el cuchillo por mi garganta hasta llegar al pecho. Centré la atención en su cara asquerosa, pensando en manifestar otro patrón. *Cualquier* patrón.

Y apareció brillando más fuerte que antes. Tentándome.

No dudé. Apreté los dedos, tiré fuerte de la cuerda dorada y las brasas de la forja volaron hacia nosotros. Me preparé para el dolor, golpeé el estómago de Grue con el codo y me aparté. Cuando las brasas golpearon sus caras, mi piel ardió. Pero conocía aquel dolor. Podía soportarlo. Lo *había* soportado.

Apretando los dientes, tomé el cuchillo de Andre y se lo clavé en la garganta, corté piel, tendón y hueso. Su grito terminó en un borboteo. Grue me atacó a ciegas, bramando de furia, pero usé su impulso para clavarle la daga en el pecho... y en el estómago, el hombro y la garganta. Su sangre me salpicó la mejilla.

Cuando sus cuerpos cayeron al suelo, me derrumbé y le quité el anillo de Angélica al cadáver de Grue. Me lo puse en el dedo justo cuando alguien llamaba a la puerta.

—¿Todo bien ahí dentro?

Me quedé paralizada ante la voz desconocida, jadeando y temblando. El picaporte se movió y una nueva voz acompañó a la primera.

—La cerradura está rota.

—Hemos oído gritos. —Llamaron de nuevo, esta vez más fuerte—. ¿Hay alguien ahí?

El picaporte se movió otra vez.

—¿Hola? ¿Alguien me escucha?

—¿Qué pasa ahí?

Conocía *esa* voz. Confiada. Jodidamente inconveniente.

Me erguí de un salto y caminé con dificultad hasta el barril de agua rogando que la puerta resistiera la fuerza de Reid. Maldije en voz baja. *Por supuesto* que Reid estaba ahí, con magia flotando en el aire y dos cadáveres ardiendo en el suelo. Me resbalé con la sangre cuando incliné el barril. El agua cayó y diluyó la peor parte del hedor. Las brasas sisearon ante el contacto y humearon un poco mientras un olor nauseabundo a quemado invadía la habitación. Incliné el barril de nuevo y me mojé también. Las voces guardaron silencio cuando el barril se resbaló de mis dedos y cayó al suelo. Luego...

—Hay alguien ahí. —Sin esperar confirmación, Reid pateó la puerta. Se curvó ante su peso. Pateó de nuevo y la madera crujió de un modo ominoso. Corrí hacia la forja y bombeé los fuelles a toda velocidad. El humo del carbón llenó la sala, espeso y negro. Reid rompió la puerta. Yo seguí bombeando hasta que los ojos se me llenaron de lágrimas y la garganta me ardió. Hasta que dejó de olerse la magia. Hasta que no se olió nada.

Solté el fuelle justo cuando la puerta explotó.

La luz del sol entró e iluminó la silueta de Reid entre las volutas de humo. Inmenso. Tenso. Expectante. Sujetaba su Balisarda y el zafiro brillaba a través del humo movedizo. Había dos ciudadanos preocupados detrás de él. Cuando el humo se disipó, vi mejor su rostro. Sus ojos recorrieron la escena veloces. Los entrecerró al ver la sangre y los cuerpos y... al verme palideció.

—¿Lou?

Asentí, sin confiar en mi capacidad de habla. Mis rodillas cedieron.

Él avanzó rápido, ignorando la sangre, el agua y el humo, y cayó de rodillas a mi lado.

—¿Estás bien? —Me sujetó de los hombros, obligándome a mirarlo. Me apartó el cabello húmedo del rostro, me inclinó el mentón, tocó las marcas en mi garganta. Detuvo los dedos sobre la cicatriz delgada. Su máscara fría de furia se quebró y solo quedó el hombre nervioso debajo de ella—. ¿Te...? ¿Te han hecho daño?

Hice una mueca de dolor y sujeté sus manos para detener su evaluación. Las mías temblaban.

—Estoy bien, Reid.

—¿Qué ha sucedido?

Rápidamente, le narré la experiencia aterradora, sin mencionar la magia. El agua y el humo habían hecho su trabajo... al igual que la carne carbonizada. Con cada palabra, su rostro estaba cada vez más rígido. Cuando terminé, temblaba de furia. Exhaló con intensidad y apoyó la frente en nuestras manos unidas.

—Quiero matarlos por haberte tocado.

—Demasiado tarde —dije débilmente.

—Lou, yo... Si te hubieran hecho daño... —Alzó sus ojos hacia los míos y, una vez más, la vulnerabilidad en ellos me atravesó el pecho.

—¿Cómo...? ¿Cómo has sabido que estaba aquí?

—No lo sabía. Venía a comprar uno de tus regalos de Navidad. —Hizo una pausa y movió la cabeza para indicarles a los dos ciudadanos que se marcharan. Aterrados, salieron corriendo por la puerta sin decir una palabra—. Un cuchillo.

Lo miré. Quizás era la adrenalina que aún latía en mi cuerpo. O que él había desobedecido al arzobispo. O que me había dado cuenta desgraciadamente de que tenía miedo. Que esta vez de verdad tenía miedo.

Y necesitaba ayuda.

No. Lo necesitaba a él.

No me importaba la razón.

De rodillas en aquel suelo sangriento, le rodeé el cuello con los brazos y lo besé. Él se apartó por una fracción de segundo, sorprendido, pero luego aferró la tela de mi capa en mi espalda y me aplastó contra él, con la boca brusca e incesante.

El control me abandonó. Por más cerca que Reid me sostuviera, quería más. Quería sentir cada centímetro de él. Lo aferré con fuerza y moldeé mi cuerpo a su forma rígida... a la expansión amplia de su pecho, de su estómago, de sus piernas.

Con un gemido bajo, él quitó las manos de mis muslos y me alzó. Rodeé su cintura con mis piernas y me recostó en el suelo, haciendo más profundo el beso.

Algo cálido empapó la espalda de mi vestido y me aparté abruptamente, tensa. Miré a Andre y a Grue.

Sangre.

Estaba recostada sobre su sangre.

Reid lo notó en el mismo segundo que yo y se puso de pie de un salto, alzándome con él. Dos manchas rosas cubrían sus mejillas y parecía agitado.

—Debemos irnos.

Parpadeé desanimada cuando apareció la realidad gélida y el calor entre los dos se enfrió. Había matado. De nuevo. Hundiéndome en su pecho, miré hacia donde yacían Andre y Grue. Me obligué a mirar sus ojos fríos y muertos, clavados en el techo, sin ver. La sangre aún brotaba de sus heridas. Las náuseas me sacudieron el estómago.

Vagamente consciente de que Reid se apartaba, bajé la vista hacia mi capa. El terciopelo blanco estaba destrozado: manchado de rojo de forma permanente.

Dos muertes más. Dos cuerpos más que dejaba a mi paso. ¿Cuántos se unirían a ellos antes de que no pudiera hacer nada más?

—Toma. —Reid colocó algo en mi mano inerte y rodeé el objeto instintivamente con los dedos—. Un regalo de Navidad adelantado.

Era el cuchillo de Andre, aún resbaladizo por la sangre de su dueño. De mi hogar.

CAPÍTULO 26

ACERCA DE MI HOGAR

Lou

A tardecía cuando regresamos a la Torre de los *chasseurs*. Reid había insistido en informar a los guardias sobre el desastroso asunto. Hicieron pregunta tras pregunta hasta que finalmente exploté.

—¿Habéis visto mi garganta? —Moví el cuello del vestido para mostrarles mis moretones por enésima vez—. ¿Creéis que yo misma me lo he hecho?

Reid estuvo bastante dispuesto a marcharse después de eso.

Supongo que debía agradecer su reputación como *chasseur*. De otro modo, los guardias habrían aprovechado la oportunidad para meterme en prisión por asesinato.

En el exterior, miré el sol menguante, respiré hondo e intenté recobrar la compostura. Andre y Grue estaban muertos. Los *chasseurs* aún no habían encontrado a monsieur Bernard, lo cual probablemente significaba que él también había muerto. No había visto a Coco ni hablado con ella desde la discusión en el baile y Reid y yo acabábamos de...

Permaneció a mi lado sin decir nada y entrelazó sus dedos con los míos. Cerré los ojos y saboreé las durezas en su palma, la aspereza de su piel. Hasta el viento frío contra mis mejillas era soportable con él cerca. Soplaba alrededor invadiéndome del aroma a Reid: un poco amaderado, como aire fresco, pinos y montañas, con un dejo de algo más intenso y profundo que era completamente Reid.

—Quiero enseñarte algo, Reid.

Curvó los labios en mi sonrisa torcida favorita.

—¿El qué?

—Un secreto.

Tiré de su mano para guiarlo pero él clavó los pies, repentinamente desconfiado.

—No es ilegal, ¿no?

—Claro que no. —Tiré más fuerte, pero Reid no cedía. Pretender moverlo era como mover una montaña. Alzó las cejas ante mis intentos fútiles, era obvio que le divertía. Finalmente, me rendí y le golpeé en el pecho—. Dios, ¡eres un imbécil! No es ilegal, ¿de acuerdo? Ahora muévete o lo juro por Dios, ¡me quitaré la ropa y bailaré el *bourrée*!

Me coloqué las manos sobre la cadera y lo miré expectante.

Ni siquiera miró a las personas de alrededor. No se puso nervioso. Y él siempre se ponía nervioso. En cambio, mantuvo los ojos clavados en mí mientras una sonrisa traviesa se expandía por su rostro.

—Hazlo.

Enderecé los hombros para adoptar mi altura total e insignificante.

—Lo haré. No creas que no. Lo haré ahora mismo.

Alzó las cejas, aún sonriendo.

—Estoy esperando.

Lo fulminé con la mirada y alcé las manos hacia el broche plateado de mi capa. Me obligué a no mirar a los compradores que merodeaban, aunque ellos sin duda nos miraban. Una maldita capa blanca no pasaba desapercibida.

—No me da miedo hacer una escena. Creía que lo sabías.

Se encogió de hombros y puso las manos en los bolsillos.

—La primera vez que lo hiciste funcionó bastante bien para mí. —Mi capa cayó al suelo y él la miró reflexivo—. Creo que esta vez también será así.

Mi estómago traicionero dio un vuelco ante sus palabras, ante el modo en que sus ojos registraban cada uno de mis movimientos.

—Eres un cerdo.

—Tú te has ofrecido. —Inclinó la cabeza hacia la *patisserie* de Pan mientras desanudaba las cintas de mi vestido—. Pero debes saber que tenemos espectadores.

Por supuesto, Pan estaba de pie en la ventana de su tienda, observándonos con atención. Se sorprendió un poco cuando lo saludé con la mano, en un gesto demasiado rápido como para ser natural. Detuve los dedos en las cintas.

—Has tenido suerte. —Tomé la capa del suelo y la lancé sobre mis hombros del revés para ocultar la peor parte de la mancha de sangre. Incapaz de evitarlo esta vez, miré alrededor, pero los compradores perdieron interés. El alivio me llenó el cuerpo.

—Opino distinto, pero no hay problema.

—¡De verdad que eres un cerdo! —Me giré para dirigirme hecha una furia hacia la Torre de los *chasseurs*, pero él me sujetó la mano.

—Para, por favor. —Alzó la otra mano para instaurar calma, pero su sonrisa arrogante aún jugueteaba en sus comisuras—. Quiero conocer tu secreto. Enséñamelo.

—Qué pena. He cambiado de opinión. Después de todo, no quiero enseñártelo.

Me hizo girar para que lo mirara y me aferró los brazos con sus manos.

—Lou. Enséñamelo. Sé que quieres hacerlo.

—No me conoces en absoluto.

—Sé que desnudarte en público es demasiado, incluso para ti. —Se rio. Era un sonido adorable y extraño—. Sé que nunca admitirás que no lo has hecho.

La diversión en sus ojos se oscureció despacio mientras me sujetaba y tomé conciencia dolorosamente de que era lo más cerca que habíamos estado desde nuestro beso aquella mañana. Él se miró el pulgar mientras acariciaba mi labio inferior.

—Sé que tienes una boca sucia. —Presionó más fuerte mi labio para enfatizar. Me estremecí—. Y estás acostumbrada a salirte con la tuya. Sé que eres vulgar, deshonesta y manipuladora…

Retrocedí, arrugando la nariz, pero él solo me sujetó más fuerte.

—… Pero también eres compasiva, de espíritu libre y valiente. —Me colocó el cabello detrás de la oreja—. Nunca he conocido a alguien como tú, Lou.

A juzgar por su ceño fruncido, la idea lo incomodaba. Yo tampoco me tomé la molestia de analizar demasiado mis emociones.

Casarte con un cerdo azul. Creía que ni tú podías caer tan bajo.

Fuera lo que fuera Reid, no era un cerdo azul. Pero *era* un *chasseur*. Creía en lo que creía. No era tan tonta como para pensar que podía cambiar eso. Me hubiera mirado distinto si hubiera sabido quién era yo en realidad. Sus manos, que ahora me tocaban con tanta delicadeza, también me hubieran tocado de otro modo.

El rostro de Estelle apareció en mi mente. Las manos de Reid en su garganta. En *mi* garganta.

No. Me aparté con torpeza, los ojos de par en par. Él frunció el ceño, confundido.

Apareció un silencio incómodo y me reí nerviosa, limpiándome las palmas en la falda.

—He cambiado de opinión. Después de todo, quiero enseñarte un secreto.

El *Soleil et Lune* apareció a la vista.

—¿El teatro? —Reid miró los escalones vacíos, desconcertado—. Es un poco aburrido para ti, ¿no? Esperaba una operación de contrabando encubierta...

—No seas ridículo, Chass. —Hice una pausa junto a la puerta de los camerinos, me recogí la falda y subí a un cesto de basura—. Nunca me atraparían en una operación encubierta.

Él inhaló bruscamente al comprender mi intención.

—¡Esto es violar la propiedad privada, Lou!

Le sonreí por encima del hombro.

—Solo si nos descubren. —Trepé por la zanja, guiñé un ojo y desaparecí.

Él siseó mi nombre entre las sombras, pero lo ignoré mientras me limpiaba la mugre de las botas y esperaba.

Sus manos aparecieron un segundo después cuando trepó para seguirme. No pude evitar reír ante su ceño fruncido.

—Has tardado bastante. A este ritmo, seguiremos aquí toda la noche.

—Soy un *chasseur*, Lou. ¡Esto es completamente inapropiado!

—Siempre andas con ese palo en el trasero...

—¡Lou! —Disparó la vista hacia el techo—. *No* treparé a este edificio.

—Oh, *Chass*. —Abrí los ojos de par en par comprendiendo y resoplé sin dignidad—. *Por favor*, dime que no te dan miedo las alturas.

—Por supuesto que no. —Se sujetó al muro con firmeza—. Es cuestión de principios. No violaré la ley.

—Entiendo. —Asentí, reprimiendo una sonrisa. Le permitiría ganar esta vez. Podía resistir las ganas de molestarlo, por esta vez—. Bueno, por suerte no me importa una mierda la ley. Subiré de todos modos. Si quieres, puedes delatarme a los guardias.

—¡Lou! —Intentó sujetarme el tobillo, pero yo ya estaba varios metros por encima de él—. ¡Baja ya!

—¡Mejor ven a buscarme! Y por todos los cielos, Chass, ¡deja de intentar ver por debajo de mi falda!

—¡*No* intento ver por debajo de tu falda!

Me reí en voz baja y continué trepando, saboreando el aire frío en mi rostro. Después del incidente horroroso en la herrería, estaba bien simplemente... soltarse. Reír. Hubiera deseado que Reid hiciera lo mismo. Me gustaba bastante su risa.

Lo miré por encima del hombro y me deleité con sus poderosos hombros en acción solo un segundo, antes de obligarme a trepar más rápido. Aunque era imposible que él llegara antes que yo.

Dio un grito ahogado cuando me deslicé por la ventana rota del ático y siseó mi nombre con urgencia. Un segundo después, entró detrás de mí.

—¡Esto es violar la propiedad privada, Lou!

Encogiéndome de hombros, moví la pila de disfraces que había sido mi cama.

—No puedes violar la propiedad privada en tu propio hogar.

Pasó un segundo silencioso.

—Aquí... ¿aquí es donde vivías?

Asentí, respirando hondo. Olía exactamente como lo recordaba: el perfume de los disfraces viejos mezclado con cedro, polvo y un dejo de humo proveniente de las lámparas de aceite. Deslicé los dedos por el baúl que Coco y yo habíamos compartido y finalmente lo miré a los ojos.

—Durante dos años.

Estoico como siempre, no dijo nada. Pero sabía dónde mirar para escucharlo: la tensión en sus hombros, la firmeza en su mandíbula, la rigidez de sus labios. Él lo desaprobaba. Por supuesto.

—Bueno —dije abriendo los brazos de par en par—: Este es el secreto. No es un romance épico, pero... bienvenido a mi humilde morada.

—Este ya no es tu hogar.

Tomé asiento sobre la cama y apoyé el mentón sobre mis rodillas.

—Este ático siempre será mi hogar. Es el primer lugar en el que me sentí a salvo. —Las palabras salieron antes de que notara haberlas dicho y maldije en silencio.

Él agudizó su mirada.

—¿Qué ocurrió hace dos años?

Fijé la vista en la capa de terciopelo azul que había usado de almohada y tragué con dificultad.

—No quiero hablar sobre eso.

Él se sentó a mi lado y me alzó con dulzura el mentón. Me miró con una intensidad sorprendente.

—Yo sí.

Nunca había oído dos palabras tan odiosas. O tan parecidas a un presagio. Apreté el terciopelo, me reí por obligación y me devané los sesos en busca de una distracción...

—Me topé con la punta afilada de otro cuchillo, eso es todo. De uno más grande.

Él suspiró con fuerza y me soltó el mentón, pero no se apartó.

—Haces que sea imposible conocerte.

—Ah, pero ya me conoces bien. —Dibujé lo que esperaba que fuera una sonrisa deslumbrante, aún evasiva—. Mal hablada, manipuladora, doy unos besos *fantásticos*...

—No sé nada acerca de tu pasado. De tu niñez. De por qué te convertiste en ladrona. Quién eras antes de... todo esto.

Mi sonrisa flaqueó, pero me obligué a permanecer relajada.

—No hay nada que saber.

—Siempre hay algo que saber.

El puñetero usaba mis propias palabras en mi contra. La conversación se detuvo mientras él me miraba expectante y yo miraba el terciopelo azul. Una palomilla había llenado la tela lujosa de agujeros y los toqueteé con aburrimiento fingido.

Al final, él se giró para mirarme.

—¿Y bien?

—No quiero hablar de ello.

—Lou, por favor. Solo quiero conocerte más. ¿Acaso es tan terrible?

—Sí, lo es. —Las palabras salieron más bruscas de lo que hubiera querido e hice un gesto de dolor ante el destello de sufrimiento en su rostro.

Pero si tenía que alterarme para terminar con esa conversación horrible, lo haría—. Esa mierda está en mi pasado por un motivo y he dicho que no quiero hablar sobre ello: con nadie, en especial contigo. ¿No es suficiente que te haya mostrado mi hogar? ¿Mi secreto?

Él retrocedió, exhalando con intensidad.

—Sabes que me encontraron en la basura. ¿Crees que fue fácil hablar de eso?

—Entonces, ¿por qué lo hiciste? —Abrí un agujero en la tela con fuerza—. Yo no te obligué.

Alzó mi mentón de nuevo, con ojos enrojecidos.

—Porque preguntaste. Porque eres mi esposa y si alguien merece conocer las peores partes de mí, esa eres tú.

Me aparté de él.

—Oh, no te preocupes, las conozco bien...

—Lo mismo digo.

—Me pediste que no te mintiera. —Apreté la mandíbula y me puse de pie, cruzando los brazos sobre mi pecho—. No preguntes sobre mi pasado y no tendré que hacerlo.

Despacio, él hizo lo mismo y adoptó su altura descomunal con expresión sombría. Apretaba y soltaba la mandíbula mientras miraba mi garganta.

—¿Qué escondes, Lou?

Lo miré; de pronto, mi corazón latía violentamente en mis oídos. No podía contárselo. Él no podía preguntármelo. Lo fastidiaría todo.

Sin embargo... en algún momento tendría que decírselo. Ese juego no podía durar para siempre. Tragué con dificultad y alcé el mentón. Quizás, después de todo lo que habíamos vivido, él sería capaz de ver más allá. Quizás podría cambiar... por mí. Por nosotros. Quizás, yo también podía hacerlo.

—No escondo nada, Reid. Pregúntame lo que quieras.

Suspiró con intensidad ante el temblor en mi voz, me acercó a él y alzó una mano para acariciar mi cabello.

—No te obligaré. Si no te sientes cómoda para contármelo, es mi culpa, no tuya.

Así pensaba él. Asumía lo peor de sí mismo en vez de ver la verdad: que lo peor estaba en mí. Hundí mi rostro en su pecho. Incluso frustrado,

Reid era más amable conmigo que cualquier persona que hubiera conocido. No lo merecía.

—No eres tú. —Me aferré más a él en las sombras crecientes e inhalé su aroma. Se mezclaba a la perfección con los olores del ático. De mi hogar—. Soy yo. Pero... puedo intentarlo. Intentar contártelo.

—No. No tenemos que hablar sobre eso ahora.

Sacudí la cabeza de lado a lado con determinación.

—Por favor... Pregúntame.

Detuvo su mano en mi cabello y el mundo se detuvo también: parecía la calma inquietante previa a la magia. Incluso la brisa a través de la ventana parecía hacer una pausa, flotando sobre mi cabello, entre mis dedos. Expectante. Olvidé cómo respirar.

Pero la pregunta nunca llegó.

—¿Eres de Cesarine? —Deslizó la mano por mi espalda hasta mi cintura y el viento continuó su camino, decepcionado. Centré la atención en aquel movimiento suave mientras la decepción y el alivio horroroso luchaban en mi corazón.

—No. Crecí en una comunidad pequeña al norte de Amandine. —Sonreí con melancolía sobre su pecho ante aquella verdad a medias—. Entre montañas y mar.

—¿Y tus padres?

Ahora, las palabras fluían con más facilidad, la tensión en mi pecho se disipó ante la desaparición del peligro inminente.

—No conocí a mi padre. Mi madre y yo... estamos distanciadas.

Detuvo su mano de nuevo.

—Entonces, ¿está viva?

—Sí. Mucho.

—¿Qué ocurrió entre vosotras? —Me hizo retroceder y observó mi rostro con interés renovado—. ¿Ella está aquí, en Cesarine?

—Sinceramente, espero que no. Pero preferiría no hablar sobre lo ocurrido. Aún.

Todavía soy una cobarde.

—De acuerdo.

Todavía es un caballero.

Miró mi cicatriz e inclinó el cuerpo levemente hacia delante para besarla. Los escalofríos estallaron en mi piel.

—¿Cómo te la hiciste?

—Mi madre.

Retrocedió como si la línea perlada lo hubiera mordido, con horror en los ojos.

—¿Qué?

—Siguiente pregunta.

—Yo... Lou, eso es...

—Siguiente pregunta. Por favor.

Aunque frunció el ceño preocupado, me abrazó de nuevo.

—¿Por qué te convertiste en ladrona? —Su voz era más áspera y grave que antes. Rodeé su cintura con los brazos y lo abracé fuerte.

—Para escapar de ella.

Él se puso tenso contra mi cuerpo.

—No me explicarás nada más, ¿verdad?

Apoyé la mejilla sobre su pecho y suspiré.

—No.

—Has tenido una infancia cruel.

Prácticamente me reí.

—En absoluto. Mi madre me consentía. Me daba todo lo que una niña querría.

Su voz estaba llena de incredulidad.

—Pero intentó matarte. —Cuando no respondí, él sacudió la cabeza de lado a lado, suspirando y apartándose. Dejé caer mis brazos pesados junto al cuerpo—. Debe de ser una historia infernal. Algún día, me gustaría oírla.

—¡Reid! —Le golpeé el brazo, todos los pensamientos sobre rituales de sangre y altares desaparecieron y una sonrisa incrédula se dibujó en mi rostro. De pronto, él parecía avergonzado—. ¿Acabas de decir una *palabrota*?

—*Infierno* no es una mala palabra. —Se negaba a mirarme a los ojos y, en cambio, centró la vista en los percheros de disfraces detrás de mí—. Es un lugar.

—Sí, claro. —Me aproximé a la ventana con una sonrisa tirando de mis labios—. Hablando de lugares divertidos... quiero enseñarte otro secreto.

CAPÍTULO 27

A DONDE VAYAS

Lou

Pocos minutos después, él se desplomó en el techo con el rostro pálido, jadeando, con los ojos cerrados hacia el cielo abierto. Le hinqué un dedo en las costillas.

—Te pierdes la vista.

Apretó la mandíbula y tragó como si estuviera a punto de vomitar.

—Dame un minuto.

—Comprendes lo irónico que es esto, ¿cierto? ¡El hombre más alto de Cesarine le teme a las alturas!

—Me alegra que lo disfrutes.

Alcé uno de sus párpados y le sonreí.

—Solo abre los ojos. Te prometo que no te arrepentirás.

Tensó la boca, pero abrió los ojos a regañadientes. Los abrió de par en par cuando vio la extensión inmensa de estrellas ante nosotros.

Me abracé las rodillas contra el pecho y las miré con anhelo.

—¿No son preciosas?

El *Soleil et Lune* era el edificio más alto de Cesarine y ofrecía la única vista del cielo sin obstáculos en toda la ciudad. Por encima del humo. Por encima del olor. El cielo entero se expandía en un gran paisaje de obsidiana y diamante. Infinito. Eterno.

Solo había otro lugar con una vista como esa... y nunca volvería al Chateau.

—Lo son —coincidió Reid en voz baja.

Suspiré y me abracé las piernas más fuerte por el frío.

—Me gusta pensar que Dios pinta el cielo solo para mí en noches como esta.

Apartó la vista de las estrellas, atónito.

—¿Crees en Dios?

Qué pregunta más complicada.

Apoyé mi mentón en las rodillas, todavía mirando hacia arriba.

—Creo que sí.

Él enderezó la espalda.

—Pero rara vez asistes a misa. Tú… celebras Yule, no Navidad.

Me encogí de hombros y toqueteé una hoja seca que estaba sobre la nieve. Crujió bajo mis dedos.

—No he dicho que fuera *tu* Dios. Tu Dios odia a las mujeres. Estamos en segundo plano.

—No es cierto.

Finalmente, me giré para mirarlo.

—¿No? He leído tu Biblia. Como tu esposa, ¿no me consideran tu propiedad? ¿No tienes el derecho legal de hacer lo que quieras conmigo? —Hice una mueca, el recuerdo de las palabras del arzobispo dejó un sabor amargo en mi boca—. ¿No puedes acaso encerrarme en un armario y nunca pensar en mí de nuevo?

—*Nunca* te he considerado mi propiedad.

—El arzobispo lo hace.

—El arzobispo está… equivocado.

Alcé las cejas.

—¿Acaso mis oídos me engañan o acabas de contradecir a tu valioso patriarca?

Reid deslizó una mano por su cabello cobrizo, frustrado.

—Solo… No, Lou. Por favor. A pesar de lo que pienses, él me lo ha dado todo. Me dio una vida, un propósito. —Vaciló y sus ojos hallaron los míos con una sinceridad que hizo tambalear mi corazón—. Me ha llevado a ti.

Hice a un lado la hoja rota y me giré para mirarlo. Para mirarlo *realmente*.

Reid de verdad creía que su propósito en la vida era matar brujas. Creía que el arzobispo le había dado un regalo, que el arzobispo era bueno. Tomé su mano.

—El arzobispo no te ha llevado a mí, Reid. —Alcé la vista al cielo con una sonrisa—. Ha sido *él*… o ella.

Hubo una pausa pesada mientras nos mirábamos.

—Tengo un regalo para ti. —Se acercó más. Sus ojos azules penetraron en mi alma. Contuve el aliento, obligándolo a disminuir la distancia entre nuestros labios.

—¿Otro? Pero aún no es Yule.

—Lo sé. —Miró nuestras manos mientras deslizaba el pulgar por mi dedo anular—. Es... un anillo de boda.

Di un grito ahogado mientras se lo sacaba del bolsillo de su abrigo. El anillo estaba hecho de oro delgado y desgastado y tenía una madreperla ovalada en el centro. Era evidente que era muy viejo. Era la joya más bonita que había visto. El corazón me latía desbocado cuando me lo ofreció.

—¿Puedo?

Asentí y él quitó el anillo de Angélica de mi dedo y colocó el suyo. Ambos lo miramos un instante. Él tragó con dificultad.

—Era de mi madre... o eso creo. Estaba en mi puño cuando me encontraron. —Vaciló y me miró a los ojos—. Me recuerda al mar... a ti. Hace días que quiero dártelo.

Abrí la boca para decir algo, para decirle lo bonito que era o cuánto me honraba llevar puesto algo tan significativo, llevar siempre conmigo esa parte pequeña de él... pero las palabras se quedaron atascadas en mi garganta. Me observaba absorto.

—Gracias. —Mi garganta tembló cuando una emoción desconocida amenazó con ahogarme—. Me... me encanta.

Y era cierto. Me encantaba.

Pero no tanto como él.

Me rodeó la cintura con los brazos y apoyé la espalda en su pecho, temblando ante el descubrimiento.

Lo quería.

Mierda. Lo *quería*.

Mi respiración era más dolorosa cuanto más tiempo permanecía sentada allí: cada aliento era estremecedor y vivaz a la vez. Hiperventilaba. Necesitaba recobrar la compostura. Necesitaba ordenar mis pensamientos...

Reid apartó con dulzura mi cabello y aquel tacto suave me desarmó. Sus labios rozaron la curva de mi cuello. La sangre rugía en mis oídos.

—«No me ruegues que te deje, y que me aparte de ti». —Deslizó los dedos por mi brazo con caricias lentas y tortuosas. Posé la cabeza en su hombro, cerrando los ojos mientras sus labios continuaban moviéndose por mi cuello—. «Dondequiera que tú fueres, iré yo; y dondequiera que vivieres, viviré».

Un sonido grave y ronco escapó del fondo de mi garganta... tan discordante con las palabras respetuosas que él había pronunciado. Detuvo sus dedos de inmediato y me miró el pecho, que se movía rápido.

—No te detengas —susurré. Supliqué.

Tensó el cuerpo y colocó las manos en mis brazos, en un agarre implacable.

—Pídemelo, Lou. —Su voz se volvió grave, urgente. Cruda. El calor me invadió.

Abrí la boca. La hora de jugar había terminado. Él era mi esposo y yo era su esposa. Era una tontería fingir que no quería esa relación. Fingir que no anhelaba su atención, su risa, su... tacto. Quería que él me tocara. Quería que fuera mi esposo en cada sentido de la palabra. Quería que él...

Lo quería *a él*.

Todo lo suyo. Podíamos hacerlo funcionar. Podíamos escribir nuestro propio final, sin importar que fuéramos una bruja y un cazador. Podíamos ser felices.

—Tócame, Reid. —Para mi sorpresa, las palabras salieron firmes a pesar de mi respiración agitada—. Por favor. Tócame.

Él sonrió, despacio y triunfal, sobre mi mejilla.

—Ese no es modo de pedirlo, Lou.

Lo fulminé con la mirada. Él alzó una ceja interrogante y presionó los labios contra mi piel. Clavó sus ojos en los míos. Separando los labios, dibujó un camino de besos cálidos y húmedos en el lateral de mi garganta y en mi hombro. Movía la lengua despacio, venerándome con cada caricia, y prácticamente exploté.

—De acuerdo. —Mi cuello traicionero se extendió bajo su boca, pero mi orgullo se negaba a sucumbir con tanta facilidad. Si quería jugar una partida más, le daría el gusto... y le ganaría—. ¿Podrías, oh, valiente y virtuoso *chasseur*, introducir tu lengua en mi garganta y deslizar tus manos debajo de mi falda? Necesito que me toquen el trasero.

Farfulló y retrocedió, incrédulo. Me arqueé sobre él, sonriendo contra mi voluntad.

—¿Demasiado?

Cuando no respondió, la decepción invadió el fuego en mi sangre. Lo miré. Tenía los ojos de par en par y para mi tristeza, estaba pálido. No parecía dispuesto a devorarme, después de todo. Quizás había tentado a la suerte.

—Lo siento. —Extendí una mano vacilante hacia su rostro—. No quería molestarte.

Había algo en su mirada, algo prácticamente *cohibido*, que hizo que me detuviera. Las manos le temblaban un poco donde me sujetaban y su pecho subía y bajaba con rapidez. Estaba nervioso. No: aterrado. Tardé un segundo en comprenderlo: Reid de verdad *era* un *chasseur* virtuoso. Un *chasseur puro*.

Reid nunca se había acostado con nadie.

Era virgen.

Su arrogancia previa había sido una pose. Nunca había tocado a una mujer, no del modo que importaba al menos. Intenté no mirarlo boquiabierta, pero sabía que él podía leer mi mente con facilidad a juzgar por el modo en que cambió su expresión.

Observé su rostro. ¿Cómo había podido Célie abandonarlo en ese aspecto? ¿Para qué más servía el primer amor sino para caricias temblorosas y descubrimientos?

Al menos le había enseñado a besar bien. Debía agradecérselo. Aún sentía el cosquilleo de su lengua en mi garganta. Pero había mucho más que besos.

Despacio, a propósito, me moví en su regazo y le sujeté el rostro con ambas manos.

—Déjame enseñarte.

Sus ojos se oscurecieron cuando le rodeé la cintura con las piernas. Mi falda subió con el movimiento. El viento me tocaba las piernas desnudas, pero no sentía el frío. Solo existía Reid. Oí su respiración agitada. Clavó sus ojos en los míos con una pregunta silenciosa cuando puse sus manos en las cintas de mi vestido. Asentí y él las desató con cuidado.

A pesar del frío, sus dedos eran competentes. Los movió con firmeza hasta que el vestido se abrió y cayó para dejar expuesta la camisa delgada de debajo. Ninguno de los dos respiró mientras él alzaba la mano y acariciaba la piel desnuda de uno de mis pechos.

Me apoyé sobre su palma y él inhaló abruptamente. Más rápido que un parpadeo, bajó los hombros de mi camisa y la tela me rodeó la cintura. Sus ojos recorrieron hambrientos mi torso desnudo. No pude evitar sonreír. Quizás, después de todo, no necesitaría demasiadas clases.

Para que no me superara, saqué su camisa del interior de sus pantalones. Él se la pasó por encima de la cabeza, lo cual enmarañó su cabello cobrizo antes de besar mis labios con violencia y nos apretamos, piel con piel. Después de eso, quedó poco trabajo que hacer.

Él me alzó con facilidad y lancé a un lado mi vestido. Sus ojos ardían. Tenía las pupilas dilatadas, el azul a su alrededor apenas era visible mientras observaba mi estómago, mis pechos, mis muslos. Tensó los dedos posesivamente sobre mis caderas, pero no con la presión suficiente. Quería, no, *necesitaba* que me sujetara más fuerte, más cerca.

—Eres tan hermosa —susurró.

—Cállate, Chass. —Mi voz salió entre jadeos. Le rodeé el cuello con los brazos y moví la cadera contra él. Él respondió acercando sus caderas a las mías y gimió. Sujeté sus hombros para detenerlo—. Así. —Retrocediendo, señalé donde nuestro cuerpos se encontraban. Observamos al unísono mientras me movía encima: despacio, decidida, frotándome de arriba abajo a ritmo agonizante.

Él intentó aumentar mi velocidad, pero resistí y presioné mi cuerpo contra su pecho mientras mordía el lugar sensible en la unión entre su cuello y su hombro. Él dio un grito ahogado y otro gemido grave escapó de sus labios.

—Así tocas a una mujer. —Presioné mi cuerpo más fuerte contra el suyo para dar énfasis mientras le sujetaba la mano y la colocaba entre mis piernas—. Así me tocas *a mí*.

—Lou —dijo con voz ahogada.

—Justo ahí. —Dirigí sus dedos, mi respiración se agitó ante su tacto. Mi pecho subía y bajaba mientras él continuaba haciendo el movimiento que le había mostrado. Inclinó el torso hacia adelante abruptamente, tomó mi pecho con la boca y di un grito ahogado. Su lengua era ardiente, demandante. Un dolor delicioso y profundo surgió demasiado rápido en mi estomago—. Dios, Reid...

Ante el sonido de su nombre, mordió despacio.

Me hice añicos, perdida entre el placer y el dolor. Tensó los brazos a mi alrededor mientras me corría, sus labios colisionaron contra los míos como dispuestos a devorar mis gritos.

No era suficiente.

—Tus pantalones. —Toqueteé sus lazos, golpeando mis caderas contra las suyas entre jadeos—. Quítatelos. Ahora.

Reid estaba feliz de obedecer y me alzó de modo extraño para deslizarlos sobre sus piernas. Los lanzó a un lado y me observó ansioso, pálido, mientras lo montaba de nuevo. Sonreí deslizando un dedo lascivo en toda su extensión, saboreando la sensación de su cuerpo contra el mío. Él tembló ante el contacto, sus ojos brillaban con necesidad.

—En otro momento —dije, empujándolo despacio contra el techo—, te demostraré lo sucia que puede ser mi boca.

—Lou —repitió, suplicante.

Con un único movimiento fluido, bajé y lo hundí dentro de mí. Cerró los ojos y alzó todo el cuerpo mientras se enterraba más en mí, hasta el final. Hubiera gritado, era demasiado profundo, pero no lo hice. No podía. Hubo dolor, pero cuando él retrocedió y me embistió de nuevo, el dolor se convirtió en otra cosa, en algo intenso, profundo y anhelante. Algo demandante. Me llenaba por completo y el modo en que se movía… lancé la cabeza hacia atrás y me perdí en la sensación. En él.

El anhelo subió y no pude evitar besarlo, entrelazar los dedos en su cabello, deslizar las uñas por sus brazos. Aquel anhelo latente me dolía en el pecho. Consumía, anulaba y abrumaba todo lo que había conocido.

Me rodeó la cintura con el brazo, giró y me colocó debajo de él. Arqueé el cuerpo hacia arriba, desesperada por estar más cerca, por aliviar el anhelo creciente, y coloqué las piernas alrededor de su espalda sudorosa. Deslizó la mano entre los dos mientras aumentaba la velocidad y mis piernas comenzaban a entumecerse. Me tocaba exactamente como le había mostrado, acariciándome con firmeza, incansable. Un gemido grave escapó de su garganta.

—Lou…

Todo en mi interior se puso tenso y me aferré a él mientras me llevaba al límite. Con una última embestida temblorosa, se desplomó sobre mí, incapaz de recobrar el aliento.

Permanecimos recostados varios segundos, ignorando el frío. Mirándonos de modo inevitable. Por primera vez en la vida, no tenía palabras. El anhelo embriagador aún estaba en mi pecho, ahora con más fuerza y más doloroso que nunca, pero descubrí que estaba indefensa ante él. Total, y absolutamente indefensa.

Y, sin embargo…, nunca me había sentido más a salvo.

Cuando Reid finalmente se retiró, hice un gesto de dolor en contra de mi voluntad. Él no pasó por alto el gesto. Me sujetó el mentón, lo alzó y abrió los ojos de par en par, llenos de ansiedad.

—¿Te he hecho daño?

Intenté escabullirme debajo de él pero era demasiado pesado. Comprendiendo lo que quería, se apoyó sobre los codos para que me acomodara antes de rodar sobre su espalda. Me arrastró sobre él al hacerlo.

—Hay una línea delgada entre placer y dolor. —Depositando besos en su pecho, acaricié su piel con los dientes… y luego lo mordí. Un siseo escapó de sus labios y presionó los brazos a mi alrededor. Cuando retrocedí para mirarlo a los ojos, no vi dolor en ellos, sino anhelo. Mi pecho latió en respuesta—. Es un dolor bueno. —Sonreí y le acaricié la nariz—. Buen trabajo.

CAPÍTULO 28

MONSIEUR BERNARD

Lou

Al día siguiente, el festival de San Nicolás estalló a nuestro alrededor mientras nos dirigíamos a la tienda de Pan. Reid me había comprado otra capa: esta vez era roja, no blanca. Apropiada. Me negaba a que lo ocurrido en la herrería envenenara mi buen humor. Sonriendo, miré a Reid y recordé la sensación de la nieve sobre mi piel desnuda. El viento gélido en mi cabello.

El resto de la noche había sido igual de memorable. A petición mía, él había accedido a quedarse conmigo en el ático y había aprovechado al máximo mi última noche allí. No regresaría al *Soleil et Lune*.

Había encontrado un nuevo hogar.

Y la forma en que ahora se lamía el glaseado de los dedos… Mi estómago se contrajo placenteramente.

Clavó sus ojos en los míos, curvando las comisuras.

—¿Por qué me miras así?

Alzando una ceja, acerqué su índice a mi boca y lamí el resto del glaseado lentamente, a propósito. Esperaba que mirara alrededor, con las mejillas sonrojadas y la mandíbula tensa, pero permaneció inmutable. De hecho, tuvo las agallas de reírse.

—Es insaciable, madame Diggory.

Satisfecha, me puse de puntillas para depositarle un beso en la nariz… luego, la golpeé despacio con el dedo por si acaso.

—No sabes ni la mitad. Aún tengo *mucho* que enseñarte, Chass.

Sonrió ante la expresión de cariño, presionando mis dedos contra sus labios antes de sujetar con firmeza mi brazo debajo del suyo.

—Realmente eres una pagana.

—¿Una *qué*?

Sus mejillas ardieron y apartó la vista, avergonzado.

—Solía llamarte así. En mi mente.

Me reí fuerte, ajena a los transeúntes.

—¿Por qué no me sorprende? *Por supuesto* que no me llamabas por, ya sabes, mi *nombre*...

—¡Tú tampoco me llamabas por mi nombre!

—¡Porque eres presumido! —La brisa hizo volar un folleto enlodado de las hermanas Olde. Lo pisé con mi bota, aún riendo—. Vamos. Debemos apresurarnos si queremos llegar a tiempo al espectáculo especial para el arzobis... —Centró su mirada en algo a mis espaldas y la palabra murió en mi garganta. Me giré, seguí su mirada y vi a madame Labelle avanzando con determinación hacia nosotros.

—Mierda.

Me miró preocupado.

—No hables así.

—Sinceramente, dudo que los insultos la ofendan. Es una madama. Créeme, ha visto y oído cosas peores.

Llevaba puesto un vestido que resaltaba el azul magnífico de sus ojos y había recogido su cabello rojo con una peineta perlada. Una sensación molesta zumbó en la parte posterior de mi cráneo al verla. Como una comezón que no podía rascarme.

—¡Louise, cariño! Qué maravilloso verte de nuevo. —Me sujetó la mano libre entre las suyas—. Esperaba cruzarme contigo...

Hizo un silencio abrupto al ver el anillo con la madreperla que tenía en el dedo. Sujeté más fuerte el brazo de Reid. El movimiento no pasó desapercibido.

Ella miró el anillo, luego nos observó a los dos y abrió la boca mientras miraba a Reid. Él se movió en su lugar bajo el escrutinio, evidentemente incómodo.

—¿Podemos ayudarla, *madame*?

—Capitán Reid Diggory. —Hablaba despacio, como si saboreara las palabras. Tenía los ojos encendidos de asombro—. Creo que no nos han presentado formalmente. Soy madame Helene Labelle.

Él la fulminó con la mirada.

—La recuerdo, *madame*. Intentó comprar a mi esposa para su burdel.

Ella lo miraba cautivada, parecía no notar la hostilidad de Reid.

—Su apellido significa «perdido», ¿verdad?

Los miré, el zumbido en mi nuca era más fuerte. Más insistente. Era una pregunta extraña e inesperada. Reid no parecía saber con certeza cómo responderla.

—Eso creo —balbuceó finalmente.

—¿Qué quiere, *madame*? —pregunté con desconfianza. Todo lo que sabía sobre esa mujer me advertía de que no estaba allí para tener una conversación amable.

La mirada de madame Labelle se volvió desesperada al mirarme a los ojos…

—¿Es un buen hombre, Lou? ¿Es amable?

Reid se puso tenso ante aquella pregunta personal y ofensiva, y el zumbido en mi cabeza tomó forma. Los miré a los dos y noté el tono idéntico de sus ojos azules.

Joder.

El corazón se me detuvo. Miré a Reid lo suficiente como para reconocerlo en el rostro de otra persona. Madame Labelle era la madre de Reid.

—Lo es. —Mi susurro apenas era audible por encima del ruido del mercado… por encima de mi propio corazón descontrolado.

Ella exhaló y cerró sus ojos delatores con alivio. Luego los abrió; de pronto, eran alarmantemente intensos.

—Pero ¿te conoce, Lou? ¿Te conoce *de verdad*?

Mi sangre se convirtió en hielo. Si madame Labelle no tenía cuidado, las dos pronto estaríamos teniendo una conversación muy distinta. Sostuve su mirada con cautela, articulando una advertencia silenciosa.

—No sé a qué se refiere.

Ella entrecerró los ojos.

—Ya veo.

Incapaz de evitarlo, miré a Reid. Su rostro había pasado de confundido a irritado. A juzgar por la tensión en su mandíbula, no le gustaba que habláramos de él con él presente. Abrió la boca para preguntar qué narices pasaba, pero lo interrumpí.

—Vámonos, Reid. —Miré por última vez a madame Labelle con desdén antes de darme la vuelta, pero ella extendió la mano y sujetó la mía, en la que tenía el anillo de Angélica.

—Úsalo siempre, Lou, pero no permitas que ella lo vea. —Me moví para apartarme, alarmada, pero el amarre de la mujer parecía de acero—. Está en la ciudad.

Reid avanzó apretando los puños.

—Suéltela, *madame*.

Ella me sujetó más. Antes de que pudiera reaccionar, Reid apartó sus dedos a la fuerza. Ella hizo una mueca, pero continuó mientras Reid me guiaba por la calle.

—¡No te lo quites! —El pánico en sus ojos brillaba con claridad mientras su voz desaparecía—. Hagas lo que hagas, ¡no permitas que ella lo vea!

—¿*Qué* porras ha sido eso? —gruñó Reid, sujetando mi brazo más fuerte de lo necesario.

No respondí. No podía. Mi mente aún pensaba en la arremetida de madame Labelle, pero un estallido repentino atravesó la nebulosa de mis pensamientos. Madame Labelle era una bruja. Tenía que serlo. Su interés en el anillo de Angélica, su conocimiento sobre los poderes de la joya, sobre mi madre, sobre *mí*... no había otra explicación.

Pero la revelación trajo más preguntas que respuestas. No podía centrar la atención en ellas: no podía centrarme en nada más que en el miedo crudo y debilitador que subía por mi garganta, el sudor frío que me cubría la piel. Miré con rapidez alrededor y un temblor involuntario me recorrió el cuerpo. Reid decía algo, pero no lo escuchaba. Un zumbido sordo había aparecido en mis oídos.

Mi madre estaba en la ciudad.

El festival de San Nicolás perdió su encanto durante el regreso a la Torre de los *chasseurs*. Los pinos parecían menos bonitos. La fogata ardía con menos brillo. Incluso la comida había perdido atractivo, el hedor a pescado volvió para asfixiarme.

Reid me bombardeó a preguntas. Cuando comprendió que no tenía respuestas, guardó silencio. No lograba reunir fuerzas para disculparme. Lo único que podía hacer era ocultar mis dedos temblorosos, pero sabía que él, de todos modos, los veía.

Ella no te ha encontrado.

No te encontrará.

Repetí el mantra una y otra vez, pero no ayudaba mucho.

Saint-Cécile apareció ante nosotros y suspiré aliviada. De inmediato, el suspiro se convirtió en un grito cuando vi algo inesperado moverse en el callejón.

Reid me acercó a él y relajó el rostro un segundo después. Exhaló exasperado.

—Tranquila. Es solo un mendigo.

Pero no era solo un mendigo. El entumecimiento me corrió por las extremidades cuando miré con atención... y reconocí el rostro, los ojos lechosos que me miraban desde las sombras.

Monsieur Bernard.

Estaba agazapado en un cubo de basura con trozos de lo que parecía un animal muerto colgando de la boca. Su piel, antes humedecida por su propia sangre, se había oscurecido hasta alcanzar un negro absoluto, y las líneas de su cuerpo parecían borrosas. Difuminadas. Como si se hubiera convertido en una sombra viva.

—Dios mío —susurré.

Reid abrió los ojos de par en par. Me empujó detrás de él y extrajo el Balisarda de la bandolera que llevaba debajo de la chaqueta.

—Quédate detrás...

—¡No! —Pasé por debajo de su brazo y me coloqué frente al cuchillo—. ¡Déjalo en paz! ¡No está haciendo daño a nadie!

—*Míralo*, Lou...

—¡Es inofensivo! —Le sujeté el brazo—. ¡No lo toques!

—No podemos dejarlo aquí...

—Déjame hablar con él —supliqué—. Quizás vuelva a la Torre conmigo. Yo... siempre lo visitaba en la enfermería. Tal vez me escuche.

Reid nos miró a los dos, ansioso. Adoptó una expresión severa.

—Quédate cerca. Si hace un movimiento para hacerte daño, te pones detrás de mí. ¿Entendido?

Habría puesto los ojos en blanco de no haber estado tan aterrada.

—Puedo defenderme sola, Reid.

Él me sujetó la mano y la aplastó contra su pecho.

—Tengo una daga que atraviesa la magia. ¿Entendido?

Tragué con dificultad y asentí.

Bernie observó cómo nos acercábamos con sus ojos completamente vacíos.

—¿Bernie? —Sonreí alentadora, consciente del cuchillo de Andre en mi bota—. Bernie, ¿me recuerdas?

Nada.

Extendí la mano hacia él y algo centelleó en sus ojos cuando mis dedos rozaron su piel. Sin advertencia, cruzó el cubo de basura hacia mí. Grité y tropecé hacia atrás, pero él me sostuvo la mano como un grillete de acero. Una sonrisa aterradora apareció en su rostro.

—Te encontraré, cariño.

El miedo puro y auténtico me recorrió la columna. Me paralizó.

Te encontraré, cariño... cariño... cariño...

Reid tiró de mí hacia atrás con un rugido y retorció la muñeca de Bernie con una fuerza brutal. Él abrió sus dedos ennegrecidos y logré apartar la mano. En cuanto nuestro contacto cesó, Bernie cayó al suelo, inerte como una marioneta sin cuerdas.

Reid lo apuñaló.

Cuando el Balisarda le atravesó el pecho, las sombras que cubrían su piel desaparecieron y dejaron expuesto al verdadero monsieur Bernard por primera vez.

La bilis me subió a la garganta mientras observaba su piel delgada como un pergamino, su cabello blanco, las líneas de expresión alrededor de su boca. Solo sus ojos lechosos permanecieron iguales. Ciegos. Gritó y se ahogó mientras la sangre roja, limpia y pura, brotaba de su pecho. Caí de rodillas a su lado y tomé sus manos entre las mías. Las lágrimas me caían por el rostro.

—Lo siento mucho, Bernie.

Me miró por última vez. Y luego, cerró los ojos.

Los carros cubiertos de las hermanas Olde estaban reunidos fuera de la iglesia, pero apenas los veía. Moviéndome como en el cuerpo de otro, flotaba en silencio entre la multitud.

Bernie estaba muerto. Peor: mi madre lo había hechizado.

Te encontraré, cariño.

Las palabras resonaban en mis pensamientos. Una y otra vez. Inconfundibles.

Temblé al recordar la forma en que Bernie había cobrado vida ante mi tacto. El modo en que me había observado con tanta atención en la enfermería. Como una tonta, había pensado que quería poner fin a su dolor intentando saltar por la ventana de la enfermería. Pero su fuga... la advertencia de madame Labelle...

La sincronía no podía ser casualidad. Él había intentado ir con mi madre.

Reid no dijo nada mientras caminábamos hasta nuestro cuarto. La muerte de Bernie también parecía haberlo afectado. Su piel dorada se había vuelto cenicienta y sus manos temblaban levemente cuando abrió la puerta de la habitación. La muerte. Me seguía a todas partes, tocando a todos y todo lo que me importaba. Parecía imposible escapar de ella. Imposible esconderse. La pesadilla nunca terminaría.

Cuando cerró con firmeza la puerta al entrar, me quité la capa y el vestido ensangrentado y lancé el cuchillo de Andre sobre el escritorio. Estaba desesperada por quitarme todo recuerdo de sangre de la piel. De todos modos, el cuchillo no me protegería. No de ella. Me puse un vestido limpio, intentando en vano ocultar mis dedos temblorosos. Reid presionaba los labios mientras me observaba y supe por el silencio tenso entre los dos que no me daría respiro alguno.

—¿Qué? —Me hundí en la cama, el cansancio venció todo vestigio de orgullo.

Él no suavizó la mirada. No esta vez.

—Escondes algo.

Pero no tenía energía para esa conversación. No después de madame Labelle y Bernie. No después del descubrimiento paralizador de que mi madre sabía dónde estaba.

Apoyé la cabeza en mi almohada, con los párpados pesados.

—Claro que sí. Ya te lo dije en el ático del *Soleil et Lune.*

—¿A qué se refería madame Labelle cuando preguntó si te conocía *de verdad?*

—¿Quién sabe? —Me incorporé y ofrecí una sonrisa débil—. Sin duda está loca.

Entrecerró los ojos y señaló el anillo de Angélica en mi dedo.

—Habló de tu anillo. ¿Ella te lo dio?

—No lo sé —susurré.

Deslizó la mano por su cabello, era evidente que estaba cada vez más enfadado.

—¿Quién vendrá a buscarte?

—Reid, por favor...

—¿Estás en peligro?

—No quiero hablar de...

Él golpeó el escritorio con el puño y una de las patas se rompió.

—¡Dímelo, Lou!

Me aparté de él por instinto. Su furia se fracturó ante aquel movimiento ínfimo y cayó de rodillas delante de mí, sus ojos ardían con una emoción silenciosa: con miedo. Me sujetó las manos como si su vida dependiera de ello.

—No puedo protegerte si no me lo permites —suplicó—. Sea lo que sea que te aterre, puedes contármelo. ¿Es tu madre? ¿Te busca?

No pude evitar que las lágrimas cayeran por mis mejillas. Un miedo mayor que cualquier otro que hubiera experimentado se apoderó de mí mientras lo miraba. Debía contarle la verdad. Era momento de hacerlo.

Si mi madre sabía que yo estaba allí, Reid también corría peligro. Morgane no dudaría en matar a un *chasseur*, en especial si él se interponía entre ella y su premio. Él no podía ir a ciegas. Debía estar preparado.

Despacio... asentí.

Su expresión se oscureció ante la confesión. Me sostuvo las mejillas con ambas manos y limpió mis lágrimas con una ternura discordante con la ferocidad de su mirada.

—No permitiré que te haga daño de nuevo, Lou. Te protegeré. Todo irá bien.

Sacudí la cabeza. Ahora, las lágrimas caían más rápido.

—Necesito decirte algo. —Sentí un nudo en la garganta, como si mi propio cuerpo se rebelara contra lo que estaba a punto de hacer. Como si supiera qué destino me esperaba si las palabras escapaban. Tragué con dificultad y me obligué a decirlas antes de cambiar de opinión—. La verdad es que...

Abrieron la puerta con brusquedad y para mi sorpresa, el arzobispo entró.

Reid se puso de pie y realizó una reverencia, con sorpresa y... cautela.

—¿Señor?

El arzobispo clavó la mirada entre los dos, feroz y decidida.

—Acaban de enviar un informe de la guardia real, Reid. Hay cientos de mujeres reunidas en el exterior del castillo y el rey Auguste está nervioso. Apresúrate a disiparlas. Lleva contigo a todos los *chasseurs* que puedas.

Reid vaciló.

—¿Alguien ha confirmado la presencia de magia, señor?

Las fosas nasales del arzobispo se movían furiosas.

—¿Sugieres que esperemos para descubrirlo?

Reid me miró, en conflicto, pero tragué con dificultad y asentí. Las palabras que no había dicho se me congelaron en la garganta, ahogándome.

—Ve.

Inclinó el cuerpo para apretar rápido mi mano.

—Lo siento. Enviaré a Ansel aquí hasta que regrese...

—No es necesario —dijo el arzobispo cortante—. Yo me quedaré con ella.

Nos giramos al unísono para mirarlo boquiabiertos.

—Usted... ¿Usted, señor?

—Tengo un asunto urgente que hablar con ella.

La mano de Reid permaneció en mi rodilla temblorosa.

—Señor, si me lo permite: ¿podría posponer la conversación? Ha tenido un día muy difícil y aún está recuperándose de...

El arzobispo lo atravesó con una mirada fulminante.

—No, no puedo. Y mientras permaneces ahí de rodillas discutiendo conmigo, hay personas que podrían estar muriendo. Tu *rey* podría estar muriendo.

Reid adoptó una expresión severa.

—Sí, señor. —Con la mandíbula tensa, me soltó la mano y depositó un beso rápido en mi frente—. *Hablaremos* después. Lo prometo.

Con un mal presentimiento, lo observé caminar hacia la puerta. Él se detuvo en la salida y me miró.

—Te quiero, Lou.

Luego, se marchó.

CAPÍTULO 29

LAS HERMANAS OLDE

Lou

Miré el pasillo un minuto entero antes de asimilar sus palabras. *Te quiero, Lou.*

La calidez se expandió desde la punta de mis dedos hasta los pies, disipando el miedo paralizante que me invadía. Me quería. Él me quería.

Eso lo cambiaba todo. Si me quería, no importaría que fuera una bruja. De todos modos, me querría. Lo comprendería. Realmente me *protegería*.

Si me quería.

Estuve a punto de olvidar la presencia del arzobispo hasta que habló.

—Lo has engañado.

Me giré hacia él, aturdida.

—Puede irse. —Las palabras salieron sin la brusquedad que hubiera querido. Algunas lágrimas aún me caían por el rostro, pero las sequé con impaciencia. No había nada que deseara más que hundirme en la calidez embriagadora que me abrumaba—. De verdad, no es necesario que se quede. El espectáculo comenzará pronto.

No se movió y continuó como si no me hubiera escuchado.

—Eres una actriz muy buena. Por supuesto, debería haberlo esperado... pero no me avergonzaré permitiendo que me engañes dos veces.

Mi burbuja de felicidad se rompió levemente.

—¿De qué habla?

Me ignoró de nuevo.

—Cualquiera diría que él de verdad te importa. —Caminó hacia la puerta y la cerró de un golpe. Me puse de pie rápido y miré el cajón en el que había guardado el cuchillo de Andre. Él sonrió—. Pero ambos sabemos que eso es imposible.

Me acerqué al escritorio. Aunque Reid confiaba en su patriarca con los ojos cerrados, yo sabía que no debía. El brillo furtivo aún resplandecía en sus ojos y joder, no me quedaría atrapada en una cama.

Como si leyera mi mente, se detuvo... y se giró para quedar frente al cajón. Sentí la boca seca.

—Me *importa*. Es mi marido.

—«Así fue expulsado el gran dragón, aquella serpiente antigua que se llama Diablo y Satanás, y que engaña al mundo entero». —Sus ojos brillaron—. *Eres* esa serpiente, Louise. Una víbora. Y no permitiré que destruyas a Reid ni un segundo más. Ya no puedo mantenerme al margen sin hacer nada y...

Alguien llamó a la puerta. Frunciendo las cejas, se giró hecho una furia.

—¡Adelante!

Un paje asomó la cabeza.

—Discúlpeme, Su Eminencia, pero todos lo esperan fuera.

—*Lo sé* —replicó el arzobispo—, y enseguida iré a presenciar el hedonismo. Pero primero, tengo asuntos de los que ocuparme aquí.

Ignorando la reprimenda, el muchacho saltó en su sitio, apenas capaz de contener la ansiedad. Sus ojos brillaban llenos de entusiasmo.

—Pero el espectáculo está a punto de empezar, señor. Me... me han pedido que venga a buscarlo. La multitud comienza a impacientarse.

Un músculo nervioso latió en la mandíbula del arzobispo. Cuando por fin centró sus ojos de acero en mí, señalé la puerta mientras rezaba en silencio agradecida.

—No querrá hacerlos esperar.

Él expuso los dientes con una sonrisa.

—Me acompañarás, por supuesto.

—No creo que sea necesario...

—Tonterías. —Extendió la mano, me sujetó el brazo y lo colocó con firmeza debajo del suyo. Intenté apartarme por instinto, pero fue en vano. En segundos, me había arrastrado al pasillo—. Le he prometido a Reid que me quedaría contigo, y eso haré.

La multitud merodeaba por los carros comiendo golosinas y sujetando paquetes de papel de color café, con las narices rojas por haber pasado un día de compras en el frío. El arzobispo saludó al verlos... y se detuvo en seco cuando notó el grupo ecléctico de artistas en los escalones de la catedral.

No fue el único. Aquellos que no comían *macarons* y castañas susurraban detrás de sus manos. Flotaba una palabra, un siseo suave repetido en el viento.

Mujeres.

Todos los actores en aquella compañía teatral eran mujeres.

Y no de cualquier tipo: aunque sus edades variaban de ancianas a jóvenes, todas tenían la misma elegancia delatora de los artistas. Orgullosas y erguidas, pero también fluidas. Observaban a la multitud murmurar con sonrisas traviesas. La más joven no podía tener más de trece años y le guiñaba un ojo a un hombre que le doblaba la edad. Él estuvo a punto de atragantarse con sus palomitas de maíz.

¿Qué esperaban? El nombre de la compañía era las *hermanas* Olde.

—Abominable. —El arzobispo se detuvo en la cima de los escalones, curvando los labios—. Una mujer no debería rebajarse con semejante profesión de mala fama.

Sonreí y aparté mi brazo del suyo. No me detuvo.

—He oído que tienen mucho talento.

Ante mis palabras, la más joven nos vio. Me miró a los ojos y sonrió traviesa. Sacudió imperiosamente su cabello rubio y alzó las manos hacia la multitud.

—*Joyeux Noël à tous!* ¡Nuestro invitado de honor ha llegado! Silencio, ¡así podremos comenzar nuestro espectáculo especial!

La multitud obedeció de inmediato y todos los ojos la miraron con entusiasmo. Ella hizo una pausa, con los brazos aún extendidos, para capturar su atención. Siendo tan joven, tenía una cantidad poco común de confianza. Incluso el arzobispo parecía paralizado. La niña asintió y las actrices corrieron y entraron a uno de los carros.

—Todos conocemos la historia de San Nicolás, portador de regalos y protector de los niños. —Caminó en círculos, con los brazos aún extendidos—.

Todos conocemos al carnicero malvado, Père Fouettard, quien atrajo a los hermanos tontos a su carnicería y los *cortó* en pedacitos. —Movió la mano en el aire fingiendo que era un cuchillo—. Sabemos que San Nicolás llegó y venció a Père Fouettard. Sabemos que resucitó a los niños y los llevó a salvo con sus padres. —Inclinó la cabeza—. Conocemos esa historia. La adoramos. Por eso nos reunimos cada año a celebrar San Nicolás. Pero hoy... os traemos una historia diferente. —Hizo una pausa, sonriendo traviesa—. Una menos conocida y de naturaleza más oscura, pero que, de todos modos, es la historia de un hombre santo. Lo llamaremos el arzobispo.

El arzobispo se puso tenso a mi lado cuando una mujer salió del carro vestida con una túnica coral increíblemente parecida a la suya. Incluso el tono de rojo y dorado eran iguales. Tenía una expresión severa, el ceño fruncido, la boca tensa.

—Había una vez, en un lugar muy lejano —comenzó la joven narradora, y su voz adoptó un tono musical— o no tan lejano, como es realmente el caso, un huérfano, amargado e ignorado, que halló su vocación al servicio del Señor.

Con cada palabra, la mujer que interpretaba al arzobispo se acercaba más, alzando el mentón para fulminarnos con la mirada. El arzobispo real permaneció quieto como piedra. Me atreví a mirarlo. Tenía los ojos clavados en la joven narradora y estaba más pálido que hacía unos minutos. El arzobispo falso encendió una cerilla y la sostuvo ante sus ojos, observando cómo ardía con fervor perturbador. La narradora bajó la voz y habló en un susurro dramático.

—Con fe y fuego en su corazón, cazó a los malvados y los condenó a arder en la hoguera por el mal cometido... porque la palabra del Señor no permitía la magia.

Mi mal presentimiento se multiplicó por diez. Algo iba mal.

Un alboroto en la calle distrajo a la audiencia y aparecieron los *chasseurs*. Reid cabalgaba al frente, seguido por Jean Luc. Sus expresiones de alarma fueron evidentes cuando se acercaron, pero los carros de la compañía teatral y la audiencia bloqueaban la calle. Desmontaron a toda prisa. Avancé hacia ellos, pero el arzobispo me sujetó.

—Quédate.

—¿Disculpe?

Sacudió la cabeza, con los ojos aún clavados en el rostro de la narradora.

—Quédate cerca de mí. —La urgencia en su voz me paralizó los pies y mi incomodidad aumentó. No me soltó el brazo, sentí su piel sudorosa y fría en la mía—. Pase lo que pase, no te apartes de mí. ¿Entendido?

Algo iba *muy* mal.

El arzobispo falso alzó un puño en el aire.

—¡No permitirás que una bruja viva!

La narradora inclinó el cuerpo hacia delante con un brillo malicioso en los ojos y acercó la mano a su boca, como si revelara un secreto.

—Pero él olvidó que Dios pedía perdonar. Así que el Destino, un ama cruel y astuta, planeó otro final para este hombre sediento de sangre.

Una mujer alta y elegante de piel oscura salió del carro. Su vestido negro flotaba mientras caminaba en círculos alrededor del arzobispo falso, pero él no la veía. El arzobispo real me sujetó más fuerte.

—Una bruja hermosa, disfrazada de damisela, pronto llevó al hombre hacia el Infierno. —Una tercera mujer salió del carro, llevaba un vestido blanco maravilloso. Ella gritó y el arzobispo falso corrió hacia adelante.

—¿Qué sucede? —siseé, pero él me ignoró.

El arzobispo falso y la mujer de blanco caminaron en círculos sensualmente, uno alrededor del otro. Ella deslizó la mano por su mejilla y él la tomó en brazos. El Destino miró al frente con una sonrisa siniestra. La multitud balbuceaba, moviendo los ojos entre los actores y el arzobispo. Reid dejó de intentar abrirse paso entre la multitud. Permaneció en su lugar, observando el espectáculo con los ojos entrecerrados. Un zumbido comenzó a sonar en mis oídos.

—Él la llevó a la cama, olvidando su juramento, y veneró su cuerpo... y la curvatura de su garganta. —En ese momento, la narradora alzó la vista hacia el arzobispo real y guiñó un ojo. La sangre me abandonó el rostro y centré la vista en su piel de marfil, en el brillo juvenil que brotaba de ella. En sus ojos verdes espeluznantes y familiares. Como esmeraldas.

El zumbido se hizo más fuerte y mi mente quedó vacía de pensamientos coherentes. Mis rodillas cedieron.

El arzobispo falso y la mujer de blanco se abrazaron y la multitud dio un grito ahogado, escandalizada. La narradora se rio.

—Ella esperó hasta la cúspide de su pecado para revelar su identidad y la magia en su interior. Luego, salió de la cama de él y partió en mitad de la noche. ¡Cómo maldijo él el cabello blanco como la luna y la piel marfil de la dama!

La mujer de blanco se rio y abandonó los brazos del arzobispo falso. Él cayó de rodillas, con los puños en alto, mientras ella corría de nuevo hacia el carro.

Cabello blanco como la luna. Piel marfil.

Me giré despacio para mirar al arzobispo real mientras mi corazón latía a un ritmo violento en mis oídos. Era doloroso el modo en que me sujetaba la mano.

—Escúchame, Louise...

Me aparté con un gruñido.

—No me *toques.*

La voz de la narradora aumentó el volumen.

—A partir de esa noche, él anheló olvidar, pero ¡vaya! El Destino aún no se había cansado de él.

La mujer de blanco reapareció, con el estómago hinchado, embarazada. Hizo una pirueta elegante, su vestido giraba a su alrededor y de los pliegues de la falda extrajo un bebé. La niña de no más de un año reía y balbuceaba, arrugando sus ojos azules con alegría. Tenía una constelación de pecas en la nariz. El arzobispo falso cayó de rodillas cuando la vio mientras tiraba de sus vestiduras. Sacudía el cuerpo con gritos silenciosos. La multitud esperó conteniendo el aliento.

La narradora se agazapó junto a él y acarició su espalda mientras susurraba.

—Pronto, una visita por parte de la bruja que él había criticado llegó con la peor noticia. —Hizo una pausa y alzó la vista hacia la multitud, sonriendo lascivamente—: Había dado a luz a su hija.

Reid se abrió paso mientras los murmullos aumentaban su volumen, y todos se giraban hacia el arzobispo real. La incredulidad en sus ojos cambió a desconfianza. Los *chasseurs* lo siguieron, sujetando con fuerza sus Balisardas. Alguien gritó, pero las palabras se perdieron en el tumulto.

La narradora se puso de pie despacio, con el rostro joven sereno en medio del caos inminente, y se giró hacia nosotros. Hacia *mí.*

El rostro de mis pesadillas.

El rostro de la muerte.

—Y no compartía una hija con cualquiera. —Sonrió y extendió las manos hacia mí, mientras su rostro envejecía y su cabello se aclaraba hasta volverse de un plateado brillante. Los gritos brotaron detrás. Reid corría, gritando algo indescifrable—. Sino con *la* bruja, la reina... *La Dame des Sorcières.*

Tercera Parte

C'est cela l'amour, tout donner, tout sacrifier sans espoir de retour.

Eso es el amor: darlo todo, sacrificarlo todo,
sin el menor deseo de obtener algo a cambio.

—ALBERT CAMUS

CAPÍTULO 30

SECRETOS REVELADOS

Lou

Los gritos desgarraban el aire y la multitud se dispersaba presa del pánico y la confusión. Perdí a Reid de vista. Perdí a todos de vista menos a mi madre. Ella estaba de pie quieta en medio de la multitud desquiciada: un faro blanco entre las sombras amenazantes. Sonriendo. Con las manos extendidas, suplicantes.

El arzobispo me empujó detrás de él mientras las brujas se reunían. Me aparté un poco, incapaz de procesar las emociones que latían en mi cuerpo: la incredulidad salvaje, el miedo debilitante, la *furia* violenta. La bruja de negro, Destino, nos alcanzó primero, pero el arzobispo extrajo su Balisarda de la túnica y atravesó profundamente el pecho de la mujer. Ella bajó los escalones tambaleándose hasta llegar a los brazos de una de sus hermanas. Otra gritó y atacó.

Vi un destello azul y un cuchillo atravesó el pecho de la bruja por la espalda. Ella dio un grito ahogado, aferrándose en vano a la herida, antes de que una mano la empujara. Ella desenterró despacio la daga de su cuerpo y se desplomó.

Allí estaba Reid.

La sangre de la mujer cubría su Balisarda y sus ojos ardían con odio primitivo. Jean Luc y Ansel luchaban detrás. Con un movimiento veloz de su cabeza, me indicó que avanzara. No vacilé: abandoné al arzobispo y corrí hacia sus brazos abiertos.

Pero las brujas continuaban atacando. Más y más aparecían de la nada. Peor: había perdido de vista a mi madre.

Un hombre hechizado con ojos vacíos avanzó con pesadez hacia el arzobispo. Había una bruja de pie cerca a sus espaldas, moviendo los dedos con expresión feroz. La magia estallaba en el aire.

—¡Llevadla dentro! —gritó el arzobispo—. ¡Encerraos en la Torre!

—¡No! —Me aparté de Reid—. ¡Dadme un arma! ¡Puedo pelear!

Tres pares de manos me sujetaron y me arrastraron hasta el interior de la iglesia. Otros *chasseurs* irrumpían en la multitud. Observé horrorizada cómo extraían jeringas plateadas de sus abrigos. Cuando Reid cerró las puertas de la iglesia hubo nuevos gritos.

Moviéndose con rapidez, alzó el inmenso travesaño de madera que había sobre las puertas. Jean Luc se apresuró a ayudarlo mientras Ansel permanecía a mi lado, pálido.

—¿Es cierto... lo que han dicho las brujas? El... arzobispo... ¿tiene una hija con Morgane le Blanc?

—Tal vez. —Los hombros de Jean Luc estaban tensos bajo el peso de la traba—. Pero tal vez ha sido... todo... una... distracción. —Con un último esfuerzo, colocaron el travesaño en su lugar. Él me miró de arriba abajo; respirando con dificultad—. Como las brujas en el castillo. Estaban a punto de atravesar los muros cuando llegamos. Luego, desaparecieron.

Los cristales se rompieron y alzamos la vista para ver una bruja atravesar el rosetón a cientos de metros por encima de nosotros.

—Dios mío —susurró Ansel, contorsionando el rostro, horrorizado.

Jean Luc me empujó hacia adelante.

—¡Llévala arriba! ¡Me encargaré de la bruja!

Reid me tomó la mano y juntos corrimos hacia la escalera. Ansel nos siguió.

Cuando llegamos a nuestra habitación, Reid cerró la puerta de un golpe y clavó su Balisarda en el picaporte. Un segundo después, avanzó veloz hacia la ventana mientras introducía la mano en su chaqueta y extraía una bolsita. Sal. Colocó los cristales sobre el alféizar a toda velocidad.

—Eso no ayudará. —Mi voz salió baja y ferviente: culpable.

Reid detuvo sus manos y se giró despacio hacia mí.

—¿Por qué te persiguen las brujas, Lou?

Abrí la boca, buscando desesperadamente una explicación razonable, pero no encontré ninguna. Él me sujetó la mano y se acercó a mí, bajando la voz.

—Ahora dime la verdad. No puedo protegerte sin ella.

Respiré hondo, preparándome. Cada risa, cada mirada, cada roce... todo se reducía a ese instante.

Ansel emitió un sonido ahogado a nuestras espaldas.

—¡Cuidado!

Giramos al unísono y vimos a una bruja flotando fuera de la ventana, su cabello pardo se sacudía a su alrededor con un viento agresivo. Mi corazón se detuvo. Se posó en el alféizar y atravesó la línea de sal.

Reid y yo nos pusimos delante del otro al mismo tiempo. Él aplastó mi pie y caí de rodillas. La bruja inclinó la cabeza mientras él saltaba hacia mí: hacia *mí*, no hacia su Balisarda.

Ansel no cometió el mismo error. Saltó hacia el cuchillo, pero la bruja fue más veloz. Con un movimiento breve de muñeca, el olor intenso a magia me quemó la nariz y Ansel salió disparado contra un muro. Antes de que pudiera detenerlo o hacer algo más que gritar una advertencia, Reid se lanzó sobre la mujer. Con otro movimiento de muñeca, la bruja lo hizo volar por el aire y su cabeza golpeó el techo. La habitación tembló. Otro golpe y él cayó al suelo ante mis pies, alarmantemente quieto.

—¡No! —Con el corazón en la garganta, le di la vuelta, frenética. Parpadeaba. Estaba vivo. Alcé la cabeza hacia la bruja de cabello pardo—. *Zorra.*

Contorsionó el rostro en una expresión feroz.

—Has quemado a mi hermana.

Un recuerdo apareció: una mujer de cabello pardo al fondo de la multitud, llorando mientras Estelle ardía. Lo aparté de la mente.

—Ella me habría matado. —Alzando las manos con cautela, me devané los sesos en busca de un patrón. Fragmentos dorados resplandecieron alrededor de ella. Les ordené solidificarse mientras la bruja flotaba y bajaba del alféizar. Unas ojeras profundas rodeaban sus ojos inyectados en sangre y sus manos temblaban de furia.

—Has deshonrado a tu madre. Has deshonrado a las *Dames blanches.*

—Las *Dames blanches* podéis arder en el infierno.

—No eres digna del honor que Morgane te otorga. Nunca lo has sido.

Las cuerdas doradas serpenteaban entre su cuerpo y el mío. Sujeté una al azar y la seguí, pero se abrió en cientos de otros hilos que nos envolvían los huesos. Me aparté. El coste, el riesgo, era demasiado alto.

Ella expuso los dientes y respondió alzando las manos. Sus ojos brillaban llenos de odio. Me preparé para el impacto, pero nunca llegó.

Aunque lanzaba la mano hacia mí una y otra vez, cada golpe resbalaba en mi piel y se disipaba.

El anillo de Angélica ardía en mi dedo... desmontando sus patrones. Me miró con incredulidad. Alcé las manos más alto con una sonrisa y posé los ojos en un patrón prometedor. Retrocediendo, ella miró el Balisarda, pero cerré el puño antes de que pudiera alcanzar el cuchillo.

Se golpeó contra el techo igual que lo había hecho Reid, y fragmentos de madera y yeso llovieron sobre mi cabeza. Mi corazón redujo la velocidad, la visión me dio vueltas cuando cayó al suelo. Alcé las manos buscando un segundo hilo, algo para dejarla inconsciente, cuando me embistió contra el escritorio sujetando mi cintura.

El escritorio.

Abrí el cajón, saqué mi cuchillo, pero ella me sujetó la muñeca y la retorció con fuerza. Con un grito feroz, me golpeó en la nariz con la cabeza. Me tambaleé hacia un lado, la sangre me caía sobre el mentón, mientras ella me arrancaba el cuchillo de la mano.

El Balisarda de Reid brillaba junto a la puerta. Intenté alcanzarla, pero ella sacudió mi cuchillo delante de mi nariz, bloqueando mi camino. Vi un destello dorado breve, pero no podía concentrarme, no podía pensar. Le clavé el codo en las costillas. Cuando ella se apartó, jadeando con el torso hacia delante, por fin vi mi oportunidad. Mi rodilla hizo contacto con su rostro y soltó mi cuchillo. Lo sujeté victoriosa.

—Adelante. —Ella sostenía el lateral de su cuerpo, la sangre caía al suelo desde su nariz—. Mátame como mataste a Estelle. *Asesina de brujas.*

Las palabras eran más afiladas que cualquier cuchillo.

—Hice... lo que debía hacer...

—Has asesinado a una de las tuyas. Eres la esposa de un cazador. *Tú* eres la única *Dame blanche* que arderá en el infierno, Louise le Blanc. —Enderezó la espalda, escupió sangre al suelo y se limpió el mentón—. Ahora ven conmigo: acepta tu derecho de nacimiento y tal vez la Diosa aún perdone tu alma.

Las dudas serpentearon en mi corazón ante sus palabras.

Quizás ardería en el infierno por lo que había hecho. Había mentido, robado y matado sin vacilar en mi cruzada incansable por *sobrevivir.* Pero ¿cómo valía la pena una vida semejante? ¿Cuándo me había vuelto tan despiadada, acostumbrada a tener sangre en las manos? ¿Cuándo me había convertido en algo peor que ambos? Al menos las *Dames blanches* y los *chasseurs* habían escogido un bando. Cada uno defendía *algo*, pero yo no defendía nada. Era una cobarde.

Solo quería sentir el sol en mi rostro por última vez. No quería morir en ese altar. Si eso me convertía en una cobarde... que así fuera.

—Con tu sacrificio, recuperaremos nuestra tierra. —Avanzó hacia mí como si percibiera mi vacilación, retorciendo sus manos ensangrentadas—. ¿No lo entiendes? *Gobernaremos* Belterra otra vez...

—No —respondí—, *vosotras* gobernaréis Belterra. *Yo* estaré muerta.

Su pecho subía y bajaba con pasión.

—¡Piensa en las brujas que salvarás con tu sacrificio!

—No puedo permitir que asesinen inocentes. —Mi voz era calmada y decidida—. *Debe* de haber otra manera...

Mis palabras flaquearon cuando Reid se alzó sobre las rodillas en la periferia de mi visión. El rostro de la bruja no era completamente humano cuando se giró para verlo... cuando alzó la mano. Sentí la energía antinatural resplandeciendo entre ellos, percibí el golpe mortal antes de que lo diera.

Alcé desesperada una mano hacia él.

—¡No!

Reid voló hacia un lado abriendo los ojos de par en par mientras mi magia lo alzaba, y la energía negra de la bruja atravesó la pared. Pero mi alivio fue breve. Antes de que pudiera llegar a él, ella había corrido a su lado y presionaba el cuchillo sobre su garganta, mientras hurgaba en su abrigo para extraer algo pequeño. Algo plateado.

Miré horrorizada. Una sonrisa cruel apareció en su rostro mientras él se resistía.

—Ven aquí o le cortaré la garganta.

Moví los pies hacia ella sin dudar. Por instinto. Aunque parecían de plomo, sabían a dónde ir. Donde siempre había estado destinada a ir. Desde mi nacimiento. Desde mi concepción. Si eso significaba que Reid viviría, moriría feliz.

Con el pecho subiendo y bajando, Reid miraba el suelo mientras me acercaba. No huyó cuando la bruja lo soltó, no se movió para detenerla cuando ella me clavó la jeringa en la garganta, y me atravesó la piel como si estuviera en el cuerpo de otra persona: el dolor estaba desconectado,

como el líquido espeso congelado en mis venas. Era frío. Los dedos géli-
dos me recorrían la columna, paralizándome el cuerpo, pero no era nada
en comparación con el hielo en los ojos de Reid cuando por fin me miró.

Ese hielo me atravesó el corazón.

Me desplomé sin apartar los ojos del rostro de Reid. *Por favor,* supliqué en silencio. *Entiéndelo.*

Pero no había comprensión en sus ojos mientras miraba mi cuerpo
caer, mientras mis extremidades comenzaban a sacudirse y a retorcerse.
Solo había perplejidad, furia y... repulsión. Ya no estaba el hombre que había estado de rodillas ante mí secando mis lágrimas con dulzura. Ya no
estaba el hombre que me había abrazado en el tejado, que se había reído
con mis bromas, que había defendido mi honor y me había besado bajo las
estrellas.

Ya no estaba el hombre que había dicho que me quería.

Ahora, solo estaba el *chasseur.* Y me odiaba.

Las lágrimas rodaron sobre la sangre en mi rostro. Era el único indicio externo de que mi corazón se había partido en dos. Reid aún no se
movía.

La bruja me alzó el mentón y me clavó las uñas en la piel. Vi la negru-
ra flotando en el límite de mi visión e hice un esfuerzo por permanecer
consciente. La droga giraba en mi mente, amenazando con sumirme en el
olvido. Ella se aproximó a mi oído.

—Creías que te protegería, pero te ataría a la hoguera. Míralo. Mira
su odio.

Alcé la cabeza con esfuerzo. Ella aflojó los dedos de mi rostro, sorprendida. Miré a Reid directamente a los ojos.

—Te quiero.

Luego, perdí la conciencia.

CAPÍTULO 31

EL OLVIDO

Lou

Cuando desperté, a duras penas era consciente del suelo moviéndose debajo de mí... y de un par de brazos esbeltos y largos. Me rodeaban la cintura, sujetándome cerca. Luego, sentí un dolor en la garganta. Llevé la mano hacia allí y sentí la sangre fresca.

—Lou —dijo ansiosa una voz familiar—. ¿Me escuchas?

Ansel.

—Despierta, Lou. —El suelo aún se movía. Un golpe sonó cerca, seguido de un *bum* estrepitoso. Una mujer se reía—. Por favor, ¡despierta!

De pronto, abrí los ojos.

Estaba en el suelo detrás de la cama con la cabeza en el regazo de Ansel, junto a una jeringa descartada.

—Es el antídoto —susurró—. No había suficiente para una dosis completa. Está perdiendo, Lou. La bruja... ha hecho estallar la puerta. El Balisarda de Reid ha volado por el pasillo. Debes ayudarlo. ¡Por favor!

Está perdiendo.

Reid.

La adrenalina me invadió el cuerpo y me incorporé con rapidez, tosiendo por el polvo que flotaba en el aire. El mundo giraba alrededor. Reid y la bruja habían destrozado la habitación: había agujeros en el suelo y en las paredes, y el escritorio y el cabecero de la cama estaban hechos añicos. Ansel me apartó cuando un trozo de yeso cayó donde habían estado mis piernas.

Reid y la bruja caminaban en círculos en el centro de la habitación, pero él tenía dificultad para moverse. Apretaba los dientes, intentando que sus músculos obedecieran mientras atacaba con mi cuchillo a la bruja. Ella se escabullía antes de que él moviera los dedos. Reid inhaló bruscamente como si ella lo hubiera golpeado.

Me puse de pie con dificultad. La oscuridad nublaba mi vista y mis extremidades eran torpes y pesadas como las de Reid. Pero no importaba. Debía detener aquello.

Ninguno de los dos me vio. La bruja sacudió la mano hacia delante y Reid la esquivó. El estallido impactó contra la pared. La bruja tenía una sonrisa sádica en los labios. Estaba jugando con él, con el hombre que había quemado a su hermana.

Ansel registraba cada uno de los movimientos de la bruja.

—Todos están fuera todavía.

Me balanceé, con la visión nublada mientras alzaba las manos. Pero no había nada. No podía concentrarme. La habitación se movía y giraba.

La bruja nos miró. Reid se movió para atacar, pero ella sacudió la muñeca y lo lanzó de nuevo contra la pared. Avancé mientras él yacía en el suelo.

—Eres una tonta —dijo la bruja—. Has visto su odio y, sin embargo, corres a ayudarlo...

Un hilo cobró vida, atado a su laringe. Cerré el puño y las palabras murieron en su garganta. Mi sangre fluía más espesa por los pinchazos de la jeringa mientras ella luchaba por respirar. Me tambaleé y perdí la concentración, pero Ansel me atrapó antes de que cayera. La bruja dio un grito ahogado y se sujetó la garganta mientras recobraba el aliento.

Estaba demasiado débil para luchar. Apenas podía mantenerme en pie, era imposible vencer a una bruja así. No tenía más fuerza física para dar y mi mente estaba demasiado saturada de drogas para distinguir patrones.

—Os merecéis el uno al otro. —La bruja me arrancó de los brazos de Ansel y salí volando por el aire para colisionar contra el pecho de Reid. Él se tambaleó por el impacto, pero me rodeó con los brazos y suavizó la caída. Veía destellos ante mí.

El grito de guerra de Ansel me revivió, pero fue interrumpido bruscamente. Oí otro golpe seco detrás de nosotros y él chocó con nuestras rodillas.

—No puedo... vencerla. —Aunque ya no sangraba, aún me sentía débil. Mareada. No podía mantener los ojos abiertos—. Estoy demasiado... débil...

Apareció la oscuridad y mi cabeza cayó.

El modo en que Reid me sujetaba se volvió doloroso. Abrí los ojos y lo vi mirándome con determinación.

—Úsame.

Sacudí la cabeza con toda la fuerza que pude reunir. Los destellos nublaban mi vista.

—Puede funcionar. —Ansel asentía frenético y Reid me soltó. Me puse de pie con dificultad—. ¡Las brujas usan a otras personas todo el tiempo!

Abrí la boca para negarme, para decirle que no le haría daño, que no sometería su cuerpo como lo hacían otras brujas... pero una mano me tiró del pelo. Aterricé en los brazos de la bruja de cabello pardo, mi espalda presionada contra su pecho.

—Estoy cansada de esto y tu madre espera. ¿Los matarás o lo hago yo?

No pude responder. Mi atención estaba centrada en la cuerda delgada y mortal que había aparecido en el aire entre la bruja y Reid.

Un patrón.

Estaba débil, pero Reid... aún era fuerte. Y, a pesar de todo, lo quería. Lo quería lo suficiente como para que la naturaleza lo hubiera considerado digno de intercambiar. Él no era un cuerpo más. Un escudo de carne. Él era... yo.

Podía funcionar.

Con la respiración entrecortada, cerré el puño. El patrón desapareció con un estallido dorado.

Reid abrió los ojos de par en par cuando su cuello se tensó y su espalda se separó de la pared. Su columna luchaba por permanecer intacta mientras la magia lo alzaba como si colgara de la horca. La bruja gritó, me soltó y supe sin mirarla que estaba en una postura similar. Antes de que pudiera contraatacar, moví la muñeca y Reid pegó los brazos a su cuerpo, paralizado, con los dedos juntos. Inclinó la cabeza hacia atrás de modo antinatural, extendiendo la garganta. Exponiéndola.

Ansel corrió hasta el pasillo mientras los gritos de la bruja se volvían ahogados... desesperados.

—Ansel —dije bruscamente—. Un arma.

Él corrió y me entregó el Balisarda de Reid. La bruja se resistió más contra el hechizo que la ataba; el miedo por fin invadía sus ojos odiosos...

pero resistí. Alcé el cuchillo contra su garganta y respiré hondo. Ella movía los ojos desorbitados.

—Te veré en el infierno —susurré.

Flexioné la mano y los cuerpos de la bruja y de Reid cayeron mientras el patrón desaparecía. La daga hirió su garganta cuando ella cayó y su sangre brotó, cálida y espesa, sobre mi brazo. Dejó de sacudirse en cuestión de segundos.

Asesina de brujas.

El silencio en la habitación era ensordecedor.

Miré el cadáver de la bruja mientras el Balisarda colgaba inerte a mi lado, y observé la sangre que formaba un charco a mis pies. Cubrió mis botas y manchó el borde de mi vestido. El sonido de la batalla del exterior había desaparecido. No sabía quién había ganado. No me importaba.

—Ansel —dijo Reid con calma mortal. Me estremecí ante el sonido de su voz. *Por favor, Dios. Si puedes oírme, hazlo entender.* Fuera lo que fuera que Ansel estuviera viendo en el rostro de Reid, hizo que abriera mucho los ojos, y no me atreví a mirar—. Vete de aquí.

Ansel me miró y supliqué sin palabras que no se fuera. Él asintió, enderezando la espalda y avanzando hacia Reid.

—Creo que debería quedarme.

—Vete. De. Aquí.

—Reid...

—¡VETE DE AQUÍ!

Me giré, las lágrimas me rodaban por las mejillas.

—¡No le hables así!

Los ojos de Reid chispeaban de furia y cerró los puños.

—Pareces haber olvidado quién soy, Louise. Soy el capitán de los *chasseurs*. Le hablaré como quiera.

Ansel retrocedió veloz hasta el pasillo.

—Estaré aquí afuera, Lou. Lo prometo.

Una oleada de desesperanza me invadió cuando se marchó. Sentí los ojos de Reid ardiendo en mi piel, no podía mirarlo de nuevo. No podía ver el odio que encontraría en sus ojos... porque una vez que lo hiciera, sería real. Y no podía ser real. Era imposible.

Él me quería.

El silencio se prolongó entre los dos. Incapaz de soportarlo, alcé la vista. Sus ojos azules, que una vez habían sido hermosos como el mar, eran llamas vivientes.

—Por favor, di algo —susurré. Él apretó la mandíbula.

—No tengo nada que decirte.

—Aún soy *yo*, Reid...

Él sacudió la cabeza velozmente.

—No. Eres una bruja.

Más lágrimas rodaron por mi rostro mientras hacía un esfuerzo para ordenar mis ideas. Había tanto que quería decir, tanto que *necesitaba* decirle... pero no podía concentrarme en nada más que en su odio, en el modo en que curvaba el labio como si yo fuera algo repulsivo. Cerré los ojos ante la imagen, el mentón me temblaba de nuevo.

—Quería contártelo —comencé a decir en voz baja.

—Entonces, ¿por qué no lo hiciste?

—Porque... no quería perderte. —Aún con los ojos cerrados, extendí hacia él su Balisarda. Una ofrenda—. Te quiero, Reid.

Él resopló y me arrebató el cuchillo de la mano.

—Me *quieres*. Como si alguien como tú fuera *capaz* de querer. El arzobispo nos dijo que las brujas eran astutas. Nos dijo que eran crueles. Pero caí en sus trucos al igual que él. —Un sonido furioso y antinatural desgarró su garganta—. La bruja dijo que tu madre te esperaba. Es ella, ¿verdad? Morgane le Blanc. Eres... eres la hija de la *Dame des Sorcières*. Lo que significa que... —Esta vez, fue un sonido angustiante, crudo, cargado de incredulidad, como si lo hubieran apuñalado en el corazón sin previo aviso. No abrí los ojos para ver cómo lo comprendía. No podía soportar ver la última pieza encajar—. La historia de las brujas era cierta, ¿no? El espectáculo. El arzobispo...

Dejó de hablar abruptamente y el silencio reinó otra vez. Sentí sus ojos en mí como un hierro candente, pero no abrí los míos.

—No sé cómo no lo he notado antes. —Ahora su voz era gélida—. Su interés inusual en tu bienestar, que se negara a castigarte por tu rebeldía. El modo en que me *obligó* a casarme contigo. Todo tiene sentido. Incluso *os parecéis*.

No quería que fuera cierto. Lo deseaba con cada fragmento de mi corazón roto. Mis lágrimas caían abundantes y rápidas, un torrente de tristeza que Reid ignoró.

—Y yo aquí: abriendo mi corazón estúpido ante ti. —Subió el volumen de la voz con cada palabra—. Caí de lleno en tu trampa. Necesitabas dónde esconderte, ¿no? Pensabas que los *chasseurs* te protegerían. Pensabas que *yo* te protegería. Me... —Su respiración se volvió entrecortada—. Me has usado.

La verdad de sus palabras fue un puñal en el corazón. Por un segundo, vi el destello de miseria y dolor debajo de su furia, pero luego desapareció bajo el odio.

Un odio que parecía más fuerte que el amor.

—No es cierto —susurré—. Tal vez, al principio... pero algo *cambió*, Reid. Por favor, debes creerme...

—¿Qué se supone que debo *hacer*, Lou? —Sacudió las manos en el aire mientras su voz se convertía en un rugido—. ¡Soy un *chasseur*! Hice un juramento para cazar brujas... ¡Para *cazarte*! ¿Cómo has podido hacerme esto?

Me estremecí otra vez y retrocedí hasta que mis piernas se toparon con la cama.

—También hiciste una promesa ante *mí*. Eres mi esposo y yo soy tu esposa.

Sus manos cayeron junto a su cuerpo. Derrotado. Una chispa de esperanza ardió en mi pecho. Pero luego cerró los ojos, pareció derrumbarse, y cuando los abrió de nuevo, carecían de emoción. Vacíos. Muertos.

—No eres mi esposa.

Los restos de mi corazón se hicieron añicos.

Presioné una mano contra mi boca intentando reprimir mis sollozos. Las lágrimas nublaban mi visión. Reid no se movió cuando pasé corriendo a su lado, no intentó atraparme mientras tropezaba en la puerta. Caí sobre mis manos y rodillas fuera.

Ansel me rodeó con los brazos.

—¿Estás herida?

Me aparté de él con rapidez y me puse de pie con torpeza.

—Lo siento, Ansel. Lo siento mucho.

Luego, comencé a correr... Corrí lo más rápido que me permitía mi cuerpo roto. Ansel me llamaba, pero lo ignoré y bajé a toda velocidad las escaleras. Desesperada por poner la mayor distancia posible entre Reid y yo.

No me ruegues que te deje, y que me aparte de ti. Sus palabras me apuñalaban a cada paso. *Dondequiera que tú fueres, iré yo; y dondequiera que vivieres, viviré.*

No permitiré que te haga daño de nuevo, Lou. Te protegeré. Todo irá bien.

Te quiero, Lou.

No eres mi esposa.

Corrí hacia el vestíbulo, agitada. Pasé junto al rosetón destruido. Junto a los cadáveres de las brujas. Junto a los *chasseurs*. Nadie se interpuso en mi camino. Si Dios estaba allí, si me observaba, se apiadó de mí. Tampoco estaba el arzobispo.

No eres mi esposa.

No eres mi esposa.

No eres mi esposa.

Atravesé corriendo las puertas abiertas y me dirigí a ciegas a la calle. El atardecer brillaba demasiado en mis ojos doloridos. Bajé con torpeza los escalones de la iglesia, con la mirada borrosa, antes de tomar la calle hacia el *Soleil et Lune*.

Podía lograrlo. Podía refugiarme allí una última vez.

Una mano pálida apareció a mis espaldas y me sujetó el cuello. Intenté girarme, pero una tercera jeringa me apuñaló la garganta. Me resistí débilmente a mi captor, pero el frío ya me recorría la columna. La oscuridad llegó rápido. Parpadeé mientras caía hacia delante, pero unos brazos pálidos y delgados me sostuvieron.

—Hola, cariño —canturreó una voz familiar en mi oído. El cabello blanco como la luna cayó sobre mi hombro. Vi destellos dorados y la cicatriz en mi garganta se frunció con un estallido de dolor. El comienzo del fin. El patrón de vida del revés.

Nunca más nunca más nunca más.

—Es hora de ir a casa.

Esta vez, le di la bienvenida al olvido.

CAPÍTULO 32

GOLPEAR A UNA BRUJA MUERTA

Reid

—¿Qué has hecho?

La voz de Ansel sonó demasiado fuerte en el silencio del cuarto... o de lo que quedaba de él. Había agujeros en las paredes y el hedor a magia permanecía en mis muebles. Mis sábanas. Mi piel. Un charco de sangre brotaba de la garganta de la bruja. Miré el cuerpo, odiándolo. Anhelando tener una cerilla para hacerlo arder. Para quemarlo, junto con ese cuarto y ese momento, y hacerlo desaparecer de mi memoria.

Me giré, reticente a mirar sus ojos apagados. Sus ojos inertes. No se parecía en nada a las actrices elegantes que quemaríamos en la caldera esa noche. Nada como la hermosa mujer de cabello blanco, Morgane le Blanc.

Nada como su hija.

Detuve el pensamiento antes de que tomara un rumbo peligroso.

Lou era una bruja. Una víbora. Y yo era un tonto.

—¿Qué has hecho? —repitió Ansel, con voz más fuerte.

—He dejado que se marchara. —Mis piernas no querían colaborar, así que guardé mi Balisarda en la bandolera y me puse de rodillas junto al cadáver. Aunque mi cuerpo aún dolía por el ataque de Lou, era necesario quemar a la bruja, para evitar que reviviera. Me detuve en el límite de la sangre. No quería tocarla. No quería acercarme a esa cosa que había intentado matar a Lou.

Por mucho que odiara admitirlo, por mucho que *maldijera* su nombre, un mundo sin Lou estaba mal. Vacío.

Cuando alcé el cuerpo, la cabeza cayó hacia atrás de modo grotesco, con la garganta abierta donde Lou la había cortado. La sangre caía sobre la lana azul de mi chaqueta. Nunca había odiado tanto el color.

—¿Por qué? —preguntó Ansel. Lo ignoré, centrándome en el peso muerto entre mis brazos. Una vez más, mi mente traicionera pensó en Lou. En que la había abrazado bajo las estrellas. Y era liviana. Y vulnerable. Y divertida y preciosa y cálida...

Basta.

—Estaba drogada y era evidente que estaba herida —insistió él. Alcé más el cuerpo, ignorándolo, y abrí de una patada la puerta rota. El agotamiento me aplastaba en oleadas. Pero él se negaba a rendirse—. ¿Por qué la has dejado ir?

Porque no podía matarla.

Lo fulminé con la mirada. Él la había defendido incluso después de que ella revelara su verdadera naturaleza. Y había demostrado ser una mentirosa y una víbora: un Judas. Y eso significaba que Ansel no tenía un lugar entre los *chasseurs*.

—No importa.

—*Importa*. La madre de Lou es *Morgane le Blanc*. ¿No has escuchado lo que la bruja ha dicho sobre recuperar sus tierras?

Con tu sacrificio, recuperaremos nuestra tierra. Gobernaremos Belterra otra vez...

No puedo permitir que asesinen inocentes.

Sí. Lo había escuchado.

—Lou puede cuidarse sola.

Ansel pasó a mi lado y plantó sus pies en medio del pasillo.

—Morgane está en la ciudad esta noche al igual que Lou. Esto es... más grande que nosotros. Necesita nuestra ayuda... —Lo empujé con el hombro para pasar, pero se interpuso en mi camino y me empujó el pecho—. ¡Escúchame! Aunque Lou ya no te importe, aunque la odies... Las brujas planean algo y está relacionado con Lou. Creo... Reid, creo que la matarán.

Le aparté las manos, negándome a escucharlo. Negándome a reconocer el modo en que hacían girar mi mente, en que me tensaban el pecho.

—No, escúchame *tú*, Ansel. Lo diré solo una vez. —Incliné la cabeza despacio, decidido, hasta que nuestros ojos estuvieron al mismo nivel—. *Las. Brujas. Mienten.* No podemos creer nada que hayamos oído esta noche. No podemos confiar en que esa bruja haya dicho la verdad.

Frunció el ceño.

—Sé lo que mi instinto me dice y dice que Lou está en problemas. Debemos encontrarla.

Mi estómago se retorció, pero lo ignoré. Mis emociones me habían traicionado antes. Pero no esta vez. Necesitaba centrarme en el presente, en lo que *sabía*, deshacerme de la bruja. La caldera en el calabozo. Mis hermanos en el piso de abajo.

Me obligué a poner un pie frente al otro.

—Lou ya no es nuestra responsabilidad.

—Creí que los *chasseurs* juraban proteger a inocentes e indefensos, ¿no?

Tensé los dedos sobre el cadáver.

—Lou a duras penas es inocente *o* indefensa.

—¡No es ella misma en este momento! —Me persiguió por la escalera y casi tropezó y nos hizo caer a ambos al suelo—. ¡Está drogada y está débil!

Resoplé. Incluso drogada, incluso herida, Lou había empalado a una bruja como Yael a Sísera.

—La has visto, Reid. —Su voz se convirtió en un susurro áspero—. No tendrá oportunidad alguna si Morgane aparece.

Maldije a Ansel y su sensiblería.

La *había* visto. Ese era el problema. Estaba esforzándome por *olvidar* que la había visto, pero el recuerdo estaba grabado en mi retina. La sangre había cubierto su precioso rostro. Le había manchado la garganta. Las manos. Su vestido. Las magulladuras se habían formado después del ataque de la bruja... pero eso no era lo que me perturbaba. Eso no era lo que atravesaba la niebla de mi furia.

No... habían sido sus ojos.

La luz en ellos había desaparecido.

La droga, me dije. *La droga los ha apagado.*

Pero en el fondo, sabía que no era así. En aquel momento, Lou se había roto. Mi pagana apasionada, boca sucia con voluntad de acero se había roto. *Yo* la había roto.

No eres mi esposa.

Me odiaba por lo que le había hecho. Me odié aún más por lo que aún sentía por ella. Era una bruja. Esposa de Lucifer. Entonces, ¿en qué me convertía eso?

—Eres un cobarde —dijo Ansel.

Me detuve en seco y él chocó conmigo. Su furia brilló ante mi expresión, ante la furia que recorría mi sangre y calentaba mi rostro.

—*Vete* —rugí—. Ve a buscarla. Protégela de Morgane le Blanc. Quizás las brujas permitan que vivas con ellas en el Chateau. También puedes arder con ellas.

Retrocedió, atónito. Dolido.

Me giré hecho una furia y continué avanzando hasta el vestíbulo. Ansel pisaba un terreno peligroso. Si los demás descubrían que había empatizado con una bruja...

Jean Luc atravesó las puertas abiertas cargando una bruja muerta sobre el hombro. La sangre caía del cuello del demonio donde le habían inyectado el veneno. Una paloma yacía entre los muertos en los escalones de la catedral. Plumas manchadas de sangre y alborotadas. Ojos vacíos. Ciegos.

Aparté la vista, ignorando la presión punzante detrás de mis ojos.

Mis compañeros se movían decididos. Algunos cargaban cuerpos desde la calle. Aunque la mayoría de las brujas habían escapado, algunas se habían unido a la pila de cadáveres en el vestíbulo... separadas de los otros. Intocables. Su ejecución no sería pública. No después de las hermanas Olde. No después de ese espectáculo. Aunque el arzobispo lograra controlar el daño, los rumores se propagarían. Aunque él negara la acusación, aunque algunos le creyeran, habían plantado la semilla.

El arzobispo había concebido una hija con la *Dame des Sorcières*.

Aunque no aparecía por ninguna parte, su nombre invadía el salón. Mis hermanos mantenían la voz baja, pero de todas maneras los oía. Aún veía las miradas de reojo. Su desconfianza. Sus dudas.

Jean Luc empujó a Ansel para ponerse de pie delante de mí.

—Si buscas a tu esposa, se ha ido. La he visto pasar corriendo por aquí hace menos de quince minutos... llorando.

Llorando.

—¿Qué ha ocurrido, Reid? —Inclinó la cabeza para observarme, alzando una ceja—. ¿Por qué huiría? Si les teme a las brujas, sin duda la Torre es el lugar más seguro para ella. —Hizo una pausa y una sonrisa aterradora apareció en su rostro—. A menos, claro, que ahora nos tema más a nosotros.

Deposité el cadáver en la cima de la pila de brujas. Ignoré la inquietud en mi estómago como plomo.

—Creo que tu esposa tiene un secreto, Reid. Y creo que sabes cuál es. —Jean Luc se acercó más, observándome con ojos intensos—. Creo que *sé* cuál es.

Mi inquietud se convirtió en pánico, pero me obligué a mantener la calma. Inexpresivo. Carente de emoción. Si les contaba lo de Lou, la cazarían. Y pensar en sus manos... *haciéndole daño,* atando su cuerpo a la hoguera... No lo permitiría.

Miré a Jean Luc directamente a los ojos.

—No sé de qué hablas.

—Entonces, ¿dónde está? —Alzó la voz y señaló alrededor, captando la atención de nuestros compañeros. Cerré los puños—. ¿Por qué ha huido la brujita?

El rojo apareció firme en mi visión, cubriendo a los que estaban más cerca... a los que se habían quedado paralizados, girando la cabeza ante la acusación de Jean Luc.

—Cuidado con lo que dices, *chasseur* Toussaint.

Su sonrisa vaciló.

—Entonces, es cierto. —Deslizó una mano por su rostro y suspiró con fuerza—. No quería creerlo... Pero mírate. Aún la defiendes, aunque *sepas* que es una...

Lo ataqué gruñendo. Intentó esquivarme, pero no fue tan rápido. Mi puño golpeó su mandíbula con un crujido audible cuando rompí el hueso. Ansel saltó antes de que lo golpeara de nuevo. A pesar de que tiraba de mis brazos, seguí avanzando, apenas sentía su peso. Jean Luc retrocedió con torpeza, gritando de dolor y furia.

—Suficiente —dijo el arzobispo con firmeza a nuestras espaldas.

Me quedé paralizado, con el puño suspendido en el aire.

Algunos de mis compañeros hicieron la reverencia, pero la mayoría permaneció de pie. Decididos. Cautelosos. El arzobispo los miró con furia creciente, y algunos inclinaron la cabeza. Ansel se soltó e hizo lo propio. Para mi sorpresa, Jean Luc también... aunque mantuvo la mano izquierda presionada en su mandíbula hinchada. Fulminó el suelo con la mirada, con ojos asesinos.

Un segundo tenso pasó mientras esperaban que yo, su capitán, honrara a nuestro progenitor.

No lo hice.

Los ojos del arzobispo brillaron ante mi insolencia, pero avanzó de todos modos.

—¿Dónde está Louise?

—Se ha ido.

La incredulidad le contorsionó el rostro.

—¿A qué te refieres con que se ha *ido*?

No respondí y Ansel avanzó en mi lugar.

—Ella... ha huido, Su Eminencia. Después de que una bruja la atacara. —Señaló el cadáver en la cima de la pila. El arzobispo se aproximó para inspeccionarla.

—¿Ha matado a esa bruja, capitán Diggory?

—No. —El puño me latía por haber golpeado la mandíbula de Jean Luc. Le di la bienvenida al dolor—. Ha sido Lou.

El arzobispo me sujetó el hombro en una muestra de camaradería ante mis compañeros, pero oí su plegaria silenciosa. Vi la vulnerabilidad en sus ojos. En aquel segundo lo supe. Cualquier duda que tuviera se disipó, reemplazada por una repulsión más profunda que cualquier otra que hubiera experimentado. Aquel hombre, el hombre que consideraba un padre, era un mentiroso. Un fraude.

—Debemos encontrarla, Reid.

Me puse tenso y le aparté la mano.

—No.

Endureció la expresión y le indicó con una señal a uno de mis hermanos que se acercara. Un cadáver mutilado colgaba de su hombro. Unas quemaduras rojas furiosas cubrían el rostro y el cuello de la bruja, desapareciendo bajo el cuello de su vestido.

—He tenido el placer de hablar con esta criatura durante la última media hora. Con un poco de persuasión, se ha convertido en una plétora de información. —El arzobispo tomó el cuerpo y lo lanzó sobre la pila. Los cadáveres se movieron y la sangre cubrió mis botas. La bilis subió a mi garganta—. No sabes lo que las brujas han planeado para el reino, capitán Diggory. No podemos permitirles que tengan éxito.

Jean Luc enderezó la espalda, inmediatamente alerta.

—¿Qué han planeado?

—Una revolución. —El arzobispo mantuvo los ojos clavados en mí—. Muerte.

El silencio invadió el salón ante la revelación ominosa.

Movieron los pies. Sacudieron los ojos. Nadie se atrevía a preguntar a qué se refería, ni siquiera Jean Luc. Al igual que nadie se atrevía a hacer la única pregunta que importaba. La única pregunta de la que dependía toda nuestra hermandad.

Miré a mis hermanos, observé mientras ellos miraban al arzobispo y a la bruja torturada y mutilada. Mientras la convicción regresaba a sus rostros. Mientras sus sospechas se transformaban en excusas, haciendo un puente hacia el mundo cómodo que una vez habíamos conocido. Las mentiras cómodas.

Ha sido una distracción.

Sí, una distracción.

Las brujas son astutas.

Le han tendido una trampa.

Excepto Jean Luc. Sus ojos afilados no eran fáciles de engañar. Peor: una sonrisa llamativa apareció en su rostro, torcida debido a su mandíbula inflamada.

—Debemos encontrar a Louise antes que las brujas —instó el arzobispo. Suplicó—. Ella es la clave, Reid. Con su muerte, el rey y su descendencia morirán. *Todos* moriremos. Debes dejar a un lado tu pelea y proteger este reino. Honrar tu juramento.

Mi juramento. La furia me recorría el cuerpo ante sus palabras. Sin duda, ese hombre que se había acostado con la *Dame des Sorcières*, que había *engañado* y *traicionado* y *roto* su juramento a cada oportunidad, no podía estar hablándome de *honor*. Exhalé despacio por la nariz. Aún me temblaban las manos con furia y adrenalina.

—Vamos, Ansel.

El arzobispo mostró los dientes ante mi rechazo y se giró hacia Jean Luc.

—*Chasseur* Toussaint, reúne a un grupo de hombres. Quiero que estéis en la calle en menos de una hora. Alertad a los guardias. La *encontraréis* antes del amanecer. ¿Entendido?

Jean Luc hizo una reverencia y me sonrió de modo triunfal. Lo fulminé con la mirada, buscando en su rostro un destello de vacilación, de arrepentimiento, pero no había nada. Su momento por fin había llegado.

—Sí, Su Eminencia. No lo decepcionaré.

Ansel me siguió a toda prisa mientras me marchaba. Subimos los peldaños de las escaleras de tres en tres.

—¿Qué haremos?

—No *haremos* nada. No quiero que te involucres en esto.

—¡Lou es mi amiga!

Su amiga.

Ante esas dos palabras, mi paciencia, al límite, se terminó. Con rapidez, antes de que el chico pudiera siquiera abrir la boca, le sujeté el brazo y lo empujé contra la pared.

—Es una *bruja*, Ansel. Debes entenderlo. No es tu amiga. No es mi esposa.

Sus mejillas se ruborizaron de furia y empujó mi pecho.

—Continúa diciéndote eso. Tu orgullo hará que la maten. Está en problemas... —Me empujó de nuevo para dar énfasis, pero le sujeté el brazo y lo retorcí detrás de su espalda mientras golpeaba su pecho contra la pared. Ni siquiera se movió—. ¿A quién le importa si el arzobispo ha mentido? Eres mejor que él, mejor que esto.

Gruñí, estaba aproximándome muy rápido a mi punto de rotura.

Lou, Ansel, Morgane le Blanc, el arzobispo... era demasiado. Repentino. Mi mente no podía racionalizar las emociones que me invadían, demasiado veloces para nombrarlas, cada una más dolorosa que la anterior... Pero llegó el momento de elegir.

Era un cazador.

Era un hombre.

Pero no podía ser ambas cosas. Ya no.

Solté a Ansel y retrocedí, agitado.

—No, no lo soy.

—No lo creo.

Cerré los puños, resistiendo el deseo de atravesar la pared de un golpe... o el rostro de Ansel.

—¡Lo único que ha hecho ha sido mentirme, Ansel! ¡Ella me miró a los ojos y dijo que me quería! ¿Cómo sé que eso no ha sido otra mentira?

—No es mentira. Sabes que no. —Hizo una pausa, alzando el mentón en un gesto tan propio de Lou que estuve a punto de llorar—. La... has llamado *ella*. No *eso*.

Golpeé la pared. El dolor estalló en mis nudillos. Le di la bienvenida... se la daba a todo lo que me distrajera de la agonía que me desgarraba el pecho, de las lágrimas que me ardían en los ojos. Apoyé la frente contra la pared y jadeé en busca de aliento. No, Lou no era un *eso*. Pero de todos modos me había mentido. Me había traicionado.

—¿Qué debería haber hecho? —preguntó Ansel—. ¿Decirte que era una bruja y atarse sola a la hoguera?

Se me quebró la voz.

—Debería haber confiado en mí.

Tocó mi espalda, suavizando la voz.

—Morirá, Reid. Has oído al arzobispo. Si no haces algo, morirá.

Y así de fácil, la furia me abandonó. Mis manos cayeron inertes. Encorvé los hombros... derrotado. No había opción. No para mí. Desde el primer instante en que la había visto en el desfile, vestida con aquel traje ridículo y con el bigote, mi destino había quedado sellado.

La quería. A pesar de todo. A pesar de las mentiras, la traición, el dolor. A pesar del arzobispo y de Morgane le Blanc. A pesar de mis hermanos. No sabía si ese amor era recíproco y no me importaba.

Si ella estaba destinada a arder en el infierno, ardería con ella.

—No. —La determinación letal latió en mis venas mientras me apartaba de la pared—. Lou no morirá, Ansel. La encontraremos.

CAPÍTULO 33

NO HAY FURIA INFERNAL MÁS TEMIBLE

Reid

Algunos novicios merodeaban fuera de mi habitación destruida cuando Ansel y yo regresamos. Inclinaron la cabeza y se marcharon al verme. Fulminándolos con la mirada, entré en el cuarto para pensar. Para planear.

Lou había pasado los últimos dos años como ladrona, así que se le daba mejor que a la mayoría desaparecer. Podía estar en cualquier parte. No era tan tonto como para creer que conocía sus escondites, pero tenía más posibilidades de encontrarla que Jean Luc. De todos modos, los *chasseurs* que plagaban la ciudad complicaban las cosas.

Cerré los ojos y me obligué a respirar hondo y a *pensar*. ¿A dónde iría? ¿Dónde se ocultaría? La magia en el aire me quemaba la garganta y me distraía. Estaba impregnada en las sábanas, en el escritorio roto. En las malditas páginas de mi Biblia. En mi piel, en mi pelo. Resistí la necesidad de rugir de frustración. No tenía tiempo para aquello. Debía encontrarla. Rápido. Cada instante que pasaba podía ser el último.

Morirá, Reid. Si no haces algo, morirá.

No. No podía pasar. *Piensa.*

El teatro parecía el escondite más probable. Pero ¿volvería allí después de haberlo compartido conmigo? Probablemente no. Tal vez fuera mejor apostarnos cerca de la tienda de Pan. Solo sería cuestión de tiempo antes de que ella visitara la *patisserie*... a menos que hubiera abandonado Cesarine. El corazón me dio un vuelco.

Ansel caminó hacia la ventana y vio a mis compañeros pasar marchando. Sabía que no era inteligente sugerir que nos uniéramos a ellos. Aunque compartíamos el objetivo de encontrar a Lou, el arzobispo me había mentido: había roto mi confianza, mi fe. Y lo peor era que no sabía lo que planeaban hacer con Lou cuando la hallaran. Aunque el arzobispo tal vez intentaría protegerla, Jean Luc sabía que era una bruja. ¿Cuánto tardaría en contarlo? ¿Cuánto antes de que alguien sugiriera matarla?

Debía encontrarla primero. Antes que ellos. Antes que las brujas.

Ansel se aclaró la garganta.

—¿Qué? —repliqué.

—Creo... que deberíamos visitar a mademoiselle Perrot. Ellas son... íntimas amigas. Tal vez sepa algo.

Mademoiselle Perrot. Por supuesto.

Sin embargo, antes de que pudiéramos movernos, abrieron lo que quedaba de puerta. De pie en la entrada, jadeando con la mirada fulminante, estaba mademoiselle Perrot en persona.

—¿Dónde está? —Avanzó hacia mí con una amenaza violenta en los ojos. Se había quitado su túnica blanca de curandera y vestía pantalones de cuero y una camisa manchada de sangre—. ¿Dónde está Lou?

Fruncí el ceño ante el entramado de cicatrices en su clavícula y antebrazos.

Sorprendido, Ansel tropezó. Iba a explicárselo, pero sacudí la cabeza de modo cortante y avancé delante de él, intentando que las palabras salieran antes de tragármelas.

—Se ha ido.

—¿A qué te refieres? Tienes treinta segundos para decirme qué ha ocurrido antes de que derrame sangre, *chasseur*. —Pronunció la última palabra como si fuera un insulto. Puse mala cara. Me obligué a respirar hondo. Luego, inhalé de nuevo.

Un momento: ¿derramar sangre?

—Tic toc —gruñó.

Aunque odiaba la idea de contarle lo que había ocurrido entre Lou y yo, no tenía sentido mentir. No si quería su ayuda. Si ella no sabía dónde estaba Lou, no tenía con qué seguir. Las posibilidades de encontrarla eran muy bajas. Eso no podía suceder.

—Las brujas atacaron el castillo como distracción y vinieron aquí...

—Lo *sé*. —Sacudió una mano impaciente—. Estaba en el castillo con Beau cuando desaparecieron. Me refiero a qué ha ocurrido con *Lou*.

—Ha huido —dije apretando los dientes—. Una bruja… nos ha seguido hasta aquí y nos ha atacado. Lou me ha salvado la vida. —Guardé silencio con el pecho tenso y pensé en cómo darle la noticia. Ella debía saberlo—. Mademoiselle Perrot…, Lou es una bruja.

Para mi sorpresa, ella ni siquiera parpadeó. Una leve tensión en su boca fue el único indicio de que me había oído.

—Claro que lo es.

—¿Qué? —La incredulidad tiñó mi voz—. ¿Lo…? ¿Lo sabías?

Me miró de mala manera.

—Hay que ser un idiota para no notarlo.

Como tú. Su acusación silenciosa resonó en el cuarto. Lo ignoré, la punzada afilada de otra traición me dejó sin palabras.

—Ella… ¿te lo ha contado?

Mademoiselle Perrot resopló, poniendo los ojos en blanco hacia el techo.

—No hay necesidad de sentirse herido. No, no me lo ha contado. Tampoco se lo ha contado a Ansel y, sin embargo, él también lo sabía.

Ansel movió los ojos entre los dos con rapidez. Tragó con dificultad.

—No… *sabía* nada…

—Ah, por favor. —Ella lo fulminó con la mirada—. Insultas a todos al mentir.

Él encorvó los hombros y miró el suelo. Negándose a mirarme.

—Sí. Lo sabía.

Todo el aire me abandonó con una ráfaga. Tres palabras. Tres golpes perfectos.

La furia amarga regresó con mi aliento.

—¿Por qué no has dicho nada?

Si Ansel me lo hubiera dicho, si Ansel hubiera sido un *verdadero chasseur*, nada de eso habría sucedido. No me hubiera tomado por sorpresa. Podría haber *lidiado* con eso antes de… antes de…

—Te lo he dicho. —Ansel aún se miraba las botas, empujando un trozo de yeso caído con el pie—. Lou es mi amiga.

—¿Cuándo? —pregunté inexpresivo—. ¿Cuándo lo supiste?

—Durante la quema de brujas. Cuando… Lou tuvo su ataque. Ella lloraba y la bruja gritaba… luego intercambiaron los roles. Todos pensaron que Lou tenía una convulsión, pero olí la magia. —Alzó la vista, su nuez subía y bajaba. Sus ojos brillaban—. Se quemaba, Reid. No sé cómo, pero le quitó el dolor a esa bruja. Lo sufrió por ella. —Exhaló fuerte—. Por eso no te lo dije. Porque aunque sabía que Lou era una bruja, sabía que no era malvada. Ya había ardido en la hoguera una vez. No merecía arder dos veces.

Sus palabras fueron recibidas con silencio.

—Nunca le habría hecho daño.

Mientras las palabras salían de mi boca, comprendí la verdad que contenían. Aunque Ansel me lo *hubiera* dicho, nada habría cambiado. No hubiera sido capaz de atarla a la hoguera. Enterré el rostro entre las manos. Derrotado.

—Suficiente —dijo con brusquedad mademoiselle Perrot—. ¿Hace cuánto que se ha ido?

—Aproximadamente una hora.

Ansel se movió con incomodidad evidente antes de murmurar:

—La bruja ha mencionado a Morgane.

Mis manos cayeron cuando el miedo contorsionó el rostro de mademoiselle Perrot. Sus ojos, antes acusadores, me miraron con urgencia repentina y perturbadora.

—Debemos irnos. —Abrió la puerta y salió—. No podemos hablar sobre esto aquí.

La inquietud me anudó el estómago.

—¿Dónde podemos ir?

—Al Bellerose. —No se molestó en mirar atrás. Al ver que no había alternativa, Ansel y yo la seguimos—. Le dije a Beau que nos encontraríamos… y hay alguien allí que tal vez sepa dónde está Lou.

El interior del Bellerose estaba iluminado con luz tenue. Nunca había entrado en un burdel, pero asumía que el suelo de mármol y las láminas doradas sobre las paredes indicaban que aquel era un burdel más glamuroso que otros. Había una arpista en un rincón. Tocaba el instrumento y cantaba una balada triste. Las mujeres vestidas con prendas blancas transparentes bailaban despacio. Algunos hombres ebrios las observaban con ojos hambrientos. Una fuente burbujeaba en el centro de la sala.

Era lo más ostentoso que había visto en la vida. Encajaba con madame Labelle.

—Perdemos el tiempo. Deberíamos estar fuera buscando a Lou… —comencé a decir furioso, pero mademoiselle Perrot me lanzó una mirada asesina por encima del hombro antes de avanzar hacia una mesa parcialmente cubierta en el fondo del salón.

Beauregard Lyon se puso de pie cuando nos acercamos, entrecerrando los ojos.

—¿Qué narices hacéis aquí?

Ella tomó asiento con un suspiro intenso y sacudió una mano entre los tres.

—Escucha, Beau, tengo asuntos más importantes que atender que tú y tu competición por ver quién es más hombre.

Él tomó asiento en otra silla, cruzó los brazos y se hundió en el sitio.

—¿Qué podría ser más importante que yo?

Ella inclinó la cabeza hacia mí.

—Este idiota ha perdido a Lou y debo hacer un hechizo localizador para encontrarla.

¿Hechizo localizador?

Observé confundido mientras extraía un frasquito de su capa. Lo abrió y vertió el polvo oscuro sobre la mesa. Beau parecía aburrido, inclinado hacia atrás en su silla. Miré a Ansel, buscando confirmación de que la mujer ante nosotros había enloquecido, pero él no me miraba. Cuando ella extrajo un cuchillo y alzó su otra mano, el estómago me dio un vuelco al comprenderlo.

La mansión de Tremblay. Tres perros envenenados. Sangre brotando de sus hocicos. El hedor de magia penetrando en el aire: negra y mordaz, más ácida que la magia en la enfermería. Distinta.

Me miró mientras se hacía un corte en la palma de la mano y permitía que la sangre goteara sobre la mesa.

—Probablemente debería decirte que mi nombre no es Brie Perrot, Chass. Soy Cosette, pero mis amigos me llaman Coco.

Cosette Monviosin. Había estado oculta en la Torre. En nuestras narices.

Busqué instintivamente mi Balisarda, pero Ansel puso la mano en mi brazo.

—Reid, no. Está ayudándonos a encontrar a Lou.

Me aparté, horrorizado, furioso, pero mi mano se detuvo. Ella me guiñó un ojo antes de devolver su atención a la mesa. El polvo negro se solidificó al entrar en contacto con su sangre... y comenzó a moverse. La bilis subió a mi garganta y me ardió la nariz.

—¿Qué es eso?

—Sangre seca de un sabueso. —Observaba embelesada mientras unos símbolos extraños cobraban forma—. Nos dirá dónde está Lou.

Beau inclinó el torso hacia adelante y apoyó el mentón en el codo.

—¿Y dónde crees que puede estar?

Coco frunció levemente el ceño.

—Con Morgane le Blanc.

—¿Morgane le Blanc? —Él enderezó la espalda y nos miró con incredulidad, como si esperara que alguno se riera—. ¿Por qué esa zorra reina de las brujas tendría interés en Lou?

—Porque es su madre. —De pronto, las formas se detuvieron y Coco me miró. En pánico—. El rastro de Lou desaparece al norte en La Forêt des Yeux. No puedo ver más allá. —La miré y ella asintió de modo imperceptible ante mi pregunta silenciosa. El mentón le temblaba—. Si Morgane tiene a Lou, podría estar muerta.

—No. —Sacudí la cabeza con vehemencia, incapaz de aceptarlo—. Solo debemos encontrar el Chateau. Eres una bruja. Puedes llevarnos hasta allí y...

Las lágrimas furiosas aparecieron en sus ojos.

—No sé dónde *está* el Chateau. Solo una *Dame blanche* puede hallarlo y ¡has perdido a la única que conozco!

—No... ¿no eres una *Dame blanche*?

Sacudió su palma ensangrentada bajo mi nariz como si eso significara algo.

—¡Claro que no! ¿De verdad son tan ignorantes los *chasseurs*?

Miré la sangre acumulándose con histeria creciente. El mismo olor ácido de antes me invadió.

—No lo entiendo.

—Soy una *Dame rouge*, idiota. Una dama roja. Una *bruja de sangre*. —Golpeó la mesa con la mano y deshizo las formas negras—. No puedo encontrar el Chateau porque nunca he *estado* allí.

Un zumbido apareció en mis oídos.

—No. —Sacudí la cabeza—. No puede ser. Debe de haber otro modo.

—No lo hay. —Las lágrimas rodaban por sus mejillas mientras se ponía de pie, pero se las limpió rápidamente. El aroma se intensificó—. A menos que conozcas a otra *Dame blanche*, una dispuesta a traicionar a sus hermanas y llevar a un *chasseur* a su hogar… Lou está *muerta*.

No.

—¿Conoces a una bruja así, Chass? —Me golpeó el pecho con el dedo, con lágrimas en los ojos. Beau se puso de pie y puso una mano vacilante en su espalda—. ¿Conoces a una bruja dispuesta a sacrificarlo *todo* por ti, como hizo Lou? *¿La conoces?*

No.

—De hecho —respondió una voz fría y familiar—, conoce una.

Nos giramos juntos para mirar a mi salvadora. Estuve a punto de ahogarme al ver aquel cabello rojo fuego.

Dios, no.

Madame Labelle sacudió una mano hacia los hombres que escuchaban a hurtadillas.

—Es una conversación privada, queridos. Espero que lo comprendáis.

La magia, intoxicante, estalló en el aire y los ojos de los hombres se pusieron vidriosos. Centraron la atención en las bailarinas, que tenían la misma expresión vacía.

Coco avanzó señalándola con un dedo acusador.

—Sabías lo de Morgane. Advertiste a Lou. Eres una bruja.

Madame Labelle guiñó un ojo.

Las miré confundido, mis fosas nasales ardían. Mi mente funcionaba a toda velocidad. ¿Bruja? Pero madame Labelle no era…

La comprensión llegó a toda prisa y la sangre ardiente subió a mi rostro.

Mierda.

Era tan estúpido. Tan *ciego*. Apreté los puños mientras me ponía de pie. La sonrisa traviesa de madame Labelle vaciló e incluso Coco se encogió ante mi furia.

Por supuesto que madame Labelle era una bruja.

Y que mademoiselle Perrot era Coco.

Y que Coco era una bruja. Pero no una bruja cualquiera: una *Dame rouge*. Una especie nueva de bruja que hacía magia con *sangre*.

Y mi esposa, el maldito *amor de mi vida*, era la hija de la *Dame des Sorcières*. La heredera de Chateau le Blanc. La maldita *princesa* de las brujas.

Y todos lo habían sabido. Todos menos yo. Incluso el maldito Ansel.

Era demasiado.

Algo se quebró en mi interior. Algo permanente. En aquel segundo, ya no era un *chasseur*... si alguna vez lo había sido. Desenvainé mi Balisarda y observé con placer vengativo cómo me miraban los demás. Cautelosos. Asustados. La arpista en el rincón dejó de tocar. Miraba el suelo, boquiabierta. El silencio se hizo espeluznante...

—Sentaos —dije, mirando a madame Labelle y a Coco. Como ninguna se movió, di un paso.

Beau sujetó la muñeca de Coco. Tiró de ella para que tomara asiento a su lado. Pero madame Labelle permaneció de pie. Giré mi daga hacia ella.

—Lou se ha ido. —Moví la daga, despacio y cortante, de su rostro a la silla vacía—. Morgane le Blanc se la ha llevado. ¿Por qué?

Ella entrecerró los ojos y miró los símbolos negros amorfos sobre la mesa.

—Si Morgane de verdad se la ha llevado...

—¿*Por qué*?

Acerqué la daga a su nariz y ella frunció el ceño.

—Por favor, capitán, no es modo de comportarse. Le contaré todo lo que desee.

A regañadientes, bajé el cuchillo mientras ella tomaba asiento. La sangre me ardía más con cada latido de mi mandíbula.

—Qué giro más desafortunado. —Alzó la vista hacia mí, alisando su falda con nerviosismo—. Asumo que las brujas han revelado la verdadera identidad de su esposa. Louise le Blanc. La única hija de la *Dame des Sorcières*.

Asentí, tenso.

Ansel se aclaró la garganta antes de que madame Labelle pudiera continuar.

—Disculpe, *madame*, pero ¿por qué nunca hemos oído de Louise le Blanc hasta ahora?

Ella lo miró con estima.

—Querido muchacho, Louise ha sido el secreto más celosamente guardado de Morgane. Incluso algunas brujas no sabían de su existencia.

—Entonces, ¿por qué tú sí? —replicó Coco.

—Tengo muchas espías en el Chateau.

—¿No eres bienvenida allí?

—Soy tan bienvenida como tú, cariño.

—¿Por qué? —pregunté.

Me ignoró. En cambio, posó la mirada en Beau.

—¿Qué sabe sobre su padre, Su Alteza?

Él inclinó el cuerpo hacia atrás y alzó una ceja oscura. Hasta ese momento, había observado lo que ocurría con distancia fría, pero la pregunta de madame Labelle pareció tomarlo por sorpresa.

—Lo mismo que todo el mundo, supongo.

—¿O sea?

Se encogió de hombros. Puso los ojos en blanco.

—Es un putero famoso. Detesta a su esposa. Financia la cruzada de la sabandija del arzobispo contra estas criaturas majestuosas. —Acarició con apreciación la columna de Coco—. Es apuesto, un mierda para la política y un padre desastroso. ¿Debería continuar o...? No entiendo por qué algo de eso podría ser relevante.

—No deberíais hablar así sobre él. —Ella frunció los labios, furiosa—. Es vuestro padre... y un buen hombre.

Beau bufó.

—Sin duda es la primera que lo piensa.

Ella resopló y se alisó de nuevo la falda. Era evidente que aún estaba enfadada.

—A duras penas importa. Esto es más importante que vuestro padre... aunque sin duda verá su fin si Morgane obtiene lo que quiere.

—Explícate —gruñí.

Lanzó una mirada irritada hacia mí, pero continuó.

—Esto es más antiguo que todos vosotros. Que yo. Que Morgane incluso. Comenzó con una bruja llamada Angélica y un hombre santo llamado Constantino.

Un hombre santo llamado Constantino. No podía referirse al hombre que había forjado la Espada Balisarda. El santo.

—¡Lou me ha contado esta historia! —Coco adelantó el torso con los ojos brillantes—. Angélica se enamoró de él, pero él murió y las lágrimas de ella crearon L'Eau Mélancolique.

—Me temo que es cierto a medias. ¿Os cuento la verdadera historia? —Hizo una pausa, mirándome expectante—. Os garantizo que tenemos tiempo.

Con un gruñido impaciente, tomé asiento.

—Tienes dos minutos.

Madame Labelle asintió a modo de aprobación.

—No es una historia bonita. Es cierto que Angélica se enamoró de Constantino, un caballero de una tierra vecina, pero no se atrevía a contarle lo que era. El pueblo de ella vivía en armonía con el de él y no quería romper el equilibrio delicado entre los reinos. Sin embargo, como suele ocurrir, ella pronto anheló que él la conociera por completo. Le habló de la magia de su pueblo, de la conexión que tenían con la tierra y, al principio, Constantino y el reino la aceptaron. La veneraban a ella y a su gente: las llamaban *Dames blanches*. Damas blancas. Puras y brillantes. Y como la más pura y brillante de todas, Angélica se convirtió en la primera *Dame des Sorcières*. —Sus ojos se oscurecieron—. Pero con el paso del tiempo, Constantino comenzó a resentir la magia de su amante. Estaba celoso y furioso porque él no la poseía. Intentó arrebatársela. Como no pudo, tomó la tierra en su lugar. Sus soldados marcharon hacia Belterra y asesinaron al pueblo de Angélica. Pero la magia no funcionó para él y sus compañeros. Por mucho que lo intentaran, no podían poseerla: no como las brujas. Enloquecido de deseo, murió por su propia mano.

Miró a Coco y dejó asomar una sonrisa pequeña y lúgubre.

—Angélica lloró su mar de lágrimas y lo siguió hasta la otra vida. Pero la hermandad de Constantino sobrevivió. Ellos obligaron a las brujas a ocultarse y reclamaron la tierra y su magia para los suyos. Conocéis el resto de la historia. La reyerta familiar continúa. Cada lado más amargo: vengativo. Los descendientes de Constantino continúan controlando esta tierra a pesar de haber renunciado a la magia por la religión hace años. Con cada *Dame des Sorcières* nueva, las brujas intentan reunir sus fuerzas y con cada intento, fracasan. Además de ser superadas en número, mis hermanas no pueden vencer a la monarquía y a la Iglesia en combate: no con sus Balisardas. Pero Morgane es distinta a sus predecesoras. Es más inteligente. Astuta.

—Suena igual que Lou —susurró Coco.

—Lou no se parece en *nada* a esa mujer —gruñí.

Beau inclinó el torso hacia delante y nos fulminó con la mirada.

—Disculpadme todos, pero Lou me importa una mierda… Al igual que Morgane, Angélica y Constantino. Cuéntame lo de mi padre.

Mis nudillos empalidecieron sobre mi daga.

Suspirando, madame Labelle me tocó el brazo con una advertencia silenciosa. Cuando me aparté de su mano, puso los ojos en blanco.

—Estoy llegando a él. Como decía, Morgane es diferente. De niña, reconoció el poder dual de este reino. —Miró a Beau—. Cuando coronaron a tu padre como rey, una idea cobró forma: un modo de atacar a la corona y a la Iglesia a la vez. Ella observó cómo él contraía matrimonio con una princesa extranjera, tu madre, y tú nacías. Se alegró cuando él dejó bastardo tras bastardo a su paso. —Hizo una pausa, desinflándose un poco. Incluso yo escuchaba cautivado mientras ella ponía la mirada en blanco—. Aprendió los nombres de los bastardos, conoció sus rostros… incluso los de aquellos cuya existencia el mismo Auguste no conocía. —En ese momento me miró, y el estómago se me contrajo—. Con cada niño, la alegría de Morgane, su *obsesión*, solo crecía, aunque esperó para revelar su propósito.

—¿Cuántos? —interrumpió Beau, con voz cortante—. ¿Cuántos niños?

Ella vaciló antes de responder.

—Nadie lo sabe con exactitud. Creo que el último recuento aproximado fue de veintiséis.

—¿*Veintiséis*?

Se apresuró a continuar antes de que él siguiera hablando.

—Poco después de su nacimiento, Su Alteza, Morgane anunció ante nuestras hermanas que estaba embarazada. Y no de cualquiera: esperaba un hijo del arzobispo.

—Lou —dije, sintiéndome levemente mareado.

—Sí. Morgane habló de un encantamiento para liberar a las brujas de la persecución, de un bebé para terminar con la tiranía de los Lyon. Auguste Lyon moriría… al igual que sus descendientes. El bebé en su

332 • ASESINO DE BRUJAS: LA BRUJA BLANCA

vientre era el precio a pagar, un *regalo*, decía ella, enviado por la Diosa. El golpe final contra el reino y la Iglesia.

—¿Por qué Morgane esperó para matar a Lou? —pregunté con amargura—. ¿Por qué no la mató cuando nació?

—Una bruja realiza su rito de pasaje en su cumpleaños número dieciséis. Es el día en que se convierte en mujer. Aunque las brujas anhelaban la salvación, la mayoría se sentía incómoda ante la idea de asesinar a una niña. Morgane no tuvo problema en esperar.

—Entonces Morgane... solo concibió a Lou para vengarse. —El corazón se me retorció. Una vez había sentido pena por mi propia llegada miserable al mundo, pero Lou... su destino era mucho peor. Literalmente, había nacido para morir.

—La naturaleza exige equilibrio —susurró Coco, tocando el corte en su palma. Perdida en sus pensamientos—. Para terminar con el linaje del rey, Morgane también debe terminar con el suyo.

Madame Labelle asintió agotada.

—Dios —dijo Beau—. No hay furia más temible que una mujer despechada.

—Pero... —fruncí el ceño—. No tiene sentido. ¿Una vida a cambio de veintiséis? Eso no es equilibrado.

Madame Labelle juntó las cejas.

—La percepción es algo poderoso. Al matar a Louise, Morgane terminará para siempre con el linaje de Le Blanc. La magia de la *Dame des Sorcières* pasará a otro linaje cuando Morgane muera. Sin duda terminar con su legado es un sacrificio digno para concluir con otro legado, ¿no?

Fruncí más el ceño.

—Pero los números aún no tienen sentido.

—Tu percepción es demasiado literal, Reid. La magia tiene matices. Todos sus hijos morirán. Todos los hijos de él morirán. —Toqueteó una mancha inexistente sobre su falda—. Por supuesto, la especulación no importa. Nadie más puede ver el patrón del hechizo, así que debemos usar la interpretación de Morgane.

De pronto, Coco alzó la vista entrecerrando los ojos.

—¿Cuál es tu rol en todo esto, *madame*? Has intentado *comprar* a Lou.

—Para protegerla. —Madame Labelle sacudió una mano impaciente.

Fruncí el ceño ante el movimiento. Tenía anillos dorados en cada dedo,

pero en su dedo anular izquierdo... un anillo de madreperla. Prácticamente idéntico al que le había dado a Lou.

—Sabía que en algún momento Morgane la encontraría, pero hice
todo lo que estuvo en mi poder para evitar que sucediera. Así que intenté
comprar a Lou, como has dicho tontamente, por su protección. Aunque
no era lo ideal, podría haberla vigilado aquí en el Bellerose. Podría haberla mantenido a salvo hasta que hubieran hecho otros planes. Sin embargo,
ella rechazó mi propuesta una y otra vez.

Alzó el mentón y miró a Coco a los ojos.

—El año pasado, mis espías me informaron de que habían robado el
anillo de Angélica. Fui a visitar a cada traficante conocido en la ciudad...
Todos tenían familiares que habían sido recientemente asesinados por
brujas.

Incliné el torso ante esa información. Filippa. *Filippa* había sido asesi-
nada por brujas. Lo cual significaba...

—Cuando supe que monsieur Tremblay tenía el anillo, vi mi oportunidad.

Cerré los ojos. Sacudí la cabeza con incredulidad. Con tristeza. Monsieur Tremblay. Todos esos meses, me había centrado en vengar a su familia, en castigar a las brujas que les habían hecho daño. Pero las brujas
hacían justicia para sí mismas.

El que hubiera sido mi suegro. Un traficante de objetos mágicos. Él
había sido la causa de la muerte de Filippa... del dolor de Célie. Me obligué a regresar al presente.

Hay un momento para el duelo y un momento para seguir adelante.

—Sabía que Lou lo buscaba con desesperación —continuó madame
Labelle—. Le ordené a Babette que contactara con ella, que la ayudara
a escuchar a escondidas mi conversación con Tremblay. Para su benefi-
cio, incluso le pregunté a él dónde lo había escondido. Y luego, cuando
Babette confirmó que vosotros planeabais robar el anillo, avisé al arzobispo de dónde estaría su hija esa noche.

—¿Hiciste *qué*? —exclamó Coco. Madame Labelle encogió los hombros.

—Se rumoreaba que él había estado buscándola durante años... Muchas brujas creían que ella era el motivo por el cual él se había obsesiona-
do tanto con darnos caza. Él quería encontrarla. Prefiero pensar que nos

334 • ASESINO DE BRUJAS: LA BRUJA BLANCA

asesinaba como una clase de castigo macabro por su pecado, pero no tiene importancia. Pensé que él no le haría daño. Después de todo, es su padre y no podría negarlo después de verla. Son idénticos. Y ¿qué mejor lugar para esconderla que dentro de la Torre de los *chasseurs*?

Coco sacudió la cabeza, atónita.

—¡Un poco de sinceridad habría ayudado!

Madame Labelle juntó las manos sobre la rodilla, sonriendo satisfecha.

—Cuando ella escapó de la casa de Tremblay, pensé que todo estaba perdido, pero la escena en el teatro obligó al arzobispo a involucrarse de modo permanente. No solo ella obtuvo *su* protección, sino que también obtuvo un esposo. Y no cualquier esposo: al capitán de los *chasseurs*. —Amplió su sonrisa mientras me señala—. De verdad que salió mucho mejor de lo que jamás podría haber...

—¿Por qué? —Miré el anillo de madreperla en su dedo—. ¿Por qué tomarse tantas molestias? ¿Por qué te importa si Auguste Lyon muere? Eres una bruja. Solo te beneficiarías con su muerte.

Un recuerdo reapareció. La voz de Lou sonó en mi cabeza.

No seas estúpido. Por supuesto que las brujas tienen hijos varones.

La comprensión llegó.

La sonrisa de la mujer desapareció.

—No... podía quedarme a un lado viendo cómo morían personas inocentes...

—El rey no tiene nada de inocente.

—El rey no será el único afectado. Cientos de personas morirán...

—¿Sus hijos?

—Sí. Sus hijos. —Ella vaciló, mirándonos a mí y al príncipe. Maldiciéndose a sí misma—. No habrá herederos supervivientes. La aristocracia se dividirá peleando por la sucesión. La credibilidad del arzobispo ya ha sufrido... y su autoridad también a juzgar por tu presencia aquí. Me sorprendería que el rey no hubiera pedido ya una audiencia. Pronto, los *chasseurs* se quedarán sin líder. En el caos subsiguiente, Morgane atacará.

Apenas oí sus palabras. La revelación creciente me inundó. Me fluyó por el cuerpo, avivando más la furia en mis venas.

—Te enamoraste de él, ¿verdad?

Su voz subió una octava.

—Bueno... querido, es un poco más complicado que... —Golpeé la mesa con el puño y ella se estremeció. La vergüenza se mezcló con mi furia mientras su rostro adoptaba una expresión de derrota—. Sí, me enamoré.

La mesa guardó silencio. Sus palabras me golpearon. Me atravesaron. Beau alzó las cejas, incrédulo.

—No le dijiste que eras bruja. —Mis palabras eran severas, afiladas, pero no hice nada por suavizarlas. Esa mujer no merecía mi pena.

—No. —Me miró las manos, frunciendo los labios—. Nunca le conté qué era. No... quería perderlo.

—Dios santo —dijo Beau en voz baja.

—Y Morgane... ¿os descubrió juntos? —preguntó Coco.

—No —dijo madame Labelle en un susurro—. Pero... me quedé embarazada pronto y... cometí el error de contárselo. Hace tiempo, fuimos amigas. Las mejores amigas. Más cercanas que hermanas. Creí que ella lo entendería. —Tragó con dificultad y cerró los ojos. El mentón le temblaba—. Fui una tonta. Me arrebató de los brazos a mi hermoso niño... cuando nació. Nunca se lo conté a Auguste.

Beau contorsionó el rostro con desprecio.

—¿Diste a luz a mi hermano?

Coco lo empujó fuerte con el codo.

—¿Qué le sucedió al bebé?

Madame Labelle mantuvo los ojos cerrados. Como si no pudiera soportar mirarnos... mirarme.

—Nunca lo supe. La mayoría de los bebés varones terminan en lugares de acogida u orfanatos si el niño no tiene suerte, pero sabía que Morgane nunca tendría esa amabilidad con mi hijo. Sabía que ella lo castigaría por lo que yo había hecho, por lo que Auguste había hecho. —Exhaló temblorosa. Cuando abrió los ojos, me miró directamente—. Lo busqué durante años, pero estaba perdido para mí.

Perdido. Contorsioné el rostro. Era una manera de decirlo.

Otra hubiera sido: *Tirado en la basura y abandonado para morir.*

Ella hizo un gesto de dolor ante el odio en mi expresión.

—Quizás él siempre estará perdido para mí.

—Sí. —El odio me ardía a través del pecho—. Lo estará.

Me puse de pie, ignorando las miradas curiosas de los demás.

336 • ASESINO DE BRUJAS: LA BRUJA BLANCA

—Hemos desperdiciado demasiado tiempo aquí. Lou ya podría estar a mitad de camino hacia Chateau le Blanc. Tú —señalé a madame Labelle con el dedo— me llevarás allí.

—*Nos* llevarás —dijo Ansel—. Yo también iré.

Coco se puso de pie.

—Y yo.

Beau hizo una mueca mientras también se incorporaba del asiento.

—Supongo que eso significa que también iré. Si Lou muere, por lo que parece, yo moriré.

—De acuerdo —repliqué—. Pero nos iremos ahora. Lou nos saca kilómetros de ventaja. Debemos ganar tiempo o estará muerta antes de que lleguemos al Chateau.

—No. —Madame Labelle también se puso de pie, limpiando las lágrimas en sus mejillas. Enderezando los hombros—. Morgane esperará para realizar el sacrificio. Al menos una quincena.

—¿Por qué? —Aunque lo que más quería era no hablar de nuevo con esa mujer, ella era mi único camino hacia Lou. Un mal necesario—. ¿Cómo lo sabes?

—Conozco a Morgane. Su orgullo sufrió terriblemente cuando Lou escapó la primera vez, así que se asegurará de que haya la mayor cantidad posible de brujas presentes para atestiguar su victoria. Para las brujas, Nochebuena es «Modraniht». En este momento, brujas de todo el reino viajan hacia el Chateau para la celebración. —Me atravesó con una mirada afilada—. Modraniht es una noche para homenajear a sus madres. Morgane adorará la ironía.

—Qué suerte que no tengo madre. —Ignorando la expresión dolida de la mujer, pasé junto a las bailarinas de ojos vacíos y los hombres ebrios hacia la salida—. Nos reuniremos aquí en una hora. Aseguraos de que no os sigan.

Capítulo 34

El alma recuerda

Lou

El suelo de madera se sacudió debajo de mí y caí sobre el regazo de alguien. Unos brazos suaves me rodearon junto al aroma fresco e intenso del eucalipto. Me quedé paralizada. Ese olor había habitado mis pesadillas durante los últimos dos años.

Abrí los ojos de par en par intentando apartarme, pero, para mi horror, mi cuerpo no respondió. Paralizada, no tuve más opción que mirar los ojos verdes y vívidos de mi madre. Ella sonrió y depositó un beso en mi frente. Sentí escalofríos.

—Te he echado de menos, cariño.

—¿Qué me has hecho?

Hizo una pausa, riendo en voz baja.

—Esas inyecciones son extraordinarias. Cuando monsieur Bernard me trajo una, perfeccioné la medicina. Me gusta pensar que mi versión es más humana. Solo afecta al cuerpo, no a la mente. —Ensanchó la sonrisa—. Creí que disfrutarías saborear un poco de la medicina de tus amigos. Han hecho un gran esfuerzo creándola para ti.

El suelo tembló de nuevo y miré alrededor, asimilando mi entorno. El carro cubierto de la compañía de teatro. La luz no pasaba a través de la tela gruesa, así que no discernía cuánto tiempo habíamos estado viajando. Agudicé el oído, pero el paso constante de las patas del caballo era el único sonido. Habíamos salido de la ciudad.

No importaba. Nadie acudiría a ayudarme. Reid lo había dejado claro.

La angustia me invadió el cuerpo con una oleada debilitante al recordar sus palabras de despedida. Aunque intenté ocultarlo, una lágrima solitaria escapó y rodó por mi mejilla. El dedo de Morgane la limpió y se la llevó a la boca para saborearla.

—Mi preciosa y querida niña. Nunca permitiré que te haga daño de nuevo. Sería adecuado verlo arder por lo que te ha hecho, ¿no? Quizás pueda organizar que tú enciendas su hoguera. ¿Eso te haría feliz?

La sangre me abandonó el rostro.

—No lo toques.

Ella alzó una ceja blanca.

—Has olvidado que él es tu enemigo, Louise. Pero no temas... todo será perdonado en Modraniht. Organizaremos la quema de tu esposo antes de nuestra pequeña celebración. —Hizo una pausa, para darme la oportunidad de reaccionar ante la mención de Reid. Me negaba. No le daría esa satisfacción.

—Recuerdas la festividad, ¿verdad? He pensado que este año haremos algo especial.

Un rastro de miedo me recorrió el cuerpo. Sí, recordaba Modraniht.

La noche de las madres. Las *Dames blanches* de todo Belterra se reunían en el Chateau para comer un festín y honrar a sus ancestros femeninos con sacrificios. No dudaba de cuál sería mi rol ese año.

Como si me leyera los pensamientos, me tocó la garganta con afecto. Di un grito ahogado, recordando el estallido de dolor en mi cicatriz antes de mi desmayo. Ella se rio.

—No te preocupes. He curado tu herida. No podía desperdiciar más de esa sangre valiosa. —Su cabello me rozó el rostro cuando se me acercó al oído—. Ha sido una magia astuta, difícil de deconstruir, pero ni eso te salvará esta vez. Ya casi hemos llegado a casa.

—Ese lugar no es mi casa.

—Siempre has sido muy dramática. —Todavía riendo, extendió la mano para rozarme la nariz y el corazón se me detuvo al ver el anillo dorado en su dedo. Ella siguió mi mirada con una sonrisa cómplice—. Ah, sí. Y también traviesa.

—Cómo... —Ahogándome con las palabras, luché contra la inyección que me paralizaba, pero mis extremidades permanecieron cruelmente inertes.

Morgane no podía tener el anillo de Angélica. No *podía*. Lo necesitaba para desbaratar su hechizo. Si yo lo llevaba puesto cuando me drenara la sangre, la sangre no serviría de nada. La magia quedaría rota. Yo moriría, pero los Lyon vivirían. Esos *niños inocentes* vivirían.

Luché con más vigor, las venas en mi garganta por poco estallaron por el esfuerzo. Pero cuanto más luchaba, más difícil era hablar por la pesadez de mi cuerpo. Sentía que mis extremidades pronto atravesarían el suelo del carro. Presa del pánico, centré la atención en materializar un patrón, *cualquier* patrón, pero el dorado aparecía y desaparecía de mi visión, borroso y separado por la droga.

Maldije con amargura, mi determinación se convirtió en desesperanza.

—¿De verdad pensabas que no reconocería mi propio anillo? —Morgane sonrió con ternura y colocó un rizo de mi cabello detrás de mi oreja—. De todos modos, tienes que contármelo: ¿cómo lo has encontrado? ¿Acaso lo has robado? —Como no respondí, ella suspiró con fuerza—. Me decepcionas, cariño. Las huidas, esconderte, el anillo... Sin duda comprendes que es todo una estupidez sin sentido.

Su sonrisa desapareció mientras alzaba el mentón y sus ojos quemaron los míos con atención repentina y depredadora.

—Por cada semilla que has desparramado, Louise, yo he desparramado miles más. Eres mi hija. Te conozco mejor que tú misma. No puedes superarme, no puedes huir de mí y no puedes esperar vencerme.

Hizo una pausa como si esperara una respuesta, pero no le di el gusto. Con cada gramo de concentración, me centré en mover la mano, en sacudir la muñeca, en alzar aunque fuera solo un dedo. La oscuridad invadió mi visión debido al esfuerzo. Ella me observó luchar durante varios minutos. La intensidad en sus ojos se apagó en una especie extraña de nostalgia, antes de que acariciara de nuevo mi cabello.

—Todos debemos morir algún día, Louise. Tienes que hacer las paces con la idea. En Modraniht, tu vida por fin cumplirá con su propósito, y tu muerte liberará a nuestro pueblo. Deberías estar orgullosa. No muchos tienen un destino tan glorioso.

Con un último jadeo desesperado, intenté atacarla, golpearla, *herirla*, arrancarle de algún modo el anillo del dedo, pero mi cuerpo permaneció frío e inerte.

Ya muerto.

Mis días pasaban como un tormento. Aunque la droga me paralizaba el cuerpo, no tenía efecto sobre el dolor en mis huesos. El rostro y la muñeca me continuaban latiendo por el ataque de la bruja y un nudo tenso había cobrado forma en mi garganta después de que me pincharan tantas veces con distintas jeringas.

Y pensar que una vez Andre y Grue habían sido mi peor problema.

Los dedos pálidos de Morgane recorrieron el nudo, formando círculos sobre las magulladuras en forma de dedos bajo mi oreja.

—¿Amigos tuyos, cariño?

La fulminé con la vista y me centré en la sensación ardiente en las manos y los pies: el primer indicio de que la droga perdía efecto. Si actuaba rápido, podía quitarle el anillo de Angélica, salir rodando del carro y desaparecer antes de que reaccionara.

—Lo fueron.

—¿Y ahora?

Intenté mover los dedos. Permanecieron inertes.

—Están muertos.

Como si intuyera mis pensamientos, Morgane sacó de su bolso la jeringa de acero familiar. Cerré los ojos, intentando en vano evitar que me temblara el mentón.

—Tus hermanas te curarán el cuerpo cuando lleguemos al Chateau. Esas magulladuras espantosas deben desaparecer antes de Modraniht. Estarás sana y pura de nuevo. —Masajeó el nudo en mi garganta, preparándolo para la aguja—. Hermosa como la Doncella.

Abrí los ojos de par en par.

—No soy una doncella.

Su sonrisa edulcorada flaqueó.

—No te has *acostado* con aquel cazador asqueroso, ¿verdad? —Olisqueando con delicadeza, arrugó la nariz—. Ah, Louise. Qué decepción. Puedo olerlo en ti. —Me miró el abdomen e inclinó la cabeza mientras inhalaba profundo—. *Espero* que hayas tomado precauciones, cariño. La Madre es atractiva, pero su camino no es el tuyo.

Retorcí los dedos, nerviosa.

—No finjas que serías incapaz de asesinar a un nieto tuyo.

Hundió la aguja en lo profundo de mi garganta como respuesta. Me mordí la mejilla para evitar gritar mientras los dedos me volvían a pesar.

—*Tu sangre es el precio.* —Me acarició la garganta con anhelo—. Tu vientre está vacío, Louise. *Tú* eres la última de mi linaje. Es una lástima... —Inclinó el cuerpo y rozó mi cicatriz con los labios. Me provocó náuseas recordar a Reid besando el mismo lugar hacia solo unos días—. Creo que habría disfrutado matando al bebé del cazador.

—Despierta, cariño.

Parpadeé ante el susurro de Morgane en mi oído. Aunque no había manera de saber cuánto tiempo había pasado, la cubierta de la carreta por fin había sido retirada y la noche había llegado. No me molesté en levantarme.

Morgane señaló algo en la distancia.

—Ya casi hemos llegado.

Solo veía las estrellas sobre mí, pero el sonido familiar de las olas al romper sobre las rocas me decía lo suficiente. El *aire* me decía lo suficiente. Era distinto al aire con olor a pescado que había padecido en Cesarine: era fresco y cortante, cargado de agujas de pino, sal, tierra y... de magia. Respiré hondo, cerrando los ojos. A pesar de todo, mi estómago dio un vuelco por estar tan cerca. Por haber regresado a casa.

En cuestión de minutos, las ruedas del carro traquetearon sobre los tablones de madera de un puente.

El puente.

La entrada legendaria a Chateau le Blanc.

Escuché con más atención.

Pronto, las risas suaves y apenas distinguibles resonaron y una ráfaga apareció e hizo flotar la nieve en el frío aire nocturno. Si no hubiera sabido que todo eso era una puesta en escena elaborada habría sido espeluznante. A Morgane le gustaba el drama.

No debería haberse molestado. Solo una bruja podría encontrar el Chateau. Una magia antigua y poderosa rodeaba el castillo: una magia a la que había contribuido cada *Dame des Sorcières* durante miles de años. Habrían esperado que yo fortaleciera el encantamiento algún día si las cosas hubieran sido distintas.

Alcé la vista hacia Morgane, que sonrió y saludó con la mano a las mujeres de blanco que ahora corrían descalzas junto a la carreta. No dejaban huellas en la nieve. Espectros silenciosos.

—Hermanas —las saludó con calidez.

Fruncí el ceño. Eran las guardianas infames del puente. Las actrices en los espectáculos de Morgane... que cada cierto tiempo también *disfrutaban* atrayendo hombres al puente durante la noche.

Y ahogándolos en las aguas turbias debajo del puente.

—Cariño, mira. —Morgane me alzó en brazos—. Es Manon. La recuerdas, ¿verdad? Erais inseparables de brujitas.

Las mejillas me ardieron mientras mi cabeza colgaba sobre su hombro. Manon estaba allí para presenciar mi humillación, sus ojos oscuros brillaban de entusiasmo mientras corría. Mientras sonreía y bañaba el carro con jazmín de invierno.

Jazmín. Símbolo del amor.

Las lágrimas me ardían. Quería llorar, estallar y quemar el Chateau y a todos sus habitantes hasta que solo quedaran cenizas. Una vez, ellas habían afirmado quererme. Pero... Reid también lo había hecho.

Amor.

Maldije la palabra.

Manon alcanzó el carro y subió. Tenía una corona de acebo en la cabeza; los frutos rojos parecían gotas de sangre sobre su cabello y su piel oscura.

—¡Louise! ¡Por fin has vuelto! —Me rodeó el cuello con los brazos y mi cuerpo inerte cayó sobre el de ella—. Temía no volver a verte.

—Manon se ha ofrecido a acompañarte al Chateau —dijo Morgane—. ¿No es adorable? Os divertiréis mucho juntas.

—Sinceramente, lo dudo —susurré. La expresión en el rostro de ébano de Manon cambió.

—¿No me has echado de menos? Solíamos ser hermanas.

—¿Sueles intentar asesinar a tus hermanas? —repliqué.

Manon tuvo la decencia de avergonzarse, pero Morgane solo me pellizcó la mejilla.

—Louise, deja de ser tan atrevida. Es terriblemente aburrido. —Alzó la mano hacia Manon, quien vaciló y me miró antes de besar la mano de mi madre—. Ahora, corre, niña, y prepara un baño en la habitación de Louise. Debemos librarnos de esta sangre y del hedor.

—Por supuesto, *mi señora*. —Manon besó mis manos inertes, me depositó en el regazo de Morgane y bajó de un salto del carro. Esperé a que desapareciera en la noche antes de hablar.

—Deja de fingir. No quiero compañía: ni la suya ni la de nadie. Solo pon guardias en mi puerta y terminemos con esto de una vez.

Morgane tomó los jazmines del suelo de la carreta y me los colocó en el cabello.

—Eres increíblemente grosera. Es tu hermana, Louise, y desea pasar tiempo contigo. Qué modo tan mediocre de recompensar su amor.

Otra vez esa palabra.

—Entonces, según tu criterio, ¿fue *amor* ver cómo me encadenaban a un altar?

—Estás resentida con ella, qué interesante. —Deslizó los dedos por mi cabello enmarañado y lo trenzó lejos de mi rostro—. Quizá si hubieras estado atada a una hoguera, te habrías casado con ella.

Mi estómago dio un vuelco.

—Reid no me ha hecho daño nunca.

Más allá de sus errores y de sus prejuicios, él no había levantado un dedo contra mí después del ataque de las brujas, aunque podría haberlo hecho. Me preguntaba qué hubiera ocurrido si me hubiera quedado. ¿Me *habría* atado a una hoguera? Quizás habría sido más amable y, en vez de eso, me habría apuñalado el corazón.

Pero ya lo había hecho.

—El amor nos convierte a todos en tontos, cariño.

Aunque sabía que estaba provocándome, no pude mantener la boca cerrada.

—¿Qué sabes tú del amor? ¿Acaso alguna vez has querido a alguien más que a ti misma?

—Cuidado —dijo con voz sedosa y los dedos aún en mi cabello—. No olvides con quién hablas.

Pero no me sentía cautelosa. Mientras la silueta blanca del Chateau cobraba forma frente a mí y el anillo de Angélica brillaba en su dedo, me sentía *de todo* menos cautelosa.

—Soy tu hija —dije furiosa e imprudente—. Y estás dispuesta a sacrificarme como si fuera una vaca sagrada...

Tiró de mi cabeza hacia atrás.

—Una vaca muy quejica e irrespetuosa.

—Sé que crees que esta es la única manera. —Mi voz sonaba desesperada, estaba ahogada por emociones que no me molesté en examinar. Emociones que había reprimido cuando había entendido qué planes tenía mi madre para mí—. Pero no es así. He vivido con los *chasseurs*. Son capaces de cambiar... de ser tolerantes. Lo he visto. Podemos mostrarles otro camino. Podemos mostrarles que no somos lo que creen...

—Te han corrompido, *hija*. —Pronunció la última palabra con un tirón fuerte en mi pelo. El dolor se expandió por mi cuero cabelludo, pero no me importó. Morgane debía verlo. Debía *entenderlo*—. Temía que esto sucediera. Han envenenado tu mente al igual que nuestra tierra. —Alzó mi mentón—. Míralas, Louise: mira a tu pueblo.

No tuve más opción que mirar a las brujas que aún bailaban a nuestro alrededor. Reconocí algunos rostros. Otros, no. Todas me observaban con felicidad pura. Morgane señaló a un par de hermanas de piel oscura y cabello trenzado.

—Rosemund y Sacha: quemaron a su madre después de que ella asistiera el parto complicado del bebé de un aristócrata. Tenían seis y cuatro años.

Señaló a una mujer baja de piel olivácea, desfigurada con marcas plateadas.

—Viera Beauchêne escapó después de que intentaran quemarla junto a su esposa: con ácido, en vez de fuego. Un experimento. —Señaló a otra—. Genevieve abandonó nuestra tierra con sus tres hijas para contraer matrimonio con un hombre del clero y dañó su conexión con nuestros ancestros. Pronto, su hija mediana enfermó. Cuando le suplicó a su esposo regresar para curarla, él se negó. La niña murió. Ahora, sus otras dos hijas la detestan.

Me sujetó el mentón con la fuerza suficiente como para dejar una marca.

—Háblame sobre la tolerancia de los *chasseurs*, Louise. Háblame de los monstruos a los que llamas amigos, del tiempo que habéis pasado juntos... de cómo escupes sobre el sufrimiento de tus hermanas.

—*Maman*, por favor. —Las lágrimas rodaban por mi rostro—. Sé que nos han hecho daño y que los odias... y lo *entiendo*. Pero no puedes hacer esto. No podemos cambiar el pasado, pero *podemos* avanzar y sanar: juntos. Podemos compartir esta tierra. No es necesario que nadie más muera.

Ella solo me apretó más fuerte el mentón y se acercó a mi oído.

—Eres *débil*, Louise, pero no temas. No fallaré. No dudaré. Los haré sufrir como nosotras hemos sufrido.

Soltó mi rostro, enderezó la espalda y caí al suelo del carro.

—Los Lyon se arrepentirán del día en que robaron nuestras tierras. Su pueblo se retorcerá de dolor y arderá en la hoguera y el rey y sus hijos se ahogarán con tu sangre. Tu *esposo* se ahogará con tu sangre.

La confusión apareció antes de que la desesperación me consumiera y arrasara con mis pensamientos racionales. Ella era mi *madre*, y ellas eran su pueblo. Él era mi esposo y los demás, su pueblo. Cada bando era despreciable, una perversión retorcida de lo que deberían haber sido. Cada bando sufría. Cada bando era capaz de causar un gran mal.

Y luego, estaba yo.

La sal de mis lágrimas se mezclaba con el jazmín en mi cabello, dos lados de la misma moneda miserable.

¿Y qué hay de mí, *maman*? ¿Alguna vez me has querido?

Ella frunció el ceño, sus ojos eran más negros que verdes en la oscuridad.

—No tiene importancia.

—¡A mí me importa!

—Entonces, eres una tonta —dijo con frialdad—. El amor es una enfermedad. Esta desesperación que tienes por ser amada... es una enfermedad. Veo en tus ojos cómo te consume, te debilita. Ya ha corrompido tu espíritu. Anhelas el amor de él como anhelas el mío, pero no tendrás el de ninguno. Has escogido tu camino. —Curvó el labio—. Por supuesto que no te quiero, Louise. Eres la hija de mi enemigo. Has sido concebida con un propósito mayor y no envenenaré ese propósito con amor. Con tu nacimiento, ataco a la Iglesia. Con tu muerte, ataco la corona. Pronto, ambas caerán.

—*Maman*...

—*Basta*. —La palabra era silenciosa, letal. Una advertencia—. Estamos a punto de llegar al Chateau.

Incapaz de tolerar la indiferencia cruel en su rostro, cerré los ojos, derrotada. Y otro rostro apareció detrás de mis párpados, burlándose.

No eres mi esposa.

Si esa agonía era amor, quizás Morgane tenía razón. Quizás estaba mejor sin ello.

Chateau le Blanc yacía sobre un acantilado con vistas al mar. Fiel a su nombre, el castillo había sido construido con piedras blancas que resplandecían bajo la luz de la luna como un faro. Lo observé con anhelo, siguiendo con los ojos las torres angostas que se mezclaban con las estrellas. Allí, en el torreón occidental más alto, con vistas a la playa rocosa debajo, estaba mi cuarto de la infancia. Sentía el corazón en la boca.

Cuando la carreta llegó a la puerta, bajé la mirada. El emblema familiar de los Le Blanc había sido tallado en las puertas antiguas: un cuervo de tres ojos. Uno representaba a la Doncella, otro a la Madre y otro a la Anciana.

Siempre había detestado a ese pájaro desgraciado.

El pavor me recorrió el cuerpo cuando cerraron las puertas con un sonido determinante. El patio nevado estaba en silencio, pero sabía que había brujas merodeando fuera de la vista. Sentía sus ojos en mí: indagando, evaluando. El aire cosquilleaba con su presencia.

—Manon te acompañará día y noche hasta Modraniht. Si intentas huir —advirtió Morgane con ojos crueles—, asesinaré a tu cazador y te haré comer su corazón. ¿Entendido?

El miedo congeló la respuesta mordaz en mi lengua.

Ella asintió con una sonrisa suave.

—Tu silencio es oro, cariño. Lo aprecio en nuestras conversaciones. —Mirando una alcoba fuera de mi vista, gritó. En cuestión de segundos, dos mujeres encorvadas que a duras penas reconocí aparecieron. Mis viejas niñeras—. Acompañadla a su habitación, por favor, y asistid a Manon mientras se ocupa de sus heridas.

Ambas asintieron con fervor. Una dio un paso y me sujetó el rostro con sus manos arrugadas.

—Al menos has regresado, *maîtresse*. Hemos esperado mucho tiempo.

—Solo faltan tres días —canturreó la otra y me besó la mano— para que te unas a la Diosa en la Tierra del verano eterno.

—¿Tres? —miré a Morgane, asustada.

—Sí, cariño. Tres. Pronto cumplirás con tu destino. Nuestras hermanas harán un festín y bailarán en tu honor para siempre.

Destino. Honor.

Sonaba tan bonito dicho así, como si estuviera recibiendo un premio fabuloso con un lazo rojo. Una risita histérica brotó de mis labios. Al menos, la sangre sería roja.

Una de las niñeras inclinó la cabeza a un lado con preocupación.

—¿Estás bien?

Me quedaba la suficiente conciencia para saber que *no* estaba nada bien.

Tres días. Eso era lo único que tenía. Me reí más fuerte.

—Louise. —Morgane chasqueó los dedos—. ¿Ha pasado algo gracioso?

Parpadeé, mi risa murió con la misma brusquedad con la que había aparecido. En tres días, estaría muerta. Muerta. El latido de mi corazón, el aire nocturno sobre el rostro… Todo dejaría de existir. Yo dejaría de existir. Al menos del modo en que existía. Con piel pecosa, ojos azules verdosos y un terrible dolor en el estómago.

—No. —Alcé los ojos hacia el cielo despejado, donde las estrellas se extendían hasta el infinito. Pensar que una vez había creído que esa vista era mejor que la del *Soleil et Lune*—. No hay nada gracioso.

Nunca reiría de nuevo con Coco. O bromearía con Ansel. O comería pasteles glaseados en la tienda de Pan o subiría al *Soleil et Lune* para ver el amanecer. ¿Había amaneceres en la otra vida? De haberlos, ¿tendría ojos para contemplarlos?

No lo sabía y eso me aterraba. Aparté la vista de las estrellas mientras las lágrimas se me aferraban a las pestañas.

En tres días, me alejaría para siempre de Reid. En cuanto mi alma abandonara mi cuerpo, estaríamos separados… Reid no podría seguirme. Eso era lo que más me asustaba.

Dondequiera que tú fueres, iré yo; y dondequiera que vivieres, viviré.

Pero no había lugar para un cazador en la Tierra del verano eterno y no había lugar para una bruja en el Paraíso. Si es que alguno de los dos lugares existía siquiera.

¿Mi alma lo recordaría? Una pequeña parte de mí rogaba que no, pero el resto de mi alma sabía que era imposible olvidarlo. Lo quería. Profundamente. Un amor semejante no era un asunto limitado al corazón y a la mente. No era algo que sentir y olvidar con el paso del tiempo, algo que tocar sin que te tocara a cambio. No... Este amor era algo más. Algo irreversible. Era algo del alma.

Sabía que lo recordaría. Sentiría su ausencia incluso después de la muerte, anhelaría la cercanía de Reid de un modo que nunca más volvería a ocurrir. *Ese* era mi destino: el tormento eterno. Por mucho que doliera pensar en él, soportaría el dolor con alegría para conservar una parte de él conmigo. El dolor significaría que habíamos sido algo real. La muerte no podía apartarlo de mí. Él *era* yo. Nuestras almas estaban unidas. Aunque él no me quisiera, aunque yo maldijera su nombre, éramos uno.

Tomé conciencia vagamente de los brazos que me cargaban. No me importaba a dónde me llevaban. Reid no estaría allí.

Y, sin embargo... estaría.

CAPÍTULO 35

MAL AUGURIO

Reid

—**M**e congelo —protestó Beau con amargura.

Habíamos acampado en una arboleda de pinos retorcidos en La Fôret des Yeux. Las nubes cubrían cualquier luz que la luna y las estrellas pudieran haber proyectado. La neblina permanecía sobre nuestros abrigos y mantas. Pesada. Sobrenatural.

La nieve en el suelo había empapado mis pantalones. Temblé y miré al grupo. Ellos también sentían los efectos del frío: los dientes de Beau castañeteaban violentamente, los labios de Ansel eran cada vez más azules y la boca de Coco estaba manchada con sangre de conejo. Intenté no mirar el cadáver a sus pies. Y fracasé.

Al notar que la miraba, ella se encogió de hombros y dijo:

—Su sangre es más caliente que la nuestra.

Incapaz de guardar silencio, Ansel se aproximó.

—Siempre… ¿Siempre utilizas sangre animal para hacer magia?

Ella lo observó un instante antes de responder.

—No siempre. Distintos encantamientos requieren aditivos distintos. Al igual que cada *Dame blanche* percibe patrones únicos, cada *Dame rouge* percibe aditivos únicos. Por ejemplo, los pétalos de lavanda inducen el sueño, pero también lo hace la sangre de murciélago, las cerezas y un millón de cosas más. Depende de cada bruja.

—Entonces… —Ansel parpadeó confundido, frunció el rostro mientras miraba el cadáver del conejo—. Entonces, ¿tan solo *comes* las cerezas? O…

Coco se rio y alzó su manga para mostrarle las cicatrices que atravesaban su piel.

—Mi magia vive en mi sangre, Ansel. Sin ella, las cerezas son solo cerezas. —Frunció el ceño como si le preocupara haber dicho demasiado. Ansel no era el único que escuchaba. Madame Labelle y Beau habían prestado atención a cada una de sus palabras y, para mi vergüenza, yo también—. ¿A qué se debe el interés repentino?

Ansel apartó la vista, con las mejillas sonrojadas.

—Solo quería saber más de ti. —Incapaz de resistirlo, posó de nuevo la mirada en ella en cuestión de segundos—. Todas... ¿Todas las brujas de sangre son como tú?

Ella alzó una ceja burlona.

—¿Te refieres a si todas son increíblemente preciosas? —Él asintió con ojos sinceros, y ella se rio—. Claro que no. Somos de todas las formas y tamaños, al igual que las *Dames blanches*... y los *chasseurs*.

En ese momento, me miró y yo aparté la vista rápido. Beau gimoteó.

—No me siento los pies.

—Sí, ya lo habéis mencionado —replicó madame Labelle, acercando su pierna. Para mi gran malestar, se había pegado a mí y parecía dispuesta a ponerme lo más incómodo posible—. Varias veces, de hecho, pero *todos* tenemos frío. Quejarse al respecto no ayuda.

—Un fuego ayudaría —gruñó él.

—No —dijo ella con firmeza—. Nada de fuegos.

Por mucho que odiara admitirlo, estaba de acuerdo. El fuego atraía atención indeseada. Había toda clase de criaturas malévolas merodeando en ese bosque. Una nos había empezado a seguir. Era un gato negro amorfo: un mal augurio. Aunque mantenía bastante distancia, el animal se había escabullido en nuestras bolsas la primera noche y se había comido casi toda nuestra comida.

Como si fuera una respuesta, el estómago de Ansel emitió un rugido poderoso. Resignado, saqué el último trozo de queso de mi bolso y se lo lancé. Él abrió la boca para protestar, pero lo interrumpí.

—Cómetelo y ya está.

Un silencio lúgubre cubrió al grupo mientras él comía. Aunque era muy tarde, nadie dormía. Hacía demasiado frío. Coco se acercó más a Ansel y le ofreció compartir su manta. Él enterró las manos en la tela con un gemido. Beau puso mala cara.

—Estamos cerca —dijo madame Labelle sin dirigirse a nadie en particular—. Faltan solo unos días más.

—Modraniht está a tres días —indicó Beau—. Si antes no morimos de hambre o congelados.

—Llegaremos cerca de la fecha —admitió madame Labelle.

—Perdemos el tiempo —dije—. Deberíamos continuar. De todos modos nadie duerme.

Pocas horas después de haber iniciado el viaje, madame Labelle había descubierto a dos brujas que nos seguían. Centinelas. Coco y yo las habíamos vencido con facilidad, pero madame Labelle había insistido en que tomáramos un nuevo rumbo.

—Vigilan —había dicho de modo sombrío—. Morgane no quiere sorpresas.

Sin ver otra alternativa que no incluyera asesinar al pueblo de Lou, me vi obligado a acceder.

Madame Labelle miró hacia el gato negro, que había reaparecido. El felino caminaba entre las ramas del pino más cercano.

—No. Nos quedaremos aquí. No es prudente viajar por este bosque de noche.

Beau siguió nuestras miradas. Entrecerró los ojos y se puso de pie de un salto.

—Mataré a ese gato.

—Yo no lo haría —le advirtió madame Labelle. Él vaciló, frunciendo más el ceño—. No siempre todo es lo que parece en este bosque, Su Alteza.

Él tomó asiento en el suelo con un bufido.

—No me llames así. Estoy congelándome el trasero aquí afuera, igual que tú. No hay nada *real* al respecto...

Se detuvo abruptamente cuando Coco alzó la cabeza. Clavó los ojos en algo detrás de mí.

—¿Qué pasa? —susurró Ansel.

Ella lo ignoró, apartó la manta y se puso a mi lado. Me miró con una advertencia. Yo me puse de pie despacio.

El bosque estaba demasiado silencioso. La niebla nos rodeaba... observando, esperando. Cada nervio en mi cuerpo se estremecía. Me advertían de que no estábamos solos. Una ramita se quebró. Me agazapé para acercarme un poco y aparté una rama de pino para ver en la oscuridad. Coco imitó mis movimientos.

Muy cerca, marchaba un escuadrón de veinte *chasseurs*. Avanzaban en silencio a través de la niebla. Empuñando los Balisardas. Con ojos atentos. Músculos tensos. Algo me recorrió el cuerpo al reconocer el cabello corto y oscuro del hombre que los guiaba.

Jean Luc.

Qué malnacido.

Como si nos percibiera, movió los ojos hacia nosotros y retrocedimos.

—Alto —susurró, espeluznante. De inmediato, mis compañeros le obedecieron y él se acercó más, apuntando en nuestra dirección con su Balisarda—. Hay algo allí.

Tres *chasseurs* avanzaron para investigar bajo su orden. Desenfundé mi Balisarda despacio, sin hacer ruido, inseguro de qué hacer. Jean Luc no debía saber que estábamos allí. Intentaría detenernos o, peor: nos seguiría. Sujeté con firmeza mi cuchillo. ¿Realmente podía hacer daño a mis hermanos? Desarmarlos era una cosa, pero… eran demasiados. Desarmarlos no bastaría. Quizás podía distraerlos el tiempo suficiente para que los otros escaparan.

Antes de poder decidir, el gato negro pasó a mi lado, maullando fuerte.

Mierda. Coco y yo intentamos sujetarlo, pero el animal corrió fuera de nuestro alcance, hacia los *chasseurs*. Los tres hombres por poco se murieron del susto antes de reírse y agazaparse para acariciar la cabeza del felino.

—Es solo un gato, *chasseur* Toussaint.

Jean Luc observó con desconfianza al animal contoneándose entre sus tobillos.

—Nada es *solo* lo que aparenta en La Fôret des Yeux. —Oí un suspiro contrariado. Él indicó a los *chasseurs* que prosiguieran—. El Chateau podría estar cerca. Mantened los ojos abiertos y los cuchillos afilados.

Esperé varios minutos hasta que me atreví a respirar. Hasta que los pasos desaparecieron. Hasta que la niebla flotó tranquila de nuevo.

—Eso ha estado demasiado cerca.

Madame Labelle juntó las manos e inclinó el torso sentada en su tronco. El gato, nuestro salvador inesperado, restregó la cabeza contra sus pies y ella le hizo una caricia agradecida.

—Diría lo contrario.

—¿A qué te refieres?

—No sabemos qué nos espera en el Chateau, capitán Diggory. Sin duda la unión hace la fuerza...

—No. —Sacudí la cabeza, y volví a mi lugar junto al árbol—. Matarán a Lou.

Esquivando el peligro, Ansel se hundió más debajo de la manta.

—Creo que el arzobispo no se lo permitiría. Es su hija.

—¿Y los demás? —Recordé la sonrisa escalofriante de Jean Luc, el modo en que sus ojos habían brillado con conocimiento secreto. ¿Se lo habría contado a los demás o se habría guardado la información para sí, contento con su nuevo puesto de poder? ¿Revelaría la información cuando fuera conveniente?—. Si alguno sospecha que es una bruja, no dudarán. ¿Puedes garantizar que estará a salvo con ellos?

—Pero el arzobispo se lo ha advertido —insistió Ansel—. Ha dicho que si ella moría, todos moriríamos. Nadie se atrevería a hacerle daño después de eso.

—A menos que sepan la verdad. —Frotándose los brazos para combatir el frío, Coco tomó asiento de nuevo junto a Ansel. Él le ofreció la mitad de la manta y ella la colocó sobre sus hombros—. Si Lou muere antes de la ceremonia, no *habría* ceremonia. No habría peligro. La familia real estaría a salvo y una bruja estaría muerta. La matarían solo para librarse de su sangre.

Madame Labelle bufó.

—Como si el arzobispo fuera a incriminarse con la verdad. Apuesto mi belleza a que no les ha contado que es bruja. No después de lo de las hermanas Olde. Las consecuencias serían letales... pero no tiene importancia. Auguste estará obligado a castigar al arzobispo de todos modos, lo cual es probablemente el motivo por el que él y su banda de fanáticos han venido al bosque tan rápido. Pospone lo inevitable.

A duras penas la oía. La sonrisa de Jean Luc se burlaba de mí en mi mente. Estaba cerca. Demasiado cerca.

Hombres, mantened los ojos abiertos y los cuchillos afilados.

Frunciendo el ceño, me puse de pie y comencé a caminar. Toqué cada cuchillo de mi bandolera, el Balisarda sobre mi corazón.

—Jean Luc lo sabe.

—¿Acaso no es tu mejor amigo? —Coco juntó las cejas—. ¿De verdad mataría a la mujer a la que quieres?

—Sí. No. —Sacudí la cabeza, deslizándome una mano gélida por el cuello—. No lo sé. No correré el riesgo.

Madame Labelle suspiró con impaciencia.

—No seas obstinado, querido. Nos superarán en número sin ellos. Entre nosotros cinco, podremos escapar con Lou antes de que ese Jean Luc pueda tocarla…

—No. —La silencié moviendo mi mano con brusquedad—. He dicho que no correré el riesgo. Esta conversación ha terminado.

Ella entrecerró los ojos, pero no dijo nada. Mejor. Inclinando el torso para rascar la oreja del gato, susurró algo. La criatura se quedó paralizada como si escuchara, y se escabulló entre la niebla.

CAPÍTULO 36

A LA DERIVA

Lou

Desperté con Manon acariciándome el pelo.

—Hola, Louise.

Aunque intenté apartarme, mi cuerpo no se movió. Peor: unas manchas me cubrían la visión y el mundo daba vueltas. Hice un esfuerzo para respirar hondo y centré la atención en una hoja dorada que estaba sobre mi cabeza. Era parte de la vasta vegetación metálica que trepaba por el techo y crujía con la brisa. A pesar de tener la ventana abierta, la habitación permanecía templada y cálida, cada copo de nieve se convertía en polvo plateado al cruzar el alféizar.

Solía llamarlo polvo lunar. Morgane me lo había regalado en un Samhain particularmente frío.

—Cuidado. —Manon me presionó un trapo contra la frente—. Tu cuerpo aún está débil. Morgane dice que no has comido adecuadamente en días.

Sus palabras atravesaban mi cabeza latente, acompañadas de náuseas y mareos. Con gusto habría comido de nuevo para callarla. Me concentré en la luz dorada que avanzaba por la habitación. Era por la mañana. Quedaban dos días.

—¿Algo va mal? —preguntó Manon.

—Si pudiera moverme, vomitaría en tu regazo.

Ella se rio con pena.

—Morgane ha dicho que tal vez reaccionarías mal a la medicina. No ha sido hecha para un uso tan prolongado.

—¿Así llaman al veneno? ¿Medicina? Qué interesante.

Ella no respondió, pero un segundo después sacudió un pastelito de avena y arándanos bajo mi nariz. Cerré los ojos y reprimí las arcadas.

—Vete.

—Tienes que comer, Lou. —Ignorando mis quejas, tomó asiento al borde de mi cama y me ofreció una sonrisa incierta—. He preparado pasta de avellanas y chocolate... con azúcar, no como la versión bestial que solía preparar con sal.

Cuando éramos niñas, a Manon y a mí nos encantaba gastar bromas a los demás, en general en relación con la comida. Galletas con sal en vez de azúcar. Cebollas caramelizadas en lugar de manzanas. Pasta de menta en vez de glaseado.

No le devolví la sonrisa.

Ella suspiró como respuesta y me tocó la frente. Aunque quería apartarme, el esfuerzo era en vano y la cabeza me daba vueltas. Centré la atención en la hoja, en inspirar por la nariz y exhalar por la boca. Como hacía Reid para recuperar el control.

Reid.

Cerré los ojos con tristeza. Sin el anillo de Angélica, no podía proteger a nadie. Los Lyon morirían. La Iglesia caería. Las brujas destrozarían el reino. Solo podía esperar que Reid y Ansel escaparan de la contienda. Tal vez Coco podría ayudarlos: podían navegar lejos de Belterra, cruzar el mar hacia Amaris o Lustere...

Pero yo moriría de todas maneras. Por la noche, había hecho las paces de un modo extraño con mi destino mientras el castillo dormía. Aunque Morgane no me hubiera envenenado, aunque no hubiera colocado guardias en mi puerta, no dudaba de que cumpliría con su promesa si, de algún modo, lograba huir. La bilis me subió por la garganta al pensar en saborear la sangre de Reid o atragantarme con su corazón. Cerré los ojos y obligué a la calma que había conjurado por la noche a aparecer. Estaba cansada de huir. Cansada de esconderme. Estaba simplemente... *cansada*.

Como si hubiera percibido mi angustia, Manon alzó las manos a modo de invitación.

—Tal vez puedo ayudarte con el dolor.

Con el estómago revuelto, la fulminé con la vista antes de ceder. Ella me inspeccionó las heridas con dedos cuidadosos y cerré los ojos. Al cabo de un rato preguntó:

—¿A dónde fuiste? Después de huir del Chateau.

Abrí los ojos a regañadientes.

—A Cesarine.

Con un movimiento de los dedos, el latido en la cabeza y el dolor creciente en el estómago se calmaron mínimamente.

—¿Y cómo has logrado permanecer oculta? ¿De los *chasseurs* y... de nosotras?

—He vendido mi alma.

Dio un grito ahogado y se cubrió la boca con la mano, horrorizada.

—¿Qué?

Puse los ojos en blanco y se lo expliqué.

—He sido ladrona, Manon. Me he escabullido en teatros sucios y he robado comida de pasteleros inocentes. He hecho cosas malas. He matado, he engañado, he fumado, he bebido. Una vez me acosté con una prostituta. Arderé en el infierno.

Ante su expresión sorprendida, la furia me golpeó el pecho. A la mierda con ella y su prejuicio. Al carajo con ella y sus *preguntas*.

No quería hablar al respecto. No quería recordar. Las cosas que había hecho para sobrevivir, las personas que había amado y perdido, no existían más. Ni mi vida en el Chateau. Todo se había quemado y solo quedaban cenizas negras y un recuerdo aún más oscuro.

—¿Algo más? —pregunté de malas maneras—. Por favor, continuemos poniéndonos al día. Después de todo, somos grandes amigas. ¿Aún te acuestas con Madeleine? ¿Cómo está tu hermana? Supongo que aún es más guapa que tú, ¿verdad?

En cuanto las palabras salieron de mi boca, supe que no había sido lo correcto. Ella endureció la expresión, dejó caer las manos e inhaló como si la hubiera apuñalado. Sentí culpa a pesar de mi furia.

—No me malinterpretes —añadí de mala gana—, también es más guapa que yo...

—Está muerta.

Mi furia se congeló en algo oscuro y premonitorio. Algo frío.

—Los *chasseurs* la encontraron el año pasado. —Manon toqueteó un punto en mi edredón, el dolor brillaba intenso en sus ojos—. El arzobispo estaba de visita en Amandine. Fleur sabía que debía tener cuidado, pero... su amigo del pueblo se había roto un brazo. Ella lo curó. Los *chasseurs* no tardaron en notar el olor. Fleur se asustó y comenzó a correr.

No podía respirar.

—La quemaron. Tenía once años. —Sacudió la cabeza, cerrando los ojos como si luchara contra el ataque de las imágenes—. No llegué a tiempo y nuestra madre tampoco. Lloramos mientras el viento se llevaba sus cenizas.

Once años. Quemada viva.

De pronto me sujetó la mano. Sus ojos brillaban feroces con lágrimas sin derramar.

—Tienes la oportunidad de arreglar los males de este mundo, Lou. ¿Cómo has podido darle la espalda a semejante oportunidad?

—Entonces, aún quieres que muera. —Las palabras salieron vacías e inexpresivas como el abismo en mi pecho.

—Moriría mil veces por recuperar a mi hermana —dijo Manon con seriedad. Me soltó la mano, suspiró de modo irregular y cuando habló de nuevo, su voz era más suave—. Ocuparía tu lugar si pudiera, *ma soeur*... Cualquiera de nosotras lo haría. Pero no podemos. Debes ser tú.

Ahora, las lágrimas rodaban por sus mejillas.

—Sé que es demasiado pedir. Sé que no tengo derecho... Pero, por favor, Lou, no huyas de nuevo. Eres la única que puede acabar con esto. Eres la única que puede salvarnos. Prométeme que no intentarás escapar.

Miré sus lágrimas como si estuviera en el cuerpo de otro. Sentía una pesadez en mí que no estaba relacionada con las inyecciones. Me aplastaba el pecho, la nariz, la boca: me sofocaba, me hundía, me tentaba con el olvido. Con la rendición. Con el descanso.

Dios, estaba cansada.

Las palabras salieron de mi boca con voluntad propia.

—Lo prometo.

—De... ¿de verdad?

—Sí. —Me obligué a mirarla a los ojos. Brillaban con una esperanza tan evidente y afilada que podría haberme cortado—. Lo siento, Manon. No ha sido mi intención que nadie muriera. Cuando... Después de que pase, prometo que... cuidaré a Fleur en la otra vida.... donde sea. Y si la encuentro, le diré cuánto la echas de menos. Cuánto la quieres.

Sus lágrimas caían más rápido y me sujetó las manos entre las suyas, con fuerza.

—Gracias, Lou. *Gracias*. Nunca olvidaré lo que has hecho por mí. Por nosotras. Todo este dolor terminará pronto.

Todo este dolor terminará pronto.

Anhelaba dormir.

No tuve mucho que hacer los siguientes dos días, salvo sumirme en la oscuridad.

Me habían lustrado y pulido a la perfección, cada marca y recuerdo de los últimos dos años habían sido borrados de mi cuerpo. Un cadáver perfecto. Mis niñeras llegaron cada mañana al amanecer para ayudar a Manon a bañarme y vestirme, pero con cada amanecer, hablaban menos.

—Está muriendo ante nuestros ojos —había susurrado una, incapaz de ignorar la profundidad creciente en mis cuencas, el color enfermizo de mi piel. Manon la había echado del cuarto.

Supongo que era cierto. Me sentía más conectada con Estelle y Fleur que con Manon y mis niñeras. Ya tenía un pie en la otra vida. Incluso el dolor de cabeza y de estómago habían disminuido. Seguían allí, pero de algún modo, estaban... lejos. Como si yo existiera por separado.

—Es hora de vestirte, Lou. —Manon me acarició el cabello, sus ojos oscuros mostraban un profundo conflicto. No intenté apartarme de su mano. Ni siquiera parpadeé. Solo continué mirando el techo—. Esta noche es la noche.

Me quitó el camisón y me bañó con rapidez, evitando mirarme. Comer mal durante el viaje había hecho sobresalir mis huesos. Estaba demacrada. Era un esqueleto viviente.

El silencio se prolongó mientras ella introducía mis extremidades en el atuendo ceremonial elegido por Morgane. Era idéntico al vestido que había usado en mi cumpleaños número dieciséis.

—Siempre me he preguntado —Manon tragó con dificultad, mirando mi garganta— cómo huiste la última vez.

—Renuncié a mi vida.

Hubo una pausa.

—Pero... no es cierto. Has sobrevivido.

—Renuncié a mi vida —repetí, mi voz era lenta y letárgica—. No tenía intención de volver a este lugar. —Parpadeé antes de mirar otra vez el polvo lunar sobre el alféizar—. De verte a ti, a mi madre o a cualquiera aquí.

—Encontraste una fisura en el sistema. —Exhaló despacio al reír—. Brillante. Renunciaste a tu vida simbólica a cambio de tu vida física.

—No te preocupes. —Las palabras salían de mis labios con esfuerzo extremo. Rodaban, espesas, pesadas y venenosas sobre mi lengua y me dejaban exhausta. Ella me recostó sobre la almohada y cerré los ojos—. No funcionará de nuevo.

—¿Por qué no?

Abrí un ojo.

—No puedo renunciar a él.

Miró el anillo de madreperla con una pregunta silenciosa, pero no dije nada y cerré los ojos de nuevo. Era vagamente consciente de que alguien llamaba a la puerta, pero el sonido era lejano.

Pasos. Abrieron una puerta. La cerraron.

—¿Louise? —preguntó Manon, insegura. Abrí los ojos... No sabía si habían pasado horas o segundos—. Nuestra Señora ha pedido tu presencia en sus aposentos.

Como no respondí, ella colocó mi brazo sobre su hombro y me alzó de la cama.

—Solo puedo acompañarte hasta su antesala —susurró. Mis hermanas retrocedieron sorprendidas mientras caminábamos por los pasillos. Las más jóvenes se giraron para verme bien—. Por lo visto, alguien ha venido a verte.

¿Una visita? De inmediato, mi mente invocó imágenes borrosas de Reid atado y amordazado. Sin embargo, el horror en mi pecho parecía mitigado. No era ni por asomo tan doloroso como antes. Estaba demasiado exhausta.

O eso creía.

Después de que Manon me dejara derrumbada en la antesala de Morgane, abrieron la puerta de la recámara interna y mi corazón comenzó a latir ante lo que vi.

Ante *quién* vi.

No era Reid el que estaba atado y amordazado en el sofá de mi madre.

Era el arzobispo.

Cerraron la puerta detrás de mí.

—Hola, cariño. —Morgane estaba sentada a su lado, deslizando un dedo por la mejilla del hombre—. ¿Cómo te encuentras esta tarde?

Lo miré, incapaz de oír algo más allá del latido salvaje de mi corazón. Sus ojos, azules como los míos, pero más oscuros, estaban abiertos de par en par, frenéticos. La sangre que brotaba de un corte en su mejilla goteaba asquerosamente sobre su mordaza y penetraba en la tela.

Miré con más atención. La mordaza estaba hecha con un retazo de su túnica coral. Morgane literalmente lo había silenciado con su vestimenta sagrada.

En otro momento, en otra vida, me habría reído ante la situación desafortunada en la que se había metido el arzobispo. Habría reído hasta que me doliera el pecho y me diera vueltas la cabeza. Pero la cabeza me daba vueltas por instinto. No había nada gracioso allí. Dudaba de que algo volviera a ser gracioso.

—Ven, Louise. —Morgane se puso de pie y me alzó en brazos para que me adentrara en la habitación—. Pareces una muerta de pie. Siéntate y caliéntate junto al fuego.

Me dejó junto al arzobispo en el sofá desgastado y se sentó a mi lado. El sofá no era lo suficientemente grande para los tres y nuestras piernas se apretaban en una intimidad horrible. Ignorando mi incomodidad, ella colocó un brazo sobre mis hombros y apoyó mi cabeza debajo de su mentón. El eucalipto asfixió mis sentidos.

—Manon me ha dicho que no quieres comer. Eres muy traviesa.

No pude hacer que mi cabeza se moviera.

—No moriré de hambre antes del anochecer.

—No, supongo que tienes razón. Pero odio verte tan incómoda, cariño. Todas lo odiamos.

No dije nada. Aunque intenté desesperadamente sumirme en la oscuridad amable, la pierna del arzobispo pesaba demasiado cerca. Era demasiado real. Un ancla que me clavaba allí.

—Hemos encontrado a este hombre despreciable esta mañana temprano. —Morgane lo miró con alegría evidente—. Caminaba por La Fôret des Yeux. Tiene suerte de no haberse ahogado en L'Eau Mélancolique. Debo admitir que estoy algo decepcionada.

—No... lo entiendo.

—¿De veras? Creí que era obvio. Estaba buscándote, claro. Pero se alejó demasiado de su grupo de cazadores. —Aunque a duras penas me atrevía a tener esperanza, mi corazón saltó ante la revelación. Ella sonrió con crueldad—. El tuyo no estaba con ellos, Louise. Parece que te ha abandonado.

Dolió menos de lo que esperaba, tal vez porque lo había esperado. Por supuesto que Reid no los había acompañado. Con suerte, él, Coco y Ansel estaban a salvo en el mar, en algún lugar muy lejos de la muerte que merodeaba por allí.

Morgane observó con atención mi reacción. Insatisfecha con mi expresión vacía, señaló al arzobispo.

—¿Debería matarlo? ¿Eso te haría feliz?

El arzobispo movió los ojos para mirarme, pero su cuerpo permaneció quieto. Expectante.

Lo miré. Le había deseado a ese hombre todas las versiones de una muerte brutal y dolorosa. Se lo merecía por todas las brujas a las que había quemado. Por Fleur. Por Vivienne. Por Rosemund y Sacha y Viera y Genevieve.

Ahora, Morgane me lo entregaba, pero…

—No.

El arzobispo abrió los ojos de par en par y una sonrisa lenta y malévola apareció en el rostro de Morgane. Como si hubiera esperado mi respuesta. Como si fuera un gato observando a un ratón particularmente jugoso.

—Qué interesante. Antes hablabas de tolerancia, Louise. Por favor… Muéstramelo. —Movió la mano, retiró la mordaza de la boca del hombre y él inhaló. Ella nos miraba con ojos fervientes—. Pregúntale lo que quieras.

Pregúntale lo que quieras.

Como no hablé, ella me dio una palmadita en la rodilla para alentarme.

—Adelante. Tienes preguntas, ¿no? Serías una tonta si no las tuvieras. Esta es tu oportunidad. No tendrás otra. Aunque respetaré tu decisión de no matarlo, otras no lo harán. Será el primero en arder cuando recuperemos Belterra.

Su sonrisa concluyó lo que sus palabras no dijeron. *Pero ya estarás muerta.*

Despacio, me giré para mirarlo.

Nunca habíamos estado tan cerca. Nunca había visto los destellos verdes en sus ojos, las pecas casi indiscernibles en su nariz. Mis ojos. Mis pecas. Cientos de preguntas invadieron mis pensamientos. *¿Por qué no me lo dijiste? ¿Por qué no me mataste? ¿Cómo has podido hacer esas atrocidades? ¿Cómo has podido asesinar a niñas inocentes? ¿A madres, hermanas e hijas?* Pero ya sabía las respuestas a esas preguntas así que, en cambio, otra apareció en mis labios.

—¿Me odias?

Morgane se rio y juntó las manos extasiada.

—¡Oh, Louise! No estás lista para oír la respuesta a esa pregunta, cariño. Pero la oirás. —Hundió el dedo en el corte que el arzobispo tenía en la mejilla. Él se apartó con una mueca de dolor—. Respóndele.

Tan cerca como para ver cada emoción en su rostro, esperé a que hablara. Me dije que no importaba la respuesta y tal vez era verdad… porque la guerra que se libraba en sus ojos también era la mía. Yo lo odiaba. Necesitaba que él pagara por los crímenes de odio que había cometido, por su odio, por su *maldad*… Sin embargo, una parte de mí no podía desearle daño alguno.

Comenzó a mover la boca, pero no salió ningún sonido. Me acerqué más en contra de mi buen juicio y habló en un susurro, la cadencia de su voz cambiaba como si recitara algo. Un versículo. Mi corazón dio un vuelco.

—«Cuando entres en la tierra que el Señor tu Dios te da —susurró—, no aprenderás a hacer las cosas abominables de esas naciones. No habrá nadie entre vosotros que haga pasar a su hijo o a su hija por el fuego, ni quien practique adivinación, ni hechicería, o sea agorero, o hechicero, o encantador o… bruja. —Me miró a los ojos, la vergüenza y el arrepentimiento ardía en ellos—. Porque cualquiera que hace estas cosas es abominable al Señor; y por causa de estas abominaciones el Señor tu Dios expulsará a esas naciones de delante de ti».

Sentí un nudo en la garganta. Me lo tragué, apenas consciente de que Morgane se reía.

Por supuesto que no te quiero, Louise. Eres la hija de mi enemigo. Has sido concebida para un propósito mayor y no envenenaré ese propósito con amor.

Abominación. El Señor tu Dios te expulsará ante mí.

No eres mi esposa.

—«Pero —prosiguió el arzobispo con la voz cargada de determinación— el que no se ocupa de los suyos, especialmente de los de su propia familia, ha negado la fe y es peor que un infiel».

Una lágrima rodó por mi mejilla. Al verla, Morgane se rio más fuerte.

—Qué conmovedor. Parece que todos ellos son infieles, ¿verdad, Louise? Primero tu esposo, ahora tu padre. Ninguno te ha traído más que dolor. ¿Dónde está la tolerancia de la que hablabas?

Hizo una pausa, claramente esperaba que alguno de los dos respondiera. Como no lo hicimos, se puso de pie y su sonrisa se convirtió en decepción.

—Me sorprendes, Louise. Esperaba más resistencia.

—No suplicaré por su afecto y tampoco por su vida.

Ella bufó.

—No hablo de *él*; me refiero a tu querido cazador.

Fruncí el ceño. Algo urgente me golpeó el cerebro. Había algo que estaba pasando por alto. Alguna información crucial que no podía recordar.

—No… esperaba que él viniera a buscarme, si te refieres eso.

Sus ojos brillaron con crueldad.

—No me refiero a eso.

Otra vez me golpeó algo fuerte, insistente.

—Entonces, ¿de qué…?

La sangre abandonó mi rostro. Reid.

Las palabras olvidadas de Morgane llegaron a mí a través de la neblina espesa en mi mente. En medio de mi corazón roto, en medio de mi furia, de mi desesperanza y de mi *desesperación*, no me había detenido a pensar en su significado.

Los Lyon se arrepentirán del día en que robaron nuestras tierras. Su pueblo se retorcerá de dolor y arderá en la hoguera y el rey y sus hijos se ahogarán con tu sangre. Tu esposo se ahogará con tu sangre.

Pero eso significaba que…

—Sé que he prometido darte la oportunidad de encender su hoguera. —La voz melodiosa de Morgane disipó el hilo de mis pensamientos—. Pero me temo que no tendrás la oportunidad de hacerlo. La sangre del rey corre por las venas de tu cazador.

No. Cerré los ojos, centrándome en mi respiración, pero los abrí mientras la oscuridad fuera de mis párpados comenzaba a dar vueltas. Con más *desesperación* que fuerza de voluntad, obligué a mis extremidades inútiles a reaccionar. Se retorcieron y temblaron a modo de protesta mientras tropezaba y caía hacia las manos extendidas de Morgane, hacia la promesa del anillo de Angélica...

Ella me aplastó contra su pecho en un abrazo enfermizo.

—No temas, cariño. Pronto, lo verás de nuevo.

Con un movimiento de su mano, todo se oscureció.

CAPÍTULO 37

FRATERNIZANDO CON EL ENEMIGO

Reid

Madame Labelle señaló hacia delante a mitad de la tarde.

—Chateau le Blanc está allí. —Seguimos su dedo hasta la montaña que se alzaba a lo lejos, quizás a dos horas de distancia—. Deberíamos llegar a tiempo para el festín.

Teníamos que confiar en su palabra. Nadie más veía algo que no fueran árboles. Cuando Beau se quejó al respecto, madame Labelle se encogió de hombros, se sentó con elegancia en un tronco y cruzó las manos sobre el regazo.

—Me temo que es la magia del Chateau. Nadie más que una *Dame blanche* puede verlo antes de que atravesemos el encantamiento. —Ante la mirada confundida de Beau, añadió—: El puente, claro.

Beau abrió la boca para responder, pero dejé de escuchar y caminé hasta el límite de nuestro campamento oculto. En el bosque, el olor tenue a magia lo tocaba todo. Pero por algún motivo allí ardía con menor intensidad, mezclado con la sal y los árboles. Las olas rompían a lo lejos. Aunque nunca había puesto un pie en aquel lugar, sentía que era familiar... como Lou.

Su esencia lo embebía todo: la luz del sol a través de los pinos, el arroyo que corría a nuestro lado a pesar del frío. Incluso el viento parecía bailar. Hacía girar su aroma y calmaba mis nervios extenuantes como un bálsamo.

Ahí estás, parecía decir. *No creí que vendrías.*

Prometí quererte y protegerte.

Y yo prometí quererte y obedecerte. Ambos somos grandes mentirosos...

Abrí los ojos con dolor en el pecho y vi a Coco de pie a mi lado. Miraba los árboles como si también mantuviera una conversación silenciosa.

—La siento aquí. —Sacudió la cabeza, melancólica—. La conozco desde la infancia, sin embargo... a veces... me pregunto si realmente la conozco.

Parpadeé sorprendido.

—¿Lou y tú os conocisteis cuando eráis niñas?

Me observó evaluando cómo responder. Finalmente, suspiró y clavó la vista de nuevo en los árboles.

—Nos conocimos cuando teníamos seis años. Yo... me había alejado de mi aquelarre. Mi tía y yo... no nos llevábamos bien y ella... bueno... —Se detuvo—. No importa. Lou me encontró. Intentó hacerme reír, me trenzó el cabello con flores para hacerme sentir mejor. Cuando por fin dejé de llorar, me lanzó a la cara un pastel de lodo. —Sonrió, pero el gesto desapareció rápido—. Mantuvimos nuestra amistad en secreto. Ni siquiera se lo conté a mi tía. No lo habría aprobado. Ella detesta a Morgane y a las *Dames blanches*.

—Parece que Lou tiene la costumbre de encariñarse de sus enemigos.

Coco no pareció oírme. Aunque aún miraba los árboles, era evidente que ya no los veía.

—No sabía lo que planeaban las *Dames blanches*. Lou nunca me lo contó. Nunca dijo nada, ni una palabra, en todos esos años. Y luego, un día simplemente... desapareció. —Su garganta se movía con furia y dirigió la mirada hacia sus pies—. Si lo hubiera sabido, las... habría detenido. Pero no lo sabía. Creí que ella había muerto.

La necesidad inexplicable de consolarla me abrumó, pero resistí. No era momento de consuelos. Era momento de escuchar.

—Pero la encontraste.

Rio sin alegría y alzó de nuevo el mentón.

—No. Ella me encontró. En Cesarine. Sin Lou, decidí pasar un tiempo lejos de... mi aquelarre, así que probé suerte con robar en las calles del East End. Era peor que mala —añadió—. Los guardias me arrestaron el segundo día. Lou cayó del cielo y me salvó el pellejo. —Hizo una pausa sacudiendo la cabeza—. Fue como ver un fantasma. Un fantasma con la garganta desfigurada. La costra acababa de caerse, pero aún era asqueroso mirar la herida. —Alzó la manga y expuso sus propias cicatrices—. Incluso para mí.

Aparté la vista. Podía imaginarlo todo con demasiada claridad. Su cicatriz plateada apareció en mi mente... seguida del corte profundo en la garganta de la bruja muerta. Aparté el recuerdo a la fuerza, con bilis en la boca.

—Quería matarla —dijo Coco con tristeza—. O besarla.

Me reí a regañadientes.

—Conozco el sentimiento.

—E incluso después... ella no hablaba al respecto. Hasta ahora, *dos* años después, no he sabido qué había ocurrido esa noche. No he sabido cómo había escapado. —Una lágrima solitaria rodó por su mejilla, pero la limpió furiosa—. Lo mantuvo en absoluto secreto.

Por fin, me miró suplicando. No sabía muy bien qué me pedía.

—Debemos salvarla. —Una ráfaga le despeinó el cabello. Ella cerró los ojos y alzó el rostro hacia el viento. Le temblaba el mentón—. Tengo que pedirle que me perdone.

Fruncí el ceño.

—¿Por qué?

Lou no había mencionado ninguna discusión con Coco. Pero ahora comprendía que Lou no me había contado muchas cosas. Era una persona increíblemente reservada. Las sonrisas, la risa fácil, los trucos, el lenguaje profano y el sarcasmo... eran mecanismos de defensa. Distracciones. Utilizados para evitar que alguien la mirara demasiado de cerca. Incluso Coco.

Incluso yo.

—Debería haber estado allí cuando Morgane atacó. Debería haberla ayudado... debería haberla protegido. Pero no lo hice. —Abrió los ojos y volcó toda su vehemencia repentina en mí—. Discutimos en tu baile. Le dije que no se enamorara de ti.

No pude evitar fruncir el ceño.

—¿Por qué?

—No es ningún secreto que los *chasseurs* matan brujas. No me gustas, Diggory, y no me disculparé por ello. —Hizo una pausa, en conflicto consigo misma un instante antes de suspirar—. Pero veo que estás intentándolo. Tú y yo somos la mejor oportunidad de rescate que tiene Lou. Creo que no podrá salir de ese lugar dos veces.

—No la subestimes.

—No lo hago —replicó—. Soy realista. No conoces a las *Dames blanches* como yo. Son fanáticas. Es imposible saber a qué clase de torturas la ha sometido Morgane. Pase lo que pase —prosiguió con voz de acero—, sácala de allí. Yo me ocuparé de los demás. —Miró por encima del hombro hacia donde madame Labelle estaba sentada junto a Ansel y Beau—. Madame Labelle no debería necesitar ayuda, pero los otros dos serán vulnerables.

—Ansel se ha entrenado para el combate. —Mi voz carecía de convicción, incluso para mí. Con dieciséis años, él no había luchado fuera del campo de entrenamiento.

—Beau también. —Puso los ojos en blanco—. Pero será el primero en mearse encima cuando se enfrente a la magia de una bruja. Ninguno tiene la protección de tu Balisarda y esas brujas no son como Lou. Ella ha estado sin practicar, ocultando su magia durante años. Esas brujas serán muy habilidosas y buscarán sangre. No dudarán en matarnos.

Todos decían que Lou era débil. Mi incomodidad aumentó. No me había parecido débil cuando me había poseído para atacar a la bruja… cuando había estado a punto de romperme la columna por la mitad y coserme las extremidades como si fuera un muñeco de trapo. Si *eso* era ser débil, las otras brujas debían de poseer el poder de Dios.

Madame Labelle se aproximó.

—¿De qué habláis, vosotros?

Reticente a revivir una conversación tan dolorosa, seguí el ejemplo de Lou y fui evasivo.

—¿Cómo planearemos una estrategia si no podemos ver los muros que debemos atravesar?

Ella se pasó el cabello sobre el hombro.

—Querido, he respondido esa pregunta al menos cien veces. No *atravesaremos* nada. Entraremos caminando por la puerta principal.

—Y yo ya te he dicho que no cambiarás nuestra apariencia.

Madame Labelle se encogió de hombros y miró a Ansel y a Beau con indiferencia falsa.

—Demasiado tarde.

Suspiré molesto, o tal vez resignado, y seguí su mirada. Había dos jóvenes sentados detrás de nosotros, que parecían extraños. Sin embargo, cuando el más alto de los dos me sonrió con vergüenza reconocí a Ansel.

Tenía la nariz recta y el cabello rizado, pero las similitudes terminaban allí. Beau también había cambiado por completo. Solo conservaba su expresión desdeñosa.

Alzando sus cejas espesas y oscuras ante mi observación, Beau dijo:

—¿Te gusta lo que ves?

—Cállate —siseó Ansel—. ¿Quieres que las brujas nos oigan?

—No hay nada que temer, querido —dijo madame Labelle—. He conjurado una burbuja protectora por ahora. En este instante, hemos dejado de existir.

Puso de nuevo su atención en mí. La miré como si le hubiera crecido una segunda cabeza.

—Ahora, *querido*, déjame explicártelo por última vez: no podemos entrar en el Chateau a tu manera. Escalar los muros o cualquiera que sea la tontería que has considerado simplemente no funcionará. El castillo está protegido por un encantamiento de miles de años para evitar que esos intentos tengan éxito y, además, eso es precisamente lo que Morgane espera que hagáis, *têtes carrées*. Fuerza bruta. Un despliegue de fuerza. Si hacemos eso, caeríamos directos en sus garras.

Beau se aproximó más.

—¿De veras tiene garras? —La satisfacción me colmó cuando vi que madame Labelle le había dado una nariz bulbosa y una verruga.

—¿Cómo nos ayudará cambiar de apariencia? —preguntó Coco, ignorando a Beau.

—Somos demasiado reconocibles así. —Madame Labelle hizo un gesto entre Beau y yo—. En especial vosotros dos.

—¿Por qué él? —preguntó Beau con incredulidad.

—Mide prácticamente dos metros y es pelirrojo —dijo madame Labelle—. Y ha cosechado cierta notoriedad por matar a Estelle... y por haber arruinado a su valiosa princesa. Las brujas sin duda habrán oído hablar de él.

Haber arruinado a su valiosa princesa. Cada palabra me apuñaló el pecho, pero me obligué a centrar la atención.

—Los hombres tienen prohibida la entrada al Chateau, así que a menos que planees convertirnos a todos en mujeres... —dije.

—No la tentéis —susurró Beau.

Madame Labelle se rio y me dio una palmadita en el codo.

—Por muy divertido que suene, querido Reid, los hombres tienen permitida la entrada al Chateau como acompañantes... en especial durante festivales como el Modraniht. Es probable que cada bruja asista con alguien especial del brazo. No te preocupes —añadió mirando a Coco—. Muchas brujas prefieren la compañía femenina. Sinceramente, sería más fácil hacerte entrar a escondidas a ti en vez de a estos brutos.

—Lo sé. *También* soy bruja, en caso de que lo hayas olvidado. —Coco cruzó los brazos y fulminó a madame Labelle con la vista—. Pero ¿esperas que entremos caminando por la puerta principal y que preguntemos si hay alguna bruja sola y disponible esa noche?

—Claro que no. Hay muchas brujas disponibles viajando ahora mismo a través de este bosque. —Señaló los árboles, donde un trío de brujas acababa de aparecer. Jóvenes. Delgadas. Con facciones de muñeca, cabello oscuro y piel ámbar. Se reían con libertad: inconscientes de que las observaban—. Pero debemos darnos prisa. No somos los únicos optimistas que merodean por la montaña hoy.

A modo de respuesta, un joven delgado avanzó con torpeza hacia las brujas y les ofreció un ramo de acebo. Ellas se rieron con placer y crueldad antes de partir contoneándose.

—Oh, pobre. —Madame Labelle observó al chico lanzar el ramo al suelo—. Casi siento lástima por el pobre diablo. Necesitará esforzarse más para atraer a una bruja. Tenemos un gusto impecable.

Beau emitió un sonido de furia.

—Entonces, ¿cómo se supone que atraeré a una si tengo el rostro de un sapo?

—Con tus amigos increíblemente apuestos, claro.

Madame Labelle guiñó un ojo y, más rápido de lo que creía posible, retiró el Balisarda de mi bandolera. Alzó un dedo hacia mí cuando intenté recuperarlo y experimenté una sensación extraña desde el centro de mi rostro hacia fuera... como si me hubieran roto un huevo sobre la nariz. Sorprendido, dejé de moverme mientras me caía sobre las mejillas. Los ojos. La boca. Cuando la sensación comenzó a bajarme por la garganta, avancé de nuevo apretando los puños contra la magia.

—Ya casi he terminado —dijo madame Labelle con alegría, bailando fuera de mi alcance. Los demás observaron mi transformación con total atención. Incluso Beau olvidó poner mala cara.

Después de cubrir la punta de mi cabello, la magia por fin desapareció. Se hizo el silencio y solté el aliento que había contenido.

—¿Y bien?

—Esto es una mierda —dijo Beau.

Mi cabello era negro. Una barba incipiente me crecía en las mejillas. Aunque no podía ver el resto de los cambios, el ángulo del mundo era distinto. Como si... me hubiera encogido. Apretando los dientes, arrebaté mi Balisarda de la mano de madame Labelle, lo guardé y caminé hecho una furia hacia las brujas.

—¡Espera! —gritó. Me giré a regañadientes y ella extendió la mano de nuevo—. Devuélvemela.

La miré con incredulidad.

—No lo creo.

Ella movió la mano, insistente.

—Tal vez creas que esos mondadientes vuestros fueron forjados con agua bendita, pero yo sé la verdad. La espada Balisarda fue creada en la misma agua que el anillo de Angélica. —Señaló con el pulgar—. En L'Eau Mélancolique. Por una bruja.

—No. San Constantino la forjó...

—La amante de san Constantino, Angélica —dijo con impaciencia madame Labelle—. Acéptalo y sigue adelante.

Entrecerré los ojos.

—¿Cómo lo sabes?

Se encogió de hombros.

—La magia siempre deja rastro. Que vosotros no podáis olerlo en vuestros Balisardas o en el anillo de Angélica no significa que una bruja astuta no lo vaya a detectar... y Morgane es una bruja astuta. ¿Quieres correr el riesgo de que nos descubra?

Mi mano se dirigió de nuevo a mi bandolera y mis dedos sujetaron la empuñadura con el zafiro sobre mi corazón. Saboreé su suavidad... su peso reconfortante. Nuestras Balisardas no podían ser mágicas. Nos *protegían* de la magia. Pero todo en mi maldita vida había sido mentira. ¿Por qué no lo sería también eso?

Desenvainé la daga y miré furioso al cielo.

—¿Pretendes que entremos al Chateau le Blanc desarmados? —preguntó Beau, atónito.

—Claro que no. Llevad todas las armas no mágicas que queráis. Solo dejad el Balisarda en el campamento. —Sonrió con dulzura—. Podemos buscarlo después de haber rescatado a Louise.

—Estás loca… —Guardé silencio, perplejo, y coloqué mi Balisarda en la mano extendida de madame Labelle.

Sin otra palabra, caminé hacia las brujas.

Me miraron una vez y estallaron en chillidos ininteligibles.

—¡Podría cortar cristal con esa mandíbula! —exclamó una de ellas. Fuerte. Como si yo no estuviera presente. No: como si no fuera más que un premio, incapaz de comprender lo que decían. Intenté poner mala cara, pero fracasé estrepitosamente.

—Ah, mirad sus pestañas —suspiró la segunda. Tuvo el atrevimiento de extender la mano y tocarme la cara. Me obligué a permanecer quieto. A no romper la muñeca de la criatura… de la *mujer*—. ¿Tienes una hermana, guapo?

—Es mío —dijo la tercera con rapidez, apartando la mano de la segunda—. ¡No lo toquéis!

—*Yo* soy la mayor —interrumpió la primera—. Así que ¡yo escojo primero!

A mis espaldas, Ansel y Beau se atragantaban con risas silenciosas. Anhelaba golpearles las cabezas entre sí mientras maldecía a madame Labelle por ponerlos en mi mismo grupo.

Adopté la voz más agradable de la que fui capaz.

—*Mademoiselles*, ¿puedo presentaros a mis hermanos? —Tiré de sus cuellos y sus sonrisas desaparecieron—. Él es Antoine. —Empujé a Ansel hacia una de ellas al azar. Luego tomé a Beau—. Y él es Burke.

La bruja con la que emparejé a Beau arrugó la nariz. Aunque madame Labelle se había apiadado de él y había quitado la verruga, sin duda él continuaba siendo el menos atractivo de los tres. Con decisión o estupidez, le dedicó una sonrisa encantadora a la bruja y dejó expuesto un hueco entre sus dos paletas. Ella se apartó con repulsión. La primera bruja me rodeó el brazo con la mano, intentando acercarme.

—¿Y cuál es *tu* nombre, guapo?

—Raoul.

Sus dedos exploraron mis bíceps.

—Es un placer conocerte, Raoul. Soy Elaina. ¿Has ido antes al Chateau?

Me esforcé por mantener una expresión cordial. Interesada.

—No, pero he oído que es espectacular.

—Al igual que sus habitantes. —Beau les guiñó un ojo con descaro. Todos lo ignoramos.

—¡Te *encantará*! —La bruja junto a Ansel empujó a su hermana para sujetar mi otro brazo—. Por cierto, soy Elodie. ¿Estás *seguro* de que no tienes una hermana? —Miró detrás de mí con ilusión.

—¡Oye! —La tercera hermana protestó cuando notó que no me quedaban brazos libres.

—Ella es Elinor —dijo Elaina con desdén—. Pero Elodie tiene razón: no podrías haber escogido una mejor noche para ofrecer tus servicios. Hoy es Modraniht y mañana, Yule. Nuestra Señora ha planeado un gran festival este año...

—Hemos viajado desde Sully para celebrarlo... —dijo Elodie.

—... porque Louise por fin ha regresado —concluyó Elinor. Sujetó el brazo de Ansel y nos siguió entre los árboles.

Mi corazón se detuvo y tropecé. Dos pares de manos se apresuraron a ayudarme a mantener el equilibrio.

—¿Estás bien? —preguntó Elaina.

—Estás bastante pálido —dijo Elodie.

—¿Quién es Louise? —preguntó Beau, mirándome con intensidad.

Elinor arrugó la nariz mientras lo miraba.

—Louise le Blanc. Hija y heredera de la *Dame des Sorcières*. ¿Eres tonto?

—Por lo visto. —Beau prosiguió con expresión divertida—. Entonces, *mademoiselles*, ¿qué ha planeado nuestra bella Señora para nosotros esta noche? ¿Comida? ¿Baile? ¿*Conoceremos* a la adorable Louise?

—*Tú* no —dijo Elinor—. No vendrás.

Detuve el paso abruptamente.

—Él va donde yo voy.

Elaina hizo un mohín y me miró.

—Pero ninguna de nosotras lo *quiere*.

—Si me *queréis* a mí, él viene. —Me aparté y fruncí levemente los labios. Me reprendí mentalmente—. Por favor. —Le coloqué un mechón de cabello negro detrás de la oreja e intenté sonreír—. Es mi hermano.

Ella se apoyó en mi mano y su ceño fruncido se derritió en un suspiro.

—Bueno, si insistes.

Comenzamos a caminar de nuevo. Ansel se aclaró la garganta.

—Entonces... em, ¿qué *podemos* esperar esta noche?

Elinor sonrió con falsa modestia.

—No hay necesidad de estar nervioso, Antoine. Te cuidaré bien.

El rostro de Ansel ardió.

—No, eso no... Me refería a...

Elinor se rio y se acurrucó más cerca de él.

—Habrá los regalos habituales y algunos sacrificios menores. Nuestra madre murió hace unos años, así que honraremos a nuestra Señora en su lugar.

—Y a la Diosa, por supuesto —añadió Elodie.

—Y luego —dijo Elaina con entusiasmo—, después del banquete y el baile, Morgane hará su sacrificio para la Diosa a medianoche.

Medianoche. El entumecimiento subió por mis extremidades.

—¿Su sacrificio?

Elaina se aproximó a mí con complicidad.

—Su hija. Es terriblemente retorcido, pero ahí lo tienes. Esta noche, tú y yo presenciaremos un momento histórico.

Elodie y Elinor bufaron quejas por quedar excluidas, pero no las escuché. Un zumbido comenzó a sonar en mis oídos y cerré los puños. Beau me pisó el talón en un gesto inocente. Tropecé y solté a la bruja antes de girarme hacia él.

—Lo siento, Raoul. —Se encogió de hombros y sonrió relajado, pero sus ojos contenían una advertencia—. Se ve que no puedo controlar los pies, ¿eh?

Inhalé para recobrar la compostura. Repetí el gesto. Me obligué a abrir los puños.

Uno.

Dos.

Tres...

—¡Oh, mirad! —Elinor señaló a nuestra izquierda. Un pequeño grupo de personas apareció entre los árboles—. ¡Son Ivette y Sabine! Oooh, ¡no las hemos visto desde que éramos unas brujitas!

Elaina y Elodie chillaron de alegría y nos arrastraron a Ansel y a mí hacia las recién llegadas. Beau nos siguió.

Después de verlas con más atención, reconocí a Coco del brazo de una de las recién llegadas. Lo cual indicaba que solo faltaba madame Labelle. Cuando Coco me lanzó una mirada furtiva y preocupada, asentí para denotar comprensión.

—Mantened la boca cerrada y los ojos abiertos —nos había advertido madame Labelle—. Os veré dentro.

Instrucciones vagas e insatisfactorias. Ninguna explicación más. Ningún plan de emergencia. Éramos un *chasseur*, un novato, un príncipe Lyon y una bruja de sangre entrando a ciegas al Chateau le Blanc. Lou no era la única que moriría si las cosas salían mal esa noche.

Elaina me presentó a sus amigas mientras entrelazaba sus dedos con los míos y apoyaba la cabeza en mi brazo. Exhibí una sonrisa, imaginando que era Lou. Vibrante y viva. Tocándome la nariz e insultándome con afecto. Imaginé su rostro. Me aferré a él.

Era el único modo de continuar sin estrangular a alguien.

Elodie miró a una de las mujeres junto a Coco con interés evidente antes de darme una palmadita en la mejilla.

—Lo siento, cielo. Si tuvieras una hermana...

Se apartó sin mirar atrás y Ansel avanzó a mi lado. Mientras las chicas conversaban distraídas, empujó mi brazo y señaló donde los árboles comenzaban a escasear.

—Mira.

Un puente se extendía ante nosotros. Era increíblemente largo. De madera. Legendario. Sobre él, en la cima de la montaña, yacía Chateau le Blanc.

Habíamos llegado.

CAPÍTULO 38

MODRANIHT

Reid

Había brujas por todas partes.

Contuve el aliento mientras me guiaban por el patio nevado. Estaba demasiado atestado para caminar. Donde mirara, me topaba con alguien. Había ancianas, bebés y mujeres de todas las edades, formas y colores: todas con los ojos brillando de entusiasmo. Sonrojadas. Riendo. Adorando a la diosa pagana.

Una mujer con cabello oscuro corrió hacia mí en medio de la multitud; se puso de puntillas y me depositó un beso en la mejilla.

—¡Feliz encuentro! —dijo y se rio antes de desaparecer de nuevo en la multitud.

Una bruja vieja y decrépita con una cesta llena de plantas se acercó a continuación. La miré con desconfianza, recordando a la anciana del mercado, pero esta solo me colocó una corona de enebro en la cabeza y pronunció una bendición de la diosa. Unas niñas pasaron corriendo y gritando entre mis piernas mientras jugaban brutalmente a tú la traes. Descalzas y con la cara sucia. Con cintas en el pelo.

Era una locura.

Elaina y Elinor, que habían abandonado a Ansel después de notar que Elodie había hecho el intercambio, tiraban de mí en direcciones opuestas, ambas decididas a presentarme a cada persona que habían conocido. No me molesté en recordar sus nombres. Un mes atrás, habría querido matarlas a todas. Ahora, una especie de pozo sin fondo se abría en mi estómago mientras las saludaba. Esas mujeres, con sus sonrisas bonitas y sus rostros alegres, querían a Lou muerta. Estaban allí para *celebrar* la muerte de Lou.

La fiesta pronto se volvió intolerable. Al igual que el hedor intenso a la magia, más fuerte allí que en cualquier lugar en el que lo hubiera encontrado.

Me aparté de Elaina con una sonrisa dolorosa.

—Tengo que ir al baño.

Aunque mis ojos buscaban a madame Labelle, no sabía qué apariencia había adoptado... o si había logrado entrar.

—¡No puedes! —Elaina me sujetó más fuerte. El sol se había puesto detrás del castillo y alargaba las sombras del patio—. ¡El festín está a punto de empezar!

Las brujas se movieron hacia las puertas como si respondieran a una llamada silenciosa. Puede que lo hicieran. Si me centraba lo suficiente, prácticamente podía sentir el susurro suave en mi piel. Me estremecí.

—Claro —dije mientras tiraba de mí hacia delante—. Puedo esperar.

Ansel y Beau me siguieron de cerca. A Coco la habían apartado en cuanto cruzamos el puente y no la había visto desde entonces. Su ausencia me incomodaba.

Beau empujó con el codo a una mujer regordeta para mantenerse al tanto de la situación.

—¿Nuestra Señora asistirá al festín?

—*Qué haces.* —Estuvo a punto de devolverle el golpe y él chocó conmigo antes de recobrar el equilibrio.

—Dios santo. —Miró la espalda ancha de la bruja mientras atravesaba las puertas de piedra. Sobre ellas, habían tallado unas lunas: creciente, llena y menguante.

—Creo que te has confundido de deidad —susurré.

—¿Vienes o no? —Elinor me guio a través de las puertas talladas y no tuve más opción que seguirla.

El salón era amplio y antiguo, más grande que el santuario de Saint-Cécile. Tenía techos abovedados y vigas gigantes cubiertas de nieve y follaje, como si, de algún modo, el patio hubiera sido trasladado allí. Las enredaderas entraban por las ventanas en arco. El hielo brillaba en las paredes. Había mesas de madera del largo del suelo repletas de musgo y velas centelleantes. Miles. Emitían un resplandor tenue sobre las brujas. Nadie se había sentado aún. Todos observaban atentos el extremo del salón. Seguí sus miradas. El aire de alrededor pareció detenerse.

Allí, en un trono de árboles jóvenes, estaba sentada Morgane le Blanc.

Y a su lado, con los ojos cerrados y las extremidades inertes, flotaba Lou.

El aliento me abandonó en un suspiro doloroso cuando la miré. Solo habían pasado quince días, pero parecía esquelética y enferma. Su cabello salvaje había sido cortado y trenzado pulcramente y sus pecas habían desaparecido. Su piel, que antes era dorada, ahora parecía blanca. Cenicienta.

Morgane la había suspendido en el aire de espaldas, con el cuerpo prácticamente doblado en dos. Los dedos de sus pies y manos rozaban el suelo de la tarima. Su cabeza estaba reclinada hacia atrás, lo que obligaba a su garganta larga y esbelta a extenderse para que toda la sala la viera. Exhibiendo su cicatriz.

Una furia que nunca había experimentado explotó en mi interior.

Estaban burlándose de ella.

De mi esposa.

Dos pares de manos sujetaron la espalda de mi abrigo, pero no eran necesarias. Permanecí de pie con quietud insólita, con los ojos clavados en la silueta inerte de Lou.

Elinor se puso de puntillas para ver mejor. Se rio tapándose con la mano.

—No es tan bonita como la recordaba.

Elaina suspiró.

—Pero mira qué delgada es.

Me giré para mirarlas. Despacio. Las manos en mi espalda se tensaron.

—Tranquilo —susurró Beau en mi hombro—. Aún no.

Me obligué a respirar profundo. *Aún no*, repetí en silencio.

Aún no aún no aún no.

—¿Cuál es vuestro problema? —La voz de Elaina sonó increíblemente fuerte en el silencio de la sala. Chillona y desagradable.

Antes de que pudiéramos responder, Morgane se puso de pie. Los susurros murieron de inmediato. Ella nos sonrió con la expresión de una madre contemplando a su hijo favorito.

—¡Hermanas! —Alzó las manos a modo de súplica—. ¡Bendita sea!

—¡Bendita sea! —respondieron las brujas al unísono. Una alegría eufórica iluminaba sus rostros. La alarma mitigó mi furia. ¿Dónde estaba madame Labelle?

Morgane bajó un escalón de la tarima. Observé con impotencia cómo Lou flotaba y avanzaba detrás.

—¡Benditos sean los pies que os han traído hasta aquí! —gritó Morgane.

—¡Benditos sean! —Las brujas aplaudieron y dieron pisotones con desenfreno salvaje. El pavor me recorrió la columna mientras las observaba.

Morgane dio otro paso.

—¡Benditas sean las rodillas que se flexionarán ante el altar sagrado!

—¡Benditas sean! —Las lágrimas caían por el rostro de la bruja regordeta. Beau la observaba fascinado, pero ella no lo notó. Nadie lo notó.

Otro paso.

—¡Bendito sea el vientre sin el cual no existiríamos!

—¡Bendito sea!

Ahora, Morgane ya había bajado toda la escalera.

—¡Benditos sean los pechos y su belleza!

—¡Benditos sean!

Extendió los brazos y reclinó la cabeza hacia atrás, su pecho subía y bajaba.

—¡Y benditos sean los labios que pronunciarán los Nombres Sagrados de los dioses!

Los gritos de las brujas se convirtieron en un tumulto.

—¡Benditos sean!

Morgane bajó los brazos, jadeando, y las brujas se tranquilizaron gradualmente.

—¡Bienvenidas, hermanas, y feliz Modraniht! —Su sonrisa indulgente regresó mientras avanzaba hasta la cabecera de la mesa central—. ¡Acercaos a mí, por favor, y bebed y comed lo que gustéis! ¡Porque esta noche estamos de celebración!

Las brujas gritaron de alegría y corrieron hacia las sillas más cercanas.

—Los acompañantes no pueden sentarse en las mesas —dijo rápidamente Elaina por encima del hombro. Corrió tras su hermana—. *Va-t'en!* ¡Poneos contra la pared junto a los demás!

Sentí alivio. Nos reunimos con los otros acompañantes en la pared trasera.

Beau nos llevó hacia una de las ventanas.

—Venid aquí. Me duele la cabeza por todo el incienso.

La ubicación ofrecía una vista sin obstáculos de Morgane. La mujer movió con pereza la mano para indicar que acercaran la comida. El sonido de la vajilla se unió a las risas. Una acompañante a nuestro lado se giró y dijo maravillada:

—La *Dame des Sorcières* es tan hermosa que prácticamente duele mirarla.

—Entonces no la mires —repliqué.

La chica parpadeó, sorprendida, antes de apartarse.

Centré mi atención en Morgane. No se parecía a los dibujos de la Torre de los *chasseurs*. Era una mujer hermosa, sí, pero también era fría y cruel: como el hielo. No tenía la calidez de Lou. No tenía absolutamente nada de Lou. Eran como el día y la noche, como el invierno y el verano, y sin embargo... había algo similar en sus expresiones. En la fuerza de sus mandíbulas. Cierta determinación. Ambas confiaban en su habilidad de moldear el mundo a voluntad.

Pero eso era antes. Ahora, Lou flotaba cerca de Morgane como dormida. Había una bruja de pie a su lado. Alta y de piel de ébano. Tenía brotes de acebo trenzados en su cabello negro.

—La Cosette de una pobre bruja —susurró una voz a mi lado. Coco. Observaba a Lou y a la bruja con piel de ébano con una expresión indescifrable. Una mano pequeña me tocó el brazo a través de la ventana. Me giré rápido.

—¡No mires!

Dejé de moverme después de ver un atisbo de cabello rubio rojizo y los ojos azules alarmantemente familiares de madame Labelle.

—Estás igual. —Intenté mover los labios lo menos posible. Coco y yo retrocedimos despacio hasta quedar apoyados contra el alféizar. Ansel y Beau se ubicaron cada uno a un lado de nosotros para cubrir a madame Labelle—. ¿Por qué no estás disfrazada? ¿Dónde has estado?

Bufó, molesta.

—Mi poder tiene un límite. Entre realizar el encantamiento protector en nuestro campamento, transformar vuestros rostros y *mantener* las transformaciones... estoy seca. Apenas he podido aclararme el pelo, lo que significa que no puedo entrar. Soy demasiado fácil de reconocer.

—¿De qué hablas? —siseó Coco—. Lou nunca ha tenido que *mantener* hechizos en la enfermería. Ella solo, no sé, los *hacía*.

—¿Quieres que altere tu rostro de modo permanente? —Madame Labelle la apuñaló con la mirada—. Por favor, sería *mucho* más fácil para mí haceros parecer cretinos libidinosos para siempre...

El calor me subió por la garganta.

—¿Lou hacía *magia* en la *iglesia*?

—Entonces, ¿cuál es el plan? —susurró Ansel.

Volví a centrar la atención en las mesas. La comida concluía rápidamente. La música entraba de algún lugar en el exterior. Algunos invitados ya habían abandonado sus sillas para ir en busca de sus acompañantes. Elaina y Elinor vendrían pronto.

—El plan es esperar mi señal —dijo madame Labelle cortante—. He organizado algunas cosas.

—¿Qué? —Resistí el deseo de estrangularla. No era el momento ni el lugar para dar instrucciones poco precisas que no ayudaban. Era el momento de ser concisos. De actuar—. ¿Qué has organizado? ¿De qué señal hablas?

—No hay tiempo de explicarlo, pero lo sabréis cuando lo veáis. Esperan fuera...

—*¿Quiénes?*

Dejé de hablar abruptamente cuando Elinor se aproximó.

—¡Ja! —exclamó victoriosa. Su aliento olía dulce por el vino. Tenía las mejillas rosadas—. ¡He llegado antes que ella! ¡Eso significa que bailarás conmigo primero!

Clavé los pies en el suelo mientras ella me apartaba, pero cuando miré por encima del hombro, madame Labelle había desaparecido.

Hice girar a Elinor por el claro sin mirarla. Habíamos tardado un cuarto de hora en llegar a aquel lugar sobrenatural, oculto en lo profundo de la sombra de la montaña. La misma niebla espesa de La Fôret des Yeux flotaba cerca del suelo. Giraba entre nuestras piernas mientras bailábamos, al ritmo de la melodía. Prácticamente podía ver los espíritus de las brujas muertas hacía tiempo bailando en la niebla.

Las ruinas de un templo, pálidas y desmoronadas, se abrían hacia el cielo nocturno en medio del claro. Morgane estaba sentada allí con una Lou aún inconsciente, supervisando sacrificios menores. Había un altar de piedra que se elevaba del suelo a su lado. Brillaba impoluto bajo la luz de la luna.

Mi mente y mi cuerpo estaban en guerra. La primera gritaba que esperara a madame Labelle. El segundo anhelaba interponerse entre Lou y Morgane. No podía soportar ni un minuto más ver su cuerpo inerte. Verla flotar como si ya fuera un espíritu de la bruma.

Y Morgane... Nunca había deseado tanto matar a una bruja, hundirle un cuchillo en la garganta y separar su cabeza pálida de su cuerpo. No necesitaba mi Balisarda para matarla. Sangraría sin él.

Aún no. Espera la señal.

Si madame Labelle al menos nos hubiera dicho *cuál* era la señal.

La música sonaba sin parar, pero no había músicos a la vista. Elinor me entregó a regañadientes a Elaina y perdí la noción del tiempo. Perdí la noción de todo, menos del latido de mi corazón en pánico, del frío nocturno sobre mi piel. ¿Cuánto tiempo más quería madame Labelle que esperara? ¿Dónde estaba? ¿A *quiénes* esperaba?

Demasiadas preguntas sin respuesta. Sin rastro de madame Labelle.

El pánico se convirtió en desesperación cuando degollaron la última oveja y las brujas comenzaron a presentar otros obsequios ante Morgane. Tallas de madera. Ramilletes de hierbas. Joyería de hematita.

Morgane las observaba colocar cada regalo a sus pies sin decir una palabra. Acariciaba el cabello de Lou con expresión ausente mientras la bruja de ébano se aproximaba desde el interior del templo. No pude oír su conversación, pero el rostro de Morgane se iluminó ante lo que fuera que la bruja dijo. Observé a la bruja regresar al templo con un mal presentimiento.

Si era algo que hacía feliz a Morgane, no podía ser bueno para nosotros.

Elaina y Elinor pronto me dejaron para añadir sus regalos a la pila. Me giré en busca de algo extraño, cualquier cosa que pudiera considerarse una señal, pero no vi nada.

Ansel y Coco se situaron a mi lado, su nerviosismo era tangible.

—No podemos esperar mucho más —susurró Ansel—. Ya es casi medianoche.

Asentí, recordando la sonrisa malvada de Morgane. Algo se avecinaba. No podíamos darnos el lujo de esperar más. Aunque madame Labelle no diera la señal, había llegado la hora de actuar. Miré a Coco.

—Necesitamos una distracción. Algo para apartar la atención de Morgane de Lou.

—¿Algo como una bruja de sangre? —preguntó ella, lúgubre.

Ansel abrió la boca para protestar, pero lo interrumpí.

—Será peligroso.

Ella se cortó la muñeca con un movimiento rápido de su pulgar. La sangre oscura brotó y el hedor intenso e invasivo atravesó el aire embriagador.

—No os preocupéis por mí. —Se dio la vuelta y desapareció entre la niebla.

Miré la bandolera de cuchillos debajo de mi abrigo con el mayor disimulo posible.

—Ansel... Antes de hacer esto... quiero... Solo quiero decirte que lo... —Tragué con dificultad—. Perdóname por lo que hice en la Torre. No debería haberte tocado.

Él parpadeó sorprendido.

—No pasa nada, Reid. Estabas enfadado...

—Sí que pasa. —Tosí incómodo, incapaz de mirarlo a los ojos—. Em, ¿qué armas tienes?

Antes de que pudiera responder, la música terminó abruptamente y el claro se sumió en el silencio. Todos los ojos miraron hacia el templo. Observé horrorizado cómo Morgane se ponía de pie, con los ojos brillantes llenos de intenciones malignas.

Había llegado la hora. Realmente nos habíamos quedado sin tiempo.

Seguí a las brujas mientras se aproximaban allí, como insectos atraídos por la llama. Sujetando una daga debajo de mi abrigo, avancé hasta el frente de la multitud. Ansel imitó mis movimientos y Beau se unió a nosotros.

Bien. Ellos podían protegerse mutuamente. Aunque si fallaba, podían darse por muertos.

Morgane era el objetivo.

Una daga en el pecho la distraería tan bien como Coco. Si tenía suerte, la mataría. Si no, al menos ganaría tiempo suficiente para aferrar a Lou y huir. Rogué que los otros fueran capaces de escapar sin ser vistos.

—Muchas de vosotras habéis viajado desde lejos para homenajear a la Diosa en esta Modraniht. —La voz de Morgane se oía suave y clara en el silencio. Las brujas esperaban conteniendo el aliento—. Me honra vuestra presencia. Me honran vuestros regalos. Las celebraciones de esta noche me han devuelto el espíritu. —Miró cada rostro con atención, sus ojos parecieron detenerse en los míos. Exhalé despacio—. Pero sabéis que esta noche es más que una celebración —prosiguió con voz aún más suave—. Es una noche para honrar a nuestras matriarcas. Es una noche para adorar y homenajear a la Diosa: la que trae luz y oscuridad, la que respira vida y muerte. La verdadera Madre de todos nosotros. —Otra pausa, más larga y pronunciada—. Nuestra Madre está enfadada. —La angustia en su rostro estuvo a punto de convencerme—. El sufrimiento ha atacado a los hijos de la Diosa a manos del hombre. Nos han cazado. —Alzó la voz con firmeza—. Nos han quemado. Hemos perdido hermanas, madres e hijas por su *odio* y su *miedo*.

Las brujas se movieron con nerviosismo. Sujeté más fuerte mi cuchillo.

—Esta noche —gritó con pasión, alzando los brazos hacia el cielo—, ¡la Diosa responderá a nuestras plegarias!

Luego dejó caer los brazos y Lou, que aún flotaba inerte, se inclinó hacia delante. Sus pies colgaban inútiles sobre el suelo del templo.

—¡Con el sacrificio de mi hija, la Diosa terminará con nuestra opresión! —Cerró las manos y Lou enderezó la cabeza. Sentí náuseas—. ¡Con su muerte, forjaremos una vida nueva! —Las brujas celebraron y gritaron—. Pero primero —canturreó con voz apenas audible—, un regalo para mi hija.

Con un último movimiento de la mano, Lou por fin abrió los ojos azules verdosos, hermosos y *vivos*, abiertos de par en par, perplejos. Avancé. Pero Ansel me sujetó los brazos con una fuerza sorprendente.

—Reid.

Vacilé ante su tono. Un segundo después, lo comprendí: la bruja de ébano había reaparecido y arrastraba a una segunda mujer, inerte e inmóvil, fuera del templo. Una mujer de cabello rubio rojizo y ojos azules que miraba a la multitud con desesperación.

Me detuve en seco, atónito. Incapaz de moverme.

Mi madre.

—¡Contemplad a esta mujer! —gritó Morgane sobre el estrépito repentino de las voces—. ¡Contemplad a Helene, la traicionera! —Sujetaba a madame Labelle del pelo y la lanzó por los escalones del templo—. Esta mujer, que antes era nuestra hermana, que antes era mi *corazón*, conspira con el rey humano. Ha dado a luz a su hijo bastardo. —Gritos de furia atravesaron el aire—. Esta noche, ha sido encontrada intentando entrar al Chateau. Planea robar el regalo valioso de nuestra Madre arrebatándole la vida a mi hija. ¡Nos quemaría a todas bajo el rey tirano!

Los gritos alcanzaron un tono ensordecedor y los ojos de Morgane brillaron victoriosos mientras bajaba los escalones. Mientras extraía una daga cruelmente afilada de su cinturón.

—Louise le Blanc, hija y heredera de la *Dame des Sorcières*, te honraré con su muerte.

—¡No! —Lou sacudía el cuerpo mientras luchaba por moverlo con todas sus fuerzas. Las lágrimas rodaban por las mejillas de madame Labelle.

Me aparté con violencia de las manos de Ansel y avancé en dirección a los escalones del templo desesperado por alcanzarlos, desesperado por salvar a las dos mujeres que más necesitaba, al mismo tiempo que Morgane enterraba la daga en el pecho de mi madre.

CAPÍTULO 39

EL PATRÓN

Reid

—¡No! —Caí de rodillas ante su cuerpo, arranqué la daga de su pecho y moví los dedos para contener la hemorragia. Pero era tarde. Había llegado demasiado tarde. Había demasiada sangre para que esa herida no resultara letal. Detuve mis intentos de ayuda frenéticos y, en cambio, le sujeté las manos. Sus ojos seguían mi rostro. Nos miramos con anhelo, como si en ese momento ocurrieran miles de otros momentos.

Ella sujetando un pulgar regordete. Curando una rodilla herida. Su risa cuando besé por primera vez a Célie, diciéndome que no lo había hecho bien. Pero el momento terminó. El cosquilleo frío de su magia me abandonó. Su aliento titubeó y cerró los ojos.

Una daga me tocó la garganta.

—De pie —ordenó Morgane.

Exploté, le sujeté la muñeca y la aplasté con facilidad; con placer salvaje. Ella chilló y soltó la daga, pero no me detuve. Me cerní sobre ella. Mi mano libre le rodeó la garganta... apreté hasta que sentí que su laringe cedía, pateé la daga por los escalones hacia Ansel...

Con la otra mano, Morgane me golpeó en el estómago y me aturdió. Sentí que unas ataduras invisibles me sujetaban el cuerpo y me clavaban los brazos a los costados. Mis piernas se volvieron rígidas. Me atacó de nuevo y caí al suelo mientras luchaba contra las cuerdas. Cuanto más luchaba, más apretadas estaban. Me mordían la piel y la hacían sangrar...

—¡Madre, basta! —Lou se sacudió de nuevo, temblando por el esfuerzo para alcanzarme, pero su cuerpo permaneció suspendido en el aire—. ¡No le hagas daño!

Morgane no la escuchó. Parecía buscar algo en el aire vacío. Clavó la vista al frente mientras rastreaba entre la multitud. Con un tirón violento, dos personas se tambalearon hacia adelante. Mi corazón se detuvo. Morgane tiró más fuerte y Ansel y Beau cayeron ante los escalones del templo, luchando contra sus propias cuerdas invisibles. Sus rostros habían vuelto a la normalidad.

—¡Los cómplices de Helene! —Un resplandor desquiciado apareció en los ojos de Morgane y las brujas enloquecieron con sed de sangre, dando pisotones y gritando, mientras intentaban reunirse en el templo. Un disparo de magia pasó junto a mi rostro. Ansel gritó cuando un hechizo impactó en su mejilla—. ¡Los hijos del rey y sus cazadores! ¡Serán testigos de nuestro triunfo! ¡Observarán cómo liberamos a este mundo de la Casa de Lyon!

Sacudió su mano sana y Lou colisionó contra el altar. Las brujas gritaron con aprobación. Me moví hacia delante. Rodé y me retorcí hacia Lou con toda la fuerza que me quedaba. Las cuerdas sujetaron más fuerte mi cuerpo.

—¡La naturaleza exige equilibrio! —Morgane corrió para recuperar la daga en los escalones. Cuando habló de nuevo, su voz había adoptado un timbre profundo y sobrenatural, multiplicado como si miles de brujas hablaran a través de ella—. Louise le Blanc, tu sangre es el precio. —El encantamiento cubrió el templo, me quemó la nariz y me nubló la mente. Apreté los dientes. Me obligué a mirar a través de la magia, a través de ella.

Beau se quedó paralizado. Puso los ojos en blanco mientras la piel de Morgane comenzaba a brillar. Ansel luchaba solo, pero su determinación pronto flaqueó.

—Llenará la copa de Lyon y cualquiera que beba de ella morirá. —Morgane caminó hacia Lou, su cabello flotaba a su alrededor con un viento inexistente—. Y así lo anunció la profecía: el cordero devorará al león.

Obligó a Lou a doblarse sobre su estómago. Tiró de su trenza hacia atrás para extender su garganta en el cuenco del altar. Los ojos de Lou buscaron los míos.

—Te quiero —susurró. No había ninguna lágrima en su hermoso rostro—. No te olvidaré.

—Lou... —Era un sonido desesperado, ahogado. Una súplica y una plegaria. Luché con violencia contra mis ataduras. El dolor intenso me recorrió el cuerpo cuando liberé un brazo. Lo extendí hacia adelante, a centímetros del altar, pero no era suficiente. Observé, como si ocurriera a una velocidad ínfima, cómo Morgane alzaba la daga. Aún resplandecía con la sangre de mi madre.

Lou cerró los ojos.

No.

Alguien dio un grito terrible y Coco saltó hacia la garganta de Morgane. Hundió su cuchillo en lo profundo de la piel blanda entre el cuello y el hombro de Morgane. Ella gritó, intentando apartarla, pero Coco continuó aferrándose y hundiendo más la daga. Luchaba por llevar la sangre de Morgane a sus labios. Morgane abrió los ojos de par en par al comprender lo que ocurría... y se asustó.

Pasó un segundo antes de que notara que mis ataduras habían desaparecido con el ataque de Coco. Me puse de pie a toda velocidad y anulé la distancia que me separaba de Lou con un solo paso largo.

—¡No! —gritó cuando intenté sujetarla en brazos—. ¡Ayuda a Coco! *¡Ayúdala!*

Pase lo que pase, sácala de allí.

—Lou —dije apretando los dientes, pero un grito agudo silenció mi argumento. Me giré justo cuando Coco se desplomó en el suelo. No se levantó.

—¡Coco! —gritó Lou.

Estalló el caos. Las brujas avanzaron, pero Ansel se enfrentó a ellas: una silueta solitaria contra cientos de ellas. Para mi asombro, Beau lo siguió, pero no blandía un arma. Se quitó el abrigo y las botas y buscó a toda velocidad entre la multitud. Cuando posó los ojos en la bruja regordeta del salón, la señaló y gritó:

—¡LIDDY LA PECHUGONA!

Abrió los ojos de par en par mientras se quitaba los pantalones y comenzaba a cantar a gritos:

—«LIDDY LA PECHUGONA NO ERA MUY ATRACTIVA, PERO SU BUSTO ERA GRANDE COMO UNA CIMA».

Las brujas más cercanas a él, Elinor y Elaina entre ellas, se detuvieron en seco. El desconcierto amainó su furia mientras Beau se quitaba la camisa por encima de la cabeza y continuaba cantando:

—«LOS HOMBRES PERDÍAN LA CABEZA POR SUS TETAS CREMO-SAS, PERO ELLA NO OÍA SUS DECLARACIONES PECAMINOSAS...».

Morgane mostró los dientes y se giró hacia él mientras la sangre fluía libremente sobre su hombro. Era toda la distracción que necesitaba. Antes de que pudiera alzar las manos, me lancé sobre ella. Presioné mi cuchillo contra su garganta.

—¡Reid! —Era la voz que menos esperaba, la única voz en el mundo que podría haberme hecho vacilar en aquel momento. Pero vacilé.

Era la voz del arzobispo.

Morgane intentó girar, pero hundí la daga más profundamente.

—Mueve las manos. Te desafío.

—Debería haberte ahogado en el mar —gruñó ella, pero mantuvo las manos quietas.

Despacio y con cautela, me di la vuelta. La bruja de ébano había regresado y el arzobispo incapacitado flotaba ante ella. Tenía los ojos desquiciados: llenos de pánico y algo más. Algo urgente.

—Reid. —Su pecho subía y bajaba—. No las escuches. Pase lo que pase, digan lo que digan...

La bruja de ébano rugió y las palabras del arzobispo terminaron en un grito.

Mi mano perdió firmeza y Morgane siseó cuando la sangre goteó sobre su garganta. La bruja de ébano se aproximó.

—Suéltala o él muere.

—Manon —suplicó Lou—. No lo hagas. Por favor...

—Cállate, Lou. —Sus ojos brillaban frenéticos... más allá de la razón. El arzobispo continuó gritando. Las venas bajo su piel se oscurecieron al igual que sus uñas y su lengua. Lo miré horrorizado.

No vi a Morgane mover las manos hasta que me sujetaron las muñecas. El calor abrasador me derritió la piel y mi cuchillo cayó al suelo.

Más rápido que mi reacción, ella lo aferró y corrió hacia Lou.

—¡No! —El grito brotó de mi garganta, visceral, desesperado, pero ella ya había alzado la daga y había realizado el corte; abrió la garganta de Lou por completo.

Dejé de respirar. Un rugido horrible invadió mis oídos y comencé a caer: un abismo inmenso y profundo se abrió mientras Lou luchaba por respirar y se ahogaba y su sangre caía sobre el cuenco. Se revolcó, finalmente libre de lo que fuera que la sujetaba, pero su cuerpo se paralizó rápido. Parpadeó una vez y luego... cerró los ojos.

El suelo cedió. Los gritos y los pasos resonaron a lo lejos, pero no podía escucharlos. No podía ver. Solo existía la oscuridad: el vacío desolado en el mundo en el que Lou debería haber estado y no estaba. Lo miré, dispuesto a dejar que me consumiera.

Lo hizo. Caí más y más abajo en la oscuridad junto a ella. Pero ella no estaba. Había desaparecido. Solo quedaba una cáscara rota y un mar de sangre.

Y yo... estaba solo.

Fuera de la oscuridad, un único hilo dorado brilló al aparecer. Salía del pecho de Lou hacia el arzobispo: latía como el eco de un corazón. Con cada latido, su luz era más tenue. Lo miré durante una fracción de segundo. Sabía lo que era del mismo modo que conocía mi propia voz, mi reflejo en el espejo. Familiar, pero extraño a la vez. Obvio, pero sorprendente. Algo que siempre había sido parte de mí, pero que nunca había conocido de verdad.

En aquella oscuridad, algo despertó en mi interior.

No vacilé. No pensé. Actuando rápido, extraje un segundo cuchillo de mi bandolera y ataqué a Morgane. Ella alzó las manos, lanzando fuego por los dedos, pero no sentía las llamas. La luz dorada rodeaba mi piel y me protegía. Pero mis pensamientos se dispersaron. Cualquier fuerza que mi cuerpo hubiera reclamado, mi mente la había abandonado. Perdí el equilibrio, pero el hilo dorado marcó mi camino. Salté sobre el altar, siguiéndolo.

El arzobispo abrió los ojos al comprender qué intentaba hacer. Un sonido ínfimo y suplicante escapó de él, pero no pudo hacer mucho antes de que me cerniera sobre él. Antes de que hundiera mi cuchillo en su corazón.

Una vida por una vida. Un amor por un amor.

El arzobispo aún me miraba confundido mientras se desplomaba en mis brazos.

La luz dorada desapareció y el mundo cobró nitidez a toda prisa. Los gritos eran más fuertes. Miré el cuerpo muerto del arzobispo, entumecido, pero el grito de furia de Morgane hizo que me girara. Me dio esperanza. Lágrimas de alivio invadieron mis ojos ante lo que vi.

392 • ASESINO DE BRUJAS: LA BRUJA BLANCA

Aunque Lou aún estaba pálida e inerte, el corte en su garganta se cerraba. Su pecho subía y bajaba.

Estaba viva.

Con un grito brutal, Morgane alzó el cuchillo para abrir de nuevo la herida, pero una flecha atravesó el aire y se alojó en su pecho. Ella gritó otra vez, furiosa, pero reconocí de inmediato la flecha con asta azul.

Chasseurs.

Guiados por Jean Luc, montones de ellos aparecieron en el claro. Las brujas gritaron presas del pánico y se dispersaron en todas direcciones, pero había más de mis compañeros esperando entre los árboles. No tuvieron piedad, apuñalaron mujeres y niñas sin vacilar. Los cuerpos caían en todas partes en la bruma y desaparecían. Un llanto sobrenatural brotó desde el mismo suelo como respuesta y pronto, los *chasseurs* también comenzaron a desaparecer.

La furia contorsionó las facciones de Jean Luc mientras preparaba otra fecha y corría hacia el templo. Sin embargo, ya no tenía los ojos clavados en Morgane: los tenía clavados en mí. Demasiado tarde, noté que mi mano aún aferraba la daga clavada en el pecho del arzobispo. Lo solté rápido, el cuerpo del arzobispo cayó junto al cuchillo, pero el daño estaba hecho.

Jean Luc apuntó y disparó.

CAPÍTULO 40

LA FORÊT DES YEUX

Reid

Sostuve a Lou y me oculté detrás del altar. Ansel y Beau corrieron tras de mí, cargando a Coco, apenas consciente. Las flechas llovían sobre nuestras cabezas. Morgane convirtió la mayoría en ceniza con un movimiento de su mano, pero una de ellas impactó en lo profundo de su pierna. Gritó de furia.

—Por allí. —Con voz débil, Coco señaló las profundidades del templo—. Hay… otra salida.

Vacilé un segundo. Otro aluvión de flechas distrajo a Morgane: era ahora o nunca.

—Sácalos de aquí. —Deslicé a Lou sobre los brazos de Beau—. Os alcanzaré.

Antes de que pudiera protestar, salí de mi escondite y corrí hacia el cuerpo de madame Labelle. Ninguna flecha la había alcanzado aún, pero la suerte no duraría. A medida que los *chasseurs* se aproximaban, su furia se volvía letal. Una flecha pasó zumbando junto a mi oído. Sujeté la muñeca de madame Labelle y la cargué en brazos. Intenté proteger lo máximo posible su cuerpo con el mío.

El fuego y las flechas me perseguían mientras corría de vuelta hacia el templo. Un dolor intenso se expandía por mi hombro, pero no me atrevía a parar.

El sonido de la batalla cesó cuando entré en el silencio espeluznante del templo interno. Más adelante, Ansel, Coco y Beau corrían hacia la salida. Los seguí a toda prisa, intentando ignorar la sustancia cálida y húmeda que se expandía por mi brazo. Los gemidos ínfimos de dolor que escapaban de la garganta de madame Labelle.

Estaba viva. Viva.

No miré atrás para ver si Morgane o Jean Luc nos seguían. Centré la atención en el pequeño rectángulo de luz de luna al final del templo, en el cabello de Coco moviéndose mientras lo atravesaba.

Coco.

Coco podía curarla.

Los alcancé cuando se refugiaron bajo las sombras del bosque. No redujeron la velocidad. Avancé y sujeté el brazo de Coco. Los ojos de la chica estaban apagados, vidriosos mientras me miraba. Extendí el cuerpo roto de madame Labelle hacia ella.

—Ayúdala. Por favor. —Mi voz temblaba, mis ojos ardían, pero no me importó. Dejé a mi madre en los brazos de Coco—. Por favor.

Ansel miró rápidamente hacia atrás, muy agitado.

—Reid, no hay tiempo…

—Por favor. —No aparté los ojos de su rostro—. Se está muriendo.

Coco parpadeó despacio.

—Lo intentaré.

—¡Coco, estás demasiado débil! —Beau movió a Lou en sus brazos, con el rostro enrojecido, jadeando—. ¡Apenas puedes mantenerte en pie!

Ella respondió alzando su muñeca hacia la boca y mordiéndose la piel. El mismo olor ácido flotó en el aire mientras retrocedía. La sangre le cubría los labios.

—Esto hará que ganemos tiempo hasta llegar al campamento. —Alzó la muñeca hacia el pecho de madame Labelle. Observamos, absortos, cómo su sangre goteaba y chisporroteaba cuando tocaba la piel de mi madre.

Beau miró con incredulidad cómo la herida se cerraba sola.

—¿Cómo…?

—Ahora no. —Coco flexionó la muñeca y agudizó la mirada cuando el grito de un hombre sonó más allá del templo. Las brujas debían de haber reunido fuerzas y haberse recuperado del pánico inicial. Aunque no podía ver el claro, las imaginaba utilizando las únicas armas a su disposición: sus acompañantes. Escudos humanos contra los Balisardas de mis compañeros.

Coco miró el cuerpo pálido de madame Labelle.

—Debemos llegar rápido al campamento o morirá.

No tuvo que repetirlo. Corrimos por el bosque adentrándonos en la noche.

Las sombras aún cubrían los pinos cuando encontramos nuestro campamento abandonado. Aunque madame Labelle había empalidecido, su pecho subía y bajaba. Su corazón aún latía.

Coco hurgó en su bolso y extrajo un frasco que contenía un líquido ámbar espeso.

—Miel —explicó ante mi mirada ansiosa—. Sangre y miel.

Apoyé a madame Labelle en el suelo del bosque y observé con fascinación mórbida cómo Coco se hacía otro corte en la muñeca y mezclaba su sangre con la miel. Aplicó el ungüento con cuidado sobre el pecho herido de madame Labelle. Casi de inmediato, ella respiró más profundamente. El color regresó a sus mejillas. Caí de rodillas, incapaz de apartar la vista. Ni siquiera un segundo.

—¿Cómo?

Coco enderezó la espalda, cerró los ojos y se frotó la sien.

—Te lo dije. Mi magia viene del interior. No es… no es como la de Lou.

Lou.

Me puse de pie.

—Está bien. —Ansel acunaba la cabeza de Lou sobre su regazo en un extremo del campamento. Corrí hacia ellos y observé el rostro pálido de Lou. Su garganta masacrada. Sus mejillas pronunciadas—. Aún respira. Sus latidos son fuertes.

Miré a Coco a pesar de las palabras reconfortantes de Ansel.

—¿Puedes curarla a ella también?

—No. —Se puso de pie como si hubiera notado algo y extrajo un ramillete de hierbas, un mortero y una mano de su bolso. Comenzó a pulverizar las hierbas—. Tú ya la has curado.

—Entonces, ¿por qué no despierta? —pregunté.

—Dale tiempo. Despertará cuando esté lista. —Respirando con esfuerzo, de modo entrecortado, Coco permitió que la sangre de su muñeca cayera sobre el polvo antes de cubrir sus dedos con la mezcla. Luego se acercó a Lou—. Muévete. Necesita protección. Todos la necesitamos.

Miré la mezcla con repulsión y me coloqué entre las dos. Olía horrible.

—No.

Con un sonido impaciente, me hizo a un lado y deslizó un pulgar ensangrentado sobre la frente de Lou. Luego, sobre la de madame Labelle. Sobre la de Beau. Sobre la de Ansel. Los fulminé con la mirada y aparté la mano de Coco cuando la alzó hacia mí.

—No seas idiota, Reid. Es salvia —dijo con impaciencia—. Es lo mejor que puedo hacer contra Morgane.

—Correré el riesgo.

—No. Serás el primer objetivo de Morgane cuando no encuentre a Lou… *si* es que no encuentra a Lou. —Miró la silueta inerte de Lou y pareció derrumbarse. Beau y Ansel extendieron las manos para ayudarla a mantener el equilibrio—. No sé si soy lo bastante fuerte para repelerla.

—Todo ayuda —susurró Beau.

Un comentario vacío. Él no sabía más que yo acerca de la magia. Acababa de abrir la boca para decírselo cuando Ansel suspiró fuerte y me tocó el hombro. Suplicante.

—Hazlo por Lou, Reid.

No me moví mientras Coco deslizaba su sangre sobre mi frente.

Acordamos abandonar el campamento lo antes posible, pero la ladera de la montaña resultó tan peligrosa como el Chateau. Las brujas y los *chasseurs* merodeaban por el bosque como depredadores. Más de una vez, nos habíamos visto obligados a subir a los árboles para evitar que nos detectaran, porque no sabíamos con certeza si la protección de Coco resistiría. Palmas sudorosas. Extremidades temblorosas.

—Si la sueltas, te mataré —había siseado ella, mirando el cuerpo inconsciente de Lou en mis brazos. Como si yo fuera a soltarla. Como si fuera a dejarla ir de nuevo.

A pesar de todo, Morgane no apareció.

Sentíamos su presencia flotando sobre nosotros, pero nadie se atrevía a mencionarlo; como si expresar nuestro miedo fuera a hacerla aparecer. Tampoco mencionamos lo que yo había hecho en el templo. Pero el recuerdo continuaba atormentándome. La sensación enfermiza del cuchillo hundiéndose en la carne del arzobispo. El empuje extra que había sido necesario para que la daga atravesara los huesos y llegara al corazón. Los ojos del arzobispo confundidos de que su hijo lo traicionara.

Ardería en el infierno por lo que había hecho. Si existía tal lugar.

Madame Labelle despertó primero.

—Agua —graznó. Ansel buscó raudo su cantimplora mientras yo me acercaba.

No hablé mientras bebía. Solo la observé. La inspeccioné. Intenté tranquilizar mi corazón acelerado. Como Lou, permanecía pálida y enferma, y tenía magulladuras suaves alrededor de sus ojos azules.

Cuando por fin dejó caer la cantimplora, sus ojos buscaron los míos.

—¿Qué ha sucedido?

—Hemos escapado —dije con un suspiro.

—Sí, obviamente —dijo ella con sorprendente intensidad—. Me refiero a *cómo* hemos escapado.

—Nosotros… —Miré a los demás. ¿Cuánto habían asumido? ¿Cuánto habían visto? Sabían que había matado al arzobispo y que Lou había sobrevivido… pero ¿habían conectado ambos hechos?

Coco me dio la respuesta. Suspiró con pesadumbre y avanzó mientras extendía los brazos hacia Lou.

—Yo me quedaré con ella —dijo. Vacilé y ella endureció su mirada—. Llévate a tu madre, Reid. Caminad. Cuéntaselo todo… o lo haré yo.

Nadie pareció sorprendido ante las palabras de Coco. Ansel no me miró. Cuando Beau alzó la cabeza y dijo sin sonido *hazlo de una vez*, mi corazón dio un vuelco.

—Está bien. —Dejé a Lou en los brazos extendidos de Coco—. No iremos lejos.

Llevé a madame Labelle fuera del rango auditivo de los demás, la deposité en la porción de suelo más suave que encontré y me agazapé frente a ella.

—¿Y bien? —Alisó su falda, impaciente. Fruncí el ceño. Al parecer, las experiencias cercanas a la muerte ponían de mal humor a mi madre. Pero no me molestaba. Su enfado permitía que centrara mi atención en algo que no fuera mi propia incomodidad. Muchas cosas habían ocurrido entre los dos en el momento en que yacía en el suelo, muriendo.

Culpa. Furia. Anhelo. Arrepentimiento.

El enfado era mucho más fácil de afrontar que todo *eso*.

Relaté lo que había ocurrido en el templo con tono entrecortado y contrariado, sin especificar mi rol en nuestra huida. Pero madame Labelle era inconvenientemente astuta. Me olisqueó como un zorro.

—Hay algo que no me cuentas. —Inclinó el torso hacia adelante, me observó y frunció los labios—. ¿Qué has hecho?

—Nada.

—¿No? —Alzó una ceja y apoyó el peso del cuerpo sobre las manos—. Según tu relato, has matado a tu patriarca, un hombre al que querías, sin razón aparente.

Querías. Un nudo apareció en mi garganta ante el tiempo verbal. Lo deshice tosiendo.

—Él nos traicionó…

—Y luego tu esposa volvió a la vida… ¿también sin razón aparente?

—Nunca estuvo muerta.

—¿Y cómo lo sabes?

—Porque… —Me detuve al comprender demasiado tarde que no podía explicar el hilo de vida que conectaba a Lou y al arzobispo. No sin quedar expuesto. Ella entrecerró los ojos ante mi titubeo y suspiré—. Lo… vi, de algún modo.

—¿Cómo?

Me miré las botas. Tenía los hombros doloridos por la tensión.

—Había un hilo que… los conectaba. Latía al ritmo del corazón de Lou.

De pronto, ella se incorporó, haciendo un gesto de dolor ante el movimiento.

—Has visto un patrón.

No dije nada.

—Has visto un patrón —repitió, casi hablando consigo misma— y lo has reconocido. Tú… has *reaccionado* a él. ¿Cómo? —Inclinó el torso hacia adelante y me sujetó el brazo con una fuerza sorprendente a pesar del temblor en sus manos—. ¿De dónde ha salido el hilo? Debes contarme todo lo que recuerdes.

Asustado, rodeé sus hombros con un brazo.

—Necesitas descansar. Podemos hablarlo después.

—*Cuéntamelo.* —Hundió las uñas en mi antebrazo.

La fulminé con la mirada. Ella me devolvió la misma expresión. Finalmente, comprendiendo que no cedería, suspiré con exasperación.

—No lo recuerdo. Ocurrió demasiado rápido. Morgane cortó la garganta de Lou y yo pensé que había muerto y... luego solo vi oscuridad. Me devoró y no podía pensar con claridad. Solo... reaccioné. —Hice una pausa, tragando con dificultad—. De allí provino el hilo... de la oscuridad.

Me miré las manos y recordé aquel lugar lúgubre. Había estado solo allí: absolutamente solo. El vacío me recordó a lo que había imaginado que era el Infierno. Cerré los puños. Aunque había limpiado la sangre del arzobispo de mis manos, aún había algunas manchas.

—Maravilloso. —Madame Labelle me soltó el brazo y reclinó la espalda hacia atrás—. No creí que fuera posible, pero... no hay otra explicación. El hilo... el equilibrio que ha representado... Todo tiene sentido. No solo has *visto* el patrón, has sido capaz de *manipularlo*. No tiene precedentes... Es... maravilloso. —Alzó la vista hacia mí, embelesada—. Reid, tienes magia.

Abrí la boca para negarlo, pero la cerré de inmediato. No era posible. Lou me había *dicho* que no era posible. Sin embargo, ahí estaba. Contaminado. Manchado por la magia y la muerte que venía con ella.

Nos miramos durante unos segundos tensos.

—¿Cómo? —Mi voz sonaba más desesperada de lo que hubiera querido, pero necesitaba esa respuesta más que mi orgullo—. ¿Cómo ha podido ocurrir?

El asombro en sus ojos desapareció.

—No lo sé. Es como si la muerte inminente de Lou hubiera sido tu disparador. —Me sostuvo la mano—. Sé que es difícil para ti, pero esto lo cambia todo, Reid. Eres el primero, pero ¿y si hay otros? ¿Y si hemos estado equivocadas sobre nuestros hijos varones?

—Pero los brujos no existen. —La palabra sonaba extraña, poco convincente, incluso para mis oídos.

Una sonrisa triste apareció en sus labios.

—Sin embargo, aquí estás.

Aparté la mirada, incapaz de soportar la lástima en sus ojos. Sentía náuseas. Más que eso: me sentía *mal*. Toda mi vida había aborrecido a las brujas. Las había cazado. Y ahora, por un giro cruel del destino, de pronto era *como ellas*.

El primer brujo.

Si había un Dios, tenía un sentido del humor de mierda.

—¿Ella lo ha notado? —Madame Labelle habló en voz baja—. ¿Morgane?

—Ni idea. —Cerré los ojos, pero me arrepentí de inmediato. Demasiados rostros aparecieron. Uno en particular. Con los ojos muy abiertos. Asustados. Confundidos—. Los *chasseurs* me vieron asesinar al arzobispo.

—Sí, eso es potencialmente problemático.

La miré con brusquedad y sentí un dolor renovado en el cuerpo. Entrecortado e intenso. Puro.

—¿Potencialmente problemático? Jean Luc ha intentado *matarme*.

—Y continuará intentándolo, estoy segura, al igual que las brujas. Muchos han muerto hoy en su búsqueda tonta de venganza. Nadie olvidará tu rol: en especial Morgane. —Suspiró y me apretó la mano—. También está el asunto de tu padre.

Mi corazón se estrujó aún más.

—¿Qué ocurre con él?

—Lo ocurrido en el templo llegará a sus oídos. Pronto, sabrá tu nombre... y el de Lou.

—Nada de esto es culpa de Lou...

—No importa de quién es la culpa. La sangre de tu esposa tiene el poder de extinguir todo el linaje de Auguste. ¿De verdad crees que alguien, en especial un *rey*, permitiría que semejante riesgo anduviera libre por ahí?

—Pero ella es inocente. —Mi pulso se aceleró y sonó en mis oídos—. No puede encerrarla en prisión por los crímenes de Morgane...

—¿Quién ha hablado de encerrarla en prisión? —Alzó las cejas y acarició de nuevo mi mejilla. Esta vez, no me aparté—. Querrá matarla, Reid. Quemarla, para que ni una gota de su sangre pueda ser utilizada para que Morgane alcance su terrible objetivo.

La miré durante un largo segundo. Convencido de no haber oído bien. Convencido de que ella comenzaría a reír o que un *feu follet*, un fuego fatuo,

SHELBY MAHURIN • 401

aparecería y me traería de vuelta a la realidad. Pero... no. Esa era mi nueva realidad. La furia estalló en mí y quemó los escrúpulos que me quedaban.

—¿Por qué *cojones* todos en este reino intentan asesinar a mi esposa?

La risa escapó de madame Labelle, pero a mí no me parecía divertido.

—¿Qué vamos a hacer? ¿A dónde *iremos*?

—Vendrás conmigo, claro. —Coco apareció detrás de un gran pino, sonriendo con satisfacción—. Lo siento, escuchaba a escondidas, creí que no te importaría considerando que... —Señaló con la cabeza a Lou entre sus brazos.

Lou.

Cada rastro de furia, cada duda, cada pregunta, cada *pensamiento* abandonó mi cabeza cuando esos ojos azules verdosos miraron los míos.

Estaba despierta y mirándome como si nunca me hubiera visto. Avancé, presa del pánico, rogando que su mente no hubiera sido afectada. Que me recordara. Que Dios no hubiera jugado otra broma cruel y enfermiza...

—Reid —dijo despacio, con incredulidad—, ¿acabas de decir *una palabrota*?

Luego inclinó el cuerpo sobre el brazo de Coco y vomitó bilis en el suelo del bosque.

CAPÍTULO 41

LA VOISIN

Lou

—Estoy bien, de verdad —repetí por enésima vez, pero no estaba segura de estarlo.

Tenía el interior de la garganta sujeto por una cicatriz desfigurada, el estómago revuelto por la droga abominable de mi madre, las piernas entumecidas por no haberlas usado y mi mente aún daba vueltas por lo que acaba de oír a escondidas.

Reid estaba allí.

Y era un brujo.

Y... acababa de decir *cojones*.

Quizás, después de todo, había muerto. Eso era más probable que oír a Reid maldecir con semejante dominio.

—¿Estás segura de que estás bien? —insistió.

Había ignorado la bilis que cubría el suelo en su prisa por llegar a mi lado. Bendito sea. Y Coco, tal vez percibiendo que Reid era un hombre al límite, me había entregado. Intenté no guardarles resentimiento por tratarme como a una bolsa de patatas. Sabía que tenían buenas intenciones, pero era perfectamente capaz de moverme por mi cuenta.

Aunque era cierto que la cabeza me *daba* vueltas ante la proximidad repentina de Reid, así que, después de todo, tal vez fuera buena idea que él me llevara. Coloqué con más firmeza los brazos alrededor de su cuello e inhalé su aroma.

Sí. Esa era una *muy* buena idea.

—Estoy segura.

Reid suspiró aliviado antes de cerrar los ojos y posar su frente en la mía.

Madame Labelle le ofreció a Coco una sonrisa cómplice.

—Querida, creo que me gustaría estirar las piernas. ¿Podrías acompañarme?

Coco aceptó y ayudó a madame Labelle a ponerse de pie. Aunque Coco cargaba con una buena parte del peso de la mujer, madame Labelle empalideció al moverse. Reid avanzó hacia ella preocupado.

—Creo que no deberías caminar.

Madame Labelle lo silenció frunciendo el ceño. Impresionada, memoricé la expresión para usarla en algún momento.

—Tonterías. Mi cuerpo necesita recordar cómo funcionar.

—Muy cierto —susurré. Reid me miró frunciendo el ceño.

—¿Tú también quieres ir a caminar?

—Yo... No. Estoy perfectamente aquí, gracias.

—Hablaremos más tarde. —Coco puso los ojos en blanco, pero ensanchó la sonrisa—. Hacedme un favor y alejaos del rango auditivo. No tengo ganas de escuchar sin querer esta conversación en particular.

Moví las cejas de arriba abajo.

—O la falta de conversación.

Madame Labelle arrugó el rostro con repulsión.

—Y *esa* es mi señal para irme. Cosette, vamos y por favor, date prisa.

Mi sonrisa desapareció cuando se fueron. Era la primera vez que Reid y yo estábamos solos desde... bueno, todo. Él también percibió el cambio repentino en el aire entre los dos. Cada músculo de su cuerpo estaba tenso, rígido. Como si se preparara para huir... o pelear.

Pero era ridículo. No quería pelear. Después de lo que acababa de ocurrir, después de lo que *habíamos* vivido, era suficiente. Alcé las cejas y le toqué la mejilla.

—¿Me dirás lo que piensas si te doy una *couronne*?

Sus ojos azules como un mar ansioso miraron los míos, pero no dijo nada.

Por desgracia, al menos para Reid, nunca había sido alguien que tolerara bien el silencio. Fruncí el ceño y dejé caer la mano.

—Sé que es difícil, Reid, pero *intenta* que no sea más incómodo de lo necesario.

Eso funcionó. La vida apareció en sus ojos.

—¿Por qué no estás enfadada conmigo?

Oh, Reid. El desprecio brillaba claro en su mirada... pero no era odio hacia mí como había temido una vez. Era odio hacia sí mismo. Apoyé la cabeza en su pecho.

—No has hecho nada mal.

Él sacudió la cabeza de lado a lado y me sujetó con más fuerza.

—¿Cómo puedes decir eso? Yo... he permitido que te expusieras a esto. —Miró alrededor con expresión de dolor. Luego me miró la garganta. Tragó saliva angustiado y sacudió la cabeza—. Prometí protegerte, pero te abandoné a la primera oportunidad que tuve.

—Reid. —Cuando se negó a mirarme, sujeté de nuevo su rostro entre mis manos—. Sabía quién eras. Sabía en qué creías... y, de todas formas, me enamoré de ti.

Cerró los ojos mientras una lágrima solitaria rodaba por su mejilla. Mi corazón se estrujó.

—Nunca te he guardado resentimiento por ello. De verdad. Reid, escúchame. Escúchame. —Abrió los ojos a regañadientes y lo obligué a mirarme, desesperada por hacérselo entender—. Cuando era una niña, veía el mundo en blanco y negro. Los cazadores eran enemigos. Las brujas eran amigas. Éramos buenas y ellos eran malos. No había grises. Luego, mi madre intentó matarme y de pronto, ese mundo definido estalló en miles de fragmentos. —Limpié sus lágrimas—. Imagina mi angustia cuando un *chasseur* particularmente alto de cabello cobrizo llegó y aplastó los fragmentos que quedaban y los convirtió en polvo.

Tomó asiento en el suelo, cargándome. Pero aún no había terminado. Lo había arriesgado todo por mí al venir al Chateau. Había abandonado su vida, sus creencias, al elegirme. No lo merecía. Pero, de todos modos, se lo agradecí a Dios.

—Después de que te empujara a través del telón —susurré—, dije que deberías haber esperado que me comportara como una criminal. No te conté que era una bruja porque seguí mi propio consejo. Esperaba que actuaras como un *chasseur*... pero no lo hiciste. No me mataste. Me dejaste ir. —Intenté apartar la mano, pero él la sujetó y la mantuvo sobre su rostro.

Su voz estaba cargada de emoción.

—Debería haber ido contigo.

Coloqué mi otra mano en su rostro y me acerqué más.

—No debería haberte mentido.

Él inhaló, temblando.

—Dije… dije cosas terribles.

—Sí. —Fruncí levemente el ceño al recordarlas.

—Ninguna es cierta… salvo una. —Sus manos cubrían las mías sobre su rostro y me miró como si pudiera ver mi alma. Tal vez, era capaz de hacerlo—. Te quiero, Lou. —Tenía los ojos llenos de lágrimas nuevas—. Nunca… he visto a nadie disfrutar *algo* del modo que tú lo disfrutas *todo*. Me haces sentir vivo. Tu presencia… es adictiva. *Eres* adictiva. No importa si eres una bruja. El modo en que ves el mundo… yo también quiero verlo así. Quiero estar siempre contigo, Lou. Nunca más quiero separarme de ti.

No pude evitar que las lágrimas rodaran por mis mejillas también.

—«Dondequiera que tú fueres, iré yo».

Con lentitud deliberada, presioné mis labios sobre los suyos.

Logré regresar caminando por mi cuenta, pero mi cuerpo se cansó con rapidez.

Cuando por fin llegamos al campamento, los demás preparaban la cena. Coco avivaba un fuego pequeño y madame Labelle hacía desaparecer el humo con los dedos. Dos conejos gordos crepitaban en la fogata. Mi estómago se contrajo y me presioné el puño sobre la boca antes de que fuera a vomitar.

Ansel fue el primero en vernos. Una sonrisa amplia apareció en su rostro mientras soltaba el cuenco que sostenía y corría para envolverme en un abrazo feroz. Reid me soltó a regañadientes y le devolví el abrazo a Ansel con el mismo fervor.

—Gracias —susurré en su oído—. Por todo.

Él se sonrojó al apartarse, pero mantuvo un brazo firme alrededor de mi cintura por si acaso. Reid parecía estar haciendo un gran esfuerzo por no sonreír.

Beau estaba apoyado contra un árbol con los brazos cruzados sobre el pecho.

—¿Sabes? Esto no es lo que tenía en mente cuando dije que podíamos divertirnos juntos, madame Diggory.

Alcé una ceja, recordando su pecho desnudo bailando bajo la luna.

—Oh, no lo sé. Algunos momentos de la noche han sido divertidos.

Sonrió.

—Entonces, ¿te ha gustado el espectáculo?

—Mucho. Parece que frecuentamos las mismas tabernas.

Los dedos de madame Labelle aún se movían con pereza en el aire. Un rastro ínfimo de magia brotaba de ellos mientras el humo desaparecía.

—Odio interrumpir, pero nuestros conejos se queman.

La sonrisa de Beau desapareció y se apresuró a apartar el conejo chamuscado del fuego mientras se quejaba.

—Me ha llevado *siglos* cazarlos.

Coco puso los ojos en blanco.

—Querrás decir observar mientras *yo* cazaba.

—¿Disculpa? —Alzó el conejo más pequeño, indignado—. ¡Yo le he disparado a este, muchas gracias!

—Sí… en la pata. He tenido que rastrear a la pobre criatura para acabar con su sufrimiento.

Cuando Beau abrió la boca para responder, echando chispas, me giré hacia Reid.

—¿Me he perdido algo?

—Han estado así desde que salimos en tu busca —dijo Ansel. No pasé por alto la satisfacción en su voz o la sonrisa burlona en su rostro.

—Al príncipe le ha sido un poco difícil adaptarse a la naturaleza —explicó Reid en voz baja—. Coco… no se ha sorprendido.

No pude evitar reír. Sin embargo, cuando la discusión empeoró sin indicios de que alguno de los dos fuera a parar, sacudí la mano para atraer su atención.

—Disculpad —dije con voz fuerte. Ambos me miraron—. Por muy entretenido que sea, tenemos asuntos más importantes que discutir.

—¿Por ejemplo? —replicó Beau.

Estuve a punto de reír, pero la ferocidad en la expresión de Coco me detuvo.

—No podemos ocultarnos en este bosque para siempre. Ahora Morgane conoce nuestros rostros y os matará por ayudarme a huir.

Beau bufó.

—Mi padre pondrá su cabeza en una pica cuando sepa lo que planea.

—Y la mía —dije intencionadamente.

—Es probable.

Era un imbécil.

Madame Labelle suspiró.

—Auguste ha fracasado en capturar a Morgane durante décadas… igual que sus ancestros han fracasado en capturar a toda *Dame des Sorcières*. Es poco probable que él tenga éxito. Ella continuará siendo una amenaza para nosotros.

—Pero ahora los *chasseurs* saben dónde está el Chateau —comentó Reid.

—Igualmente, aún no pueden entrar allí sin una bruja.

—Pero han entrado.

—Ah… sí. —Madame Labelle tosió con delicadeza y apartó la vista, alisando su falda arrugada manchada de sangre—. Porque yo los he llevado.

—¿Tú *qué*? —Reid se puso tenso a mi lado y el rubor delator subió por su garganta—. Te… ¿te has reunido con Jean Luc? ¿Estás loca? ¿Cómo? ¿Cuándo?

—Después de enviaros a vosotros con esas trillizas parlanchinas. —Se encogió de hombros y se inclinó hacia delante para tocar el tronco negro a sus pies. Cuando se movió al parpadear y abrió los ojos amarillos luminosos, mi corazón por poco se detuvo. No era un tronco. No era siquiera un gato. Era… era…

—El *matagot* les entregó un mensaje a tus compañeros poco después de nuestra discusión. Jean Luc no estaba satisfecho con que el demonio diera vueltas en su mente, pero no pudo dejar pasar la oportunidad que le presenté. Nos encontramos en la playa fuera del Chateau y les hice atravesar el encantamiento. Se suponía que esperarían mi señal. Como no aparecí de nuevo, Jean Luc tomó el asunto en sus manos. —Se tocó el corsé rígido de su vestido como si recordara la sensación del cuchillo de Morgane hundiéndose en su pecho. Mi garganta latía—. Y gracias a la Diosa que lo hizo.

—Sí —dije rápidamente antes de que Reid interrumpiera. Su rubor se había expandido hasta la punta de sus orejas durante la explicación de madame Labelle y parecía capaz de interrumpir la conversación estrangulando a alguien—. Pero estamos peor que antes.

—¿Por qué? —Ansel frunció el ceño—. Los *chasseurs* han matado a cientos de brujas. Sin duda Morgane ahora está más débil, ¿no?

—Tal vez —susurró madame Labelle—, pero un animal herido es una bestia peligrosa.

Cuando Ansel aún parecía confundido, le apreté la muñeca.

—Todo lo sucedido, todo lo que hemos hecho, solo la hará más salvaje. A las otras brujas también. Esta guerra no ha terminado.

Un silencio ominoso apareció mientras asimilaban mis palabras.

—Bueno —dijo Coco alzando el mentón—. Solo hay una cosa por hacer. Vendréis todos a mi aquelarre. Morgane no podrá tocaros allí.

—Coco... —Miré sus ojos con renuencia. Ella apretó la mandíbula y respondió con una mano en la cadera—. Es más probable que nos maten a que nos ayuden.

—No harán nada. Estarás bajo mi protección. Nadie de mi aquelarre se atreverá a ponerte un dedo encima.

Hubo otra pausa mientras nos mirábamos.

—No tienes más opciones, Lou, querida —dijo por fin madame Labelle—. Morgane no es tan tonta como para atacarte en el corazón de un aquelarre de sangre y Auguste y los *chasseurs* nunca te encontrarán allí.

—¿No vendrás con nosotros? —preguntó Reid, frunciendo el ceño. Su nuca por poco se fusionó con su cabello cobrizo y mantuvo las manos cerradas. Tensas. Logré abrir uno de sus puños rozándolo suavemente con el nudillo y entrelazando mis dedos con los suyos. Él respiró hondo y se relajó un poco.

—No. —Madame Labelle tragó con dificultad y el *matagot* restregó la cabeza en su rodilla en un gesto doméstico sorprendente—. Aunque han pasado años desde que lo vi por última vez, creo... que es hora de charlar con Auguste.

Beau frunció el ceño.

—Eres una absoluta idiota si le cuentas que eres bruja.

Reid y yo lo fulminamos con la mirada, pero madame Labelle solo alzó un hombro elegante con desenfado.

—Bien, entonces es bueno que no sea una absoluta idiota. Tú vendrás conmigo, claro. No puedo entrar sin más al castillo. Juntos, tal vez podremos disuadir a Auguste de ejecutar cualquier plan descabellado que sin duda ha estado pensando.

—¿Qué te hace creer que *tú serás* capaz de disuadirlo?

—Hubo un tiempo en el que me quiso.

—Sí, y mi madre estará encantada de oírlo.

—Lo siento, pero aún no lo entiendo. —Ansel sacudió la cabeza y miró a Coco desconcertado—. ¿Por qué crees que estaremos a salvo con el aquelarre? Si Morgane es tan peligrosa como decís..., ¿de verdad serán capaces de protegernos?

Coco emitió una risa breve.

—No sabes quién es mi tía, ¿verdad?

Ansel frunció el ceño.

—No.

—Entonces, permíteme contártelo. —Amplió su sonrisa y bajo la luz menguante del día, sus ojos parecían brillar con un resplandor rojo—. Mi tía es la bruja La Voisin.

Reid gruñó en voz alta.

—Mierda.

⒜GRADECIMIENTOS

Esta historia pasó por muchas manos antes de ser publicada, lo que significa que debo dar las gracias a muchas personas por ayudarme a moldearla en algo especial.

A mi esposo, RJ: literalmente no podría haber escrito este libro sin ti. Gracias por tu paciencia durante todo este viaje; por cada noche en la que arropaste a los niños mientras yo escribía y por cada fin de semana en los que te encerraste con ellos en el sótano mientras yo me golpeaba la cabeza contra el ordenador. Por todos los platos y la ropa que lavaste cuando corregía el libro y por todas las compras de último momento que hiciste cuando solo dormía cinco horas al día. Nunca sabrás lo que significa tu apoyo para mí. Te quiero. P.D.: ahora tienes el libro en tus manos y... OFICIALMENTE, ES MOMENTO DE LEERLO.

A mis hijos, Beau, James y Rose: si yo puedo hacerlo, vosotros también. Seguid vuestros sueños.

A mis padres, Zane y Kelly: habéis alentado mi amor por la lectura y mi amor hacia mí misma. Sin vuestro apoyo y confianza absoluta en mis habilidades, nunca habría reunido el coraje para publicar. No puedo agradeceros lo suficiente vuestro amor y apoyo incondicionales.

A mis hermanos Jacob, Justin, Brooke, Chelsy y Lewie: debió de ser difícil tomarse en serio la poesía sobre Peter Pan escrita por una niña de ocho años, pero lo hicisteis. Nunca os burlasteis de mi sueño de ser escritora. Vuestro entusiasmo lo es todo para mí.

A mis suegros, Dave y Pattie: gracias por todos esos días en los que os ofrecisteis cuidar a los niños. Os queremos.

A mis amigos eternos Jordan, Spencer, Meghan, Aaron, Adrianne, Chelsea, Riley, Courtney, Austin y Jon: gracias por celebrar mi rareza y por continuar a mi lado a pesar de ella. La vida es difícil, y publicar un libro más aún, pero vosotros siempre estáis ahí para apoyarme. ¡Os veo en la fiesta en el granero!

A mis primeras críticas, Katie y Carolyn: como primeras personas en creer en mi historia, siempre tendréis un lugar especial en mi corazón. Gracias por el aliento y las críticas, por hacerme salir del bloqueo, por ayudarme a desenredar tramas secundarias complicadas y recordarme que estos personajes son especiales. *La bruja blanca* no estaría aquí hoy sin vosotras.

A mis primeros lectores de prueba, Mystique_ballerina, SomethingsHere, fashionablady, BadlandsQueenHalsey, laia233m, saturday—, drowsypug, Djwestwood, Arzoelyn, Mishi_And_Books, reaweiger, Icholland82700, JuliaBattles y BluBByGrl: gracias por vuestros puntos de vista, comentarios y mensajes. Valoro cada uno de ellos.

A Brenda Drake, Heather Cashman y todo el equipo de Pitch Wars: su increíble programa de liderazgo encendió la chispa de mi carrera como autora. Gracias.

A mi mentor de Pitch Wars, Jamie Howard: sin tu visión, *La bruja blanca* sería una historia muy distinta, y no en el buen sentido. Gracias por creer en mí y en mi historia y por todo el tiempo y energía que nos dedicaste.

A mis críticas y hermanas Abby y Jordan: os adoro. Habéis llegado a mi vida en un momento crucial y aunque comenzamos como críticas, ahora somos mucho más que eso. Os considero hermanas. Gracias por caminar a mi lado en este viaje alocado, por sostener mi mano cuando dudaba y por alentarme a continuar cuando habría sido más fácil renunciar. Escribir puede ser una carrera increíblemente solitaria, pero me habéis hecho sentir menos sola.

A mis amigos escritores Lindsay Bilgram, Madeline Johnston, Destiny Murtaugh, Abigail Carson, Kate Weiler, Jessica Bibi Cooper, Hannah Whitten, Layne Fargo, Allison L. Bitz, Laura Taylor Namey, Monica Borg, E. K. Thiede, Kimberly Vale, Elora Cook, Christina Wise, Isabel Cañas, Kylie Schachte, Luke Hupton, Rachel Simon y Lily Grant: gracias por ser una comunidad *online* tan alentadora. Sois todos *maravillosos* y estoy muy agradecida de haberme topado con cada uno de vosotros.

A mi francófila Catherine Bakewell: tu conocimiento del francés enriqueció esta historia. ¡En especial los insultos! Lou y yo estamos en deuda con tu boca sucia.

A mi maravillosa agente, Sarah Landis: después de nuestra primera conversación supe que eras la agente para mí. Tu entusiasmo es contagioso y tienes talento para tranquilizarme: ¡algo difícil para alguien que vive preocupado como yo! Tu transparencia y calidez general han sido inestimables mientras navego por la industria editorial. Gracias por estar siempre de mi lado.

A mis queridos agentes Erin A. Craig, Jessica Rubinkowski, Meredith Tate, Julie Abe, Jennie K. Brown, Ron Walters y Elisabeth Funk: vuestro conocimiento y experiencia han sido muy importantes para mí. ¡Gracias por compartir vuestra visión y por el apoyo!

A mis primeros lectores Erin Cotter, Margie Fuston, Megan McGee Lysaght, Lindsey Ouimet, Kylie Schachte, Emily Taylor, E. K. Thiede, Carol Topdjian, Kimberly Vale y Christina Wise: no puedo agradeceros lo suficiente el que os tomarais el tiempo de leer las primeras versiones de *La bruja blanca*. Vuestras opiniones fueron cruciales para darle forma a esta historia.

A mi fantástica editora, Erica Sussman: nunca encontraré las palabras correctas para agradecerte tu paciencia infinita y tu visión. Como escritora, siempre existe el miedo de entregarle tu historia a alguien. Sin embargo, después de nuestra primera reunión ese miedo desapareció. Te confié plenamente mi historia: los personajes, el sistema mágico, la construcción de mi mundo. Eres una verdadera *estrella del rock*. Gracias por amar esta historia tanto como yo.

A mi equipo en HaperTeen, Sarah Kaufman, Alison Donalty, Jessie Gang, Alexandra Rakaczki, Ebony LaDelle, Michael D'Angelo, Bess Braswell, Olivia Russo, Kris Kam y Louisa Currigan: *gracias* por creer en esta historia. Vuestro talento me ha deslumbrado una y otra vez y me considero increíblemente afortunada. Gracias por cumplir el sueño de mi vida.

¿TE GUSTÓ
ESTE LIBRO?

Escríbenos a

puck@uranoworld.com

y cuéntanos tu opinión.

ESPAÑA  /MundoPuck /Puck_Ed /Puck.Ed

LATINOAMÉRICA  /PuckLatam

/PuckEditorial

¡Gracias por vivir otra
#EXPERIENCIAPUCK!

 PUCK